ULLSTEIN

Das Buch

Der 80-jährige Samuel Possle lebt zurückgezogen in einem langsam verfallenden venezianischen Palazzo. Angeblich sind dort bereits einige Menschen eines unnatürlichen Todes gestorben. Doch Urbino Macintyre lässt sich von diesen Gerüchten nicht abschrecken. Der alte Sonderling behauptet nämlich, im Besitz wertvoller Briefe Lord Byrons zu sein. Er beginnt, ein zwielichtiges Spiel mit Urbino zu treiben, und zieht ihn immer weiter in seine seltsame Welt hinein. Welche Rolle spielt dabei Samuels stummer Diener Armando? Noch bevor die Machenschaften des alten Mannes ein schreckliches Ende finden, müssen Urbino und die Contessa da Capo-Zendrini sich mit beunruhigenden Geistern der Vergangenheit auseinander setzen …

Der Autor

Edward Sklepowich, Jahrgang 1943, hat in New York Kunstgeschichte und Literatur studiert und als Dozent in Kairo und an italienischen Universitäten gelehrt. Lange Zeit lebte er in Venedig und gilt als intimer Kenner der Lagunenstadt.
Von Edward Sklepowich sind in unserem Hause bereits erschienen:

Die dunklen Wasser von Venedig
In Venedig weint man nicht
Mord im Palazzo
Die Schwarze Brücke von Venedig
Tod in der Serenissima
Venedig sehen und sterben

Edward Sklepowich

Die letzte Gondel

Roman

Aus dem Englischen
von Andrea Fischer

Ullstein

Besuchen Sie uns im Internet:
www.ullstein-taschenbuch.de

Umwelthinweis:
Dieses Buch wurde auf chlor- und säurefreiem Papier gedruckt.

Ullstein Verlag
Ullstein ist ein Verlag des Verlagshauses
Ullstein Heyne List GmbH & Co. KG.
Deutsche Erstausgabe
1. Auflage April 2003

Published by Arrangement with Edward A. Sklepowich
Titel der amerikanischen Originalausgabe: *The Last Gondola*
Dieses Werk wurde vermittelt durch die Literarische Agentur Thomas Schlück GmbH, Garbsen.
Übersetzung: Andrea Fischer
Redaktion: Lothar Strüh
Umschlaggestaltung: Thomas Jarzina, Köln
Titelabbildung: Mauritius, Mittenwald
Gesetzt aus der Bembo
Satz: Buch-Werkstatt GmbH, Bad Aibling
Druck- und Bindearbeiten: Ebner & Spiegel, Ulm
Printed in Germany
ISBN 3-548-25556-6

Für Nancy Berman Lendved
voller Liebe, Bewunderung und Dankbarkeit

Heute Abend werde ich mich aufmachen mit Umhang und Gondel – zwei schöne Anne-Radcliffe-Wörter.

Lord Byron

Prolog

Urbino besessen

An einem Nachmittag im Februar saß Urbino Macintyre gegenüber der Contessa da Capo-Zendrini im Caffè Florian, das ihm von den Ränken und Intrigen der Vergangenheit ins aufnahmebereite Ohr raunte.

Die braunen Sitzbänke, die erlesenen Porträts, der verzierte Spiegel, die Holzverkleidung, das kunstvoll bemalte, geschwungene Deckengewölbe und das Parkett – alles hatte unzweifelhaft eine Geschichte zu erzählen, jeder Gegenstand aus seiner eigenen Perspektive.

»Mord, Diebstahl, Treuebruch, Verrat, Ehebruch, Revolution«, deklamierte Urbino. »Alles hier im Chinesischen Salon ausgebrütet. Vom achtzehnten Jahrhundert bis zum heutigen Tag, glauben Sie mir.«

Auf der Suche nach einem Schuldigen schweifte sein Blick durch den Raum, aber die drei Deutschen, die unweit an einem Tisch gesessen hatten, waren gegangen, ohne dass er es bemerkt hatte.

»Hier ist niemand außer uns beiden, *caro*«, sagte die Contessa. »Und das Einzige, was ich an diesem Hort des Bösen ausbrüte, ist der Drang, Sie einmal heftig an den Schultern zu rütteln. Sie tun es schon wieder.«

»Was tue ich?«

»Sie grübeln über diesen fürchterlichen Menschen in seinem Palazzo in San Polo. Samuel Possle.«

Die Contessa hatte Recht. Wie so oft in letzter Zeit, beherrschte der Mann, von dem sie gerade gesprochen hatte, auch an diesem Nachmittag Urbinos Gedanken. Momentan konnte er kaum an etwas anderes denken als an diesen alten Amerikaner, den er noch niemals in natura gesehen hatte. Der abgeschieden lebende Mann hatte all seine Annäherungsversuche zurückgewiesen. Urbinos jüngste Biographie – ja, seine Existenz – hing davon ab, dass er mit diesem Mann Verbindung aufnahm.

»Besessenheit ist etwas Schreckliches«, bemerkte die Contessa. »Man verliert sich in seiner eigenen Welt und übersieht die Wirklichkeit, die man unmittelbar vor sich hat.«

Urbino fühlte sich gehörig zurechtgewiesen. Er lächelte seine gute Freundin an.

»Wenn Sie damit meinen, ich würde Sie nicht sehen, dann irren Sie sich. Sie sehen wunderbar aus.«

Das tat sie. Mit ihrem adrett frisierten honigblonden Haar und den schrägen, grauen Augen stand sie in der Blüte ihrer zweiten Lebenshälfte und erfüllte sie mit Anmut und Eleganz. Ihr violettes, schlicht geschnittenes Kleid und die Onyx-Kette verliehen ihr eine verhaltene, ja bußfertige Ausstrahlung, die zur Jahreszeit passte, den Wochen nach den Feierlichkeiten von *carnivale*. Doch wie Urbinos forschender Blick nun entdeckte, rumorte unter dem gelassenen Äußeren der Contessa ein gewisses Unbehagen.

Und plötzlich bestürmten ihn die an diesem Nachmittag verstärkt aufgetretenen Anhaltspunkte für ihre Stimmung, die er geflissentlich ignoriert hatte. Ihre fast unhörbaren Seufzer, das flüchtige Stirnrunzeln und, vielleicht am verräterischsten, die unberührten Petits Fours. Keine noch so geartete Stimmung hatte ihr bisher deren Genuss verderben können. Jedoch hütete sich Urbino, auch nur eine dieser Beobachtungen zu äußern, denn er wusste, dass die Contessa, genau wie er, gerne mit ihren Gefühlen Versteck spielte.

»Samuel Possle wäre etwas ganz Besonderes für mich«, sagte er stattdessen, der Anziehungskraft seiner eigenen Sorgen erliegend. Er wollte warten, bis der geeignete Moment kam, um die ihren zur Sprache zu bringen. »Der älteste Exilant von Venedig. Bedenken Sie nur!«

»Das älteste verkommene Subjekt von Venedig!«, korrigierte ihn die Contessa mit kaum wahrnehmbarer Schärfe in der Stimme. »Lebt völlig abgeschieden in diesem Haus da, genau wie der verrufene Marquis, den Sie so verehren.«

»Der gute alte Des Esseintes. Er ist ein Herzog«, sagte Urbino lächelnd. »Sie haben schon lange nicht mehr von ihm gesprochen.«

»Weil ich nicht dazu beitragen möchte, dass sich Ihre Verwirrung zwischen Leben und Kunst noch verschlimmert – das heißt, wenn man dieses dekadente Buch als Kunst bezeichnen kann.« Die Contessa sprach von Huysmans' *Gegen den Strich*, einem französischen Roman aus dem neunzehnten Jahrhundert über einen zurückgezogen lebenden Junggesellen. Urbino hatte sein abgeschiedenes Leben in Venedig nach diesem Buch gestaltet, wenn er es auch nicht ganz so exzentrisch trieb. Es war ein Zankapfel zwischen ihm und der Contessa, seit sie sich vor zwanzig Jahren auf einem Empfang der Biennale kennen gelernt hatten.

»Nun«, sagte die Contessa mit angedeuteter Resignation, »solange ich Sie kenne, besitzen Sie einen Hang zur Besessenheit. Ich hätte es als Warnung verstehen sollen, dass Sie immer über diesen verrückten Herzog sprachen, als wäre er ein Mensch aus Fleisch und Blut und nicht eine überholte Romanfigur.«

»Aber Samuel Possle *ist* ein Mensch aus Fleisch und Blut«, entgegnete Urbino. »Noch jedenfalls. Sie müssen zugeben, dass meine Besessenheit in diesem Fall eher gerechtfertigt ist.«

»Ich werde gar nichts zugeben«, erwiderte die Contessa.

Urbino trank einen tröstlichen Schluck Sherry und blickte nach draußen auf den Platz.

Dieser Platz, den Napoleon als »schönsten Salon Europas« bezeichnet hatte, sah aus, als sei er eher für Wasserspiele denn für zwischenmenschliche Begegnungen geschaffen. Der bleigraue Himmel, ein Stück des gold-blauen Uhrenturms, schmale Durchgänge und runde Fenster spiegelten sich in tiefen Wasserpfützen. Holzbretter führten am Markusdom vorbei, damit man trockenen Fußes über die Piazza kam. Sie war so gut wie leer und die Menschen, die unter den Arkaden entlangbummelten und die Schaufenster betrachteten, waren überwiegend Venezianer. Es war eine gesegnete tote Jahreszeit für die Stadt. Vor zwei Wochen hatte der *Mardi gras* dem Karneval sein ungestümes Ende bereitet. Touristen und Bildungsreisende würden erst wieder in einem Monat einfallen.

»Diese grauen Tage gehen mir aufs Gemüt«, klagte die Contessa. »Und es ist erst Februar!«

Sie fröstelte trotz des überheizten Raumes und warf einen flüchtigen Blick auf die Petits Fours.

»Sie haben bemerkt, dass ich noch keines gegessen habe«, sagte sie.

Sie hätte genauso gut erklären können, sie habe keine Geduld, Urbino etwas vorzuspielen.

»Ich habe mehr beobachtet, als ich mir habe anmerken lassen, Barbara. Entweder erzählen Sie mir nun, was Sie bedrückt, oder ich muss auf irgendeine Art von Folter zurückgreifen«, erwiderte Urbino.

»Als ob Sie das unbedingt erfahren wollten! Und wenn Sie schon von Folter reden: Wie ist es wohl für mich gewesen, Sie ohne Unterlass von Samuel Possle erzählen zu hören? Sie haben mir doch kaum Gelegenheit gegeben, etwas einzuwerfen.

Aber bevor Sie wieder von ihm anfangen, möchte ich Ihnen nur klipp und klar sagen, dass ich möglicherweise den Verstand verliere. So!«

Das Melodramatische war eine Tonlage, die die Contessa gerne anschlug, aber an diesem Nachmittag lag in ihren Worten eher etwas Flehendes denn Provozierendes. Ihr Blick schien plötzlich von Müdigkeit überschattet.

»Habe ich nicht gesagt, die Gondel ist eine Verrücktheit?«, neckte Urbino sie in der Hoffnung, ihre Sorgen zu zerstreuen.

Zur Feier ihrer zwanzigjährigen Freundschaft hatte ihm die Contessa kürzlich das nicht wenig extravagante Geschenk einer Gondel gemacht.

»Wenn es sich nur darauf beschränkte!«, antwortete sie mit einem kläglichen Lächeln. »Ich meine es vollkommen ernst. Wir müssen uns unterhalten. Ständig deuten Sie an, dass Sie bei Possle meine Hilfe brauchen. Gut, *caro.* Ich brauche die Ihre bei etwas weitaus Schwerwiegenderem. Aber bevor ich weiterspreche, hätte ich gerne noch ein Kännchen Tee.«

Nachdem der Tee zusammen mit einem Sherry für Urbino gebracht worden war, begann die Contessa zu erklären.

»Ich muss ungefähr drei Wochen zurückgreifen, die Zeit vor *carnevale.* Sie und Habib waren so sehr damit beschäftigt, den Palazzo Uccello für die Feier vorzubereiten, dass ich Sie nicht stören wollte.«

Habib war Habib Laroussi, ein junger marokkanischer Maler, der bei Urbino im Palazzo Uccello lebte. Er war einige Tage nach Karneval nach Marokko aufgebrochen, um die Verschiffung seiner Werke für eine Ausstellung auf der Biennale im Juni in die Wege zu leiten.

»Alles begann mit diesem silbernen Collier, das Sie mir geschenkt haben. In letzter Zeit haben Sie es nicht mehr an mir gesehen, oder?«

Als sie die Kette aus silbernen Ovalen aus Marrakesch erwähnte, zuckte Urbino unwillkürlich zusammen. Das Collier und die Contessa tauchten in einem wiederkehrenden Traum auf, der Urbinos Schlaf seit Wochen heimsuchte. In diesem Traum erschien auch Samuel Possle. Immer öfter verschlief Urbino die Glocken, die allmorgendlich um sieben Uhr und um halb acht durch die Stadt hallten. Die Contessa hatte zwar nicht die beunruhigende Ursache erkannt, allerdings sehr wohl die Veränderung seiner Gewohnheiten registriert, da er sie sonst immer früh am Morgen anrief, es in letzter Zeit aber selten getan hatte.

»Nein«, sagte er und wandte den Blick ab, »aber ich habe mir nichts dabei gedacht.«

»Nun, hätten Sie aber besser! Tut mir Leid«, entschuldigte sie sich, obwohl Urbino ihre Vehemenz gar nicht aufgefallen war. Er sorgte sich zu sehr, sie könne sein Erschrecken bemerkt haben. Momentan wollte er ihr nicht erklären, warum die Erwähnung der Kette ihn beunruhigt hatte.

»Sie wissen doch, wie sehr ich dieses Collier mag. Ich wollte es auf dem Empfang in der Casa Goldoni tragen. Aber es war nicht in meinem Schmuckkästchen. Ich hatte es dort hineingelegt, nachdem ich es auf dem Salute-Fest im November trug – jedenfalls glaube ich das. Und jetzt ist es nicht mehr zu finden. Wir haben das ganze Haus auf den Kopf gestellt.«

»Sie haben es bestimmt verlegt.«

»Wenn es so wäre! Aber es ist noch mehr passiert. Es ist so verwirrend. Ich weiß nicht, was los ist.«

»Noch mehr? Noch mehr Schmuck?«

»Nein. Kleidungsstücke. Eines meiner Lieblingskleider, zum Beispiel. Mein blau- und malvenfarbenes Teekleid. Seitdem wir das Filmfestival besuchten, habe ich es, glaube ich, nicht mehr gesehen. Und mein Crêpeschal von Fortuny ist auch verschwunden! Und dann ausgerechnet mein alter Schlapphut mit den Blumen.« Ausdruckslos starrte sie ihn an. »Es ist so sonderbar, *caro.* Als ich feststellte, dass mir die silberne Kette fehlt, fiel mir auf, dass die anderen Gegenstände ebenfalls nicht aufzufinden sind. Ich bin meinen gesamten Kleiderschrank durchgegangen, weil ich wissen wollte, ob noch etwas weg ist, aber wie soll ich das beurteilen? Was ich Silvia damit angetan habe! Noch Tage später hat sie böse vor sich hin geflucht.« Silvia war ihr Dienstmädchen. »Ich weiß nur, dass ich bald etwas anderes vermissen werde, wahrscheinlich sogar mehrere Dinge, und es kann jeden Tag passieren.«

»Ich sage es nicht gerne, Barbara, aber das muss jemand aus Ihrem Haus sein. Warum gerade diese eine Kette? Sie besitzen so viele Schmuckstücke, die erkennbar wertvoller sind. Das ist ein kleines Rätsel. Und warum sollte jemand Ihre getragenen Kleider stehlen, so erlesen sie auch sind? Sonderbar, aber wir wissen nur zu gut, dass nichts unmöglich ist, auch nicht in der Ca' da Capo.«

Urbino erinnerte sich an ein Gewaltverbrechen, in das ein Angestellter der Contessa verwickelt gewesen war, der Fall, der Urbino bislang persönlich am nächsten gegangen war.

Sie schüttelte den Kopf.

»Diesmal nicht. Fast wäre es mir lieber, wenn es so wäre. Wenn es sich nur um das Collier oder ein anderes Schmuckstück handelte, könnte ich die Möglichkeit in Betracht ziehen, dass es gestohlen wurde, auch von jemandem im Haus. Aber wie Sie sagen, warum sollte jemand um alles in der Welt getragene Kleider stehlen? Verstehen Sie nicht, was das bedeutet? Ich segle in die Dunkelheit! Ich verliere den Verstand!«

»Ich würde sagen, meine Gute«, entgegnete Urbino und bemühte sich, ein ungewolltes Lächeln zu unterdrücken, »dass Sie Kleidungsstücke und ein Schmuckstück verloren haben. Wenn sie nicht gestohlen wurden, könnte es ein Schabernack sein, wenn auch ein merkwürdiger, wie ich zugeben muss. Ich rate Ihnen, noch einmal über das nachzudenken, was ich über Ihre Angestellten gesagt habe.«

»Aber woher soll ich wissen, dass ich diese Dinge nicht selbst genommen und … und irgendwo hingelegt habe?«, überging sie seine Andeutung.

»Verlegt. Natürlich.«

»Nicht verlegt, nein! Sie genommen, sagte ich, und irgendwo hingelegt oder weggeworfen, mit Absicht, aber … aber unbewusst«, fügte sie kraftloser hinzu, als sie begonnen hatte. »Mein Kopf ist in letzter Zeit ein wenig umwölkt. Letzten Monat habe ich einen Termin bei meinem Schneider vergessen und Vitale hat mir gesagt, ich hätte ihn nicht damit beauftragt, den Türklopfer reparieren zu lassen, obwohl ich felsenfest davon überzeugt war.«

»Sie lesen zu viel hinein. Wir alle sind gelegentlich vergesslich, und was Ihre Kleidung angeht …«

»Und manchmal«, unterbrach sie ihn, »habe ich Angst, dass ich einen Namen vergesse, Namen von Menschen, die ich so gut kenne wie mich selbst. Zu allem Überfluss sind da noch die *conversazioni*, die in der nächsten Woche anfangen.«

Nun verstand Urbino, warum seine Freundin sich so müßige Gedanken über ihr Gedächtnis machte. Sie sollte im Konservatorium von Venedig, an dem sie vor ihrer Heirat mit dem verstorbenen Conte studiert hatte, drei informelle Vorträge halten. Auf Bitte der Contessa würde Urbino allerdings nur den letzten besuchen, da sie dann nur Klavier spielen wollte. Es würde sie ablenken, hatte sie behauptet, wenn er bei den ersten beiden Terminen im Publikum säße. Die Angst, ihr Gedächtnis würde nachlassen, war bestimmt nur ein weiteres Symptom für die Zweifel an ihren Fähigkeiten.

»Sie werden großartig sein«, versicherte ihr Urbino. »Sie werden sich an Dinge aus jener Zeit erinnern, die die meisten Menschen lieber vergessen wollen. Sie brauchen sich keine Sorgen zu machen. Wenn etwas nicht stimmen würde, wäre es mir schon lange vor Ihnen aufgefallen.«

»Unter normalen Umständen, ja, könnte das sein. Aber so wie Sie in letzter Zeit mit Samuel Possle beschäftigt sind, als ob es nichts anderes gäbe auf der Welt. Samuel Possle hier und Samuel Possle da. Wahrscheinlich schleichen Sie nachts mit Ihrer schicken Stabtaschenlampe um die Ca' Pozza und tagsüber können Sie sie auch nicht in Ruhe lassen. Nein, seien Sie nicht so sicher, dass Sie etwas mitbekommen hätten!«

Urbino vermied eine Antwort, indem er einen Schluck Sherry trank. Glücklicherweise merkte sie nicht, dass Possle auf gewisse Weise selbst hier im Florian neben ihnen saß. Urbino hatte das Gefühl, er brauche nur die Hand auszustrecken und könne den alten Einwanderer berühren.

Er hob den Blick und sah sich selbst im Spiegel.

»Und vergessen Sie nicht«, sagte er, die Aufmerksamkeit wieder der Contessa zuwendend, die ihn erwartungsvoll anschaute, »dass Ihnen Ihre Ärzte in Genf eine gesundheitliche Unbedenklichkeitsbescheinigung ausgestellt haben. Das war direkt vor Weihnachten.«

»Eine Unbedenklichkeitsbescheinigung körperlicher Gesundheit«, betonte sie. »Was ich meine, kommt schleichend. Und dann … dann setzt es zum Sprung an! Und erzählen Sie mir nicht, ich sei zu jung dafür!«, fügte sie mit erhobener Stimme hinzu. »Das bin ich nämlich nicht!«

Sie sah bestürzt aus, gefangen zwischen Eitelkeit und dem Bedürfnis nach Mitleid.

»Damit meine ich nicht, dass ich alt bin, verstehen Sie? Ich will damit sagen, dass … dass …«

Sie brach ab.

»Dass es schon relativ früh beginnen kann«, bot Urbino an.

»Ja, selbst in einem Alter wie meinem.«

Die Contessa hatte immer die tatsächliche, kompromittierende Zahl ihrer Lebensjahre verschwiegen, doch musste sie nach Urbinos Berechnungen gut zwanzig Jahre älter sein als er. Wenn sie die Sechzig schon überschritten hatte, wie er stark annahm, hatte sie es ohne erkennbare Feierstimmung oder Niedergeschlagenheit hinter sich gebracht.

»Ach, auf ein Jahr mehr oder weniger kommt es nicht an, aber doch, Sie haben Recht. Sie verstehen, wie ich mich fühle und warum Sie mir helfen müssen. Sie müssen herausfinden, was vor sich geht!«

»Ich werde helfen, soweit es in meiner Macht steht, aber das wird ganz bestimmt keine Herausforderung für meine detektivischen Fähigkeiten sein. Wie die Antwort auch lauten mag, mit diesem Unsinn über Ihr Gedächtnis hat es garantiert nichts zu tun. Sei's drum. Ihre *conversazioni* werden ein großer Erfolg sein, glauben Sie mir.«

Ein zögerliches Lächeln erhellte ihr Gesicht.

»Und Sie werden Ihre Gespräche mit Samuel Possle bekommen«, gab sie zurück. »Ich werde mir etwas einfallen lassen. Ich werde den türkischen Krummsäbel aus der Galerie nehmen, der in Alvises Familie weitervererbt wurde, und diesen gordischen Knoten für Sie durchschlagen. Warten Sie nur!«

»Eine Schere würde vielleicht schon genügen! Oder ein paar Fäden, an denen Sie hier und dort ziehen.«

»Wenn Sie sich nach all den Jahren nicht aufgelöst haben«, sagte sie mit einem nervösen Lachen. »Sie werden mir helfen, ich werde Ihnen helfen. Haben wir das nicht immer getan? Werden wir das nicht immer tun? Einer für alle, alle für einen!«

»Sie geben einen höchst attraktiven Musketier ab.«

»Aber wir sind nur zwei, oder? Habib ist nicht dabei. Werden Sie zurechtkommen, solange er unterwegs ist? Ich mache mir Gedanken, dass Sie noch tiefer im Sumpf Ihrer Obsession versinken, wenn er nicht da ist.«

»Aber ich habe doch das Geheimnis um Ihre verschwundene Garderobe, um mein Gehirn zu trainieren. Der Faden des gesunden Menschenverstandes«, scherzte er. »Ich werde dem auf den Grund gehen.« Urbino hob sein Sherryglas. »Mit oder ohne Habib, wir sind unzertrennlich. Ziehen Sie das nicht in Zweifel!«

Das war es, was die Contessa hören wollte.

»Wie Venedig und Wasser!«, rief sie aus.

»Wie Masken und Karneval!«, konterte Urbino.

»Wie Gondeln und … und …«

Die Contessa hielt inne. Das fast zwangsläufig folgende Wort »Tod« schwebte über Urbino.

»… und die Gondolieri«, schloss sie, die weniger glückliche Assoziation vermeidend.

»Wie die Gondolieri und *O Sole Mio*!«

Ein Lächeln der Zufriedenheit und Erleichterung erhellte das Gesicht der Contessa. Urbino nahm ihre Hand.

Leise sang er mit seinem ungleichmäßigen Tenor: »*Che bella cosa na jurnata 'e sole, n'aria serena dopo na tempesta.*«

Die beiden Freunde blickten auf den Markusplatz.

Das Bild draußen schien die optimistischen Zeilen des Liedes Lügen strafen zu wollen. Nach den dunklen, bedrohlichen Wolken zu urteilen, die von der Lagune hereingetrieben wurden, würde bald der nächste Sturm auf die zerbrechliche, heitere Stadt niedergehen.

Erster Teil

Mit Umhang und Gondel

1 »Ich muss da rein«, sagte Urbino um zwei Uhr morgens zu sich selbst, als er auf einer schmalen, buckligen Brücke in einem verlassenen Eckchen des Stadtteils San Polo stand.

Der Vollmond brach durch die Wolken und tauchte die Umgebung in feierliches Licht.

Die Ca' Pozza war in Schweigen gehüllt; kein Fenster war erleuchtet. Urbino stellte fest, dass er unruhig zitterte und melancholisch erschauderte. Selbst wenn er nicht gewusst hätte, wer hinter diesen Mauern lebte, seit Jahren vor der Öffentlichkeit abgeschirmt und mit einem Schatz von Erinnerungen beladen, die bald für immer verloren sein würden, hätte das Gebäude in ihm diese Gefühlsmischung ausgelöst.

Urbino schloss den Regenschirm. Inmitten von Pfützen und dem Gestank modernder Steine und faulen Gemüses war er weit entfernt von der zivilisierten Behaglichkeit des Florian, wo er am vergangenen Nachmittag mit der Contessa gesessen hatte.

Er spähte auf das schwarze Wasser des Kanals hinunter. Gemüsereste schwammen in Richtung Canal Grande. Gebannt von ihrer langsamen Bewegung, verfolgte er sie, bis sie unter einer Brücke seinem Blick entschwanden. Nun starrte er sein undeutliches, maskengleiches Spiegelbild an.

Unangenehm berührt, hob er den Kopf. Sein unerwartetes Abbild auf spiegelnden Flächen beunruhigte ihn immer, wie schon im Florian. Es löste in ihm das verwirrende, schwer zu vertreibende Gefühl aus, dass er nicht der Mensch sei, für den er sich hielt, sondern jemand anderes, der lediglich Ähnlichkeit mit Urbino Macintyre hatte.

Urbino konzentrierte sich auf die stille, geheimnisvolle Ca' Pozza, um seine Beklemmung zu vertreiben.

Das Haus mit seiner breiten, zerbröckelnden Fassade, der angefressenen Loggia und der mit Läden geschlossenen Fensterreihe schaute über den kleinen Kanälen streng auf ihn hinab, als missbillige es seinen aufdringlichen Blick.

Urbino war schon immer der Meinung gewesen, dass das Viertel San Polo, eingeschnürt von einer Biegung des Canal Grande, mehr als jeder andere Ort in Venedig eine Atmosphäre von Tod und Verfall besaß. Seit er sich mit Samuel Possle und seinem heruntergekommenen Palazzo beschäftigte, war Urbino noch stärker davon überzeugt.

Wenn die Brücken und Gassen hier krummer schienen, die überdachten Passagen nasskalter, der Rialto noch ferner, so lag das an der unheilvollen Ausstrahlung der Ca' Pozza. Selbst die nahe Fondamenta delle Tette, wo einst Frauen ihre Brüste entblößten, um Freier von den homosexuellen Lustknaben fortzulocken, beschwor keine sinnlicheren Gefühle herauf.

Ob der merkwürdige Einfluss des Gebäudes vertrieben oder verstärkt würde, wenn Urbino die Geheimnisse der Ca' Pozza enthüllte, konnte er jetzt nicht beurteilen, aber er würde keinen Frieden finden, ehe er nicht in das Haus gelangte. Da Possle niemals herauskam, würde Urbino sich Zugang verschaffen müssen. So einfach – oder schwierig – war das.

Wie weit zu gehen er bereit war, um dieses Ziel zu erreichen, ließ auf unheilvolle Weise der Satz ahnen, den er unablässig vor sich hin murmelte.

»Ich muss da rein. Ich muss da rein.«

Er war unfähig, den Blick vom Haus abzuwenden. In seiner

Phantasie wanderte er durch Räume, die er nie gesehen hatte, suchte den alten Mann, der vielleicht schlief und von vergangenen Tagen träumte oder vor einem Stapel vergilbter Briefe saß.

Urbino wusste genauso viel oder wenig über Samuel Possle, wie jeder andere zu wissen schien oder wissen durfte. Possle war von wohlhabender, aber ansonsten unauffälliger Herkunft. Seine Familie hatte in South Carolina ein Vermögen im Krabbengeschäft gemacht. Nach dem plötzlichen Tod der Eltern in den Vierzigern hatte der einzige Sohn alles geerbt. Die Welt außerhalb von Venedig kannte Possles Namen, doch nicht wegen seiner Leistungen und Errungenschaften, sondern wegen seines einst glamourösen Lebenswandels und der Erwartungen, die er damals geweckt hatte.

Da der neunzigste Geburtstag des Alten bevorstand, blieb ihm nicht mehr viel Zeit, diese Erwartungen zu erfüllen.

Possle, regelmäßiger Gast der Reichen und Berühmten und unermüdlicher Gastgeber spektakulärer Gelage in der Ca' Pozza, tauchte flüchtig, aber nachhaltig in Memoiren und Biographien vieler inzwischen verstorbener Menschen auf. Seine Ehe mit einer deutschen Dichterin war vor Jahrzehnten geschieden worden. Er hatte nie wieder geheiratet.

Seit Jahren arbeitete er an einem Buch, über das er einst den Fehler gemacht hatte zu sagen, es sei eine »Meditation über die Zeit und über menschliche Empfindungen«, womit er bewusst einen Bezug zu Prousts *Auf der Suche nach der verlorenen Zeit* herstellte. Seine Fassung, hatte Possle geprahlt, würde sensationeller und noch umfangreicher sein.

Plötzlich riss die Ca' Pozza Urbino aus seinen Gedanken. Mit einem fast blendenden Blitz erleuchteten die hohen Logiatüren im *piano nobile*. Kurz darauf erschien eine Silhouette hinter dem Vorhang einer nicht mit Läden verschlossenen Tür, die Urbino am nächsten war. Die Gestalt schien nach draußen zu schauen, aber es war zweifelhaft, ob sie etwas erkennen konnte, da sie in einem beleuchteten Zimmer hinter einem Vorhang stand.

Urbino nahm an, dass es sich um einen Mann handelte, da die Gestalt kurzes, krauses Haar hatte. Bewegungslos verharrte sie hinter der Scheibe, fast als würde sie Modell stehen. Dann drehte sie sich langsam zur Seite und zeigte sich im Profil.

Noch immer ließ sich das Geschlecht des Menschen nicht bestimmen, aber plötzlich passierte etwas, das Urbinos ganze Aufmerksamkeit fesselte. Der vermeintliche Mann hielt sich etwas vors Gesicht, das wie ein abgetrennter Kopf aussah. Die Nase war spitz, das Kinn kräftig. Der Schädel war auffällig glatt, so dass Urbino vermutete, er sei kahl.

Die Gestalt blieb an der Tür stehen, als wolle sie Urbino Zeit lassen, den schockierenden Anblick zu verdauen. Dann trat sie zur Seite und verschwand. Kurz darauf wurde das Licht gelöscht.

Dennoch verharrte Urbino so reglos auf der Brücke, wie der Mensch zuvor an der Tür gestanden hatte. Es war, als ahne Urbino, dass bei seinem Besuch der Ca' Pozza in dieser Nacht noch etwas anderes geschehen würde.

Er sollte Recht behalten.

Ein hohes, schrilles Lachen drang an seine Ohren. Es war verzerrt, klang aber eher wie das Lachen einer Frau als das eines Mannes. Es hielt eine Weile an, verfiel in Schluchzen und verstummte dann.

Da diese Furcht einflößenden Geräusche so kurz nach dem Erscheinen der geheimnisvollen Gestalt an der Loggiatür ertönt waren, nahm Urbino an, dass sie aus der Ca' Pozza stammten. Doch als sie verklangen und eine noch tödlichere Stille hinterließen, erkannte er, dass das Lachen genauso gut aus dem Nachbarhaus gekommen sein konnte, das sich eine Wand mit der Ca' Pozza teilte. Der Eingang zu diesem Gebäude befand sich in einer schmalen, dunklen Gasse, die in Windungen zur Brücke führte.

Ganz allein in der Nacht konnte Urbino, der in letzter Zeit unter dem Einfluss des fatalistischen Habib ein wenig abergläubisch geworden war, das Gefühl nicht abschütteln, hierher gezogen worden zu sein, weil er die Gestalt sehen und das Lachen hören sollte.

Um sich vor der Kälte zu schützen, zog er seinen Umhang enger und machte sich auf den Weg über die glitschigen, holprigen Steine der Gasse. Einige Biegungen später würde er an die nächste Brücke gelangen. Urbino warf einen kurzen Blick auf das Gebäude neben der Ca' Pozza, aus dem möglicherweise das Lachen und die Schluchzer gekommen waren. Alle Fenster waren dunkel.

Er verfiel in einen gleichmäßigen Schritt. Wenn er Glück hatte, würde er endlich schlafen können. Er hoffte, dass er in dieser Nacht nicht den Traum haben würde, der ihn schon seit so vielen Nächten mit seinen dunklen Flügeln streifte und sogar seinen Schatten über das Treffen mit der Contessa im Florian geworfen hatte.

Er war nicht weit gegangen, da versperrte ihm eine Pfütze den Weg. Urbino überlegte, ob er umkehren solle, watete dann aber nach einem Moment des Zögerns hindurch. Wasser sickerte in seine Regenschuhe.

Wieder wurde der Mond von Wolken verdeckt und ein feuchter, durchdringender Wind aus der Lagune fuhr durch die schmalen Gassen und pfiff ihm um die Ohren. Es würde noch mehr regnen, bevor die Nacht vorbei war.

Die *calle* endete an einem Kanal, der von einer Passage gesäumt wurde. Eine krumme Steinbrücke führte hinüber. Die an den moosigen Wasserstufen festgemachten Boote waren mit Persenning und Plastikplanen bedeckt. An einem hellen Sonnentag war dieser Ort bezaubernd. Oft beglückwünschten sich Touristen, diese Ecke ohne fremde Hilfe entdeckt zu haben, aber zu dieser Nachtstunde wären sie alles andere als begeistert gewesen. Es gab zu viele Stellen, wo sich jemand verstecken, zu viele glatte Steine, von denen man in den Kanal rutschen konnte, und keine Gewissheit, dass jemand aus den verschlossenen alten Häusern zur Hilfe eilen würde.

Urbino betrat die Passage. Die meisten Gebäude waren in einem schlechten Zustand und standen leer. Der Putz war abgefallen und entblößte die Ziegelsteine darunter. Türen und Fenster waren mit Brettern vernagelt, auf den Türen stand in roten Buchstaben geschrieben: CHIUSO. Schmale Spalten zwischen den Häusern führten in ein Labyrinth aus Gassen.

Während sich Urbino durch die Passage schob und im Dunkeln auf seine Schritte achtete, krochen Possle und die Ca' Pozza wieder in seinen Kopf.

Schon den ganzen Abend im Palazzo Uccello hatten sie ihn gequält, bis er sich schließlich gegen Mitternacht durch den Regen nach San Polo aufgemacht hatte.

Urbinos beinahe zwanghaften Ausflüge ersetzten den Schritt über die Schwelle des bisher uneinnehmbaren Hauses. Er hatte sich nach Kräften bemüht, seine Besessenheit vor der Contessa zu verheimlichen, obwohl es ihn große Anstrengung gekostet hatte. Er hatte sich eingeredet, er tue es lediglich aus Sorge um ihren Seelenfrieden, da sie sich auf ihre bevorstehenden *conversazioni* vorbereitete, aber die Wahrheit lautete, dass die Contessa eifersüchtig auf seine Begeisterung für Possle und gleichzeitig peinlich berührt von ihr war.

Seitdem er seine Freundin ins Vertrauen gezogen hatte, hatte er ihre gutmütigen Neckereien ertragen müssen, wofür dieser Nachmittag wieder ein gutes Beispiel gewesen war. Es war ihm ein Trost, dass er ihr goldenes Versprechen in der Tasche hatte, ihm zu helfen. Sie war womöglich seine letzte Chance.

Die Contessa hatte nicht nur Beziehungen, auf die sie zurückgreifen konnte, sie hatte einst auch kurz Bekanntschaft mit Possle gemacht. Darauf würde sie sich gegebenenfalls berufen können. Nachdem sie in Venedig eingetroffen war, wo sie am Konservatorium studieren wollte, hatten sich ihre und Possles Pfade gekreuzt, wenn auch nie in der Ca' Pozza. Conte Alvise hatte ihrer Bekanntschaft ein Ende gemacht, als er sich mit der Contessa verlobte. Damals stand Possle, zusammen mit seiner Freundin Peggy Guggenheim und einem wohl bekannten Komponisten, der erst seine Familie und dann sich selbst umbrachte, bereits in dem Ruf, eine der glamourösen, aber moralisch fragwürdigen Figuren der Stadt zu sein. Einmal hatte der Conte …

Urbinos Gedanken brachen ab. Er war nicht allein. Irgendjemand hatte sich verstohlen dem überdachten Durchgang genähert. Unbewusst hatte Urbino ein Kratzen auf den Steinen in einer Gasse zu seiner Linken wahrgenommen. Es klang wie ein tastendes Gehen und wurde begleitet von einem dumpfen Klirren, etwas Metallischem.

Abrupt blieb Urbino stehen und lauschte. Der Wind stöhnte. Wasser plätscherte gegen die Steine. Aber die anderen Geräusche kehrten nicht wieder. Wären sie erneut zu hören gewesen, hätte er keinen Argwohn geschöpft, so jedoch hatte er den Eindruck, dass sich jemand bemühte, keinen weiteren Laut zu verursachen.

Angesichts der verwirrenden Akustik dieser Stadt war es durchaus möglich, dass die Geräusche von weit her kamen, ja, über die Dächer der Häuser getragen wurden.

Aber Urbino sah keinen Grund, unvorsichtig zu werden. Er war völlig allein zu einer Stunde, in der seine Hilfeschreie, zurückgeworfen von Steinen und Wasser, eher jemanden von ihm forttreiben denn zu ihm führen würden.

Daher blieb er nicht wie angewurzelt in der dunklen, feuchten Passage stehen, sondern schritt forsch auf die Brücke zu. Am Geländer hielt er inne, schaute sich um, lauschte. Er sah und hörte nichts, das ihm irgendwie Klarheit verschafft hätte.

Er befürchtete, seine übersteigerte Phantasie und sein wachsendes Gefühl der Unzulänglichkeit würden ihn erst dann loslassen, wenn er in die Ca' Pozza gelänge. Sobald er in dem Haus wäre, würden Logik und Vernunft wieder das Ruder übernehmen.

Mit diesem zuversichtlichen Gedanken verfiel Urbino in einen flotten Schritt, der ihn bald über die Rialtobrücke trug.

2 Eine halbe Stunde später setzte sich Urbino im Palazzo Uccello in die Bibliothek, nahm seine Katze Serena auf den Schoß und las den Absatz in dem Reiseführer aus dem neunzehnten Jahrhundert, den er fast schon auswendig kannte:

Wenn wir aus dem *sottoportico* treten, biegen wir nach links auf die *fondamenta*, bis wir die Ponte Cammello erreichen. Auf der anderen Seite der Brücke befindet sich die Ca' Pozza (17. Jh.), von einem Schüler Longhenas erbaut, einst Wohnsitz der Familien Sanguinetti und Bombicci. Der Palazzo besitzt einen der größten und herrlichsten Gärten Venedigs, der früher gelegentlich für die Allgemeinheit geöffnet wurde. Die Ca' Pozza hat eine breite Fassade, die von einer von vielen Pilastern und Bögen geschmückten Loggia im *piano nobile* beherrscht wird. Als Erklärung für den Namen des Gebäudes wird angeführt, die Ca' Pozza sei an einem Tümpel, italienisch *pozza*, mit frischem Wasser errichtet worden, das bei der Entstehung Venedigs aus dem Marschland floss.

Urbino schlug das Buch zu und streichelte Serena. Dabei dachte er über das gerade Gelesene nach.

Obwohl er nicht nur seine eigene Bibliothek, sondern auch die Biblioteca Marciana und die Staatsarchive durchsucht hatte, war ihm nichts in die Hände gefallen, das der Beschreibung und der Geschichte der Ca' Pozza weitere Informationen hinzugefügt hätte, jedenfalls nichts, das für ihn von Nutzen gewesen wäre.

Es war eh nicht die ferne Vergangenheit des Hauses, die aufzudecken ihn interessierte, sondern die Zeit seit den fünfziger Jahren, als Possle es erstanden hatte. Urbino war davon überzeugt, dass sich zwischen einem Haus und seinem Besitzer eine starke, fast unheimliche Ähnlichkeit entwickeln konnte. Zu dieser Überzeugung war er in seiner Kindheit gelangt, als er Poes *Der Untergang des Hauses Usher* gelesen hatte, und in den vergangenen zwanzig Jahren war sie durch seine Erfahrungen mit dem Palazzo Uccello und der Ca' da Capo-Zendrini der Contessa bestärkt worden.

Tatsächlich hatte der Palazzo Uccello seine Geheimnisse. Eines von ihnen hatte die Contessa im Florian gestreift, als sie Urbino wegen der Figur des von ihm so bewunderten dekadenten Herzogs aus dem französischen Roman gescholten hatte. Die Geschichte jenes neurotischen Aristokraten, der sich in sein Herrenhaus vor den Toren von Paris zurückzieht, um ein abgeschiedenes, exzentrisches Leben der Kontemplation und Sinnlichkeit zu führen, hatte Urbino in jungen Jahren beeinflusst.

Als er den Palazzo Uccello erbte, wurde ihm klar, dass es die Vorstellungen von Des Esseintes noch übertreffen würde, in dieser musealen Stadt in einem Palazzo zu leben. Hinter seinen Mauern schwebte er über den Menschenmassen und war doch nah genug am Fluss des Lebens, um sich in seiner Einsamkeit wohl zu fühlen.

Das hatte sich geändert, seit Habib in den Palazzo Uccello gezogen war, doch hatte Urbino noch immer das Gefühl, eine wunderbare Arche in der größeren Arche Venedigs zu bewohnen, und so blieb er dem Buch weiterhin verpflichtet.

Einen Teil seiner Bibliothek hatte er verschiedenen Ausgaben des Romans sowie kritischen und biographischen Studien des bekannten Autors gewidmet. Urbino betrachtete die Ecke, in der die Bücher hinter Glastüren glänzten. An den Wänden neben den Regalen hingen verschiedene Illustrationen von Szenen des Buches, darunter ein Aquarell, das er selbst vor vielen Jahren angefertigt hatte.

Ja, sagte er sich, mehr über die Ca' Pozza zu erfahren würde heißen, mehr über Possle zu wissen, so wie man das auch vom Palazzo Uccello und ihm behaupten konnte. Zugang zu jenem alten Gebäude zu erhalten wäre gleichbedeutend damit, Persönlichkeit und Charakter des Mannes kennen zu lernen.

Sorgsam darauf achtend, die schlafende Serena nicht zu wecken, griff Urbino nach einem ausgeschnittenen Zeitungsartikel. Er stammte aus einer alten Illustrierten, die er in der Ca' da Capo-Zendrini gefunden hatte. Der Artikel ähnelte in seiner Aufmachung anderen, die vor über dreißig Jahren über Possle erschienen waren.

Der Beitrag war mit Fotografien von Possle und seinen Freunden und Bekannten gespickt, die sich an verschiedenen Stätten in Venedig und in der Ca' Pozza vergnügten. Die meisten Feiernden waren inzwischen durch eigene Hand oder eines natürlichen Todes gestorben oder, wie in einem viel beachteten Fall, von Einbrechern ermordet worden, die in das Appartement am Park Monceau in Paris eingebrochen waren.

Eine Aufnahme zeigte einen lachenden Possle, der inmitten seiner Freunde über die Brücke aus Booten geht, die das Zattere-Ufer und die Giudecca-Insel jedes Jahr im Juli am Fest des Erlösers miteinander verbindet.

Ein anderes Bild zeigte eine Party in der Ca' Pozza. Die Gäste räkelten sich auf Sofas in einem Zimmer, das mit Gemälden und Gobelins geschmückt war. Eine junge Frau, in der Urbino eine italienische Schauspielerin erkannte, die vor vielen Jahren kurzen Ruhm genossen hatte, stand vor einer Gruppe, warf die Arme in die Luft und zog eine Grimasse. Unter dem Foto stand: »Possles Apostel spielen Charade in der Ca' Pozza.«

Urbinos Lieblingsbild jedoch zeigte Possle und Peggy Guggenheim auf der Terrasse vor Guggenheims Palast am Canalazzo, wie die Venezianer den Canal Grande nennen. Possles Hand ruhte auf dem bronzenen Reiter mit der stolzen Schwellung von Marino Marini, während die Guggenheim ihn anlächelte, die Augen hinter ihrer Max-Ernst-Sonnenbrille verborgen.

Es handelte sich um ein Hochglanzmagazin, daher war der Text nicht mehr als eine Garnitur der Fotografien. Er lieferte keine Einsichten, sondern regte Urbinos Appetit nur noch weiter an, wie alles andere, das er über Possle hatte finden können.

Urbino brauchte dringend ein neues Projekt. Die Themen, an denen er sich in letzter Zeit versucht hatte, waren nach ein oder zwei Monaten keine mehr gewesen, er hatte schlicht das Interesse verloren. Er hatte sich treiben lassen, während Habib glücklicherweise die Karriereleiter hochgestiegen war und sich einen guten Ruf erworben hatte. Allmählich hatte Urbino zu zweifeln, ob er die richtigen Entscheidungen traf. Und als er eines Abends über sein Leben als Einwanderer in Venedig sinnierte, hatte die Figur Possles mit all ihren Möglichkeiten Urbinos Kopf gestürmt, Possle, der schon immer da gewesen war, direkt vor seiner Nase. Mit ihm würde Urbino das Bild vom Leben eines *expatriate* zeichnen, das sich stark von dem seinen unterschied und doch Ähnlichkeiten aufwies.

Für Urbino würde es ein Neubeginn sein. Seine bisherigen Biographien hatten größtenteils von bekannten Menschen gehandelt, die in ihrem Leben etwas erreicht hatten. Sie hatten die Welt in gewissem Maße verändert. Possle hingegen war nur für die Menschen von Bedeutung, die ihn gekannt hatten, und das auch nur wegen seines Lebensstils. Er war auf sonderbare Weise gleichzeitig trivial und bedeutsam. Urbino war fest entschlossen zu erkunden, was er aus ihm machen konnte. Im Vergleich dazu verblasste alles andere, was er mit seiner Zeit und Energie anfangen konnte.

Er würde die Lücken ausfüllen, Dichtung von Wahrheit trennen, den Mann aus all den Fragmenten und Scherben zusammensetzen müssen, die nur noch von Geistern belebt wurden. Und was er von Possle oder anderen erfahren würde, wäre nur eine Lesart der Wahrheit. Urbino würde sich seine eigene Meinung bilden müssen.

Es war eine Herausforderung und dafür musste er bei dem Mann selbst anfangen.

Irgendwie war es dem Alten in einer Zeit öffentlicher Transparenz gelungen, rätselhaft und schwer fassbar zu bleiben.

Und damit um so fesselnder für Urbino.

Seine Arbeiten waren bisher hauptsächlich Ausgrabungen der fernen Vergangenheit gewesen, aber mit diesem Projekt wollte er eine jüngere, greifbarere Zeit rekonstruieren.

Der Mann und das Haus. Das Haus und der Mann. Urbino wollte Zugang zu beidem.

In wenigen Tagen wollte er eine Freundin treffen, die ihm Aktuelleres über die Ca' Pozza würde berichten können. Was den Alten selbst anging, setzte Urbino große Hoffnungen auf die Contessa. Wenn sie etwas in Bewegung bringen konnte, würde ihm seine von anderen oft unterschätzte Form der Aufdringlichkeit und die von ihm meisterhaft beherrschte Kunst der Diplomatie, wenn nicht sogar die Kunst seiner Doppelzüngigkeit, zum Ziele führen.

Und er würde sein Bestes tun, um herauszufinden, was mit den Gegenständen der Contessa passiert war. Je länger er darüber nachdachte, desto mehr verwirrte ihn, dass Kleidungsstücke fehlten. Das Collier mochte jemand in der falschen Annahme an sich genommen haben, es brächte viel Geld ein, aber warum sollte jemand das Risiko eingehen, getragene Kleider zu entwenden, selbst wenn ein Schal von Fortuny darunter war?

Ja, das war tatsächlich ein wenig mysteriös, aber Urbino zweifelte nicht daran, dass der Kopf der Contessa so klar war wie immer.

3

Als Urbino schlafen ging, bettete er sich nicht zu einer geruhsamen Nacht.

Wieder quälte ihn der Traum.

Er befand sich in einem Zimmer, dessen Proportionen unstimmig waren, ein mit Möbeln, Büchern und Wandteppichen überfrachtetes Zimmer.

Auf eckigen Stühlen saßen zwei Personen, reglos wie Könige auf einem byzantinischen Mosaik, gekleidet in weiße, fließende Gewänder. Der eine war ein kleiner Mann mit Samuel Possles Gesichtszügen, wie er zu seinen besten Zeiten ausgesehen hatte. Die zweite Person war verschleiert. Urbino hielt sie für eine Frau, da die Silberkette der Contessa unverkennbar auf ihrer Brust ruhte.

In der bestickten, mit goldenen Pailletten besetzten Seidenweste, die er ihr aus Marokko mitgebracht hatte, näherte sich die Contessa den beiden Menschen. Bevor sie sie erreichte, fingen die Wandbehänge Feuer. Rauch erfüllte das Zimmer. Die Contessa sackte zu Boden.

An dieser Stelle wachte Urbino immer schweißbedeckt und klopfenden Herzens auf.

Das war heute nicht anders.

4 Am nächsten Morgen machte die rundliche Natalia, Urbinos Haushälterin und Köchin, eine vergrämte Miene. Sie hielt ihm ein kleines Metallstück auf der Handfläche entgegen.

»Ich habe schon wieder den Schlüssel in der Haustür zerbrochen, Signor Urbino. Ich weiß nicht, was mit mir los ist.«

»Keine Sorge. Dieses Schloss lässt sich nur schwer drehen. Mir ist es auch schon fast passiert. Rufen Sie Demetrio Emo an«, sagte er, da er das Haus gerade verlassen wollte.

»Oh, ich mag diesen Mann nicht!«, rief Natalia. »Ich fühle mich unwohl in seiner Nähe.«

»Er ist der Onkel von Gildo«, entgegnete Urbino, da er wusste, wie gern Natalia den jungen Gondoliere mochte.

»Wie Tag und Nacht, die beiden«, brummelte sie. »Nun gut, aber versuchen Sie bitte, hier zu sein. Ich möchte nicht mit ihm allein sein.«

»Bestellen Sie ihn für die Mittagszeit. Bis dahin müsste ich von der Contessa zurück sein.«

Sie warf ihm einen zweifelnden Blick zu und verschwand in der Küche.

5

Auf dem Weg zur Ca' da Capo-Zendrini am Canal Grande war Urbino abwechselnd heiß und kalt, je nachdem, ob er in der Sonne oder im Schatten der nasskalten Gassen ging. Selbst an den heißesten Sommertagen schien sich die Feuchtigkeit nicht zu verziehen.

Auf den Straßen herrschte reges Treiben, besonders am Rio Terrà Maddalena auf der Hauptstraße zum Bahnhof. Urbino grüßte Freunde und Bekannte und kehrte auf ein schnelles Glas Cynar in eine Bar ein. Der braune, aus Artischocken gebraute Likör mit seinem Medizingeschmack ließ die Wärme in ihn zurückkehren, die ihm die schmalen Gassen Venedigs gestohlen hatten.

Anschließend hielt er auf einer Brücke inne und blickte den Canal Grande hinunter. Eine Gondel fuhr von der breiten Wasserstraße unter einer Brücke hindurch tiefer ins Cannaregio-Viertel. Urbino brauchte einen Moment, bis er die Gondel als seine eigene und im Gondoliere Gildo erkannte, dessen hübsches Gesicht von einem geistesabwesenden Ausdruck überschattet wurde. Urbino rief ihn, konnte die Aufmerksamkeit des jungen Mannes aber nicht auf sich ziehen. Deshalb ging er zur anderen Seite der Brücke und rief abermals, aber der in sich versunkene Gondoliere im Heck starrte weiter vor sich hin.

Da entdeckte Urbino ein großes, geschwungenes Stück Holz, das gegen die Kissen des Bootes gelehnt war. Es war eine *forcola*, eine Ruderdolle. Am Dollbord von Urbinos Barke war eine ebensolche *forcola* angebracht, mit ihrer Hilfe manövrierte Gildo die Gondel durch das Wasser des Kanals.

Urbino schaute dem Boot nach, bis es in Richtung des Palazzo Uccello aus seinem Blickfeld verschwand. Dann verließ er die Brücke und bog in eine Gasse ein, die ihn schneller zur Ca' da Capo-Zendrini brachte als die breite Straße mit ihren Geschäften und Hotels.

Er fragte sich, was Gildo mit der *forcola* vorhatte. War sie vielleicht ein Ersatz für die an seiner Gondel? Und wenn ja, warum hatte Gildo nichts davon gesagt? Und warum machte der junge Mann in letzter Zeit einen so nachdenklichen Eindruck? Er hatte diese Miene mehrmals bei ihm gesehen, wenn der Gondoliere in und am Palazzo Uccello seiner Arbeit nachgegangen war oder das Boot gerudert hatte.

Urbino nahm sich vor, diese Frage zu klären.

6

Urbino fand die Contessa im sonnendurchfluteten Morgenzimmer, wo sie mit leerem Gesichtsausdruck in ein braunes Lederbuch im Folioformat starrte. Es war nicht der richtige Augenblick, um sie mit seinen Sorgen über Possle und die Ca' Pozza zu belästigen.

»Haben Sie festgestellt, dass noch weitere Dinge fehlen?«, fragte er. »Schmuck?«

»Nein, aber ich warte nur darauf, dass mir etwas auffällt. Ich werde schon jedes Mal ganz nervös, wenn ich etwas zum Anziehen suche.«

Sie legte das Buch auf den Tisch.

»Die Zeit des Wartens und der Sorge wird bald vorbei sein«, sagte Urbino, so heiter er konnte. »Wir werden eine

Antwort finden, die all Ihre lächerlichen Zweifel und Ängste vertreibt. Ich werde mich sofort daranbegeben.«

Die Contessa lächelte zögernd.

»Wirklich?«

»Direkt hier in der Ca' da Capo. Aber Sie müssen es mir überlassen, Ihren Angestellten die Fragen zu stellen, die ich stellen möchte. Möglicherweise wird Ihr Personal nur ungern reden. Warum sprechen Sie nicht vorher mit den Leuten?«

Während Urbino auf die Rückkehr der Contessa wartete, lief er in dem gemütlichen Zimmer umher. Er war versucht, sich ein Getränk einzuschenken, doch hatte er sich bereits den Cynar gegönnt und seinen morgendlichen Kaffee mit einem Schuss Anisette »korrigiert«, obwohl er im Laufe der Jahre so italienisch geworden war, dass er den Likör schon für einen Bestandteil des Kaffees hielt.

Er schlug einige Töne auf dem Wiener Jugendstilklavier an, ließ das antike Metronom eine Weile ticken und durchblätterte die vom Alter vergilbten Notenblätter. Auf einem war seine Lieblingssonate von Bach. Er nahm an, die Contessa stelle das Musikprogramm zusammen, mit dem sie ihre *conversazioni* am Konservatorium beenden würde.

Er musterte die Aquarelle an der Wand. Es waren hauptsächlich Bilder von englischen Landschaften, der Lagune von Venedig und den Dolomiten. Zwei jedoch zeigten die Ca' da Capo-Zendrini und den Palazzo Uccello. Genau wie die anderen waren sie im Morgenlicht festgehalten, passend zum Morgenzimmer.

Die Gemälde der beiden Palazzi hatten Freunde der Contessa erstellt, die alljährlich mit ihren faltbaren Staffeleien, ihren Farbkästen und ihrem Dilettantentum in Venedig einfielen und Bilder wie am Fließband produzierten. Und doch stellte die Contessa deren Werke hier genauso stolz zur Schau wie den Girtin, den Cotman und den herrlichen Turner, der die Wand schmückte.

Urbino griff zu dem braunen Lederalbum, das die Contessa auf dem Tisch hatte liegen lassen. Es war ein Erinnerungsbuch an ihre Tage am Konservatorium. Er ließ sich in einen Sessel fallen und blätterte es durch.

Das Album enthielt die Einladung des Konservatoriums, Zeugnisse von Privatlehrern, Fotos von Freunden und Mitgliedern des Konservatoriums, Eintrittskarten und Programmzettel von Theatern in Venedig, Mailand und Florenz, einen Artikel aus einer Lokalzeitung über ihre Premiere als Studentin, Glückwunschschreiben, Notenblätter und auf der letzten Seite eine verblasste, goldumrandete Visitenkarte, auf die der Name des Conte Alvise Severino Falier da Capo-Zendrini gestanzt war.

Das Können der jungen Barbara Spencer am Konservatorium hatte damals die Aufmerksamkeit des Grafen erregt. Die Eheschließung hatte ihrem Studium ein Ende gesetzt.

Urbino blätterte zurück zu einem frühen Foto der Contessa. Es zeigte ein junges Mädchen mit aristokratischen Gesichtszügen, die sich seit damals nicht sehr verändert hatten. Im Gegenteil: Das reife Aussehen, schon damals im ansonsten frischen Gesicht zu ahnen, hatte sich lediglich vervollkommnet.

»Sinnieren Sie darüber, wer ich einmal war?«, erklang die Stimme der Contessa von der Tür.

»Angeln Sie nicht nach Komplimenten! Sie wissen, wie wenig Sie sich verändert haben.«

»O ja, *caro,* wir dürfen die Qualifikation nicht vergessen. Viele Dinge müssen in Betracht gezogen werden.« Sie nahm Urbino das Album aus der Hand und drückte es an die Brust. »Ich habe all meine Erinnerungsstücke von damals durchgesehen. Auf diese Weise möchte ich mich, so gut ich kann, vergewissern, dass mir genügend einfällt, wovon ich erzählen kann.«

»Als ob das jemals ein Problem gewesen wäre«, entgegnete Urbino.

»Ach, die guten alten Zeiten. Alle zehn Jahre geht die Hand über das Gesicht, hat die Garbo gesagt. Aber es gibt Veränderungen, die weitaus weniger würdevoll sind. Nein, sagen Sie jetzt nichts!«, protestierte sie, obwohl Urbino keine Anstalten gemacht hatte, zuzustimmen oder zu widersprechen. »Ich bin fest entschlossen, angesichts des Unausweichlichen so stark wie möglich zu sein.«

»Als ob Sie wirklich an diesen Unsinn glaubten! *Mens sana in corpore sano*. Das trifft auf Sie zu, meine liebe Barbara. Ich weiß es und Sie wissen es auch.«

Ein zufriedenes Lächeln kräuselte ihre Lippen.

»Trotzdem gibt es uns ein kleines Rätsel auf, oder? Also, fangen Sie an, von Ihrem Talent Gebrauch zu machen! Sie können Ihre Befragungen im *salotto blu* abhalten. Ich habe allen klar gemacht, dass jeder Ihnen sagen muss, was Sie wissen möchten. Und machen Sie sich keine Gedanken, dass ich an der Tür lauschen könnte. Selbst wenn ich wollte, in einer halben Stunde habe ich eine Anprobe in Dorsoduro. Ich nehme ein Wassertaxi, damit Sie nicht auf die Rückkehr von Pasquale warten müssen.«

7

Wenn ihm das Dienstmädchen der Contessa jetzt noch eine weitere ausweichende Antwort gab, würde Urbino leider wie ein Kommissar in einem Roman aus dem neunzehnten Jahrhundert sagen: »Hören Sie mir zu, junges Fräulein – und hüten Sie sich, die Unwahrheit zu sagen!«

Stattdessen fragte er in gleichmäßigem Tonfall: »Was genau meinten Sie damit, als Sie sagten, in letzter Zeit hätte sich einiges im Haus verändert?«

»Habe ich das gesagt, Signor Urbino?«

Urbino seufzte in sich hinein.

»Entschuldigung, Silvia. Manchmal ist mein Italienisch nicht so gut, wie es sein sollte. Verstehen Sie«, fuhr er fort, denn jetzt hatte er erkannt, welche Taktik er bei ihr anwenden musste, »mir ist aufgefallen, dass die Contessa nicht ganz die alte ist. Ich wollte wissen, welchen Eindruck Sie von ihr haben. Sie scheinen eine aufmerksame junge Frau zu sein.«

Bei diesen Worten reckte sich das Mädchen und schenkte ihm ein breites Lächeln.

»Vielen Dank, *signore*. Da Sie so über die Contessa sprechen, gebe ich zu, dass ich derselben Meinung bin. Ich mache mir in letzter Zeit Gedanken.«

»Wir möchten ihr beide helfen, so gut wir können. Warum machen Sie sich Gedanken?«

»Ich mache mir richtige Sorgen«, bestätigte Silvia zu Urbinos Erleichterung. »Sie ist sehr nervös. Ich bin früh am Morgen und spätabends bei ihr, auch dazwischen viele Stunden. Die Contessa ist wie eine Schauspielerin. Oh, das meine ich im besten Sinne. Sie versucht immer, freundlich und tapfer zu sein, wenn sie in Gesellschaft ist, nicht dass Sie keine Gesellschaft wären, *signore*, aber Sie verstehen, was ich meine.«

Urbino nickte zu der Hausmädchenversion des Sprichworts, dass die Frau des Hauses für ihr Dienstmädchen nie eine Heldin ist.

»Wie ich schon sagte, die Contessa ist ein nervöser Mensch, und das meine ich im besten Sinne. Sie ist einfühlsam, zu einfühlsam. Und das schadet ihr. Sie wacht mit einem traurigen Gesichtsausdruck auf und legt sich damit schlafen.

Und sie regt sich auf, wenn sie etwas nicht finden kann. Ich kenne sie noch nicht lange, nicht wie Sie und meine Cousine Lucia, aber ich merke schon den Unterschied, doch.«

Silvia war seit verhältnismäßig kurzer Zeit in den Diensten der Contessa. Sie hatte Lucia abgelöst, als Urbino in Marokko gewesen war. Vitale, der Majordomus, und Pasquale, der Bootsführer, waren ebenfalls erst kürzlich zum Haushalt der Ca' da Capo-Zendrini gestoßen.

»Die Contessa hat mir erzählt, dass sie Kleidungsstücke und ein Schmuckstück vermisst. Die Kette mit den silbernen Ovalen. Sie wissen, welche ich meine, oder? Sie ist alles andere als wertvoll, aber wirklich hübsch.«

Silvia erstarrte und glotzte Urbino an.

»Natürlich glaubt niemand, dass Sie irgendetwas mit den verschwundenen Gegenständen zu tun haben«, fügte Urbino hinzu. Das war nicht die volle Wahrheit, denn eigentlich hoffte Urbino, dass die Erklärung so schlicht wäre. Es war durchaus denkbar, dass ein missgünstiges, boshaftes Dienstmädchen die persönlichen Gegenstände seiner Arbeitgeberin stahl, doch sagte ihm sein Instinkt, dass in der Ca' da Capo-Zendrini etwas anderes geschehen war.

»Das hoffe ich sehr, *signore* «, erwiderte Silvia knapp.

»Was, glauben Sie, ist mit diesen Dingen passiert?«

»Wir haben sie überall gesucht. Die Contessa gehört zu den Menschen, die das ganze Haus auf den Kopf stellen, wenn sie eine Nadel suchen. Das meine ich natürlich nur im besten Sinne. Momentan fragt sie ständig, wo hab ich dies hingelegt, wo hab ich das hingetan. Ich lege alles an den richtigen Platz, sage ich ihr, genau wie sie es will. Aber ich habe das Gefühl, sie glaubt mir nicht.«

»Dennoch ist einiges verloren gegangen. Glauben Sie, dass jemand der Contessa einen Streich spielen will?«

»Einen Streich, *signore*?« Silvia wirkte ehrlich erstaunt.

»Dass ihr jemand etwas entwendet und versteckt, damit sie glaubt, es wäre verschwunden, und es irgendwann wieder zurückstellt?«

»Warum sollte man unserer Contessa so etwas antun?«

»Als kleines Spielchen. Und hinterher lachen alle darüber, auch die Contessa.«

»Sie kennen die Contessa sehr gut, Signor Urbino. Sie würde das nicht lustig finden. Sie ist fast krank vor Sorge. Es wäre sehr gemein. Nein, vielleicht hat die Contessa die Sachen einer Wohltätigkeitsorganisation oder einer Bekannten geschenkt und kann sich nicht mehr daran erinnern. Das meine ich nur im besten Sinn, denn sie tut so viel Gutes, dass sie sich nicht an alles erinnern kann. Und ihr Gedächtnis ist in letzter Zeit auch nicht mehr das beste. Letzten Monat hat sie ihren Termin beim Schneider verpasst, das ist noch nie vorgekommen. Heute habe ich sie erinnert, dass sie wieder einen Termin hat, aber das schien ihr nicht zu gefallen. Das wüsste sie selbst sehr gut, hat sie gesagt.«

8

Als Nächstes unterhielt sich Urbino mit Vitale, dem Majordomus. Kein anderer Name hätte besser zu diesem gesunden, vor Kraft strotzenden Mann gepasst.

»Ich versichere Ihnen, dass ich helfen möchte, *signore* «, begann er, noch bevor Urbino etwas gefragt hatte, »aber ich weiß nichts über diese fehlenden Sachen. Ich habe eben gerade erst von Silvia davon gehört.«

»Ihnen gegenüber hat die Contessa sie nie erwähnt?«

Vitale schüttelte seinen eindrucksvollen Kopf mit dem vollen, grauen Haar.

»Das ist nichts, was mich direkt betrifft. Für solche Dinge ist Silvia zuständig.«

»In gewisser Weise sind Sie für die Sicherheit des Hauses verantwortlich.«

»Das stimmt, *signore*, aber das ist keine Frage der Sicherheit, so wie Sie sie verstehen. Die Ca' da Capo-Zendrini wurde von keiner, wie soll ich sagen, *unbekannten* unerwünschten Person betreten«, betonte er.

Der Sinn dieser Feststellung war klar. Seiner Meinung nach musste das Fehlen der Gegenstände auf jemanden im Haus zurückzuführen sein.

»Aber die Contessa besitzt kein elektronisches System zum Schutz des Hauses.«

Das war eine der Eigenarten in der Beziehung der Contessa zu dem Gebäude aus dem achtzehnten Jahrhundert. Sie versuchte, es möglichst in dem Zustand zu belassen, in dem es sich beim Tod des Conte vor über zwanzig Jahren befunden hatte.

»Man braucht hier auch keins, *signore*, selbst wenn dieses Haus viel größer ist als Ihres.«

Urbino erlaubte sich ein belustigtes Lächeln über Vitales Herablassung gegenüber dem Palazzo Uccello.

»Dennoch ist es für einen Unbekannten nicht unmöglich, das Haus, sei es gewollt oder ungewollt, zu betreten, oder?«, beharrte Urbino.

Er konnte sich verschiedene Möglichkeiten vorstellen, ins Haus zu gelangen. Die offensichtlichsten waren durch den Garten oder den Wassereingang. Er hatte die Contessa bereits darauf hingewiesen, doch war sie bisher starrköpfig gewesen.

»Wachsamkeit, *signor*. Wir sind überaus wachsam.«

Urbino fragte sich, ob Vitale in seiner Selbstüberschätzung den majestätischen Plural benutzte oder ob er von allen Angestellten und der Contessa sprach.

»Daran hege ich nicht den geringsten Zweifel.«

Dann stellte Urbino Vitale dieselbe Frage wie schon Silvia, ob jemand im Haus der Contessa vielleicht einen Streich spiele. Die Reaktion des Majordomus ähnelte der des Dienstmädchens.

»Das wäre wirklich sonderbar, *signore*. Wir mögen die Contessa alle zu gern, als dass wir ihr grausame Streiche spielen würden. Und wir sind keine Kinder. Wenn Sie mich entschuldigen, ich habe zu tun.«

»Noch eine Frage. Die Contessa erwähnte einen Türklopfer.«

»Ein Missverständnis. Die Contessa wollte, dass der alte ersetzt würde, vergaß aber, es mir zu sagen. Das wurde erledigt, wie Sie bemerkt haben müssen. Guten Tag.«

9 Von den anderen Angestellten erfuhr Urbino nichts Neues, bis er mit Pasquale sprach, dem Bootsführer und Chauffeur.

Der junge Mann war kurz nach Urbinos Rückkehr aus Marokko engagiert worden, da die Stelle durch den Tod seines Vorgängers vakant geworden war.

Pasquale nahm Haltung an, die weiße Kappe in der Hand. Er war ein kleiner, muskulöser Mann mit dunklen Augen und schwarzem Kraushaar.

»Ich bekomme nicht mit, was im Haus passiert«, sagte er.

Zunächst einmal war das die Antwort, die man von einem Gondoliere erwartete. Wie Gildo im Palazzo Uccello bewohnte Pasquale einige Zimmer im Erdgeschoss mit unmittelbarem Zugang zu Motorboot und Wasser und fast alle seine Aufgaben führten ihn naturgemäß fort von der Ca' da

Capo-Zendrini. Doch in den Stunden dazwischen konnte er sich frei bewegen, solange er im Haus oder in Rufweite blieb. Gelegentlich nahm er die Mahlzeiten mit den anderen ein.

»Das verstehe ich«, sagte Urbino. »Aber Sie haben die Möglichkeit, Dinge zu beobachten, die Leute wie Silvia und Vitale beispielsweise nicht sehen können.«

»Die Sicht vom Wasser aus, ja, das ist ein anderer Blickwinkel.« Ein Lächeln erhellte Pasquales gefurchtes Gesicht. »Wie der Signor von seiner Gondel aus sieht.«

Urbino nickte. Doch ließ er sich nicht ablenken.

»Hat denn dieser andere Blickwinkel Ihnen erlaubt, etwas zu beobachten, das der Contessa von Hilfe sein könnte? Irgendetwas Ungewöhnliches vielleicht? Sie wissen, wie sehr sie sich um ihre fehlenden Dinge sorgt.«

Der Schalk wich aus dem Gesicht des Bootsführers.

»Die anderen haben es mir erzählt. Aber aus dem Boot hat die Contessa nichts verloren«, fügte er hinzu. »Sie hat nichts verloren, wenn ich bei ihr war.«

»Das scheint zu stimmen, ja. Haben Sie jemand Verdächtiges in der Nähe der Wassertreppe gesehen? Die Tür dort ist oft unverschlossen. Es wäre durchaus möglich, dadurch ins Haus zu gelangen.«

»Aber die Türen zum ersten Stock sind verschlossen, *signore*. Meistens jedenfalls. Ich habe ein Schlüsselbund dafür, brauche ich ja auch. Vitale ebenfalls. Aber ich habe nichts gesehen, was von Bedeutung sein könnte.« Er hielt inne. »Es sei denn … aber nein, das war nichts.«

»Was wollten Sie sagen?«

»Es war wohl einfach auffällig, wie Sie eben sagten. Vor drei oder vier Monaten. Ich brachte die Contessa vom Palazzo Uccello nach Hause. Es war fast Mitternacht. Ein Ruderboot hatte sich von der Wassertreppe unserer *calle* losgerissen. Es war in die Nähe der Ca' da Capo-Zendrini getrieben. Ich sah zu, dass es für die Nacht ordentlich vertäut war, und ging zu Bett.«

»War es das erste Mal, dass so etwas geschah?«

»Soweit ich weiß, ja. Es ist immer an derselben Stelle festgemacht, soweit ich gesehen habe. Ist ja nur ein altes Ruderboot, *signore*. Der Besitzer denkt wohl, es würde sowieso keiner stehlen.«

Ehe Urbino die Ca' da Capo-Zendrini verließ, suchte er den *androne* des Gebäudes auf. Das war die Empfangshalle am Wassereingang, in den alten Tagen der Hauptzugang zum Haus. Der *androne* wurde von Zimmern flankiert, die in den vergangenen Jahrhunderten Wirtschaftsräume gewesen waren, aber heute als Lagerräume und Dienstbotenwohnung Verwendung fanden. Eine eindrucksvolle Treppe führte hoch in den *piano nobile*. Der *androne* war mit einem Meeresmotiv, Bildern von Kapitänen und dem Fries eines venezianischen Schiffes mit dem Wappen der da Capo-Zendrini geschmückt.

Urbino öffnete einen Flügel der Haustür, die mit vergoldeten hölzernen Seepferdchen verziert war. Direkt dahinter waren das Wasser des Canal Grande und die blau-weiß gestreiften *pali* des Bootsanlegers, an denen das schnittige Motorboot der Contessa vor der breiten Treppe festgemacht war.

Die Contessa benutzte diesen Eingang, wenn sie mit dem Motorboot fuhr. Bei ihren Festen betraten die Gäste, die mit dem Boot eintrafen, den Palazzo durch dieses Portal.

Urbino schloss es wieder. Ein gewaltiger Schrank mit geschnitzten Delphinen und Muscheln fiel ihm ins Auge. Er ging hinüber. Darin befanden sich Schirme, Stiefel, eine Regenjacke. Wenn er gewollt hätte, hätte er leichterdings hineinklettern und die Tür, auch wenn es etwas eng war, hinter sich schließen können.

10

Urbino eilte zum Palazzo Uccello zurück, um sein Versprechen gegenüber Natalia zu halten, aber als er die Brücke vor seinem Haus überquerte, sah er, dass er zu spät kam. Der Schmied war bereits da und kniete inmitten seines Werkzeugs und seiner Ausrüstung vor dem Schloss der Eingangstür.

Demetrio Emo war ein fettleibiger, kahler Mann Anfang sechzig mit ungewöhnlich blasser Haut und einem kleinen Gesicht, das viel zu klein für seinen immensen Schädel war.

Doch nicht sein groteskes Aussehen machte Natalia unruhig, sondern sein Ruf. Emo war früher Priester gewesen und hatte als solcher zur nahe gelegenen Gemeinde San Gabriele gehört, bis ein Skandal ihn zum Aufgeben gezwungen hatte. Vor zehn Jahren hatten seine Affären mit zwei weiblichen Gemeindemitgliedern zum Veto seines Bischofs geführt. Emo hatte den Priesterstand lieber verlassen, als, wie vom Bischof angeordnet, nach Sizilien versetzt zu werden. Nach seiner Entlassung waren noch einige Gerüchte herumgeschwirrt. Manche hatten behauptet, er würde eine der Frauen heiraten, andere, er würde in seiner Wohnung für eine kleine Gruppe Verehrerinnen immer noch die Messe lesen. Doch Emo war Junggeselle geblieben, wenn auch kein zölibatärer, und dass er irgendwelche Rituale abhielt, hatte nie jemand bestätigen können.

Urbino erlaubte sich kein Urteil über Emo. Der Schlosser war ohne das Priesteramt besser bedient, wenn er das Leben führte, das zu ihm passte, auch wenn sich Urbino oft fragte, ob er noch genauso viel Erfolg bei den Frauen hatte, seit er seines Ornats beraubt war und keine verbotenen Früchte mehr lockten. Urbino beauftragte den Schlosser, weil er ihm helfen wollte und weil er seinen Neffen Gildo nach dem Tod der Eltern in Obhut genommen hatte, als er gerade in San Gabriele entlassen worden war. Insofern Urbino das beurteilen konnte, hatte sich Emo mit Gildo viel Mühe gegeben, und der junge Mann sprach nur gut von ihm. Gildo wies keine Wunden amoralischen Einflusses auf.

Aber die fromme Natalia hatte sich nie mit dem Mann versöhnen können. Sie nannte ihn einen Teufel und hielt sich von ihm fern.

Emo zog einen Mundwinkel lächelnd nach oben, als er Urbino sah.

»Sieht aus, als ob Natalia stärker wäre als Sie, Signor Macintyre, vielleicht zu stark für eine Frau ihres Alters.«

Emos Stimme war tief und weich. Urbino musste sich anstrengen, ihn zu verstehen.

»Diesmal ist nichts mehr zu machen«, sagte Emo. »Ich setze ein neues Schloss ein. Das allerbeste.«

»Gut.«

Urbino überließ ihn seiner Arbeit und ging in die Küche. Auf der Arbeitsfläche wog Natalia Haselnüsse und Trockenobst ab.

»Er hat es extra gemacht, Signor Urbino! Er ist eine halbe Stunde zu früh gekommen! Er weiß, dass ich ihn nicht leiden kann! Wahrscheinlich wusste er, dass Sie nicht zu Hause sind. Sie hätten bleiben sollen«, sagte sie vorwurfsvoll.

»Aber Sie scheinen mich ja nicht gerade bestrafen zu wollen, Natalia. Oder ist das kein *panforte*, den Sie da backen?«

»Gehen Sie und nehmen Sie sich vor dem Teufel in Acht!«, erwiderte Natalia, obwohl sie ein Lächeln nicht unterdrücken konnte. »Sie bekommen Ihr Mittagessen, sobald er sich auf den Weg macht. *Sarde in saor* und *polenta*, falls ich es mir nicht noch anders überlege und Ihnen eine Dose Thunfisch vorsetze!«

Urbino kehrte ins Erdgeschoss zurück und ging zu Gildos Wohnung. Sie war klein und lag eingekeilt neben Urbinos Atelier zur Restaurierung von Kunstwerken. Das Restaurieren war sein Hobby, auch wenn er es in letzter Zeit nicht mehr betrieben hatte. Wenn er bis Ende des Sommers keine Zeit dafür fände, würde er Gildos beengten Wohnraum vergrößern lassen.

Die Tür zu Gildos Apartment stand weit offen. Urbino rief nach ihm. Er bekam keine Antwort. Zeitschriften und Kataloge über Boote und Segeln lagen auf dem Boden des Zimmers verstreut. Mehrere Atlanten ließen ein Regal durchhängen und an einer Wand hing eine große detaillierte Karte der Lagune von Venedig, auf der alle Kanäle, Inseln und Sandbänke eingezeichnet waren.

Auf dem Tisch neben der Tür sah er ein Handy. Urbino hatte es Gildo zu ihrer beider Nutzen geschenkt.

In der Mitte des Zimmers lag eine *forcola*. Urbino nahm an, dass es dieselbe war, die er wenige Stunden zuvor bei Gildo in der Gondel gesehen hatte.

Da er Gildos Privatsphäre nicht noch weiter verletzen wollte, betrachtete er die Dolle von der Türschwelle aus. Sie würde steuerbord an der Dollwand angebracht werden. Durch das geschickte Platzieren des Ruders in ihren Kerben und Einbuchtungen lenkt der Ruderer die Gondel in verschiedene Richtungen. Mit ihren geschwungenen Doppelkurven und ihrer glattpolierten Oberfläche glich die aus Nussbaumholz geschnitzte *forcola* einer modernen Skulptur. Die vor ihm liegende wies allerdings einige Fehler im Schnitzwerk auf. Das konnte Urbino selbst aus dieser Entfernung erkennen.

»Guten Tag, Signor Urbino.«

Urbino drehte sich um. Gildo stand wenige Meter entfernt und hatte ein Tuch in der Hand, mit dem er Messing und Edelstahl der Gondel polierte.

Er war schlank und trug sein rotblondes, lockiges Haar kurz geschnitten. Er hatte ein offenes, hübsches, aufrichtiges Gesicht, dass durch den Anflug von Melancholie noch anziehender wurde.

»Ich habe gerade die *forcola* bewundert.«

»Sie ist nicht ganz perfekt, aber sie gefällt mir. Kommen Sie doch herein!«

Zusammen betrachteten die beiden die Dolle. Gildo seufzte kaum hörbar.

»Stimmt etwas nicht mit der *forcola* in meiner Gondel?«

»Diese ist nicht für Ihre Gondel.«

»Ah.« Urbino hielt inne. »Woher stammt sie?«

»Die hat ein Freund gemacht. Er hatte im Castello eine Ausbildung zum *remero* angefangen.« Ein *remero* war ein Kunsthandwerker, der Ruderdollen anfertigte.

Urbino nickte.

»Aber Ihr Freund sollte seine Ausbildung fortsetzen. Er hat gute Chancen, zu den Besten zu gehören, wenn er in seinen Bemühungen nicht nachlässt.«

Gildo antwortete nicht sofort.

»Nett von Ihnen, das zu sagen, Signor Urbino, aber mein Freund ist tot.« Gildo strich mit der Hand über die glatte *forcola*. »Keiner wollte sie. Ich bewahre sie hier auf, wenn es Sie nicht stört.«

»Natürlich nicht. Bevor Sie reinkamen, dachte ich, dass eine *forcola* durchaus in ein modernes Museum passen würde. Ich habe schon Dinge gesehen, die nur halb so schön und interessant sind. Sie hat eine schöne Form.«

Vorübergehend verschwand der melancholische Ausdruck von Gildos Gesicht. Er schien etwas sagen zu wollen.

»Ah, da sind Sie ja, Signor Macintyre«, sagte Demetrio Emo mit seiner weichen, aber eindringlichen Stimme. Der große Mann hatte sich ihnen lautlos genähert. Er warf einen flüchtigen Blick auf die *forcola* und seinen Neffen. »Das neue Schloss ist eingebaut. Hier sind die Schlüssel. Hoffen wir, dass Natalia demnächst weniger energisch zu Werke geht.«

»Was schulde ich Ihnen?«, fragte Urbino, während er die Schlüssel in seine Tasche gleiten ließ.

»Machen Sie sich darüber keine Sorgen. Ich schicke Ihnen eine Rechnung. Gildo und ich wollen uns noch ein bisschen unterhalten, bevor ich zurück zum Laden gehe.« Er quetschte sich ins Zimmer. »Ich hab ihn in letzter Zeit nicht oft gesehen.«

Er legte den Arm um den jungen Mann.

Urbino verabschiedete sich und ging. Bevor er außer Hörweite war, sagte Emo tadelnd zu Gildo: »Hältst du es für eine gute Idee, sie hier die ganze Zeit vor Augen zu haben, mein Junge?«

Die Antwort des Gondoliere entging Urbino.

11

Zwei Tage darauf, am Morgen des letzten Februartages, einem Donnerstag, saß Urbino mit der Person, von der er sich Informationen über die Ca' Pozza erhoffte, in einem der Cafés auf dem Campo Santa Margherita. Es war seine Freundin Rebecca Mondador, eine Architektin, die ihm bei der ursprünglichen Renovierung des Palazzo Uccello geholfen hatte.

Es war ein kalter Tag. Schnell zogen die Wolken über den Himmel hinüber zur Madonna auf dem hohen, roten Campanile der Carmini-Kirche. Die Anwohner, größtenteils ältere und jüngere Frauen mit Kindern, tratschten zwischen den Ständen des unter bunten Zeltdächern aufgestellten Fisch- und Gemüsemarktes und erledigten ihre Einkäufe. Mit einem Besen und einem Ruder bewaffnet, versuchten zwei kleine Jungen, einen Fußball aus den nackten Ästen eines Baumes vor dem Fenster des Cafés zu befördern. Von einem Gebäude am hinteren Ende des Platzes schauten die Statuen von Santa Margherita und dem Teufel, der sie verschlingen wollte, auf das lebhafte Bild hinunter.

»Die Ca' Pozza und das angrenzende Haus gehörten bis in die fünfziger Jahre der Familie Ruspoli aus Rom«, erklärte Rebecca mit erhobener Stimme, um die Musik aus dem Radio des Cafés zu übertönen. Sie war eine attraktive Frau mit einem kleinen, spitzen Gesicht. »Die Ruspolis kamen nach dem Krieg so gut wie umsonst an die beiden Häuser. Sie renovierten sie innen komplett. Sie wissen ja, wie das ist. Drinnen kann man alles machen, solange die Fassade unversehrt bleibt.«

Rebecca hatte ihren Abschluss in den Vereinigten Staaten gemacht und sprach ein hervorragendes Englisch.

»Ich hatte gehofft, Pläne und Fotos zu finden, vielleicht von vor und nach dem Krieg«, erklärte sie, »aber in den Archiven ist nichts. Der Architekt ist tot und der Bauunternehmer hat sein Geschäft aufgegeben.«

Mit verwundertem Stirnrunzeln schaute sie auf den Platz.

»Es ist wirklich ungewöhnlich, wie wenig es über die Renovierung der beiden Gebäude gibt«, fuhr sie fort. »Wenn ich noch ein bisschen herumsuche, finde ich vielleicht etwas, aber Sie sollten sich keine großen Hoffnungen machen. Wir sind hier in Italien, nicht in Amerika. Aber um bei dem zu bleiben, was ich weiß: Samuel Possle hat die Ca' Pozza 1956 zu einem richtigen Schleuderpreis gekauft.« Sie nannte den Betrag. Er war niedrig, selbst wenn man die Inflation einbezog.

»Vielleicht hat er noch mal die gleiche Summe in Dollar unter dem Tisch rübergeschoben«, sagte sie. »Und es wird noch komischer: Als Possle einzog, ließ er das Haus wieder in den alten Zustand versetzen – weitestgehend, so wie man mir erzählt hat. Er nahm denselben Architekten und Bauunternehmer.«

»Wie sieht es mit Unterlagen über die zweite Renovierung aus?«

Sie schüttelte den Kopf.

»Nichts. Aber mich wundert, dass Sie von Benedetta Razzi nichts darüber gehört haben.«

»Was hat sie mit der Ca' Pozza zu tun?«

Benedetta Razzi war eine Witwe, die Urbino bei einem seiner Fälle geholfen hatte.

»Nicht mit der Ca' Pozza. Mit dem Haus daneben. Sie wissen es nicht? Sie hat es gekauft, kurz nachdem Possle die Ca' Pozza übernommen hatte.«

Rebecca sprach von dem Haus, aus dem vor einigen Abenden das Lachen und die Schluchzer gekommen sein konnten.

»Sie ist in letzter Zeit nicht sonderlich glücklich mit dem Haus, habe ich gehört«, sagte Rebecca. »Es gab in den letzten Monaten eine Reihe von Einbrüchen und ein oder zwei Überfälle in der Nachbarschaft.« Auch Rebecca wohnte im Stadtteil San Polo, jedoch nicht in der Nähe der Ca' Pozza. »Angeblich ist es eine Jugendbande. Hat offenbar was mit Drogen zu tun, und ein Jugendlicher ist von Razzis Haus zu Tode gestürzt. Sie behauptet, es würde den Wert ihres Besitzes mindern.«

»Ich war neulich nachts in San Polo«, bemerkte Urbino. »Ich hatte das Gefühl, verfolgt zu werden.«

»Seien Sie bloß vorsichtig! Ich bin es jedenfalls. Diese Jugendlichen haben schon am helllichten Tag Leute überfallen. Ich weiß, wie gerne Sie lange Spaziergänge machen, aber Sie sind nicht unverwundbar. Denken Sie daran, dass Sie schon einmal überfallen worden sind, und das war in der Nähe von San Giacomo dell'Orio, oder nicht?«

Urbino nickte. San Giacomo dell'Orio war eine Kirche am Rande des Viertels Santa Croce unweit von San Polo. Es war eines Sommers bei seinen Ermittlungen passiert.

»Ich versuche, vorsichtig zu sein. Benedetta Razzi, sagen Sie? Dann muss ich ihr wohl einen Besuch abstatten.«

»Vergessen Sie nicht Ihren Charme und ein kleines Geschenk für ihre Kinder!«

Rebecca spielte ironisch auf Razzis »Kinder« an. Die alte Frau hatte keine Kinder, sondern eine umfangreiche Puppensammlung, die ihr lieb und teuer war.

Einem der beiden Jungen draußen war es endlich gelungen, den Ball herunterzubekommen, so dass sie wieder spielen konnten. Gerade schossen sie aus Versehen einen ungefähr sechzigjährigen Mann an, der aus der Richtung von San Barnabà kam. Er trug einen langen, grauen Mantel und hatte einen schneeweißen Haarschopf. Der Mann grinste gutmütig und schoss den Ball zu den Jungen zurück. Er trug eine große, schwarze Aktentasche und eine kleine Holzkiste mit Griff.

»Oh, da ist Lino Cipri!«, rief Rebecca.

Cipri war Maler. Er verbrachte die meiste Zeit damit, die Werke anderer Maler zu kopieren, und verdiente damit auch den Großteil seines Geldes. Er arbeitete hervorragend und es war völlig legal, solange er das Bild mit seinem eigenen Namen signierte.

»Ein Bild von Cipri für einen meiner Auftraggeber ist überfällig«, sagte Rebecca und erhob sich. »Das ist alles Ihre Schuld, Ihre und die von Eugene, meine ich.«

Während eines Besuchs über Weihnachten hatte Urbinos Ex-Schwager, Eugene Hennepin, Cipri beauftragt, mehrere Kopien von Bildern aus der Accademia und der Ca' Rezzonico anzufertigen. Cipri arbeitete noch immer daran. Urbino war der Mittelsmann.

»Ich glaube, ich gehe besser ein Stückchen mit ihm und versuche herauszufinden, wie weit er gekommen ist, wenn es Sie nicht stört, allein gelassen zu werden. Leider denkt er momentan an nichts anderes als an Eugenes Geld. Ich muss ihn an seine übrigen Verpflichtungen erinnern.«

Rebecca zog den Mantel an.

»Übrigens«, sagte sie. »Wie geht es Habib? Ich dachte, er wollte mir eine Karte schicken.«

In den vergangenen anderthalb Jahren hatte sie sich mit dem jungen Marokkaner angefreundet.

»Geben Sie ihm eine Chance! Ihm geht's gut, aber er hat viel zu tun. Anfang April wird er zurück sein.«

»Gut. Lange genug vor der Ausstellung.«

Habib würde im »Aperto« ausstellen, das aufstrebenden Künstlern vorbehalten war. Das »Aperto« wurde bei jeder Biennale in der alten Seilerei unweit des Arsenals aufgebaut.

»Habib bei der Biennale! Wer hätte das gedacht!«, begeisterte sich Rebecca. »Geben Sie ihm einen Kuss von mir, wenn Sie ihn wiedersehen!«

Sie beugte sich hinunter und küsste Urbino auf beide Wangen. Als sie sich wieder aufrichtete, legte sie die Hand unter sein Kinn und hob es an.

»Sie sehen müde aus, lieber Urbino. Schieben Sie Nachtschicht im Palazzo Uccello?«

»So ähnlich«, erwiderte er.

In den vergangenen zwei Nächten hatte Urbino denselben Traum gehabt.

Rebecca lief über den Platz auf Lino Cipri zu.

12

Um drei Uhr morgens machte Urbino den Versuch, sich aus Possles Umklammerung zu lösen. Der beunruhigende Traum versagte ihm selbst im Schlaf Erleichterung.

Vor wenigen Minuten war er aus dem Traum erwacht und noch immer schwebten die Gesichter von Possle und der Contessa, umtanzt von hellen Flammen, auf ihn zu. Er würde nicht so einfach wieder einschlafen können. Er musste Possle vertreiben.

Gestärkt mit einem Glas Bourbon, den er für besondere Gelegenheiten aufsparte, ging er in die Bibliothek. Er legte *Symphony Number One* von Elgar auf und versank in einem alten Ledersessel, der einst in seinem Haus in New Orleans gestanden hatte. Kurz darauf machte es sich Serena auf seinem Schoß gemütlich.

Beflügelt von dem im ersten Satz eingeführten erhabenen Thema überdachte er das Problem der Contessa.

Er rief sich in Erinnerung, was er von ihren Angestellten und von ihr persönlich erfahren hatte. Je länger er sich die Einzelheiten durch den Kopf gehen ließ, so wenige es auch waren, desto klarer wurde ihm, dass er einige wesentliche Dinge wissen musste, bevor er überhaupt auf irgendwelche Einsichten hoffen konnte.

Er stellte den Verlust der Gegenstände in einen zeitlichen Rahmen. Die Contessa hatte das malvenfarbene Teekleid an dem Nachmittag getragen, als sie das Filmfestival am Lido besucht hatten. Wenn er sich richtig erinnerte, hatte sie auch den Schlapphut dabeigehabt. Er war ein wenig zerbeult, gehörte aber zu ihren persönlichen Lieblingsstücken. Das Filmfestival war Anfang September gewesen. Das silberne Collier hatte sie zum Salute-Fest getragen. Das war am 21. November.

Mitte Januar hatte sie festgestellt, dass die Kette fehlte. Kurz darauf hatte sie entdeckt, dass die anderen Gegenstände fort waren. Es handelte sich also um einen Zeitraum von viereinhalb Monaten. Irgendwann dazwischen waren die Dinge gestohlen worden.

Jetzt hatte Urbino einen groben Zeitrahmen. Der vergangene Herbst war in jeder Hinsicht ausschlaggebend.

Als das Allegro molto der Symphonie einsetzte, ging Urbino noch einmal den Kalender der Contessa im letzten Herbst durch. Soweit er sich erinnern konnte, war sie die ganze Zeit in der Ca' da Capo-Zendrini gewesen, abgesehen von Tagesausflügen nach Florenz und Mailand, drei Tagen in Rom Ende Oktober und einer Woche in Genf Anfang Dezember, wo sie sich hatte untersuchen lassen. Wenn sie für einen längeren Zeitraum unterwegs war, überwachte Vitale das Haus noch sorgfältiger, jedenfalls sollte er das. Urbino bezweifelte nicht, dass der Majordomus ihm nachdrücklich versichern würde, genau das getan zu haben.

Urbino versuchte, sich an die Gäste der Contessa während jener Zeit zu erinnern. Zwei junge englische Cousinen hatten während der Regata Storica mehrere Tage in der Ca' da Capo-Zendrini verbracht. Das war nach dem Filmfestival im September gewesen. Zwischen Weihnachten und Neujahr hatte die Contessa Besuch von der Großnichte und dem Großneffen des Conte gehabt.

All diese Besuche fielen in den Zeitraum, in dem die Gegenstände verschwunden waren. Urbino glaubte nicht, dass die Gäste der Contessa sie gestohlen hatten, aber ihre Anwesenheit im Haus hatte möglicherweise dazu geführt, dass die Sicherheit weniger beachtet wurde, denn es war ein ständiges Kommen und Gehen.

Das lyrische Adagio begann. Urbino lehnte sich zurück, schloss die Augen und streichelte Serena. Es war das Perfekteste, was Elgar je geschrieben hatte, und Urbino fühlte sich durch den Umstand beflügelt, dass Elgar es im besten Mannesalter komponiert hatte.

Als der Satz verklungen war, kehrten Urbinos Gedanken zu den Wertgegenständen der Contessa zurück. Noch einmal ging er den vorläufigen Zeitplan durch, den er erstellt hatte.

Es hatte ausreichend Gelegenheit für einen risikofreudigen Dieb mit einer Portion Glück gegeben, sich in die alles andere als sichere Ca' da Capo-Zendrini zu schleichen und Kleid, Schal, Hut und Kette zu stehlen. Doch irgendwie war es tröstlich, ein paar Rahmendaten festgesetzt zu haben, die sich bei weiterer Untersuchung als nützlich erweisen konnten.

Urbino weckte Serena, erhob sich und ordnete die verstreuten Bücher, während der vierte Satz erklang. Dann durchblätterte er mehrere alte Zeitungen und Zeitschriften. Nach wenigen Minuten hatte er das Gesuchte gefunden. Es waren Fotos der Contessa, die im Herbst erschienen waren. Die beiden Freunde hatten darüber gescherzt, wie viel positive Aufmerksamkeit der Contessa in relativ kurzer Zeit in den Medien zuteil geworden war.

Er untersuchte das Farbfoto der Contessa, auf dem sie mit Freunden aus Nizza abgebildet war. Es war an dem Nachmittag aufgenommen worden, als sie den Palazzo del Cinema am Lido besucht hatte. Frisch und hübsch sah sie aus in ihrem malvenfarbenen Teekleid. Sie trug den Schlapphut mit den Blumen. Ein anderes Bild, allerdings schwarzweiß, zeigte sie vor Santa Maria del Giglio. Die schneebedeckten Kuppeln der Salute waren im Hintergrund auf der anderen Seite des Canal Grande zu sehen. Um den Hals trug sie das silberne Collier. An ihr passte es trefflich zum Anlass des Festes, Gesundheit und Glück zu feiern. Auf einem dritten Foto, einem Farbbild, trug sie den Fortuny-Schal auf der Loggia der Ca' da Capo-Zendrini. Es war am Sonntag der Regata Storica aufgenommen worden. Urbino und Habib standen neben ihr.

Alle Fotos waren in der Lokalzeitung und deren Beilagen erschienen.

13 *»Eccolo!«,* erklang eine Frauenstimme, als am nächsten Morgen der lange, schwarze Rumpf und die helle Stahlspitze von Urbinos Gondel am Ufer vorbeiglitten. *»L'americano!«*

War Urbino in all den Jahren, die er in Venedig lebte, als Exzentriker betrachtet worden, so hatte ihn die Gondel seit kurzem zu seiner heimlichen Belustigung zu einem noch auffälligeren Mann gemacht. Die Einzigen, die heutzutage stilvoll in Gondeln fuhren, waren Touristen auf ihrer obligatorischen Dreiviertelstunde, die mit dem Foto vor der Seufzerbrücke endete. Selbst wohlhabende Venezianer hatten ihre Privatgondeln längst aufgegeben. Wohl trugen Sammelgondeln die Einwohner an strategisch günstigen Punkten über den Canal Grande, aber eine solch hastige, zweckmäßige Überfahrt zählte wohl kaum als Gondeltour, jedenfalls nicht im klassischen Sinn.

Und gerade die altmodischen Assoziationen waren es gewesen, die die Contessa zu ihrem Geschenk inspiriert hatten.

»Sie wirken wie jemand aus einer anderen Welt«, hatte sie auf der Jungfernfahrt der Barke gesagt. »Wie ein Geist aus der Vergangenheit gleiten Sie durch die Kanäle, genauso wie Sie in mein Leben traten. Woher kommt dieser junge Mann bloß?, dachte ich damals. Und jetzt sind wir hier. Zwei Venedig-Liebhaber mit einer Gondel. Aber geben Sie Acht, *caro«,* hatte sie gesagt und seinen Ärmel berührt. »Die Gondel gehört Ihnen allein und mit dem Tratsch wird es genauso sein. Egal wie oft ich mit Ihnen unterwegs sein werde, man wird Sie als den Gondelfahrer kennen. Aber das werden Sie noch genießen.«

Anfangs hatte Urbino es nicht genossen, so scheu wie er von Natur aus war. Nur langsam hatte er sich an das Lächeln, an die Blicke und Kommentare von der Sorte gewöhnt, den die Frau gerade abgegeben hatte. Trotzdem wusste er, dass er sich in diesem Wasserfahrzeug nie ganz wohl fühlen würde. Auch wenn es romantisch und elegant war, in einer Gondel herumzufahren, so war es doch mehr als nur ein bisschen protzig und übertrieben, besonders wenn einem die Barke selbst gehörte und man über die Dienste eines eigenen Gondoliere verfügte.

Schlimmer wäre nur noch gewesen, wenn die Gondel eine andere Farbe als das gewöhnliche schlichte Schwarz gehabt hätte und wenn Gildo wie die Gondolieri auf einem Gemälde von Carpaccio eine rote Jacke, karierte Strümpfe und eine gefiederte Kappe getragen und spontan ein Lied angestimmt hätte.

Doch trotz der wenig angenehmen Aufmerksamkeit und der Witze war Urbino seine neue oder besser althergebrachte Art der Fortbewegung ans Herz gewachsen. Auch wenn sie nie den Stellenwert seiner weitschweifenden Wanderungen einnehmen konnte, passte der Ruch von Invalidität zu dem Teil von ihm, der nicht unbedingt passiv, aber doch aufnahmebereit und empfindsam war. Sein Kopf, der von Natur aus immer nach Verbindungen suchte und Vergleiche anstellte, sah in dem Fahrzeug oft eine Art gleitender Sänfte mit einem einsamen Gondoliere anstelle von zwei Sänftenträgern und einer *forcola* mit Ruder statt Tragstangen. Doch an anderen, sogar an weniger dunklen und trüben Tagen als heute erschien ihm Lord Byrons Beschreibung, die Gondel sei ein »in ein Kanu gepferchter Sarg« weitaus treffender, wenn auch weniger tröstlich.

Wenn er bisher mit der Gondel unterwegs gewesen war, hatte er eigentlich immer unter der *felze* gesessen, so auch am heutigen grauen Tag, dem 1. März. Zwar war die kleine, überdachte Kabine als Schutz vor schlechtem Wetter gedacht, aber für Urbino besaß sie noch weitere Vorzüge. Sie begünstigte sein Grübeln. Hinter ihren Rolladen genoss er den Luxus, sehen zu können, ohne gesehen zu werden.

Wenn er in seiner Gondel schaukelte, fiel es Urbino nicht schwer, sich über längere, herrliche Strecken wie ein Pascha zu fühlen, der sich auf einem dicken orientalischen Kissen räkelte. Dann stellte er sich vor, in einen abgelegenen, unbekannten Kanal, der auf keiner Landkarte verzeichnet war, oder hinaus in die Weite der Lagune gerudert zu werden, wo er die ferne Stadt in der Phantasie rekonstruieren konnte.

Urbino setzte sich mit den dunkelblauen Kissen im Rücken auf. Er spähte durch die Stäbe, um einen Blick auf die Frau zu erhaschen, die sein Boot angekündigt hatte, aber er sah nur eine eingefallene Mauer, bemooste Wasserstufen, ein mit einer Persenning abgedecktes Ruderboot und die herabhängenden Zweige eines Baumes langsam und verträumt vorbeigleiten.

Seitdem er sich auf diese Art und Weise aufs Wasser begeben hatte, hatte die Stadt wieder die süße Verwirrung bekommen, die sie einst für ihn besessen hatte. Durch seine Vertrautheit mit ihr hatte sie etwas von ihrem Mysterium eingebüßt und nun wurde sie ihm durch das überraschende, außergewöhnliche Geschenk der Contessa zurückgegeben.

Urbino fiel Pasquales Bemerkung über die andere Perspektive vom Wasser aus wieder ein, als Gildo einen scharfen Warnruf ausstieß und die Gondel um einen Knick im Kanal steuerte. Verwitterter, roséfarbener Ziegelstein zog vorbei. Wo genau er sich befand, wusste Urbino nicht, nur dass er *al di là del Canale* war, auf der anderen Seite, wie die Venezianer den Teil der Stadt nennen, der gegenüber von San Marco liegt.

Während er die Aussicht oder das, was ihm die schmalen Ritzen seines höhlenartigen Raumes zu sehen erlaubten, betrachtete, überkam ihn eine gewisse Trägheit.

Bald war er beinahe eingenickt, so müde machte ihn der wiederkehrende Traum von Possle, der verschleierten Frau und der Contessa in einem in Flammen stehenden Raum.

Unvermeidlich kreisten Urbinos Gedanken um den alten Possle und die Dinge, die er würde erfahren können, wenn sich ihm die Tore der Ca' Pozza jemals öffneten.

Die Rufe von Kindern, die auf einem Platz Fußball spielten, holten Urbino in die Gegenwart zurück. Er schaute durch die Kabinenöffnung nach vorne zum Bug der Gondel, wo der stählerne *ferro* mit seinem geschwungenen Blatt und den sieben stumpfen Zähnen die Morgenluft durchschnitt. Manchmal vertrieb Urbino sich müßig die Zeit mit der Gedankenübung, welche Bedeutung die ungewöhnliche Form wohl hatte. Aber ob der barock anmutende *ferro* nur ein Gegengewicht zum Gondoliere am Heck darstellte oder ein Instrument war, um die Höhe von Brücken zu messen, oder, noch abstruser, ob er eine Reminiszenz an ägyptische Trauerschiffe darstellte, war glücklicherweise nicht von Bedeutung. Auch wenn es Urbino lieber war, Antworten zu finden, störte ihn das kleine Geheimnis des *ferro* nicht weiter. Selbst wenn er eine Antwort fände, würde sie ihn nicht beunruhigen. Es stand nichts auf dem Spiel.

Wenn es um das Geheimnis der verlorenen Wertgegenstände der Contessa doch nur genauso bestellt wäre, dachte er und rückte ein Kissen in seinem Rücken zurecht.

Er hatte ihr noch nicht erzählt, was er von ihrem Personal erfahren hatte. Die Contessa war in die Vorbereitungen für ihre erste *conversazione* am kommenden Freitag, in sieben Tagen, vertieft und deshalb nicht weiter in ihn gedrungen. Aber er hatte sich vorgenommen, am nächsten Tag mit ihr zu sprechen.

Er gab nur ungern zu, dass er der Contessa für ihr Problem dankbar war. Es lieferte ihm einen anderen Grund zum Grübeln als Possle. Seit Monaten hatte ihn fast alles, was er tat, alles, was er las, jedes Gemälde, das er sah, jeder Spaziergang, den er unternahm, früher oder später zur Ca' Pozza und ihrem Bewohner geführt.

Ja, sagte er in der dunklen kleinen Kabine zu sich, es war eine willkommene Ablenkung, sich um wenigstens eine Sache zu kümmern, die nichts mit dem alten Eigenbrötler zu tun hatte.

Kurze Zeit darauf jedoch zeigte ihm ein Blick durch die Jalousien, wie wenig er seiner Besessenheit entfliehen konnte. Hoch ragten die bröckelnden Mauern der Ca' Pozza am Kanalufer auf und spiegelten sich im Wasser.

Als er vom Palazzo Uccello aufgebrochen war, hatte er Gildo keine Richtung vorgegeben. Und doch waren sie nun hier und glitten an dem begehrten Haus vorbei.

Wenn er Gildo sonst schon einmal angewiesen hatte, durch San Polo zu fahren, hatte er ihn immer gebeten, langsamer zu werden, wenn sie sich der Ca' Pozza näherten.

Vielleicht bremste Gildo deshalb nun ab – um Urbino einen Gefallen zu tun. Sanft schaukelten sie hin und her.

Urbino kippte die Jalousien so, dass er die oberen Stockwerke von Possles Palazzo sehen konnte. Das Dachgeschoss vereitelte seine Bemühungen, denn es zeigte nur eine Reihe dunkel verhängter Vierecke. Die Fenster des *piano nobile* waren wenig hilfsbereiter, aber immerhin waren sie größer, gebogen und mit helleren Stoffen verhängt, von einem Fenster abgesehen. Urbino musterte die hohen Türen auf der steinernen Loggia über dem Kanal. In einer von ihnen war neulich nachts die Gestalt erschienen, die scheinbar einen abgetrennten Kopf in der Hand hielt. Eine alberne Halluzination, redete er sich nun ein.

In Urbinos Kopf, in seiner Phantasie spielte sich ein so großer Teil seines Lebens ab, dass manchmal selbst die nackte Wahrheit eine phantastische Färbung annahm. Allzu oft war er in einem Zustand leichter Enttäuschung oder vorübergehender Verwirrung. Bisher hatte er sein Gleichgewicht immer wieder gefunden, aber er hatte Angst, dass die dafür nötigen Anstrengungen eines Tages viel mühevoller würden, als sie bisher gewesen waren, und er seine Ausgeglichenheit nicht mehr ohne weiteres erlangen könnte.

Diese Gedanken unterschieden sich auf ihre Weise nicht sehr von den in seinen Augen unbegründeten Ängsten der Contessa, was das Verschwinden ihrer Wertsachen für sie bedeuten mochte.

Während die Gondel wieder ihre alte Geschwindigkeit aufnahm, warf Urbino noch einen letzten Blick zur Ca' Pozza empor.

Plötzlich zerriss der Schrei einer Frau die Stille. Es war ein schmerzerfülltes Geheul. Eine Frau mittleren Alters in einem abgetragenen blauen Kittel stand am Ufer. Sie schüttelte die Faust und rief etwas auf Italienisch. Urbino konnte nur das eine oder andere Wort verstehen, doch es ergab keinen Sinn. Die Frau schien ihre Wut auf die Gondel und das Heck zu richten, wo Gildo die ballettartigen Bewegungen zur Fortbewegung des Fahrzeugs vollführte.

Vielleicht narrte Urbino aber auch sein nicht sonderlich guter Blick auf die Frau, denn im nächsten Moment war er überzeugt, dass die Ca' Pozza Gegenstand ihres Zorns war. Böse funkelte sie das schweigende Haus an. Nur teilweise zusammenhängende Flüche schwebten durch die Morgenluft, gefolgt von heftigem Schluchzen.

Es handelte sich mit Sicherheit um dieselbe Stimme, die in der Nacht in schrilles Gelächter und danach in Weinen ausgebrochen war.

Wer war die Frau? Was hatte sie mit der Ca' Pozza zu tun? Und warum war sie so wütend und traurig?

Diese Fragen stellte sich Urbino, während sich die Gondel, so schien es, schneller als sonst von der Ca' Pozza entfernte.

14

»Eines weiß ich genau«, sagte Urbino am nächsten Nachmittag im *salotto blu* zur Contessa. »Silvia und Vitale können ihren Vorgängern nicht das Wasser reichen.«

Die Contessa starrte ihn an.

»Mussten Sie Ihre Lupe polieren und auf die Pirsch gehen, um das herauszufinden? Mir ist durchaus klar, dass sich hier so einiges zum Schlechteren gewendet hat.«

»Sie sprechen wieder von Ihrem Körper, Ihrem Kopf und Ihrem Geist. Aber ich glaube keine Sekunde daran und Sie auch nicht. Dennoch: Vitale ist unerträglich selbstgefällig und Ihre Silvia ist oberflächlich und ausweichend.«

»Jetzt erzählen Sie mir auch noch, mein Personal gleiche den Figuren in einem Goldoni-Stück! Ehe ich mich versehe, werden Sie sie noch als Diener bezeichnen.«

»Wenn es tatsächlich Goldoni-Figuren sind, liebe Barbara, dann vergessen Sie nicht, dass Goldoni viele vor den Kopf stieß, indem er zeigte, dass die dienende Klasse eigene Geschichten und Intrigen weben kann.«

»So lautet also das Ergebnis all Ihrer Ermittlungen, dass Vitale und Silvia ein Leben jenseits meines Hauses führen? Wie schockierend!«

Es sollte neckisch klingen, doch verblasste das schwache Lächeln auf ihrem Gesicht schnell.

»Wir haben unsere Erfahrungen mit dem heimlichen Leben meiner Angestellten gemacht, nicht wahr?«, fragte sie in

Anspielung auf die Tragödie um ihren vorigen Bootsführer im vergangenen Jahr.

»Wir können es nicht ausschließen«, sagte Urbino. »Nicht dass ich einem Mitglied Ihres Personals misstraute, aber wir müssen alle Möglichkeiten in Betracht ziehen.«

»Sie haben Pasquale nicht erwähnt.«

»Vielleicht der Beste von allen. Ich komme noch auf ihn zu sprechen. Was Vitale angeht, er behauptet, Sie hätten ihn nicht gebeten, den Türklopfer zu reparieren. Soweit er sich erinnern könne«, fügte Urbino hinzu, obwohl der Majordomus diese Einschränkung nicht gemacht hatte. »Er wirkt nicht wie jemand, der schnell einen Fehler zugibt. Und er besteht darauf, dass niemand ins Haus kommen konnte. Nicht wenn er Wache hatte. Und ich rate Ihnen noch einmal, Barbara: Beauftragen Sie jemanden, ein Sicherheitssystem einzubauen. Warum lassen Sie nicht zuerst einmal Demetrio Emo …«

Er wurde von einem leisen Klopfen an der Tür unterbrochen. Mit einem nervösen Lächeln trat die hübsche Silvia ein, einen dampfenden Wasserkessel in der Hand.

Auf Italienisch sagte die Contessa: »Ich habe festgestellt, Urbino, dass Ihr netter Gildo in letzter Zeit so traurig aussieht. Hat er sich aus irgendeinem Grund über Sie geärgert?«

Die Contessa warf Silvia einen verstohlenen Blick zu, während die junge Frau den Kessel auf dem Tisch abstellte. Das Hausmädchen zögerte und hantierte unnötig mit Kessel und Teetassen herum.

»Er ist ziemlich zerstreut«, antwortete Urbino ebenfalls auf Italienisch und fragte sich, was die Contessa wohl mit dem Spielchen bezweckte.

»Aber er ist so zuverlässig wie immer. Vor kurzem starb ein Freund von ihm, der eine Ausbildung zum *remero* angefangen hatte.«

»Der Arme! Aber seine neue melancholische Ausstrahlung passt zu seinem Beruf, wenn man bedenkt, wie hübsch er ist.«

Silvia schloss die Tür hinter sich.

»Was war das gerade?«, fragte Urbino.

»Silvia ist richtig verschossen in Gildo. Ein Beispiel für das Privatleben meines Personals.«

»Und deshalb wollten Sie das arme Mädchen quälen?«

»Sie wissen, dass ich gerne Amor spiele, auch wenn ich es da bei Gildo ganz schön schwer haben könnte. Außerdem, *caro,* sprachen wir gerade über meine Angestellten, inklusive Silvia, das muss sie nicht im ganzen Haus herumposaunen.« Die Contessa schnitt einen leckeren Kuchen auf dem Tisch an. »Falls Sie es noch nicht bemerkt haben: Ich habe einen Madeira-Kuchen gebacken.«

Nach Urbinos Wissen war dies der einzige Kuchen, den sie überhaupt backte, aber dafür gelang er ihr immer vorzüglich. Allerdings machte sie sich nur ans Backen, wenn sie sehr aufgeregt war, und dann konnte es vorkommen, dass sie Mengen produzierte, die für eine kleine *pasticcheria* gereicht hätten.

»In diesem Fall«, sagte Urbino und erhob sich, »gönne ich mir statt des Tees ein Glas von Ihrem Madeira.«

Er goss sich den trockenen Wein ein und nahm wieder Platz. Die Contessa reichte ihm ein großzügiges Stück Kuchen.

»Ich habe keinen Bedarf für Demetrio Emo oder jemanden von Ihrer Sicherheitsfirma«, sagte sie, geschickt an das Thema anknüpfend, das sie besprochen hatten, bevor Silvia eintrat. »Alle Türen haben Schlösser. Solide Schlösser. Die Kamera am Straßeneingang reicht aus. Will ich vielleicht in allen Ecken Laserstrahlen haben, die Blitzlicht und Geheul auslösen? Männer, die zu meiner Rettung eilen, wenn ich lediglich versuche, mir mitten in der Nacht ein Glas Milch zu holen?«

»Bei mir zu Hause funktioniert es gut und ich habe nur ein

Zehntel dessen, was Sie besitzen. Sehen Sie doch, was allein schon in diesem Zimmer steht!«

Er machte eine ausladende Handbewegung. Fast jedes Gemälde, jede Lithographie, jedes Accessoire, jedes Möbelstück im Raum besaß eine Geschichte – und in den meisten Fällen auch einen großen Wert. Urbino biss ein Stück vom Kuchen ab.

»Sie müssen sich ja auch um Ihre eigene Person sorgen«, gab die Contessa zurück. »Ihre Detektivspielchen haben Sie bei einigen Menschen unbeliebt gemacht.«

Das stimmte und war auch einer der Hauptgründe, warum er eine Alarmanlage hatte einbauen lassen. Die Contessa als seine Freundin und engste Vertraute war in diesem Punkt selbst angreifbar genug.

»Muss ich mich jetzt zwischen Frau und Tiger entscheiden wie in der Geschichte von Stockton, *caro?* Muss ich mich entscheiden, ob ich lieber den Verstand verliere oder jemand in mein Haus einbrechen lasse?«

»Oder ob Sie lieber davon ausgehen, dass jemand im Haus womöglich missgünstig ist«, sagte er und trank noch einen Schluck Madeira.

»Mir gefällt Ihre Wortwahl. Jemand Besonderes?«

»Am ehesten verdächtig wäre die verliebte Silvia. Sie hat unmittelbaren Zugang zu Ihren persönlichen Gegenständen. Wenn wir doch nur herausbekämen, ob all die Dinge zur selben Zeit verschwanden!«

»Warum ist das wichtig?«

»Jemand im Haus würde eher eins nach dem anderen an sich nehmen. Ein Einbrecher würde wohl alles auf einmal stehlen.«

»Aber wenn jemand im Haus besonders clever wäre«, warf die Contessa ein, »würde er vielleicht alles auf einmal nehmen, oder? Dann sähe es wie ein Einbruch aus. Aber ich habe keine Ahnung, ob alles zusammen oder nacheinander verschwunden ist. Wie ich Ihnen schon sagte, habe ich mir erst Sorgen gemacht, was sonst noch verschwunden sein könnte, als ich das Fehlen der Silberkette bemerkt hatte. Erst da entdeckte ich die anderen Sachen – beziehungsweise entdeckte sie nicht. Das war Mitte Januar.«

Urbino lieferte ihr einen kurzen Abriss des zeitlichen Rahmens, den er nachts in der Bibliothek entworfen hatte.

»Gehen wir das noch einmal gemeinsam durch«, schlug er vor. »Vor Anfang September kann niemand das Kleid und den Hut genommen haben. Können Sie sich erinnern, eins von beiden von da an bis Mitte Januar nochmals gesehen zu haben?«

»Ich bin mir nicht ganz sicher, aber ich glaube, sie waren Mitte November vor dem Salute-Fest noch im Schrank.«

»Und der Fortuny-Schal? Den haben Sie bei der Regatta getragen. Und danach?«

»Ich hatte ihn im Oktober um, als ich nach Florenz fuhr«, entgegnete sie nach kurzem Nachdenken. »Eine deutsche Frau auf dem Ponte Vecchio sagte etwas dazu. Und er war auch noch vor dem Salute-Fest in meinem Schrank!«

Sie lächelte, als hätte sie eine große Tat vollbracht.

»Das bedeutet, dass Ihre Dinge zwischen Mitte November und Mitte Januar verschwanden. Das engt den Zeitraum etwas ein. Es gibt noch etwas, das uns helfen könnte. Ist Ihnen aufgefallen, dass es öffentliche Fotos gibt, auf denen Sie Kleid, Hut, Schal und auch die Kette tragen? Sie erschienen zwischen Anfang September und Ende November in *Il Gazzettino, La Nuova Venezia* und *Marco Polo.«* Er hielt inne. »Alles Lokalzeitungen.«

»Aber was bedeutet das?«

»Vielleicht nichts, vielleicht viel. Wir könnten da eine Spur haben. Ich weiß nur noch nicht, welche.«

Urbino wartete, dass sie einen Schluck Tee trank, bevor er beschrieb, wie Pasquale das Ruderboot gefunden hatte, das vor dem Eingang der Ca' da Capo-Zendrini im Wasser trieb.

»Das habe ich nicht gesehen«, sagte die Contessa. »Und er hat mir nichts davon erzählt.«

»Dafür gab es ja eigentlich auch keinen Grund. Damals jedenfalls nicht. Nun ja, jemand hätte mit dem Boot zu Ihrem Anleger rudern und von dort ins Haus gelangen können. Die Tür des Wassereingangs führt in den selten genutzten Bereich mit dem großen Schrank. Der Betreffende hätte sich darin verstecken können, bis es eine Möglichkeit gab, unbemerkt herauszukommen.«

»Und dann lief er durch das Haus und stahl meine Sachen.«

»Alles auf einmal oder nacheinander, wie wir gesagt haben, aber ich tippe darauf, dass er oder sie alles auf einmal mitnahm. Es ist unwahrscheinlich, dass jemand Ihr Haus als seinen persönlichen Obstgarten benutzte.«

»Er oder sie, sagen Sie, aber es muss eine Frau sein. Vergessen Sie nicht, was gestohlen wurde.«

»Ich finde nichts selbstverständlich. Wenn sich jemand auf diese Weise oder anders Zutritt zum Haus verschaffte, dann geschah das höchstwahrscheinlich, während Sie in Genf weilten. Oder als Alvises Verwandte zum Ende des Jahres zu Besuch waren.«

»Aber warum da? Sie meinen doch nicht, dass ...«

»Natürlich nicht«, unterbrach er sie. »Das sind bloß die beiden Zeiträume, in denen nicht die üblichen Abläufe galten. Besonders am Jahresende, als hier Menschen ein- und ausgingen, die hier nicht leben.«

»Aber das Personal kennt sie sehr gut!«

»Das stimmt schon, trotzdem mag es günstige Gelegenheiten gegeben haben, ins Haus zu gelangen.«

»Günstig aber nur für einen Dieb.«

»Aber es gibt noch eine Sache, die seltsamer als alles andere ist.«

»Und die wäre?«

Urbino ließ den Blick durch den prächtig ausgestatteten Raum schweifen. Er setzte den Teller auf dem Tisch ab und ging zu einer der Vitrinen. Er öffnete die Glastür und holte eine erlesene Kamee hervor. In Zeitlupe schob er sie in seine Tasche.

»Und davon gibt es noch ein ganzes Dutzend, von Ihrem roséfarbenen Pompadour- und dem himmelblauen Sèvres-Porzellan ganz zu schweigen. Jedes Einzelne ist mehr wert als die Summe der Gegenstände, die Ihnen jetzt fehlen, und man könnte sie wirklich leicht fortschaffen. Warum sollte jemand Ihre getragene Garderobe haben wollen? Das Collier verstehe ich ja gerade noch, obwohl: Warum ausgerechnet dieses Schmuckstück? Wenn jemand ins Haus einbricht, geht derjenige – oder diejenige – ein großes Risiko ein. Die getragenen Kleider, die stören mich. Es wäre um einiges einfacher zu erklären, wenn ein paar Ihrer kleinen Wertgegenstände verschwunden wären. Glauben Sie, dass das sein könnte?«

»Langsam halte ich alles für möglich. Ihre Medizin ist so bitter wie die Krankheit. Vielleicht sogar bitterer.«

»Ich verabreiche noch keine Medizin. Aber seien Sie auf der Hut! Wieso stellen Sie nicht einen Nachtwächter ein, wenn Sie keine Alarmanlage einbauen möchten? Wir sind wachsam, sagte Vitale immer wieder, aber egal, von wem er da sprach, er bleibt nicht die ganze Nacht auf und hat auch keine Augen im Hinterkopf.«

»Bei dem Gedanken, dass ein Mann mit Taschenlampe und Schlagstock durch das Haus patrouilliert, zucke ich innerlich zusammen, aber ich werde es mir überlegen.«

Sie schwieg, trank ihren Tee und starrte auf die Glasvitrinen.

»Nun, *caro,* Sie halten Ihren Teil des Versprechens«, sagte sie nach einer Weile. »Ich würde von mir gerne dasselbe behaupten. Doch angesichts der *conversazione* am Freitag habe ich noch nichts wegen Ihres Samuel Possle unternommen. Aber für morgen habe ich etwas geplant. Nein, fragen Sie nicht, was es ist. Sonst liegt noch ein Fluch darauf. Sobald ich Ihnen etwas erzählen kann, tue ich es. Gehen Sie einfach nach Hause und warten Sie ab! Und drei Stücke Madeirakuchen sind bereits zum Mitnehmen für Sie eingepackt. Eins für Sie, eins für Natalia und eins für Gildo.«

15

Nach seinem Gespräch mit der Contessa war Urbino fünf Tage lang beschäftigt, aber nichts davon hatte mit Possle oder den verlorenen Wertgegenständen der Contessa zu tun.

An einem windigen, regnerischen Montagmorgen ging er mit Rebecca in die Corderie dell'Arsenale, um Habibs Ausstellungsfläche zu begutachten. Anschließend aßen sie in einer nahe gelegenen Trattoria zu Mittag und besprachen, was sie noch vor Habibs Rückkehr für ihn erledigen mussten. Doch während des gesamten Essens war Urbino in Gedanken weit weg. Er merkte, dass es Rebecca auffiel, aber sie äußerte sich nicht dazu.

Am nächsten Tag fuhr er mit dem Zug nach Mailand, um seine Übersetzerin zu treffen. Die Stunden mit ihr trugen jedoch nur dazu bei, seine Unruhe wegen Possle zu steigern, weil sie ihn in einem fort fragte, was sein nächstes Projekt sein würde.

Als Urbino einige Tage unerwarteten Besuch von Freunden aus Paris bekam, war er dankbar für die Ablenkung. Hingebungsvoll zeigte er ihnen die Stadt und machte mit ihnen in der Gondel einen Ausflug nach Torcello, nachdem Gildo einen zweiten Ruderer hatte auftreiben können. Es war nett trotz der Kälte, dennoch gelang es Urbino nicht, sich von Possles Geist zu lösen, den die beiden jungen Gondolieri wie einen zusätzlichen, unsichtbaren Passagier mit über die Lagune rudern mussten.

Urbino unterließ es, sich bei der Contessa zu melden, da sie sich für die erste *conversazione* vorbereitete. Er zweifelte nicht daran, dass sie alles in ihrer Macht Stehende für ihn tat, fragte sich aber, was aus den Plänen geworden war, die sie angedeutet hatte. Ihr Schweigen, an sich ungewöhnlich und entmutigend, ließ ahnen, dass sie ihm noch nichts Ermutigendes zu berichten hatte.

Wann immer er spazieren ging, hielt er sich von der Ca' Pozza fern, und auch Gildo, ob mit oder ohne Absicht, steuerte die Gondel nicht in die entsprechende Richtung. Das Meiden der Ca' Pozza war womöglich schwerer als alles andere, das er in dieser Zeit ertrug, denn das alte Haus schien ihn aus der Ferne mit einem Versprechen, manchmal auch mit einer Drohung herbeizulocken.

Zu allem Überfluss suchte ihn der Traum von Possle und dem Feuer mit noch größerer Intensität heim.

Urbino, der in den vergangenen Monaten außer einem Einbruch in die Ca' Pozza alles Mögliche versucht hatte, wartete, und während er wartete, setzte er seine Hoffnung auf die Contessa – auf sie und etwas, das er manchmal Schicksal nannte.

Am Donnerstag dann, es war der 7. März, ein Tag vor der ersten *conversazione* der Contessa, riss morgens um Viertel nach acht die Klingel des Palazzo Uccello Urbino aus einem unruhigen, gequälten Schlaf, und alles änderte sich.

16

»Da fragt ein Herr nach Ihnen, Signor Urbino«, erklärte Natalia vor der geschlossenen Schlafzimmertür.

»Führen Sie ihn in den Salon.«

Urbino zog seinen Morgenmantel über und spritzte sich Wasser ins Gesicht. Er ging in den Salon hinunter, doch der war leer. Natalia kam aus der Küche gehuscht, wischte sich die Hände an der Schürze ab.

»Ich habe ihn gebeten, hereinzukommen, aber er ist einfach da stehen geblieben«, flüsterte sie. Mit einem zweifelnden Stirnrunzeln blickte sie in Richtung Flur. »Der Mann sieht komisch aus. Und er hat kein Wort gesagt. Kein einziges. Er hat nur auf einen Briefumschlag gezeigt, auf dem Ihr Name steht. Aber er wollte ihn mir nicht geben.«

Sie schüttelte ihren grauen Kopf. Sie habe schon viele sonderbare Dinge gesehen, seit sie für Urbino arbeitete, schien Natalia sagen zu wollen, aber dies sei wirklich die Krönung.

Als Urbino den Flur betrat, verstand er ihre Reaktion.

»Ich nehme mich seiner an. Vielen Dank.«

Vor der Haustür stand ein großer, dürrer Mann mit abschreckenden, harten Gesichtszügen. Das schwarze, grau gesträhnte Haar war aus der Stirn gekämmt. Urbino schätzte ihn auf Anfang sechzig. Die Augen des Mannes waren groß und schwarz und glänzten. Irgendwas an seinem Blick erfüllte Urbino mit unbestimmter Furcht und Unbehagen. Der Mann war von Kopf bis Fuß schwarz gekleidet, was die unheimliche Blässe seiner Haut und den kleinen, weißen Umschlag betonte, den er Urbino hinhielt. Seine Hand war mit Narben überzogen, als habe er sich vor vielen Jahren verbrannt. Urbino warf einen kurzen Blick auf die andere Hand. Sie war ebenfalls vernarbt. Ein abgestandener, ungewaschener Geruch zog Urbino in die Nase, als er sich dem Mann näherte.

Mit Widerwillen, der dem Fremden nicht entging, nahm Urbino den Umschlag entgegen.

Sein voller Name, Raphael Urbino Macintyre, war in purpurner Tinte auf den Umschlag gekritzelt. Urbino war überrascht. Nur sehr wenige Menschen wussten, dass er sich mit seinem zweiten Vornamen anreden ließ oder dass er überhaupt einen anderen besaß.

»Würden Sie mir bitte in den Salon folgen?«

Der Mann schwieg. Ein schwaches Lächeln kroch auf seine dünnen Lippen. Es konnte seine düstere, bedrohliche Ausstrahlung nicht mildern. Bevor Urbino etwas sagen oder tun konnte, durchbohrte der Fremde ihn mit einem letzten Blick, öffnete die Tür und verschwand, ohne ein Wort zu sagen. Die Tür schlug er hinter sich zu.

Unverzüglich riss Urbino den Umschlag auf. Darin befand sich ein Blatt weißes Papier von guter Qualität, von der Zeit vergilbt. Urbinos Blick huschte zur Unterschrift.

»*Samuel Possle*«

Die ganze Nachricht bestand aus dem aktuellen Datum und einem Satz:

»*Kommen Sie heute Nachmittag um halb vier in die Ca' Pozza.*«

17

Es war eine Aufforderung, keine Einladung. Aber das war Urbino im Moment ziemlich gleichgültig. Er war so gut wie am Ziel. Und dafür hatte er der Contessa zu danken.

Urbino griff zum Telefon, um ihre Nummer zu wählen, als es an der Tür klingelte. Es war so ungewöhnlich, zu dieser frühen Stunde einen Gast zu haben, von zweien gar nicht zu sprechen, dass Urbino selbst nach unten zur Tür ging, weil er erwartete, wieder den ernsten, schwarz gekleideten Mann vor sich zu sehen.

Stattdessen stand dort im wabernden Morgennebel der Maler Lino Cipri mit seiner Malerausrüstung und einer schwarzen Ledermappe. Er machte ein entschuldigendes Gesicht. Als er Urbinos Morgenmantel registrierte, wurde er richtig verlegen.

»Entschuldigen Sie, Signor Macintyre. Ich hoffe, ich habe Sie nicht geweckt«, sagte Cipri auf Italienisch. Er war ein gut aussehender Mann und hatte trotz seiner knapp siebzig Jahre eine glatte Haut. »Ich vergesse immer, wie früh es ist.« Nervös schaute er auf die Uhr. »Ich hätte mich anmelden sollen.«

»Aber nein. Kommen Sie herein!«

»Macht es Ihnen ganz bestimmt nichts aus? Ich möchte etwas bei Ihnen abgeben.«

»Ganz bestimmt nicht.«

Urbino warf einen kurzen Blick nach draußen. Nebel kroch über das Wasser des Kanals und zog über Kai und Brücke. Possles düsterer Bote war nirgends zu sehen, aber plötzlich tauchte Gildo auf der Hausseite neben der Wassertreppe auf. Er schien verwundert, Urbino in der offenen Tür stehen zu sehen, und nickte ihm schweigend zu. Dann bückte er sich, um einen Schnürsenkel zu binden.

»Ich bin eigentlich vor dem Sieben-Uhr-Läuten auf den Beinen«, sagte Urbino, als er die Tür schloss. »Möchten Sie einen Kaffee?«

»Vielen Dank, nein.«

Cipri schwitzte, als habe er sich beeilt. Oder er war krank. Seine Augen hatten einen fiebrigen Schimmer. Urbino nahm ihm den Mantel ab.

Cipris schwere wollene Strickjacke, die sich an einem Ärmel auflöste, und seine flatternde Krawatte verliehen ihm ein angemessen künstlerisches Aussehen, das von seinem eindrucksvoll dichten, weißen Haar noch unterstrichen wurde.

Urbino führte ihn in den voll gepfropften Salon. Cipri stellte seine Malerutensilien ab, behielt die Mappe aber in der Hand. Er betrachtete das Bronzino-Porträt einer in Brokat gekleideten und mit Perlen behängten florentinischen Dame über dem Kamin.

»Wunderschön«, sagte er. Er näherte sich dem Bild. »Es ist restauriert worden, das ist mir bekannt, aber es ist nichts davon zu sehen.« Als Urbino in Marokko gewesen war, hatte ein amerikanisches Ehepaar auf den Palazzo Uccello aufgepasst. Es hatte der Inneneinrichtung und einigen seiner wertvollsten Besitztümer beträchtlichen Schaden zugefügt. Aus unerfindlichem Grund hatte das Paar den Bronzino abgehängt und neben ein offenes Fenster gestellt, wo er während eines Gewitters durchnässt wurde.

»Leider kann ich Ihnen genau zeigen, wo der Schaden ist«, sagte Urbino. »Ich sehe ihn sogar von hier.«

»Es ist nicht immer von Vorteil, ein Kenner zu sein, besonders wenn es die Freude an einem so schönen Gemälde wie diesem beeinträchtigt. Ich versichere Ihnen, dass keine Spur der Beschädigung zu sehen ist, und das ist die Meinung eines Fachmannes.«

Cipri legte seine Mappe auf eine Ottomane vor dem Sofa. Er schlug sie auf.

»Ich habe die zwei Longhis für Signor Hennepin fertig gestellt. Ich dachte, es sei am besten, sie herzubringen. Meine Wohnung schrumpft zusehends zwischen meinen Bildern und den Büchern und Zeitschriften meiner Frau.«

Urbino und die Contessa hatten Cipris Frau noch nicht kennen gelernt. Sie hatten gehört, dass sie krank und an die Wohnung am Lido gebunden war.

Cipri zog zwei kleine, ungerahmte Leinwände aus der Mappe. Es waren Kopien von Bildern aus dem Longhi-Zimmer der Ca' Rezzonico am Canal Grande. Das eine zeigte maskierte Damen und Herren, die ein schwarzes Nashorn beäugten, auf dem anderen las ein Wahrsager einer maskierten Frau aus der Hand.

»Hervorragend!«, sagte Urbino. »Eugene wird sich freuen. Sie wissen ja, wie sehr ihm die Originale gefielen.«

Cipri lächelte. Über das Lob freute er sich wahrscheinlich ebenso wie über die Aussicht, bald noch mehr Geld von Eugene zu erhalten. Man erzählte sich, dass er knapp bei Kasse sei, wohl wegen der Krankheit seiner Frau. Gelegentlich baute Cipri seine Staffelei vor den Giardini Pubblici unweit der Piazza San Marco oder an der Riva degli Schiavoni auf, um auf die Schnelle Porträts von Touristen anzufertigen, die eher Karikaturen waren.

»Der Molière unter den Malern«, sagte Cipri und meinte damit nicht sich, sondern Pietro Longhi. »So wird er genannt, behauptet meine Frau.«

»Und Sie sind ihm hervorragend gerecht geworden. Ich werde dafür Sorge tragen, dass die Bilder so sicher wie möglich verschickt werden«, versicherte ihm Urbino.

Er lehnte die beiden Leinwände nebeneinander gegen die schwarzen Kissen des Sofas und machte noch einige begeisterte Bemerkungen, damit Cipri nicht das Gefühl bekam, er wolle ihn möglichst schnell aus dem Haus treiben.

»Ich habe alle Unterlagen dabei«, sagte Cipri.

Er holte einen großen Pappumschlag aus seinem Koffer.

»Hier sind der Auftrag, eine Rechnung und ein Zertifikat, dass es sich um Kopien handelt. Alles ist ausgefüllt, abgestempelt und bescheinigt. Sie wissen ja, wie das hier ist.«

Urbino nahm den Umschlag entgegen.

Die beiden Männer standen sich betreten schweigend gegenüber.

»Wollen Sie ganz bestimmt keinen Kaffee trinken?« Urbino hoffte, gastfreundlicher zu klingen, als ihm zumute war. »Frühstück vielleicht?«, fügte sein Schuldgefühl hinzu. »Ich habe noch nicht gefrühstückt. Natalia hätte es in wenigen Minuten fertig. Dann hätten Sie Zeit, den Bronzino genauer zu betrachten und zu sehen, ob er Ihrem ersten Urteil standhält.«

»Oh, das würde er ganz bestimmt! Aber vielen Dank. Ich muss mich auf den Weg machen. Wie ihr Amerikaner immer sagt: Zeit ist Geld und ich will zur Accademia, um weiter an den Bildern für Signor Hennepin zu arbeiten. Wenn Sie in nächster Zeit am Lido vorbeikommen, schauen Sie doch mal bei uns herein! Ich bin nachmittags fast immer zu Hause. Meine Frau würde sich freuen, Sie kennen zu lernen. Sie hat viel von Ihnen gehört.«

Cipri zog seinen Mantel über und griff nach seinen Utensilien und der Mappe. Urbino brachte ihn zur Tür. Bevor er sie hinter ihm schloss, schaute er dem Maler hinterher, bis er auf der anderen Seite der Brücke im Nebel verschwand. Gildo war nicht mehr am Ufer.

18

Urbino trank die kleine Tasse Espresso, die ihm Natalia aufdrängte, als sei es Medizin. Dazu aß er etwas vom Madeira-Kuchen. Er versprach Natalia, später ordentlich zu frühstücken. Zuerst musste er telefonieren.

In der Bibliothek wählte er die Nummer der Contessa und schaute dabei aus dem Fenster auf den leeren, nebelverhangenen Kai hinunter. Normalerweise rief er sie nicht vor halb zehn an, aber es gab ja einen besonderen Anlass.

Schon nach dem zweiten Klingeln hob die Contessa ab.

»Was ist los, *caro?«*

Sie klang besorgt.

»Als ob Sie das nicht wüssten, Sie Wundertäterin! Wenn ich es nicht heute erfahren hätte – genau genommen vor wenigen Minuten –, dann wäre ich eingeknickt und hätte Sie angefleht, mir zu verraten, was Sie vorhatten. Ich möchte Ihnen einen dicken Kuss geben. Es hat geklappt!«

»Was hat geklappt?«

»Was auch immer Sie getan haben, welche Fäden Sie gezogen haben, welche Versprechen Sie gegeben, wen auch immer Sie verzaubert haben. Ich verehre Sie und Ihren Madeira-Kuchen! Ich bin drin! Ich bin in der Ca' Pozza, beziehungsweise werde heute Nachmittag um Punkt halb vier drin sein!«

Am anderen Ende herrschte Schweigen.

»Aber ich habe überhaupt nichts getan, Urbino!«, rief die Contessa nach einer Weile. »Nicht ein klitzekleines Bisschen. Ich musste am Samstagabend nach Bologna, kurz nach unserem Treffen. Die arme Clementina ist schrecklich krank.« Clementina war die ältere Cousine des Conte. »Ich hatte schon Befürchtungen, meine erste *conversazione* verschieben zu müssen. Bis gestern Abend war ich bei ihr. Jetzt ist sie Gott sei Dank über den Berg. Ich wollte Sie später anrufen und mich entschuldigen.« Die Contessa holte tief Luft und fügte hinzu: »Sie sehen, Sie haben es ganz allein geschafft, Sie kluger Junge.«

»Aber wie?«

Zweiter Teil

Das Gondelzimmer

1 Wenige Minuten vor halb vier näherte sich Urbino zu Fuß der Ca' Pozza, noch immer genauso ratlos wie am Morgen.

Wie lange er auch darüber nachdachte und wen er auch fragte, ihm wollte der Grund für sein Glück nicht einleuchten.

Die Frucht war ihm in den Schoß gefallen, so schien es, ohne dass jemand am Baum gerüttelt hatte.

Er hatte sich entschieden, nicht mit seiner Gondel zu kommen. Es hätte seine unangenehme Passivität verstärkt. Nach dem langen, mäandernden Spaziergang durch dichter werdenden Nebel vom Palazzo Uccello hierher konnte er wenigstens sagen, dass seine eigenen Schritte ihn von seiner Tür zu der gebracht hatten, die nun verführerisch vor ihm aufragte, bereit, sich endlich für ihn zu öffnen.

Als er auf der schmalen Brücke innehielt, drängte sich ihm ein warnender Gedanke auf.

Es werden mehr Tränen wegen erhörter Gebete vergossen als wegen unerhörter.

Als Kind hatte er diese Worte bei allen erdenklichen Gelegenheiten von seiner Mutter gehört. Jahrelang hatte er geglaubt, sie seien von ihr. Als er hatte einsehen müssen, wie zutreffend sie waren, erfuhr er auch, dass sie von der heiligen Theresa stammten.

Er befürchtete, diese bittere Lektion in der Ca' Pozza erneut lernen zu müssen.

Er schaute zu dem schweigenden Haus auf. Die unteren

Stockwerke waren in Nebel gehüllt. Das Dachgeschoss schien darüber zu schweben, als führe es ein Eigenleben. Die grauen und rosafarbenen Steine glühten mit einer Kraft, als hätten sie das restliche schwindende Licht verschluckt.

Der Augenblick war gekommen. Hätte Urbino geraucht, wäre es nun an der Zeit, die Zigarette in den Kanal zu werfen und auf das Haus zuzugehen. Er jedoch versenkte alle bösen Vorahnungen in den dunklen Wassern seines Bewusstseins. Es war Zeit für positives Denken.

Er schritt die Brückenstufen hinab und drückte auf die rostige Klingel.

2

Kaum hatte Urbino den Finger von der Klingel genommen, wurde die Tür geöffnet.

Der unheimliche Bote vom Morgen starrte ihn mit durchdringendem Blick an. Hinter ihm führte eine steinerne Treppe nach oben. Auf einer Seite gab eine angelehnte Tür den Blick auf die abgewetzte Armlehne eines Sofas frei.

»Ich bin mit Signor Possle verabredet«, sagte Urbino auf Italienisch.

Als Antwort herrschte eisiges Schweigen.

»Auf seinen Wunsch«, fügte Urbino hinzu, obwohl der Mann das eigentlich wissen musste. Die Ca' Pozza war offensichtlich ein Haus, zu dem niemandem Zutritt gewährt wurde, der nicht eingeladen worden war, und in dem Fremde vor der Tür von einem verborgenen Ausguck aus beobachtet wurden.

Der Mann machte einen Schritt zur Seite. Urbino trat über die Schwelle. Ein schwaches Lächeln huschte über das strenge Gesicht des Schweigenden. Er schob die schwere Tür zu. Urbino seufzte vor Erleichterung.

Er war im Haus. Das würde nicht das einzige Mal bleiben, schwor er sich.

Im Palazzo war es kälter als draußen, viel kälter, als es normalerweise, selbst in venezianischen Häusern, der Fall war. Urbino kam es vor, als sei ein Leichentuch über ihn geworfen worden. Das ist nur ein abergläubischer Eindruck, sagte er sich, dennoch war das Gefühl sehr stark.

Der Diener – so nannte Urbino den Mann bei sich, während er hilflos und ungeduldig etwas Normales an ihm suchte – nahm ihm den Umhang ab und hängte ihn an einen Kleiderständer aus Mahagoni, in den Grimassen und Lilien geschnitzt waren. Urbino gab den Mantel nur ungern ab, so eisig war es.

Schweigend führte ihn der Mann durch den feuchten, muffigen unteren Flur. Er schlich beinahe und hielt die vernarbten Hände nah am Körper. Sein ungewaschener, beißender Geruch war noch stärker als am Morgen.

Eingehüllt in die Dunkelheit schickte der Diener sich an, die steile, steinerne Treppe emporzusteigen. Nach wenigen Stufen hielt Urbino inne.

Entweder war die Perspektive an der Stelle, wo er stand, verzerrt, oder es lag an seiner fast schmerzhaft gesteigerten Wahrnehmung, jedenfalls schien sich die Treppe leicht zur Seite zu neigen.

Einen kurzen, verstörenden Moment lang wurde Urbino schwindelig, während der Schweigende weiter nach oben stieg. Vorübergehend wurde alles schwarzweiß, farblos.

Der andere blieb stehen und sah sich um. Mit seinen harten Gesichtszügen schaute er den Gast missbilligend an. Urbino folgte ihm weiter hinauf. Oben angekommen, öffnete sich vor ihnen eine lange *sala*. Eine sonderbare Stille schien über dem Raum, ja, über dem ganzen Haus zu liegen.

Einige Schritte vor Urbino hielt der Diener inne.

Unter der Decke hing ein Murano-Kandelaber in angedeuteter Pagodenform, der in bedenklichem Zustand zu sein schien. Er war an mehreren Stellen angestoßen, einige Perlen fehlten. Verblichene, bis zum Boden reichende, dunkelbraune Vorhänge verdeckten rechts von der Treppe, wo es auf die Loggia ging, eine Reihe hoher Türen mit eingelassenen Glasscheiben. Zwei gleichsam verhängte Fenster gingen am hinteren Ende der *sala* auf die Loggia. An der Längsseite des Raumes standen schwere Holzstühle nebeneinander mit dem Rücken zur Wand.

Zwischen den Stühlen führten geschlossene, architektonisch interessant gestaltete Türen in die Privatgemächer. Eine dieser Türen war breiter als die anderen und verstärkte den Eindruck mangelnder Symmetrie.

Gewaltige Porträts von Männern und Frauen, die seit Jahrhunderten tot waren, starrten Urbino aus ihren angestoßenen oder zersplitterten Rahmen an, dunkel wie die Bilder Tintorettos, ansonsten jedoch nicht mit dem großen Meister vergleichbar. Der Putz blätterte von den Wänden. Ein Ormolu-Tisch mit einer gesprungenen Vase unter einem der Porträts vervollständigte die Dekoration des bedrückenden Saales, der einst so legendäre Feste erlebt hatte.

Flüchtig wies der Mann auf einen Stuhl neben den Türen, die zur Loggia hinausführten. Urbino verstand, dass er sich hinsetzen und warten sollte.

Fast ohne ein Geräusch zu verursachen, überquerte der Mann den nackten Boden aus Alabastergips, öffnete die breite Tür und betrat das dahinter liegende Zimmer.

Urbino nahm nicht Platz. Er begab sich zu einer der Loggiatüren. Er vermutete, dass die Gestalt, die er bei seiner späten nächtlichen Tour gesehen hatte, hinter dieser Tür gestanden hatte. Urbino zog den schweren Vorhang zur Seite. Wer hier stand, hatte einen unverstellten Blick auf die Brücke.

Urbino durchquerte die *sala* und stand vor einem breiten, hohen Fenster. Einer der Läden war geöffnet. Als er den Vorhang zur Seite schob, wirbelten Staubkörner durch die Luft. Unten sah er einen zugewachsenen Garten, der auf zwei Seiten von einer hohen Mauer aus Ziegelsteinen begrenzt wurde.

Urbino verspürte ein Kribbeln im Nacken. Er drehte sich um. Der düstere Diener war nur wenige Meter hinter ihm. Lautlos hatte er sich ihm über den harten, glänzenden Boden genähert.

Urbino folgte ihm zu der breiten Tür. Sie war jetzt angelehnt. Aus dem Zimmer dahinter schlug Urbino Wärme entgegen und ließ ihn nur noch mehr frösteln. Mit seinem notorischen Schweigen machte der Diener kehrt und verschwand durch die Tür am hinteren Ende der *sala*.

3

Zögernd wagte sich Urbino in das Zimmer vor, zum Teil weil es so dunkel war, aber auch weil er Vorsicht walten ließ.

Es gab so viele Gegenstände, die seine Aufmerksamkeit auf sich zogen, dass sich Urbino anfangs hektisch umschaute, ohne wirklich etwas zu sehen. Nach und nach entpuppte sich das Zimmer als ein Raum, der viel größer war, als Urbino erwartet hatte, wo ihm doch die innere Aufteilung von Palazzi des siebzehnten Jahrhunderts bekannt war. Normalerweise waren die von der *sala* abgehenden Gemächer viel kleiner. In Erinnerung an das, was Rebecca ihm über den Innenausbau der Ca' Pozza erzählt hatte, nahm er an, dass zwei Räume zusammengelegt worden waren.

Das Tageslicht war ausgesperrt. Mit Läden verschlossene Fenster gegenüber der Tür waren mit dunkelgrünem Stoff verhängt. Ein im Kamin rechts von Urbino entfachtes Feuer und weiße Wachskerzen in verschiedenen Größen, Formen und Durchmessern, die auf dem Boden, auf vereinzelten Tischchen und dem Kaminsims verteilt waren, warfen ein gespenstisches Licht.

Die Flammen tanzten in einem großen Spiegel mit kunstvoll geschnitztem, vergoldetem Rahmen.

Zum schweren Duft der Kerzen und dem Rauch gesellte sich ein leichterer, feinerer Geruch, der an einen Blumenstrauß erinnerte.

Die Wände, behängt mit Porträts und Stillleben, waren von einem tiefen Orangeton. Großzügig in Leder gebundene Bücher stapelten sich auf dem Boden und in einem Regal neben der Tür. Die leicht gewölbte Decke war mit schwerem Saffianleder überzogen. In der Mitte befand sich ein Oval aus königsblauer Seide, das einem Himmel ähnelte. Darunter schwebten silberne Engel. An einer Silberkette hing ein kleiner Käfig aus Silberdraht. Zwei Sessel mit hohen Rückenlehnen standen nebeneinander, davor ein Tisch mit einer Karaffe und zwei Bechern aus Muranoglas.

Doch all diese Eindrücke wurden auf einmal belanglos, als Urbino entdeckte, welch unglaublicher Gegenstand den hinteren Teil des Raumes einnahm. Es war eine Gondel. Keine Nachahmung, sondern ein echtes Wasserfahrzeug, das, hätte man es unten in den Kanal gesetzt, so zuverlässig gefahren wäre wie Urbinos kleines Boot.

Das an diesem Ort befremdliche Fahrzeug war schwarz gestrichen und besaß eine geschwungene *forcola*, ein *ferro* aus Eisen und Seepferdchen aus Messing. Die *felze,* oder was für eine Art von Baldachin sie einmal besessen hatte, war abgebaut worden. An ihrer Stelle lag eine Fülle grelloranger Kissen, die das Boot vom Bug bis zum Heck polsterten.

Die Barke wurde von Sägeböcken getragen und ragte mit dem Bug voran zwölf Meter ins Zimmer. Eine kleine Holztreppe stand davor, über die das Fahrzeug betreten wurde. Darüber hing ein scharlachroter Seidenbaldachin mit Girlanden.

Zusammen mit den anderen Einrichtungsgegenständen verlieh die skurrile Gondel dem Zimmer eine surrealistische Atmosphäre. Und zur Krönung lag in dem Holzboot auf die Kissen gebettet der seltsamste Mensch, den Urbino je gesehen hatte.

Die gewaltige Gondel ließ ihn klein erscheinen. Reglos verharrte er inmitten von Zeitschriften und Magazinen. Er schien Teil eines Kunstwerks zu sein.

Der Mann war in roten Satin und purpurne Seide gekleidet, die einen feierlich anmutenden Schnitt besaß. Der kleine Kopf war bis auf die buschigen Augenbrauen in ein purpurnes Seidentuch gewickelt, das an einen Turban erinnerte. Um den dünnen Hals hing eine Goldkette mit einem großen, seltsam geformten Talisman, in den ein Halbmond gearbeitet war. Schwer ruhte der Anhänger auf der seidenen Hemdbrust.

Der Kopf des Mannes erinnerte Urbino an den abgetrennten Schädel, den er einige Abende zuvor in den Händen jener Gestalt hinter der Loggiatür gesehen hatte.

Das Wesen in der Gondel ähnelte am ehesten der gut erhaltenen Reliquie eines Heiligen, die, in feinen Stoff gekleidet, bei liturgischen Feierlichkeiten ausgestellt wird.

Wenn Urbino nicht damit gerechnet hätte, einen Mann vorzufinden – denn es musste sich um Samuel Possle handeln –, hätte er in der ersten Verwirrung nicht mit absoluter Sicherheit das Geschlecht der Person bestimmen können.

Das schwache, flackernde Licht der Kerzen, einige davon

im Heck der Gondel, beleuchtete einen zerbrechlichen, unter der Kleidung geschrumpften Körper. Das spitze, fuchsartige Gesicht Possles unter dem Turban wurde von seinen kleinen, dunklen Augen beherrscht. Eine Hälfte seines Gesichts war viel stärker gerunzelt als die andere.

Possle hatte nicht mehr die geringste Ähnlichkeit mit den Fotos, die Urbino von ihm gesehen hatte, oder mit dem jungen Mann aus seinem Traum. Das zu erwarten wäre auch unrealistisch gewesen. Die jüngsten erhältlichen Aufnahmen hatten einen Mann um die fünfzig gezeigt. Und doch konnte Urbino das irrige Gefühl nicht abschütteln, Possle sei Opfer eines außerordentlichen, beschleunigten Alterungsprozesses geworden.

Etwas in den Augen des Einsiedlers, etwas Waches und Neugieriges, das zwischen den beiden Männern vibrierte, sagte Urbino, dass der Mann noch genauso lebenshungrig war, wie er vor dreißig, vierzig, fünfzig Jahren gewesen war.

Urbino hatte keine Vorstellung, wie viel Zeit vergangen war, seit er das Zimmer betreten und angefangen hatte, sich umzusehen. Wahrscheinlich war es nicht viel mehr als eine Minute gewesen, aber er spürte, dass Possle geschwiegen hatte, um seinem Gast die Möglichkeit zu geben, alles gründlich zu begutachten.

Jetzt unterbrach Possles Stimme seine Gedanken.

»Willkommen in meinem Haus, Mr Macintyre!«, sagte Possle auf Englisch. »Treten Sie aus freiem Willen ein!« Diese Worte klangen seltsam in Urbinos Ohren, und wenn sie ausgesprochen worden waren, um ihn zu beruhigen, so verfehlten sie die gewünschte Wirkung.

»Nehmen Sie doch den mir nächsten Sessel! Ich höre nicht sehr gut.«

Possles Stimme war dünn und trocken und besaß einen

sonderbaren Tonfall. So sprach man wohl, wenn man sich jahrelang in einer fremden Sprache unterhielt. Urbino konnte in Possles Sprechweise ebenso wenig dessen Südstaaten-Herkunft ausfindig machen, wie andere ihm seine eigene anhörten, wie ihm häufig gesagt wurde.

Urbino ließ sich in einen der gewaltigen Sessel fallen und wurde fast verschluckt. Er gab Obacht, keine der auf dem Boden aufgestellten Kerzen umzustoßen.

»Schauen Sie mich so lange an, wie Sie wollen, Mr Macintyre. Ich bin ein interessantes Exemplar, ich weiß. Nichts als gelbe Haut und Knochen. Für Sie so neu, für mich so alt. Ihnen so fern, mir so vertraut. Für uns beide so melancholisch.«

Diese Worte waren das Echo von anderen, die Urbino einmal gehört oder gelesen hatte. Sie vergrößerten seine Orientierungslosigkeit, die ihn seit dem Betreten der Ca' Pozza erfasst hatte.

»Das sind die Worte der traurigen Dame«, fuhr Possle fort. Seine kleinen, dunklen Augen durchbohrten Urbino. »Wissen Sie, wer das ist, Mr Macintyre?«

»Ich habe die Worte, glaube ich, schon einmal gehört. Eine Frau, sagten Sie?«

»Es ist unwichtig, Mr Macintyre.« Possle hob eine Hand und ließ sie wieder schwach auf die Kissen sinken. »Sie sind herzlich willkommen in der Ca' Pozza. Mögen Sie aus freien Stücken kommen und wohlbehalten gehen.«

Wieder kam Unbehagen in Urbino auf.

»Vielen Dank für Ihre Einladung«, sagte er in einem, wie er hoffte, herzlichen, ehrlichen Ton.

Possles Zunge schoss hervor und befeuchtete seine Lippen.

»Ich freue mich, dass ich Sie aus Ihrem Palazzo locken konnte.« Possle beobachtete Urbino mit einem verstohlenen Lächeln, das die faltige Seite seines Gesichts noch stärker runzelte. Er schien auf Urbinos Reaktion zu lauern. »Veneto-byzantinisch ist er, Ihr kleiner Palazzo. Ich kenne ihn, aber seit Sie eingezogen sind, habe ich ihn nicht mehr gesehen. Ich komme nicht mehr nach unten, verstehen Sie? Schon lange, bevor Sie Venedig Ihren ersten, schicksalsträchtigen Besuch abstatteten, habe ich mich nicht mehr nach unten begeben.«

Seine Stimme schien während des Sprechens mehr Kraft zu bekommen, auch wenn das zittrige Stocken nicht nachließ.

»Das war vor zwanzig Jahren, glaube ich, auf ein paar Monate kommt es nicht an, kurz nach Ihrer Scheidung und dem Tod Ihrer Eltern bei einem Autounfall. Sie kehrten zurück in die Heimat Ihrer Mutter, Ihrer verehrten Mutter mit ihrer Liebe zu Raphael.« Possle trug es beinahe mechanisch vor, wobei seine kleinen Augen Urbino prüfend musterten. In einem anderen Ton, weniger plauderhaft, eher förmlich, fügte er dann hinzu: »Amerika ist unser Land, Venedig ist unsere Heimat.«

Wie schon zuvor klangen auch diese Worte Urbino vertraut, auch wenn er sie nicht zuordnen konnte. Im Moment beschäftigte ihn eher, woher Possle Dinge über ihn wusste, die sonst nur wenigen bekannt waren.

»Vielleicht werden Sie so lange bleiben wie ich«, sagte Possle. Seine Augen suchten Urbinos. »Und irgendwann wie ich aussehen. Ah, da kommt Armando.«

Der Diener stand auf der Türschwelle, die Arme an den Körper gedrückt.

»C'est l'heure du thé», fuhr Possle fort, während Urbino immer weniger Neigung zum Sprechen verspürte, »aber ich bin nicht Ihre Contessa, auch wenn es nett wäre, Ihnen eine erlesene Mischung von Si-à-Fayoune, Moyou-tann und de Khansky anzubieten. Herrliche Namen, nicht wahr? Man kann den Tee fast riechen und schmecken, oder?«

Wieder trugen die Worte Spuren von anderen in sich. Ein gleichzeitig erheitertes und enttäuschtes Lächeln huschte über das Gesicht des alten Mannes.

»Ich bevorzuge Stärkeres«, sagte Possle. »Armando ist nicht der Typ, der gerne Tee kocht, nicht wahr, Armando? Um diese Uhrzeit genehmige ich mir immer einen Amontillado. Würden Sie auch einen nehmen? Gut. Bevor du gehst, Armando«, sagte er auf Italienisch, »müsstest du mir mit meiner Brille helfen. Unser Freund hat den Vorteil, mich besser sehen zu können als ich ihn.«

Armando erklomm die Stufen zur Gondel, beugte sich vor und wühlte in den Kissen. Dann zog er eine Brille mit mächtigem schwarzen Gestell hervor und setzte sie Possle auf die Nase.

Anschließend rückte er die Kissen zurecht und ging wieder.

»Ich hätte Ihnen auch Bourbon angeboten, aber den trinke ich seit Jahren nicht mehr. Ah, der Bourbon! Eine angenehme Erinnerung. Bourbon für uns zwei. Für zwei Söhne des Südens. Sie aus New Orleans, ich aus Charleston. Aber das wissen Sie bestimmt. Ich glaube, Sie wissen so einiges über mich.«

»Und Sie, Mr Possle, scheinen so einiges über mich zu wissen.«

»Ich gehe vielleicht nicht mehr nach unten, aber ich bin mir der Welt jenseits dieser Mauern sehr wohl bewusst. Sie brauchen übrigens nicht so laut zu sprechen.«

Urbino rutschte im Sessel herum, versank aber nur noch tiefer darin.

»Sie leben schon lange in Venedig«, sagte Urbino nun leiser.

»Ungefähr seit dem Jahr, als Sie zur Welt kamen! Und das letzte Mal, dass ich zu Hause war, wenn wir beide das noch so nennen dürfen, ist viele, viele Jahre her.«

Wenn Urbino sich richtig erinnerte, war das in den späten fünfziger Jahren gewesen, kurz nachdem Possle die Ca' Pozza erstanden hatte. Er war von Genua aus mit dem Schiff gefahren und hatte so viele Koffer mitgenommen, dass er dafür eine eigene Kabine benötigte, und glaubte man …

»Ja, 1958 mit dem Schiff, Mr Macintyre«, unterbrach Possle Urbinos Gedanken, als könne er sie lesen. »Die einzig wahre Form des Reisens, wenn man denn reisen muss. Aber jetzt ist dies hier meine einzig wahre Form. Meine Gondel, die überall und nirgends hinfährt.«

Er strich mit der Hand über das schwarze Holz des Bootes.

»Sie glauben, Sie hätten die letzte private Gondel von Venedig, Mr Macintyre. Aber Sie können so lange in dem Geschenk der Contessa herumschaukeln, wie Sie wollen, es wird Sie nie so weit tragen, wie Sie eigentlich fahren wollen. Nicht in dieser unserer Zeit, die sich so deutlich verändert hat. Nein, Mr Macintyre, das hier ist die letzte private Gondel von Venedig. Vergessen Sie die von Peggy Guggenheim. Meine war, nein, meine *ist* die letzte.«

»Das war mir nicht bekannt.«

»Darauf habe ich Wert gelegt, das kann ich Ihnen versichern. Ich habe sie noch drei Monate, nachdem Peggy ihre aufgab, in Dienst behalten. Ach, Peggy! Eine faszinierende Frau. Ich musste ihr immer den eregierten Penis von der Reiterstatue auf der Terrasse abschrauben, wenn sie besonders empfindliche Gäste erwartete. Einmal hab ich ihn unter dem Kopfkissen in ihrem Bett versteckt.«

Urbino musste an das Zeitungsfoto von Possle neben dem bronzenen Reiter denken.

»Wir diskutierten immer über die Kunst, für die sie ihr Geld ausgab«, sagte Possle kopfschüttelnd. »Sie war nicht nach meinem Geschmack, aber Peggy lachte zuletzt. Ich habe das alles hingenommen, auch ihre Beleidigungen. Ach, was könnte ich für Geschichten erzählen!«

Mit dieser Bemerkung, die Urbino nicht vollkommen unschuldig und spontan erschien, schloss Possle die Augen. Da Urbino ihn nicht aus seinen Träumen reißen oder ihn von weiteren Offenbarungen über die amerikanische Kunstsammlerin abhalten wollte, schwieg er und wartete.

Er ließ den Blick durch das Zimmer schweifen. Jetzt hatte er Gelegenheit, sich genauer umzusehen. In Trauben auf dem Teppich vor der Gondel und auf einem langen Tisch neben Urbinos Sessel standen kleine, flache Töpfe mit Blumen und Grünpflanzen. Urbino war kein Gartenexperte, wusste aber, dass einige der Blumen exotisch oder tropisch sein mussten. Er fragte sich, wie sie in dieser Dunkelheit gedeihen konnten und ob der Geruch im Zimmer von ihnen stammte.

Possle schwieg schon so lange, dass sich Urbino zu fragen begann, was er tun solle. Die Augen des Alten waren geschlossen, der Mund stand offen. Urbino bekam Angst, dass der Alte genau diesen Augenblick und diese Gelegenheit gewählt hatte, um sich von seinem langen Leben zu verabschieden, doch dann registrierte er ein leichtes Heben und Senken der Brust unter dem Seidenhemd.

Possle schlief.

Urbino beugte sich zu einer der Blumen hinunter, eine leuchtend rote Gewächshausblüte. Auf ihren üppigen Blütenblättern prangten Tautropfen. Er roch an ihr. Sie besaß keinen Duft.

In einem anderen Topf daneben stand eine gelbliche, silberdurchwirkte Pflanze. Sie machte nicht den Eindruck, als würde sie irgendwo in der Natur vorkommen, sondern als sei sie aus einem Stück Ofenrohr gebastelt. Mit einem kurzen Blick auf den noch immer schlafenden Possle berührte Urbino die

Pflanze in der Erwartung, sie sei künstlich. Doch zu seiner Überraschung war sie echt. Urbino wandte seine Aufmerksamkeit dem kleinen Silberkäfig zu, der hinter seinem Sessel unter der Decke hing. Er drehte sich, damit er ihn besser sehen konnte. Auf dem Boden des Käfigs lag eine tote Grille.

Gerade als Urbino zu erwägen begann, ob er weiterhin schweigen, ein diskretes Geräusch machen oder aufstehen und gehen solle, schlug Possle flatternd die Augen auf.

»Sie denken bestimmt, das sei die Erschöpfung eines alten Mannes.« Possle schüttelte den Kopf. »Doch ist es ein Übel, an dem ich schon leide, seit ich noch jünger war, als Sie jetzt sind. Wie lange habe ich geschlafen?«

»Nur ein paar Minuten.«

»Manchmal dauert es fast eine Stunde. Es kann mitten im Satz eintreten, ich warne Sie vor. Ich entschuldige mich schon jetzt dafür.«

»Ich sollte mich entschuldigen. Ich habe Sie stark beansprucht. Mein Wunsch, Sie kennen zu lernen, ließ mich vergessen, was für einen hohen Preis das haben mag.«

Zum ersten Mal sagte Urbino etwas, das sein Interesse an seinem Gastgeber betraf.

»Sie vergessen, Mr Macintyre, dass ich es war, der Sie einlud«, gab Possle zurück. »Und was irgendwelche Preise angeht, so ist es noch zu früh, um das auf beiden Seiten aufzurechnen, meinen Sie nicht? Wie Byron sagte: Wer hoch gewinnen will, muss viel wagen. Mögen Sie Byron?«

»Ja. Das war aus *Marino Faliero*.«

Ein zweideutiges Lächeln huschte über Possles Gesicht und warf wieder alle Falten auf der einen Hälfte auf, während die glattere Seite sich noch stärker spannte.

»Ein trauriger, tragischer Doge. Er wurde geköpft, wissen Sie das?«

Das Bild der nächtlichen Figur in der Ca' Pozza tauchte vor Urbinos innerem Auge auf. Er konnte sich des Eindrucks nicht erwehren, dass Possle diese Bemerkung nur zu diesem Zweck gemacht hatte.

»Über Byron haben Sie keine Biographie verfasst«, stellte Possle fest, während er Urbino durch seine große, schwarze Brille musterte.

»Irgendwann einmal vielleicht. Ich schaue mich gerade nach einem neuen Projekt um. Ich suche etwas Unverbrauchtes.«

»Sie sind noch jung genug zu glauben, Zeit zu haben. Ein herrlicher Luxus – oder eine tröstliche Illusion. Ich habe all Ihre Bücher gelesen. Ich finde sie unterhaltsam. Mein Lieblingsbuch ist das über Proust.«

»Es freut mich zu hören, dass ein Mann mit Ihrer Erfahrung meine Bücher interessant findet. Wenn ich es gewusst hätte, hätte ich veranlasst, dass mein Verlag Ihnen je ein Exemplar schickt.«

»Es wundert mich, dass Sie nicht daran gedacht haben.« Possle hielt kurz inne, dann sagte er: »Einen Moment. Ich habe das Proust-Buch hier irgendwo. Ah ja, da ist es.«

Er zog den schmalen, malvenfarbenen Band zwischen den Kissen hervor.

»Ich habe mir etwas angestrichen. Hören Sie: ›Obwohl Marcel Proust Schönheit und Unergründlichkeit der Stadt zu schätzen weiß‹«, las er mit seiner zittrigen Stimme, »›muss er irgendwann feststellen, dass er ein wenig enttäuscht ist, und als der Zeitpunkt der Abreise naht, ist Venedig nicht mehr das verzauberte Labyrinth aus *Tausendundeiner Nacht*, sondern etwas Falsches, Trügerisches, das nur noch wenig mit Dogen und Turner zu tun hat. Es scheint nicht einmal mehr Venedig zu sein, sondern ein Lügengebilde, in dem die Paläste nur

Bauwerke aus leblosem Marmor sind und das Wasser, das der Stadt ihre Einzigartigkeit verleiht, nur eine chemische Verbindung aus Wasserstoff und Sauerstoff.‹«

Possle las diese Sätze mit seinem dünnen, scharfen Stimmchen in sonderbar zittrigem Ton vor. Er hatte Urbinos Worte rezitiert, aber aus Possles Mund klangen sie irgendwie anders, auch wenn es genau die waren, die Urbino zu Papier gebracht hatte.

Possle schloss das Buch.

»Ist das Ihre heutige Meinung von Venedig?«

»Ich umschrieb damit etwas, das Proust gesagt hat.«

»Das ist mir durchaus klar. Aber sagen Sie mir, sind Sie heute enttäuscht? In diesem Jahr, das Sie in Venedig leben?«

»In bestimmter Hinsicht ist Venedig besonderer als je zuvor«, erwiderte Urbino, womit er aber nur einen kleinen Teil seiner Gefühle in Worte fasste, die er gegenwärtig für seine Wahlheimat hegte.

»Seit Sie aus Marokko zurückgekehrt sind, meinen Sie, mit Ihrem marokkanischen Freund.« Possle nickte mit seinem purpurn umwickelten Kopf. »Die Begeisterung der jungen Leute kann einen wieder auf den Geschmack bringen, nicht wahr? Ich glaube, der Junge ist zu Besuch nach Hause gereist. Hoffentlich ist er nicht zu lange fort. Sie müssen ihn furchtbar vermissen. Ihr Haus muss Ihnen leerer vorkommen, als es früher war, bevor er bei Ihnen lebte. Aber ich lasse mich ablenken, fürchte ich. Wir sprachen über Venedig und Proust. Sagen Sie mir also, mein Freund: Sind Sie mit Proust einer Meinung, dass Venedig falsch und trügerisch ist und – wie drücken Sie sich aus? – ein Lügengebilde?«

Possles Bemerkungen über Habib brachten Urbino auf und bereiteten ihm gleichzeitig ein mulmiges Gefühl. Er antwortete kühl: »Es hat etwas davon.«

»Aber sicher«, entgegnete Possle mit einem gerissenen Lächeln. »Was soll man auch sonst von einem Mann der Phantasie wie Ihnen erwarten, besonders wenn man Ihren zweiten Beruf mit in Erwägung zieht? Was mich betrifft, so hat mich Venedig nie enttäuscht. Aber hier kommt unser Sherry.«

Armando trat mit einem Tablett ein und stellte es vor der Gondel auf einen kleinen Tisch mit Intarsienarbeiten. Er goss den blassen Sherry in zwei Becher aus durchscheinendem chinesischen Porzellan. Einen Becher reichte er Possle, den anderen dann entschieden weniger feierlich Urbino.

»Vielen Dank, Armando«, sagte Possle auf Italienisch. »Wenn wir noch etwas brauchen, klingel ich.«

Armando verbeugte sich kaum merklich und verließ das Zimmer.

Possle hob den Becher.

»Auf einen hohen Einsatz und einen schönen Tod!«, sagte er.

Urbino trank den trockenen Sherry und musste an Poes Geschichte über den Mann denken, der von seinem Feind in einem Keller voller Amontillado-Fässer eingemauert wurde.

»So ein milder Wein und so eine grausame Geschichte!«, bemerkte Possle und erschreckte Urbino abermals mit seinen zutreffenden Worten. »Ach, Geschichten! Ein Kummer von mir ist, dass meine Augen zusammen mit meinem Gehör in den letzten Jahren nachgelassen haben. Wenn Armando mir nur vorlesen könnte, aber wie Sie bemerkt haben, ist er stumm, auch wenn er sehr gut hört.«

»Ich verstehe. Ich …«

Urbino verstummte.

»Sie dachten, er sei einfach verschwiegen? Der perfekte Diener? Das ist er auch. Und er war einst der beste Gondoliere, den es gab, noch besser als Ihr Gildo.«

Erst Habib, jetzt Gildo, dachte Urbino. Es schien Possle wichtig zu sein, ihm zu zeigen, was er alles über ihn wusste.

»Wann büßte er seine Stimme ein?«, erkundigte sich Urbino, denn er wollte so wenig wie möglich auf Possles Bemerkung über Gildo reagieren. »Als Sie Ihre Gondel aufgaben?«

»Nein, lange bevor ich die Gondel überhaupt besaß.«

»Stumm zu sein ist doch sicherlich ein Nachteil für einen Gondoliere.«

»Soweit ich weiß, war Armando in seiner Tätigkeit nicht gehandikapt. Unterschätzen Sie ihn nicht! Er konnte alle Warnrufe ausstoßen.«

Die Luft im Raum wurde langsam schwerer und drückender. Urbino setzte seinen Becher ab.

»Wohnt Armando hier?«

»Er ist hier mehr zu Hause als ich. Überall hat er seine kleinen Eckchen und Schlupfwinkel. Einen haben Sie vielleicht in der Eingangshalle gesehen. Wenn er da unten ist, hält er sich für meinen schweigenden Zerberus. Wir passen gut zusammen, wir beiden. Er hat keinen Ort, an den er gehen könnte, und ich bin nicht in der Lage, irgendwohin zu gehen. Zusammen alleine. Wir sind unzertrennlich.«

Langsam fuhr Possle mit der Hand über das glänzende Holz der Gondel.

»Armando ist ein Teil meines täglichen Lebens«, fuhr er fort, »mein Double, mein Schatten, wie die Gondolieri einmal bezeichnet wurden. Entweder man mag seinen Gondoliere oder man hasst ihn, Mr Macintyre, und wenn man ihn mag, dann mag man ihn sehr gerne.« Mit einem entrückten Blick schaute Possle in Richtung der *sala*. »Ich mag die Einsamkeit, Armando auch. Wie man leben kann, lehrt uns die Gesellschaft. Aber die Einsamkeit zeigt uns, wie wir sterben. Sie kann uns nicht schmeicheln.«

Possles Auslassungen über die Einsamkeit und über Gondolieri kamen Urbino durchaus bekannt vor und diese Angewohnheit von Possle, sich in Anspielungen zu ergehen, störte und ärgerte ihn allmählich.

»Sie sehen müde aus, Mr Macintyre. Entschuldigen Sie, dass ich das bemerke, ein alter Mann wie ich. Ich hatte nie besonders viel Verständnis, wenn alte Menschen sagten, ich sähe nicht gut aus. Es kam mir irgendwie makaber vor. Hier. Nehmen Sie das!«

Possle hielt seinen leeren Becher hoch.

Urbino nahm ihn ihm ab. Ein angenehmer Geruch zog ihm in die Nase. Es war der Duft, den er beim Betreten des Raumes wahrgenommen hatte, nur war er jetzt stärker.

Als er wieder Platz genommen hatte, griff Possle in die Kissen. Er holte einen großen Zerstäuber aus Kristall hervor. Vielleicht bargen die Kissen einen endlosen Schatz von Gegenständen, deren sich der Alte erfreute und die er wie ein Zauberer ein ums andere Mal aus einem tiefen Hut zog.

»Das ist eine Mischung aus Ambrosia, Pfefferminze, Lavendel, Gartenwicke, Extrakten von Wiesenblumen, Nachthyazinthe, Orangenblüte und Mandelblüte«, zählte Possle auf. »Daher dieser Duft. So kann ich durch eine sich ständig verändernde Landschaft wandern, obwohl ich die ganze Zeit in meiner unbeweglichen Gondel sitze. Sie können noch einen Amontillado bekommen, wenn Sie möchten. Ich gönne mir nur einen. Ich habe festgestellt, dass ich mich desto mehr darauf freue.«

»Nein, vielen Dank.«

»Ich würde Ihnen gerne etwas anbieten, was mehr nach Ihrem Geschmack ist. Ich bin unflexibel, was meine Gewohnheiten angeht. Und da ich alleine bin, relativ jedenfalls«, fügte er lächelnd hinzu, »bin ich nicht daran gewöhnt, auf andere

Menschen Rücksicht zu nehmen. Aus diesem Grund hoffe ich, dass Sie mich jetzt entschuldigen, wenn ich unserem angenehmen kleinen Plausch ein Ende mache.«

Urbino war vollkommen überrascht und nicht wenig enttäuscht. Possle hatte hatte keinen Hinweis gegeben, dass das Ende des Besuchs kurz bevorstand.

Er zog an einer aus der Wand kommenden, dunkelroten Schnur, deren mit einer Quaste geschmücktes Ende zwischen all den Kissen der überladenen Gondel kaum zu sehen war.

»Sie fragen sich bestimmt, warum ich Sie bat zu kommen, um Sie dann so plötzlich zu entlassen«, sagte Possle. »Aber alles zu seiner Zeit. Gehen Sie für den Moment davon aus, dass es die Launen eines alten Mannes sind. Ich fand unsere erste Begegnung erfolgreich, was meinen Sie? Wann soll ich Sie wieder herbestellen? Ach, ich lese Ihrem Gesicht ab, dass Sie erfreut sind, das zu hören. Aber vielleicht ist es besser, jetzt noch kein Datum festzulegen. Ich habe festgestellt, dass ich einen Termin oft absage, je näher Tag und Stunde rücken, wenn ich ihn zu lange im Voraus vereinbart habe. Sonderbar, aber was will man von einem Mann erwarten, der in einer von der Außenwelt abgeschnittenen Gondel lebt? Armando wird Sie hinausbegleiten.«

Urbino blieb kaum Zeit, Possle seine Wertschätzung auszudrücken, da erschien Armando auch schon wie ein Geist in der Tür. Urbino warf einen letzten Blick auf Possle, der verloren in den Kissen seines ungewöhnlichen Diwans lag.

Dann folgte er dem stillen Armando durch die *sala* und die dunkle, steile Treppe hinunter. Die Tür zu dem Zimmer, in dem Armando Possles Auskunft nach Wache hielt, war jetzt verschlossen.

Armando ließ Urbino selbst seinen Umhang holen und stellte sich neben die schwere Haustür. Das Holz über dem inneren Schloss, an dem Armando nun drehte, wurde von einem Symbol verziert. Außer dem Schloss, in das von außen der Schlüssel geführt wurde, besaß die Tür keine weitere Verriegelung.

Das Symbol über dem Schloss bestand aus einem blauen Kreis. In der Mitte prangte ein rot-gelber Stern mit acht Spitzen, der von gelben Halbmonden umgeben war.

Das Symbol hatte etwas Okkultes und ähnelte den heraldischen Wappen, die auf das Heck der bunt verzierten Boote mit dem flachen Boden aus Chioggia gemalt wurden. Die Kombination der Himmelskörper kam Urbino ungewöhnlich vor und noch seltsamer fand er, dass die Tür von innen verziert war anstatt von außen. Es war, als warne das Zeichen die Bewohner, sich in die Welt hinter der Tür zu wagen, anstatt böse Geister davon abzuhalten, ins Haus einzudringen.

Armando bemerkte Urbinos Interesse an dem Symbol und ließ ihm alle Zeit, es zu mustern, bevor er langsam die Tür öffnete und ihn in die spätnachmittägliche Dunkelheit entließ.

4

Als Urbino nach seinem Treffen mit Possle in den Palazzo Uccello zurückkehrte, war er erschöpft. Zwar hatte er der Contessa versprochen, ihr alles zu berichten, was bei seinem ersten Besuch in der Ca' Pozza passiert war, doch rief er sie nur kurz an und sagte, er würde lieber bis zum nächsten Tag warten, wenn sie sich persönlich sähen. Er wollte zuerst über alles nachdenken. Da sie am nächsten Tag ihre erste *conversazione* abhalten musste, bedrängte sie ihn nicht weiter.

Urbino probierte die Sandwiches, die Natalia ihm gemacht

hatte, und ging in die Bibliothek. Dort saß er lange Zeit grübelnd herum und ließ sich durch den Kopf gehen, was am Nachmittag hinter den Mauern der Ca' Pozza passiert war. Er schalt sich beinah ebenso lange dafür, Possle aus Vorsicht und Zurückhaltung nicht alles gesagt zu haben, wie er brauchte, um das zu erwägen, was Possle gesagt hatte – oder gesagt zu haben schien. Urbino merkte, dass er immer müder wurde, und legte sich auf das Sofa, um für einige Minuten die Augen zu schließen. Doch bald schlief er ein, Serena neben sich.

Als er erwachte, war es weit nach Mitternacht.

Im Bett konnte er nicht ohne weiteres Ruhe finden, aber als es ihm endlich gelang, wurde er glücklicherweise von Träumen verschont. Noch im Schlaf schien er auf den einen zu warten, der sein dunkler Gefährte geworden war.

5

»Wenn Sie ihn das schon nicht gefragt haben«, sagte die Contessa am nächsten Morgen zu Urbino, der sie über den rutschigen Bürgersteig hinter der Piazza San Marco führte, »was haben Sie ihn dann überhaupt gefragt?«

Die beiden waren auf dem Weg vom Florian zum Konservatorium, wo die Contessa ihre erste *conversazione* abhalten würde.

Die von ihr angesprochene ungestellte Frage hatte Urbino Kopfzerbrechen bereitet, seit Armando ihm Possles Einladung zugestellt hatte.

Wenn die Contessa nicht diejenige gewesen war, die für die Einladung gesorgt hatte, wer dann?

»Vielleicht ist niemand dafür verantwortlich«, schlug Urbino vor. »Niemand außer Possle persönlich. Er kennt mich und er weiß, offenbar von Armando, dass ich versucht habe, mit ihm Kontakt aufzunehmen. In Wahrheit«, fügte Urbino in reuigem Ton hinzu, »habe ich ihn überhaupt nicht viel gefragt.«

»Wie ungewöhnlich für Sie!«

»Es gibt Gelegenheiten, da ist es besser, den Mund zu halten und zuzuhören. Und zu beobachten.«

»Und warum habe ich dann den Eindruck, dass Sie nicht damit zufrieden sind, den Mund gehalten zu haben?«

»Man merkt es, nicht wahr? Ich habe hier und da eine Frage gestellt und ich rede mir gerne ein, dass ich ihn nicht mehr bedrängt habe, weil es vorlaut oder vermessen gewesen wäre. Wenn man bedenkt, dass es mein erster Besuch war«, betonte er.

»Und Sie wollten nicht, dass es auch Ihr letzter war.«

Urbino nickte.

»Aber das ist nicht die ganze Wahrheit«, bohrte die Contessa weiter.

»Nein«, gab Urbino widerwillig zu. »Er schien derjenige zu sein, der die Fragen stellte, das heißt, wenn er nicht gerade durchblicken ließ, was er schon alles über mich weiß.«

»Sie sind eine wohl bekannte Figur hier, *caro,* ja, auf Ihre Weise sogar berüchtigt, ein wenig wie Ihr sonderbarer Gastgeber. Der *americano*, der in einem historischen Palazzo lebt, in seiner eigenen Gondel herumfährt und Mörder jagt, wenn er sich nicht wie ein Vampir von den Toten nährt!«

»Vielen Dank für das schmeichelhafte Bild! Aber deswegen sind wir noch nicht schlauer als zuvor. Hat sich Possle an mich in meiner Eigenschaft als Schnüffler oder als Vampir gewandt, wie Sie sich ausdrücken?«

»Vielleicht beides.«

»Oder keins von beiden.« Urbino schüttelte den Kopf. »Er

ließ nichts durchblicken. Ich hatte das Gefühl, ich sei lediglich zu seinem Privatvergnügen da.«

»Damit könnten Sie gar nicht so falsch liegen. Immerhin muss ein Mann in seiner Situation sich seinen Zeitvertreib kommen lassen. Und er hat sich an eine ständige Versorgung gewöhnt. Das Leben muss heute ziemlich langweilig für ihn sein.«

»Ganz allein mit Armando. Was wissen Sie über ihn?«

»Gar nichts. Ich war nie in der Ca' Pozza, wenn Sie sich erinnern, oder in Possles Gondel. Ich wusste nicht einmal, dass Armando stumm ist. Er hielt sich immer im Hintergrund und ich kann mich nicht daran erinnern, dass er so … so sonderbar aussieht, wie Sie ihn jetzt beschreiben. Aber ich fühlte mich unwohl in seiner Nähe, als ob er mir Böses wünschte.«

»Er hätte nicht deutlicher zu verstehen geben können, dass ihm meine Anwesenheit missfiel«, sagte Urbino. Dann fügte er hinzu: »So wirkte es jedenfalls.«

Sie blieben vor einer großen Wasserfläche stehen, wo eine ganze Armada von Gondeln festgemacht war.

»Wenigstens können Sie ihn als Grund für Possles Einladung streichen«, sagte die Contessa, während sie die Gondolieri absuchte, die in ihren Booten darauf warteten, an bestimmte Stellen der Stadt geschickt zu werden.

»Wer weiß? Possle schien mit mir zu spielen. Manches von dem, was er sagte, klang bekannt, verwirrend bekannt, und ich hatte den Eindruck, dass er mich auf dem falschen Fuß erwischen wollte. Was ihm durchaus gelang.«

»Aber ich bin überzeugt, dass Sie so geduldig wie immer waren und so viel wie möglich ertragen haben. Zum Wohle des großen Ganzen.«

»Wenn er mich noch einmal einlädt.«

»Es reicht aus, einmal mit Ihnen zu tun gehabt zu haben«,

sagte die Contessa, »wenn ich mich selbst zum Vorbild nehmen darf. Oh, da ist Gildo!«

Sie winkte dem jungen Mann zu. Er erwiderte den Gruß von einer Gondel am hinteren Ende der Bootsreihe. Es war ein Tag, an dem er gemäß ihrer Absprache nicht in Urbinos Diensten stand.

»Er sieht immer noch traurig aus, der Arme«, bemerkte die Contessa. »Haben Sie noch etwas über seinen Freund erfahren können?«

»Nein«, erwiderte Urbino mit stechendem Schuldgefühl. Sein Interesse an Possle ließ ihn andere Dinge hintanstellen.

Um die Contessa für eine eventuelle Vernachlässigung zu entschädigen, umfasste er sie enger, während sie langsam auf das Konversatorium zuschritten. Sie gingen in geselligem Schweigen, nur kurz unterbrochen von Grüßen an Bekannte, die sie unterwegs trafen. Der dunkelgraue Himmel über ihnen drohte weiteren Regen an. Die Gassen waren voll mit Einkäufern, dazwischen vereinzelte Touristen. Unter einem schmalen, überdachten Durchgang mussten sie sich an die Seite drücken, weil sich eine Karawane junger Leute an ihnen vorbeischob.

Über ihren Köpfen wiesen Hinweisschilder an den verfallenen Steinen der Gebäude die Richtung, aber die hatten Urbino und die Contessa genauso wenig nötig wie eine Unterhaltung. Jeder war in seine eigenen Gedanken vertieft. Urbino sann über sein Treffen mit Samuel Possle am Tag zuvor nach und die Contessa, nahm er an, dachte an ihre *conversazione*.

Als sie den Platz überquerten, donnerte es. Die Contessa blickte mit einem Stirnrunzeln zum bleigrauen Himmel empor.

»Gehen wir an La Fenice vorbei!«, schlug sie vor.

Wenige Minuten später betrachteten sie unter dem dunkler werdenden Himmel die prächtige alte Oper, in der sie zusammen manch unvergessliche Stunde verbracht hatten. Nach einem verheerenden Feuer, das vor wenigen Jahren die schmuckvolle Inneneinrichtung zerstört hatte, wurde die Oper jetzt restauriert. Die Contessa tat einen tiefen Seufzer.

»Wenn sie fertig ist, werde ich das größte Fest aller Zeiten geben«, sagte sie. »Aber sie wird nicht mehr die Alte sein, oder?«

»Aber sicher. Sie ist schon einmal abgebrannt und aus der Asche auferstanden, vergessen Sie das nicht«, tröstete Urbino seine Freundin, während sie weitergingen. Er spielte auf den Namen des Theaters an. La Fenice war das italienische Wort für den mythischen Vogel Phoenix, der zuerst von Flammen verzehrt und dann aus der Asche in seinem Nest wieder geboren wurde.

Der Donner wurde lauter und der Himmel dunkler. Sie duckten sich kurz in den Torweg eines Geschäfts, um ihre Regenschirme aufzuspannen.

»Ich sehe den Regen als gutes Zeichen«, behauptete die Contessa und lief nun vorsichtiger über die Steine.

»Ihre *conversazione* wird ein großer Erfolg werden. Daran habe ich nicht den geringsten Zweifel.«

Besorgt runzelte die Contessa die Stirn. Das darauf folgende Schweigen war schon bedrückter. Sie näherten sich dem Konservatorium.

In Urbinos Kopf nahm eine Idee Gestalt an, was den Auftritt der Contessa betraf, den nicht zu besuchen er ihr versprochen hatte. Zuerst sinnierte er im Stillen darüber, bemerkte kaum, dass der Regen nachgelassen und die Contessa ihren Schirm geschlossen hatte.

Auf dem Campo Morosini hielt Urbino inne. Auf der anderen Seite des Platzes stand der Renaissancepalast des Konservatoriums. Die Contessa ging einige Schritte weiter, ehe auch sie stehen blieb. Sie drehte sich um.

»Ich werde zu Ihrer *conversazione* kommen«, eröffnete er ihr das Ergebnis seines Grübelns, während er seinen Regenschirm zuklappte. »Das sollte ich tun und für Sie ist es auch das Beste.«

Die grauen Augen der Contessa wurden groß.

»Habe ich Ihnen nicht gesagt, dass ich Ihnen das absolut verbiete? Wenn Sie dabei sind – egal welch gute Absichten Sie hegen, wie gern Sie mich unterstützen wollen und wie sehr ich Sie mag –, werde ich ein Nervenbündel sein! Ein einziges Nervenbündel.«

Sie legte ihm ihre behandschuhte Hand auf den Arm.

»Lieber Urbino, ich weiß, dass Sie mich beruhigen möchten, damit ich gelassen bin und ein silbernes Kehlchen habe, aber das tun Sie am besten, indem Sie meine Wünsche respektieren. Es wäre mir lieber, wenn Sie sich im Hof von mir verabschiedeten und mir viel Glück wünschten. Sie haben schon alles gehört, was ich über diese Jahre zu erzählen habe, und zwar mehr als einmal! Sie haben Besseres zu tun. Kommen Sie! Ich will Ihnen etwas zeigen.«

Sie gingen zum Konservatorium und betraten den Haupthof. Auf der großen weiten Fläche wartete unter den Säulen der Loggia eine Gruppe darauf, den Hörsaal zu betreten. Ein Sopran schwebte zu ihnen hinunter:

»Benetze mit bitteren Tränen,
meine irdische Hülle!«

Es war aus der so genannten Wahnsinns-Arie aus *Lucia di Lammermoor*. Die Frauenstimme war unstet, aber voller Gefühl.

Mit einem wehmütigen Lächeln auf den Lippen hörte die

Contessa eine Weile zu, dann begab sie sich zu ihren Freunden und Bekannten und nahm deren gute Wünsche entgegen. Darunter waren auch Lino Cipri und eine Frau mit einem schlichten schwarzen Schal. Urbino führte die Contessa heran und stellte sie dem Künstler vor. Cipri wiederum präsentierte die Dame, die sich gegen ihn lehnte, als seine Ehefrau. Sie war gebeugt, hatte tiefe Falten und sah zwanzig Jahre älter aus als ihr Mann.

Mit strahlend blauen Augen starrte sie die Contessa tadelnd an. Die Augen waren das jüngste an ihr.

»Wir freuen uns auf das, was Sie mit uns teilen wollen, Contessa«, sagte Cipri. »Wir sind fast genauso stark an Musik interessiert wie an Malerei.«

Seine Frau entzog Cipri ihren Arm.

»Nicht nur an Malerei«, krächzte sie auf Italienisch, das die Spur eines Akzents besaß. »Auch an Literatur. Lyrik.«

»Da stimme ich Ihnen zu, Signora Cipri«, sagte die Contessa, dem Blick der Frau ausweichend. »Zufällig wird das Verhältnis von Musik und Lyrik am Konservatorium Thema einer meiner *conversazioni* sein, aber nicht heute. Vielen Dank, dass Sie gekommen sind. Ich hoffe, dass es für Sie beide interessant wird. Wenn Sie uns bitte entschuldigen.«

Sie zog Urbino in den angrenzenden Hof.

»Cipri wird es sonderbar finden, dass ich Ihrer *conversazione* fernbleibe«, bemerkte Urbino.

»Er soll denken, was er will, aber hoffen wir, dass mich die Signora nicht mit ihrem Blick durchbohrt. Ihre Augen sind kalt wie Eis. Aber ich habe Sie nicht in diesen Hof beziehungsweise an diese Stelle geführt, um Signora Cipri zu entkommen. Es geht um eine andere Frau. Sie ist es, die ich Ihnen zeigen möchte.«

Die Contessa wies auf eine nur wenige Meter entfernte

Steinfigur einer Frau mit Kleid und Schleier, die ein Bein vorgestreckt hatte. Sie hielt ein Buch an die Brust gedrückt und starrte in die Ferne. Hinter dem Schleier war ihr Gesicht zu erkennen, was dem Standbild einen ungewöhnlichen Effekt verlieh.

»Wie gut, dass nie jemand herausgefunden hat, wer sie ist,« sagte die Contessa. »Das kleine Geheimnis dieses Palazzos. Wagen Sie es bloß nie, ihren Schleier zu lüften! Oh, ich weiß, dass Sie am liebsten alles hätten – die Romantik des Geheimnisses und die Genugtuung der Auflösung. Aber das geht nicht. Konzentrieren Sie sich auf Ihren Samuel Possle und auf meine verschwundene Garderobe! Jetzt können Sie mich reinen Gewissens allein lassen. Unsere geheimnisvolle Dame mit dem Schleier wird mich zusammen mit Alvises Geist vor dem Blick von Signora Cipri beschützen!«

Sie gab ihm einen Kuss auf die Wange und ließ ihn allein, um die Statue zu betrachten.

6

Vom Konservatorium war es ein kurzer Weg über die Accademia-Brücke bis zum breiten Zattere-Ufer. Dahin steuerte Urbino, nachdem sich die Contessa von ihm verabschiedet hatte. Stumm schickte er ihr die besten Wünsche.

Als er die Zattere erreichte, hatten sich die Wolken teilweise aufgelöst und die Sonne kam hindurch. Die Kellner der Cafés und Restaurants nahmen den Wetterwechsel zum Anlass, Tische auf den Bürgersteig und die schwimmenden Terrassen zu stellen, die in den breiten Giudecca-Kanal reichten.

Die Zattere waren selbst im Winter ein idealer Ort für eine Uferpromenade, da sie in südliche Richtung lagen. Selbst am heutigen, weniger schönen Tag spazierten die Menschen hin und her, schoben Kinderwagen, machten ihre Morgeneinkäufe auf dem Markt, grüßten und blieben auf einen kurzen Plausch stehen. Es waren viele ältere Venezianer darunter, die sich darauf verlassen konnten, an der Mole einen Bekannten zu treffen. Der Kai erstreckte sich von der Punta della Dogana bei der Salute-Kirche bis hinunter zum Bahnhof Stazione Marittima im Viertel Santa Marta.

In einem der Cafés machte Urbino eine Kaffeepause. Er nahm den Kaffee draußen zu sich und schaute dabei über den Kanal auf die Giudecca. Anlässlich des Festes zu Ehren des Erlösers Ende Juli verband für kurze Zeit eine Pontonbrücke die Insel mit den Zattere. Über diese schwimmende Brücke konnten die Venezianer ihre alljährliche Wallfahrt über den Giudecca-Kanal zu Palladios Kirche des Erlösers machen, die Venedig als Dank dafür bauen ließ, im sechzehnten Jahrhundert von der Pest verschont worden zu sein. Zum Salute-Fest gehörten ein Feuerwerk, der Verzehr von Maulbeeren und ein Bad im Lido bei Morgengrauen. Im vergangenen Sommer hatten sich Urbino und Habib in die Festivitäten gestürzt. Sie hatten die Contessa, die solche Anlässe normalerweise mied wie eben jene Pest, zum Mitmachen überreden können, auch wenn sie sich dem frühmorgendlichen Ritual am Lido verweigert hatte.

Doch während Urbino seinen Kaffee trank, dachte er nicht an den Spaß, den sie im vergangenen Jahr zu dritt gehabt hatten, sondern an Possle. Eines der Fotos in dem Hochglanzmagazin hatte Possle gezeigt, wie er in seiner ganzen Lebendigkeit die Brücke überquerte. Es war schwer, dieses Bild mit dem schwachen Alten in der Gondel in Einklang zu bringen, das nun tiefer in Urbinos Kopf eingebrannt war.

Doch wie stark Possle körperlich auch behindert sein mochte, er hatte einen scharfen Verstand und einen sardonischen Humor erkennen lassen, die beide mit den Jahren offenbar gewetzt worden waren. Auch wenn dies Urbino beeindruckt hatte, so hatte es ihn auch beunruhigt, denn Verstand und Humor schienen sich mit großer Wucht gegen ihn persönlich zu richten, aus Gründen, die ihm zu diesem frühen Zeitpunkt unverständlich waren. Und dann war da noch der unverkennbar gierige Blick in den Augen dieses Mannes.

Urbino ärgerte sich noch immer darüber, bei Possle nicht stärker die Initiative ergriffen zu haben, sagte sich aber, dass er dafür noch genug Zeit haben würde (hoffte er zumindest).

Er verließ das Café und machte sich über die Zattere auf zur Mündung des Canal Grande. Dort hielt er inne und beobachtete eine Frau mit Hocker und Staffelei, die ein Aquarell der Giudecca-Insel anfertigte. Es war eine Deutsche. Urbino lobte ihre Arbeit und sie unterhielten sich kurz über den Ausblick. Dann ging er weiter.

Seine Schritte führten ihn an den Salzspeichern, wo die Ausstellungen der Biennale untergebracht waren, und an den Villen reicher Ausländer und Industrieller aus Mailand vorbei. Es war der Lieblingsspaziergang von Ezra Pound gewesen, der mit seiner Lebensgefährtin Olga Rudge in der Nähe gewohnt hatte. Vielleicht hatte Possle den umstrittenen Dichter einmal beim Promenieren begleitet.

Diese Vorstellung mit allem, was sie nach sich zog, war wie Öl ins Feuer von Urbinos Wunsch, mehr über Possle zu erfahren. Er wollte derjenige sein, der Licht auf die unbekannten Abgründe von Possles Leben warf.

Mit einem Durcheinander von Ideen und Strategien im Kopf, was er tun würde, da er nun den Fuß in der Tür der Ca' Pozza hatte, erreichte Urbino den abgeschiedenen Ort, an dem der Giudecca-Kanal, der Canal Grande und die Lagune aufeinander trafen. Im Moment hatte er die Stelle ganz für sich allein. Er setzte sich auf eine Bank. Von der Adria wehte ein kalter Wind über das Wasser und drehte die Fortuna-Figur auf der großen, goldenen Kugel auf dem Zollhaus, die die Windrichtung anzeigte.

Urbino betrachtete das Band grünlich grauen Wassers unter dem weiß gefleckten Himmel. Er sandte der Contessa, die inzwischen mitten in ihrer *conversazione* sein musste, seine Kraft.

Obwohl das sich ihm darbietende Bild zu den dramatischsten von ganz Venedig gehörte, kamen nur selten Touristen her. Auf der einen Seite fingen die Zwillingssäulen der Piazzetta und der Dogenpalast mit seinen gotischen Arkaden eine Weile das wechselnde Licht ein, auf der anderen schaute San Giorgio mit seiner schönen, distanzierten Kühle auf die Kulisse. Wenn Urbino hier stand und ihm der Wind ins Gesicht peitschte, war es einfach, sich vorstellen, er stehe im Bug eines auf Venedig zusegelnden Schiffes.

Diese angenehme Vorstellung wurde schnell von dem Bild von Possle an Deck des Schiffes vertrieben, das ihn vor mehr als vierzig Jahren von seinem letzten Besuch in den Vereinigten Staaten zurückgebracht hatte, wie ihn der Alte am Tag zuvor erinnert hatte. Gleichzeitig erfreut und ungeduldig erhob sich Urbino von der Bank.

Es hatte den Anschein, als gebe es für ihn kein Entkommen vor seiner fixen Idee.

7 Urbinos forscher Schritt trug ihn bald zu einer kleinen Brücke, die ihn zum *squero* von San Trovaso brachte, eine der wenigen verbliebenen Gondelwerften in Venedig und dem Vernehmen nach die beste. Hier hatte die Contessa Urbinos Gondel in Auftrag gegeben.

Ein Mann mit Baskenmütze hatte seine Staffelei aufgestellt und malte die Häuser aus dunklem Holz, die eher an die Alpen denn an Venedig erinnerten. Unter einem breiten Balkon voll strahlender Geranien ruhten drei der kiellosen Boote am Kanalufer. Das eine stand hochkant, die anderen beiden waren umgedreht, so dass man ihren grün gestrichenen, flachen Unterboden sah. Alle wurden von Gerüsten gestützt wie die Gondel von Possle. Das i-Tüpfelchen bildeten – darüber freute sich der Maler bestimmt, dachte Urbino – an einer Leine flatternde Wäsche, eine an die Wand gelehnte Leiter und zwei fleißige Handwerker, die *squeraioli*.

Urbino grüßte einen der Männer. Er hatte sich im Laufe der Jahre mit ihm angefreundet. Lange bevor ihm die Contessa die Gondel geschenkt hatte, hatte er sich schon für ihre Herstellung begeistert und gelegentlich diesen *squero* besucht, um den Männern bei der Arbeit zuzusehen. Eine Gondel zu bauen war ein kunstvolles, zeitaufwändiges Unternehmen, für das man zweihundertachtzig Holzteile aus Mahagoni, Kirsche, Ulme und fünf anderen Holzarten schneiden und formen musste. Anschließend wurden die langen Bretter über offenem Feuer erhitzt und zu langen Bordwänden gekrümmt.

Die *forcole* aus Nussbaumholz wurden nicht in den Werften gebaut, sondern in eigenen Werkstätten.

»Ist alles in Ordnung mit Ihrer Gondel, Signor Urbino?«, erkundigte sich der *squeraiolo*.

»Aber sicher.«

»Das muss es auch. Die Contessa kam jede Woche zwei oder drei Mal vorbei, um unsere Arbeit zu überprüfen«, erklärte der Mann lachend. »Ich habe keine Ahnung, wie sie das vor Ihnen verheimlichen konnte. Wir wollten ihr schon ein Zimmer bei uns anbieten, damit sie uns besser überwachen konnte.«

Der Mann trug einen mit Farbe bekleckten Sägebock in die angrenzende Werkstatt. Urbino ließ ihn einige Minuten seiner Arbeit nachgehen und erzählte dann, er habe gerade eine *forcola* gesehen, die von einem Lehrling erstellt worden sei.

»Selbst ich konnte einige Fehler erkennen, dennoch war sie wirklich gut.«

»Der junge Mann sollte nicht aufgeben.«

Fast dasselbe hatte Urbino zu Gildo gesagt, deshalb erzählte er dem Handwerker nun, was er von Gildo gehört hatte: dass sein Freund, der Lehrling, tot sei.

Der Mann seufzte voller Mitleid und trug ein Bund Lagunenschilf zum Feuermachen in eine Ecke der Werkstatt.

»Kennen Sie einen Zimmermann in Castello, der Ruder und *forcole* macht?«, wollte Urbino wissen.

»Ich kenne einen, der kurz vor der Rente steht. Wir bekommen die *forcole* nicht von ihm, aber er ist einer der Besten.«

Urbino ließ sich den Namen des *remero* und die Adresse im Castello geben und ließ den Mann weiterarbeiten.

8 Kurz nach acht Uhr am nächsten Morgen stach unter einem klaren Märzhimmel in der Nähe des Palazzo, in dem Wagner starb, Urbinos Gondel in den Canal Grande, gesteuert vom schweigenden, grübelnden Gildo. Frische Luft aus den Dolomiten trug den Geruch von Schnee heran. Urbinos von den schmalen Wasserstraßen begünstigte Träumerei verflüchtigte sich, während die Gondel inmitten weitaus größerer und zweckmäßigerer Fahrzeuge auf arrogante Weise, wie es ihm vorkam, zwischen den Marmorpalästen entlangglitt.

Mit einem Anflug der kostbaren Unvoreingenommenheit

eines Touristen, die, einmal eingebüßt, kaum wieder zu erlangen ist, musterte er die Häuser.

Aber Urbinos jungfräulicher Blick währte nicht lange. Als er auf die Kirche San Stae fiel, konnte Urbino nicht mehr mit Bestimmtheit sagen, ob seine Freude über die barocke Fassade durch das Wissen vermehrt oder getrübt wurde, dass der Name der Kirche die venezianische Form von Sant'Eustachio war. Dasselbe galt für die eindrucksvolle Ca' Pesaro, in deren Vergangenheit eine Herzogin posthum getäuscht worden war, sowie für die mit Masken geschmückte Fassade der Ca' Corner, die vor Jahrhunderten ein Pfandhaus gewesen war.

Als die Gondel nun die Ca' d'Oro mit ihrer gotischen Pracht passierte, rief sich Urbino in Erinnerung, dass man Wissen, einmal erworben, nicht mehr loswurde, selbst wenn man es wollte oder musste.

Über verschlungene, aber irgendwie unvermeidliche Pfade führte ihn sein Gedankengang zu den verlorenen Gegenständen der Contessa. Im Florian hatte sie ihre Angst zum Ausdruck gebracht, das Gedächtnis zu verlieren. Das war sicherlich eine Möglichkeit, Wissen einzubüßen: Durch die perverse Verdrehung dessen, was vorher klar und deutlich gewesen war. Aber Urbino war überzeugt, dass das bei der Contessa nicht der Fall war.

Was genau das Verschwinden ihrer Gegenstände bedeutete, konnte er im Moment nicht sagen, nur war er sicher, dass es sich um keinen Allerweltsdiebstahl handelte. Die fehlenden getragenen Kleidungsstücke der Contessa machten ihm mehr Sorgen als das Collier, auch wenn dieses ein Geschenk von ihm gewesen war. Und er wusste genau, dass diese Tatsache auch ihr keine Ruhe ließ.

Als er sie am Abend zuvor angerufen hatte, um sich nach der *conversazione* zu erkundigen, hatte er ihr gesagt, dass er nicht an ihre geistige Verwirrung glaube, jedoch noch keine anderen Anhaltspunkte habe. Sie war erleichtert gewesen, da sie wusste, wie schlecht es ihm ging, wenn er an etwas zweifelte. Er würde ihr beunruhigendes kleines Problem lösen, hatte er ihr und auch sich selbst versichert. Sie wollte sich in Geduld üben.

Was die *conversazione* anging, so hatte die Contessa offenbar alle bezaubert. So jedenfalls interpretierte Urbino den für sie typischen, eher bescheidenen Kommentar »Es lief glatt, absolut glatt!«. Sie hatte hinzugefügt: »Sie waren bei mir, *caro*. Jede Sekunde. Und Alvise auch.«

Die Contessa hatte kurz zusammengefasst, was sie zum Besten gegeben hatte und wie sie und das Publikum sich auf eine Weise ergänzt hatten, die reine Musik war, wie sie behauptete.

Also musste Urbino sich wohl keine Gedanken über irgendwelche Probleme machen. Und er war entschlossen, sein Bestes zu tun, um das Rätsel um ihre vermissten Gegenstände zu lösen. Er würde umso eifriger danach forschen, weil es nichts mit Samuel Possle zu tun hatte. Es wäre nicht nur ein gern geleisteter Liebesdienst, sondern auch eine willkommene Ablenkung.

Als sich die Gondel dem buckligen Steinbogen der Rialtobrücke näherte, schaute Urbino durch die Fensterläden und suchte einen kleinen Hof, der vom morgendlichen Sonnenlicht überflutet wurde. Wegen Gildos Freund interessierte sich Urbino nun brennender als je zuvor für den Campiello del Remer, benannt nach den dort ansässigen Rudermachern. Regelmäßig stieß Urbino auf Beispiele, wie sich die Stadt für ihn erneuerte. Es hatte den Anschein, als sei sie voller Zeichen und Anhaltspunkte, Hinweise und Zusammenhänge, die nicht auf ihrer Vergangenheit gründeten, sondern auf der Verzahnung ihrer Vergangenheit mit Urbinos Gegenwart und sogar Zukunft.

Wie oft war er beispielsweise in den Jahren, seit er in Venedig lebte, an der Ca' Pozza vorbeigegangen, ohne das zu empfinden, was ihm das Haus jetzt einflößte? Und die ganze Zeit hatte Possle hinter jenen Mauern gelebt und auf Urbino gewartet, ohne sich dessen bewusst zu sein.

Wann würde Possle ihn erneut einladen? Diese Frage war zu Urbinos ständigem Begleiter geworden und schwebte nun wieder auf ihn zu, als Gildo die Fahrt der Gondel verlangsamte. Urbino wusste nicht, ob er mehr Zeit damit verbracht hatte, sich diese Frage zu stellen oder ihre dunkle Zwillingsschwester zu vertreiben: *Würde Possle ihn überhaupt noch einmal in die Ca' Pozza einladen?*

Geschickt steuerte Gildo die Gondel an den Pescheria-Anleger neben der Rialtobrücke und Urbino stieg aus. Er verabredete mit Gildo, sich in einer Stunde an Ort und Stelle wieder zu treffen, und steuerte auf den nahe gelegenen Markt zu.

Ein- oder zweimal im Monat nahm Urbino Natalia eher aus Eigennutz denn zu ihrer Entlastung die Aufgabe ab, zum Rialto-Markt zu gehen. Hier tummelten sich Menschen, die ihre Einkäufe erledigten: Obst, Gemüse, Fleisch und Fisch. Wenn er sich unter sie mischte, fühlte er sich mit dem natürlichen, wesentlichen Rhythmus des Lebens verbunden, obwohl ihm die Ironie durchaus nicht entging, dass er in seiner extravaganten eigenen Gondel eintraf und abfuhr.

Zuerst schlenderte er in der klaren Morgensonne über den überdachten Fischmarkt. Die Fischer hinter ihren Ständen priesen ihre Waren im venezianischen Dialekt an, der ausschließlich aus X und Z zu bestehen schien. Ihre Auslage, der morgendliche Fang aus der Adria mit all seinen Farben, Formen und seiner Mannigfaltigkeit, schmeichelte dem Auge fast ebenso, wie er am Ende den Gaumen verwöhnte. Lange lief Urbino die Gänge hinauf und hinunter und verweilte vor dem einen oder anderen Stand und wünschte sich, Fotograf oder Maler zu sein.

Ein wettergegerbter Fischer bemerkte scherzhaft, wenn Urbino nichts kaufen wolle, würde man ihm fürs Zuschauen Geld abknöpfen. Urbino entschied sich für eine *coda di rospo*, einen Anglerfisch, und lächelte in Erinnerung an Habibs Schrecken, als er herausfand, dass der unappetitliche Name des leckeren Fisches, den er gegessen hatte, übersetzt »Schildkrötenschwanz« bedeutete.

Urbino bummelte weiter zum Gemüsemarkt, der sich auf einem der wenigen offenen Plätze entlang des Canalazzo befand. Er schlenderte an verführerisch arrangierten Obst- und Gemüsesorten vorbei, deren Preise mit der Hand auf Pappschilder geschrieben waren. Schließlich erreichte er einen Stand, der von einer stämmigen Frau namens Marta beherrscht wurde, bei der Natalia und er immer kauften.

Sie wog ihre Spezialitäten ab und verstaute sie in Urbinos Beutel, während sie mit ihm über das Wetter plauderte und sich nach der Contessa und Habib erkundigte, den sie Urbinos afrikanischen Freund nannte.

Plötzlich fluchte jemand wild drauflos. Eine große Frau in einem dunkelbraunen Mantel fuchtelte mit einem gelben Schal vor dem Verkäufer am Nachbarstand herum. Sie war ungefähr Ende vierzig. Grellrosa Flecken verunzierten ihre blasse Haut. Das kurze, braune Haar war grau meliert. Sie hatte einen geistesabwesenden Blick, mit dem sie die glotzenden Kunden und Marktleute streifte.

Urbino erkannte in ihr die verärgerte Frau vom Ufer vor der Ca' Pozza.

»Wer ist das?«, fragte er Marta.

»Sie heißt Elvira.«

Die Frau namens Elvira hörte genauso abrupt auf zu fluchen, wie sie begonnen hatte. Offensichtlich verwirrt sah sie sich mit einem weicheren Gesichtsausdruck um. Dann lief sie in die Menschenmenge. Als die Leute zur Seite traten, um sie durchzulassen, war eine dunkle Gestalt zu sehen. Sie sah aus wie Armando, doch im nächsten Augenblick schloss sich das Spalier wieder, und die Gestalt war verschwunden.

»Was wissen Sie noch über sie?«, fragte Urbino Marta und schaute der Frau hinterher, weil er wissen wollte, ob er tatsächlich Armando gesehen hatte.

Marta ließ einen Finger neben der Schläfe kreisen, eine Geste, die allerorts verstanden wurde.

»Sie ist nicht ganz richtig im Kopf, die Arme. Manchmal ist sie so normal wie Sie und ich. Sie war nicht immer so.« Marta senkte ihre Stimme mitfühlend und erklärte: »Seit dem Tod ihres Sohnes ist es schlimmer geworden.«

»Wann war das?«

»Im Dezember, vor Weihnachten, die arme Frau.«

»Wohnt sie in der Nähe?«

»Nicht weit weg. In San Polo. Ihr Sohn starb direkt vor ihren Augen, erzählt man sich. Er fiel von einem Haus.«

Urbino suchte weiter die Menge nach einem Hinweis auf die verwirrte Frau oder Possles Hausdiener ab. Beide waren verschwunden.

Ihm blieben noch fünfundzwanzig Minuten, bevor er zurück zur Gondel musste.

Er wandte dem Canal Grande den Rücken zu und schlängelte sich, beladen mit seinen Taschen, an Einkäufern und Touristen vorbei. Links von ihm stiegen die Steinstufen der Rialtobrücke mit ihren Souvenir- und Ramschläden empor.

Weitere Geschäfte säumten die Straße am Fuß der Brücke. Dahinter erstreckte sich ein Säulengang voller Juweliere.

Urbino reihte sich in den Menschenstrom ein, der tiefer in das Viertel San Polo vordrang, und steuerte auf eine Weinbar an einem nahe gelegenen Platz zu. Immer wieder sah er sich nach Elvira und der dunklen Gestalt um, die Ähnlichkeit mit Armando gehabt hatte, schaute aber nur in unbekannte Gesichter. Dennoch hatte er das vage Gefühl, beobachtet zu werden.

Selbst zu dieser Stunde war die kleine Bar bis zum Bersten gefüllt mit Fischern, Marktleuten, Nachbarn und einem einsamen Touristen mit Reiseführer. Urbino stellte seine Beutel in einer Ecke ab, wo andere Stammgäste ihre Tüten und Schachteln deponiert hatten. Es gelang ihm, eine freie Stelle an der Theke zu ergattern, wo er ein Glas Weißwein bestellte.

Während er den Wein trank und *cicchetti* aß, kleine Leckerbissen, reckte er immer wieder den Kopf, um nach seinen Einkäufen zu sehen.

Zuerst schenkte er der Unterhaltung um sich herum keine Aufmerksamkeit, bis ein Bootsführer begann, sich über den Vandalismus im Rialto und anderen Teilen von San Polo zu beschweren. Als er einen Einbruch in der Nachbarschaft erwähnte, wurde Urbino bewusst, dass der Mann von einer Gegend in der Nähe der Ca' Pozza sprach.

»Ist da nicht vor kurzem ein junger Mann zu Tode gestürzt?«, fragte er.

»Ein Dieb war das, *signore*«, erwiderte der stämmige Bootsführer. »Einer weniger von diesen Ganoven, umso besser für uns. Die Straßen sind nicht mehr sicher. Meine Frau geht abends nicht mehr allein vor die Tür. Ich bete zu Gott, dass sie sich alle irgendwie umbringen, je schneller, desto besser!«

Seine Kumpanen nickten und kippten den Rest ihres Weines hinunter.

Urbino schaute auf die Uhr. Ihm blieb gerade noch genug Zeit für den Weg zurück zum Anleger, wo er mit Gildo verabredet war. Er wünschte den Männern einen guten Tag und griff nach seinen Einkaufstüten.

In einer von ihnen lag ein weißer Umschlag auf den Tomaten.

Urbino sah sich in dem überfüllten Raum um, anschließend blickte er nach draußen auf den Platz. Armando war nirgends zu sehen.

Er nahm den Umschlag in die Hand. Darauf stand mit purpurner Tinte: Raphael Urbino Macintyre. Auf dem darin liegenden Brief hatte Possle unter das aktuelle Datum geschrieben, er erwarte Urbino am nächsten Nachmittag um halb fünf in der Ca' Pozza.

9

Wenige Stunden später besuchte Urbino nach einigem Nachdenken Gildo am Wassereingang des Palazzo Uccello. Der junge Mann war gerade dabei, mit einer aus einer alten Weinflasche gebrochenen Glasscherbe emsig, aber bedrückt an einem Ruder herumzukratzen. Auf diese Weise wurde das Ruder geweißt, aber Gildo schien noch einen anderen Grund zu haben, denn das Ruder war längst weiß genug, es war vor kurzem bearbeitet worden. Außerdem wandte Gildo mehr Kraft als nötig auf.

»Entschuldigen Sie, Gildo.«

Der Gondoliere ließ das Ruder sinken.

»Ich möchte Sie nicht bedrängen, aber Sie machen mir in letzter Zeit einen traurigen Eindruck. Die Contessa hat es auch schon bemerkt. Selbst Silvia ist besorgt, sagt die Contessa.«

Gildo zeigte keinerlei Reaktion.

»Es dauert lange, bis man den Tod eines nahe stehenden Menschen überwunden hat. Eigentlich tut man es nie«, kämpfte Urbino sich mühsam voran, während er sich fragte, inwiefern das den jungen Mann trösten sollte. »Wenn Sie gerne ein paar Tage frei hätten, wäre das kein Problem. Nicht dass mit Ihrer Arbeit irgendetwas nicht stimmen würde.«

»Vielen Dank, Signor Urbino, aber es ist besser für mich, wenn ich weiterarbeite. Das Wasser beruhigt mich. Dort fühle ich mich meinem Freund nahe.« Gildo wandte den Blick ab und fügte dann fröhlicher hinzu: »Mir macht es sogar noch mehr Spaß als Ihnen, obwohl ich derjenige bin, der die Arbeit tut.«

Ein schwaches Lächeln erschien auf seinen Lippen, verschwand aber schnell wieder.

»Und Sie machen es hervorragend, Gildo. Wie Sie also wünschen, aber Sie können es sich jederzeit anders überlegen.«

Nun wäre es angebracht gewesen, zu gehen und Gildo seiner Arbeit und seinen Gedanken zu überlassen, aber Urbino blieb stehen. Er nestelte an ein paar Lappen herum, mit denen Gildo die Gondel polierte und putzte.

»Sie sagten, Sie fühlen sich Ihrem Freund nahe, wenn Sie auf dem Wasser sind. Ich hoffe, das bedeutet nicht, dass er bei einem Bootsunfall ertrank. In dem Fall wäre es vielleicht keine so gute Idee, unbedingt wieder die Gondel rudern zu wollen.«

»Nein, er ist nicht ertrunken, Signor Urbino. Ich meinte das nur wegen der *forcola* und weil er Gondeln auch so gerne mochte. Aber ich muss stark sein. Es ist schon drei Monate her.«

»Es gibt viele Möglichkeiten, stark zu sein, Gildo. Lassen

Sie sich Zeit! Wenn Sie einmal darüber reden möchten, zögern Sie nicht, mich anzusprechen.«

Gildo griff nach dem Ruder, um weiterzuarbeiten. Als Urbino gehen wollte, rief er: »Ach, ich habe etwas vergessen.«

Er zog ein Blatt Papier aus seiner Jackentasche.

»Das ist die Rechnung für das neue Schloss. Soll ich meinem Onkel den Scheck bringen?«

Urbino nahm die Rechnung in Empfang.

»Nein, ich kümmere mich darum. Vielen Dank.«

Urbino ging ins Haus und rief Rebecca an. Er fragte sie, ob er am Nachmittag in ihrem Büro in San Polo vorbeikommen dürfe.

10

Urbino empfand große Zuneigung für Rebecca und hatte beachtlichen Respekt vor ihrem Fachwissen. Das Einzige, was er an ihr nicht mochte, war ihre Vorliebe für alles Ultramoderne, aber genauso wenig teilte sie seinen rückwärts gewandten Geschmack.

Sie neckte ihn gerne, indem sie sagte: »Sie können die Ca' d'Oro nicht noch einmal bauen! Das wusste selbst Ihr geliebter Ruskin.«

So machte sie sich über seine unvergängliche Liebe zur Gotik lustig.

Die Einrichtung von Rebeccas Büro am Campo San Tomà aus laminiertem Plastik, Glas und Chrom schien eigens ausgewählt, um Urbino zu schockieren. Die Zimmer waren beleuchtet wie ein Gefängnis und mit stark gemusterten, grellbunten Teppichen und Möbeln spärlich eingerichtet. Das in Urbinos Augen einzig Tröstliche war, abgesehen von einem Gemälde von Habib, die Tatsache, dass durch zwei der Fenster die Zinnen und Gesimse der gotischen Kirche der Frari und ein großer Teil ihrer Rosette zu sehen waren.

Rebecca schob einen Papierstapel zur Seite.

»Wenn Sie mich nicht angerufen hätten, hätte ich mich bei Ihnen gemeldet«, sagte sie mit einem breiten Lächeln. »Sie sind wegen der Ca' Pozza und Samuel Possle hier, stimmt's?«

»Bin ich so leicht zu durchschauen? Woher wissen Sie das?«

Rebecca lachte.

»Ich wusste es nicht, aber jetzt weiß ich es. Carla hat gesehen, dass Sie vor ein paar Tagen dort klingelten.« Carla war ihre Assistentin. »Ich habe zwei und zwei zusammengezählt.«

Urbino setzte sich auf das Sofa unter Habibs Bild von Burano. Er nahm ein Buch vom Glastisch und blätterte es durch. Es war eine signierte Erstausgabe von Daphne Du Mauriers *Rebecca* auf Englisch. Der Roman und Hitchcocks Film dazu hatten Rebeccas Mutter derartig beeindruckt, dass sie ihre Tochter nach der unvergesslichen Titelfigur benannt hatte.

»Warum wollten Sie mich anrufen?«, fragte Urbino und legte das Buch zur Seite.

»Sie zuerst. Kaffee?«

Sie goss zwei Tassen aus der Kanne ein, die immer in einer Ecke ihres Büros vor sich hin kochte.

Urbino war nicht in der Stimmung, auf jede Kleinigkeit einzugehen. Er erzählte Rebecca das Wesentliche, ließ seine Spekulationen aber außen vor. Viel Zeit widmete er der Beschreibung der Inneneinrichtung der Ca' Pozza.

»Ein sonderbarer Mann und ein sonderbares Zimmer!«, sagte Rebecca, als Urbino geendet hatte. »In gewisser Weise vielleicht ganz nach Ihrem Geschmack«, fügte sie verstohlen lächelnd hinzu. »Wenn Sie dort Stammgast werden, kann ich mich vielleicht einmal an Sie dranhängen.«

»Hören Sie, Rebecca, Sie erwähnten einen Jungen, der

von Benedetta Razzis Haus fiel und starb. Was wissen Sie darüber?«

»Nicht viel mehr, als ich Ihnen bereits erzählt habe. Ich weiß nicht, wer es war. Er scheint sich mit einer Gruppe von Jugendlichen herumgetrieben zu haben, die die Gegend dort unsicher machten. Wie schon gesagt, es muss auch um Drogen gegangen sein. Es gab öfter Einbrüche.«

»Hat er versucht, in das Haus der Razzi einzubrechen?«

»Das weiß ich nicht.«

Urbino erzählte ihr von der Frau namens Elvira, deren Sohn scheinbar vor ihren eigenen Augen vom Haus gefallen war.

»Das muss der gleiche Junge sein«, sagte Rebecca. »Wie traurig!«

»Ich habe in einem der *bacari* auf dem Campo delle Beccarie vorbeigeschaut. Einige der Männer redeten über den Vandalismus in San Polo.«

»Das ist ein großes Problem«, erwiderte Rebecca. »Zum Glück ist bei mir in der Gegend noch nichts passiert. Aber Sie wissen ja, wie wir uns immer alle trösten. Nicht in meiner Straße, nicht in meinem Haus, nicht in meiner Wohnung. Nun, noch nicht jedenfalls.«

»Hoffentlich auch in Zukunft nicht.«

»Wie ich schon auf dem Campo Santa Margherita sagte: Sie sollten vorsichtig sein bei Ihren Spaziergängen. Vielleicht glaubt jemand, Sie trügen Unmengen amerikanischer Dollars mit sich herum. Aber ich dachte, Sie wollten Possles Vergangenheit ausgraben. Was hat dieser Junge damit zu tun?«

»Wahrscheinlich nichts.«

»Nur die alte Neugierde, was?«, bemerkte Rebecca lächelnd.

»So ungefähr. Nun, was wollten Sie mir denn nun mitteilen?«

»Glauben Sie nicht, dass ich nicht gemerkt hätte, wie Sie das Thema wechseln. Ich kenne all Ihre Tricks. Und genauso gut weiß ich, dass Ihnen meine zwei großen Neuigkeiten gefallen werden.«

»Warum haben Sie mir nicht schon früher davon erzählt?«

»Weil ich es gerade erst erfahren habe, Sie schlaues Bürschchen! Ich habe mit Luca zu Mittag gegessen.« Luca war ein Freund von ihr, der bei einer Bank arbeitete. »Er sagt, die Ca' Pozza sei bis zum Hals mit Hypotheken belastet, und Possle sei schon ein oder zwei Raten im Rückstand. Er kann jeden Moment mit seinem Gondoliere oder Hausmeister, oder was er ist, auf die Straße gesetzt werden. Und glauben Sie nicht, dass es die Sache leichter für ihn macht, Amerikaner zu sein. Ganz im Gegenteil.«

Urbino nahm die Auskunft auf und trank einen Schluck Kaffee.

»Sprachen Sie nicht von zwei Neuigkeiten?«

»Die zweite ist ein bisschen schriller. Luca hat mir erzählt, dass es Menschen gibt, die glauben, es würde in der Ca' Pozza spuken.«

»Es würde spuken? Was erzählen Sie da?«

Augenblicklich dachte Urbino an die Gestalt hinter der Loggiatür und an das Gelächter und Schluchzen. Noch hatte er niemandem davon erzählt, und wenn er es tat, würde er dafür sorgen, dass es niemand in den falschen Hals bekäme. Es musste eine vernünftige Erklärung geben, die nichts mit Geistern zu tun hatte.

»Lustig, nicht wahr?«, sagte Rebecca. »Aber was will man sonst von Demetrio Emo erwarten?«

»Der Schlosser Demetrio Emo, Gildos Onkel?«

»Erzählen Sie mir bitte nicht, dass es ihn zwei Mal gibt! Nicht jemand, der so dick ist! Anscheinend hat Emo in einer Bar in der Nähe seines Geschäfts behauptet, in der Ca' Pozza würde es spuken. Luca geht von Zeit zu Zeit dorthin. Vielleicht steckt doch ein Körnchen Wahrheit in den Gerüchten über Emo und seine schwarzen Messen.«

»Davon habe ich nichts gehört.«

»Nehmen Sie's nicht so schwer. Selbst Schnüffler sind fehlbar. Sie sind mir etwas schuldig. Für die Hypothek und den Spuk in der Ca' Pozza. Ich erwarte mindestens ein Abendessen.«

11

Es war irgendwie faszinierend zu sehen, wie ein derart gewaltiger Mann mit so kleinen, schmalen, geheimnisvollen Gegenständen wie Schlüsseln hantierte. Eine Stunde nach seinem Gespräch mit Rebecca beobachtete Urbino in einer Ecke von Demetrio Emos Geschäft nahe der Madonna dell'Orto, wie der Schlosser zwei Schlüssel für eine ältere Frau schliff und polierte. Immer wieder warf er Urbino aus seinen kleinen, dunklen Augen flüchtige Blicke zu.

Trotz seiner umstrittenen Vergangenheit und seiner Weigerung, sie zu verheimlichen, führte Emo ein gut gehendes Geschäft. Der Name seines Ladens, an einem Schild über der Tür und auf einer Tafel hinter dem Tresen auffällig platziert, lautete in Anspielung auf den heiligen Petrus *Hüter der Schlüssel.*

Als Emo fertig war, überreichte ihm Urbino den Scheck für das neue Schloss und die Schlüssel.

»Sie sind nicht hergekommen, um mich zu bezahlen«, sagte Emo und nahm den Scheck entgegen. »Den hätte Gildo mitnehmen können.«

Er musste seine weiche, aber eindringliche Stimme im Laufe seiner Zeit als Priester vervollkommnet haben, wenn er Predigten hielt, im Beichtstuhl Bußen auferlegte und Rat erteilte und wenn er seine weiblichen Schäfchen verführte.

»Sie sind wegen der Ca' Pozza gekommen«, stellte er fest.

Als Rebecca kurz zuvor dasselbe gesagt hatte, war Urbino belustigt gewesen. Jetzt war er auf der Hut.

»Sie haben Recht«, sagte er. »Aber woher wissen Sie das?«

»Das ist kein großes Geheimnis, Signor Sherlock. Freunde haben Sie des Öfteren in der Nähe des Hauses gesehen«, antwortete Emo ausweichend.

Urbino fragte sich, ob Emo seinen Neffen schützen wollte. Aber Urbino konnte auch bei den Nachbarn Aufmerksamkeit erregt haben, besonders im Moment, da alle Anwohner wegen der Einbrüche wachsamer waren als sonst.

»Ich interessiere mich für die Ca' Pozza«, gab Urbino zu. »Beruflich. Wegen meiner Biographien, meine ich«, fügte er hinzu, als ein Lächeln das schon runde Gesicht von Emo noch mehr in die Breite zog. »Der Besitzer der Ca' Pozza stellt eine Verbindung zur Vergangenheit dar. Er hat im Laufe der Jahre viele auffällige, einflussreiche Menschen kennen gelernt.«

»Und das Haus ist genauso interessant wie diese Personen, vielleicht sogar noch interessanter.«

»Ja, stimmt. Man hat Sie über das Haus sprechen hören. Sie hätten gesagt, es spuke dort.«

Emo stieß ein lautes Lachen aus.

»Das habe ich gesagt? Tja, vielleicht stimmt es ja. Aber das passt Ihnen nicht ins Konzept, nicht wahr? Bei Ihrer Logik und so?« Jetzt schaute Emo ihn völlig humorlos an. »Meine Ausbildung zum Priester hat mich für so etwas empfänglicher gemacht als Sie. Ich könnte Ihnen Geschichten erzählen, bei denen Ihnen das Blut in den Adern gefriert.«

Er schien das vollkommen ernst zu meinen.

»Über die Ca' Pozza?«

»Nein, nicht über die Ca' Pozza. Nicht unbedingt. Nur damit Sie eine Vorstellung davon bekommen, was wir Priester uns anhören müssen: Eines unserer Gemeindemitglieder behauptete, jede Nacht den Teufel zu sehen. Den Monsignore hatte er schon überzeugt und mich auch schon fast. Aber Sie wissen ja, dass die Kirche ihre Geheimnisse nicht preisgibt.«

»Aber warum sagen Sie, es sei bekannt, dass es in der Ca' Pozza spuke?«, fragte Urbino, zum Thema zurückkehrend.

Emo antwortete nicht sofort. Er schien abzuwägen, was er sagen sollte.

»Ich hab da etwas in einem alten Buch in der Bibliothek von San Gabriele gelesen«, erklärte er schließlich fast beiläufig. San Gabriele hieß die Gemeinde, in der Emo Priester gewesen war. »Sie würden staunen, was es da alles gibt. Ein ganzes Regal voll mit Zaubersprüchen und Exorzismen. Ganz nach meinem Geschmack.«

»Sie interessieren sich für das Übernatürliche?« Als Urbino klar wurde, was für eine seltsame Frage das an einen ehemaligen Priester war, fügte er hinzu: »Für das Okkulte, meine ich?«

»Für das Übernatürliche, das Okkulte, für Blut, das auf Kommando fest und flüssig wird, für weinende Madonnen, für die Gebeine von Heiligen, die nicht verwesen, für wunderbare Heilung durch Splitter vom Kreuz und Krumen vom Letzten Abendmahl! Das ist alles das Gleiche. Damit halte ich meinen Kopf auf Trab. Eine Art Training für den Verstand. So wie Sie Detektiv spielen, könnte man sagen, auch wenn ich dazu angehalten wurde, nichts auszuplaudern.«

»Und die Ca' Pozza?«, beharrte Urbino.

»Daran ist nicht mehr und nicht weniger als an anderen Häusern in Venedig. Wie das mit dem steinernen Engel an der Residenz des Patriarchen. Angeblich war das Haustier des Besitzers, ein Äffchen, vor vielen, vielen Jahren vom Teufel besessen, so erzählt man sich jedenfalls. Und dann der Palazzo

Mocenigo Vecchio. Die Leute schwören, dass Giordano Brunos Geist durch die Gemächer wandelt.«

Giordano Bruno war ein Philosoph und Alchimist aus der Renaissance, der in dem Palazzo gelebt hatte und in Rom auf dem Scheiterhaufen verbrannt worden war.

Ein Kunde trat ein. Emo schliff mehrere Schlüssel für ihn. Als der Mann ging, knüpfte Emo dort an, wo er aufgehört hatte.

»Und das Casino degli Spiriti«, sprach er ein kleines, allein stehendes Gebäude unweit seines Geschäfts an, das auf Lagune und Friedhofsinsel blickte. Dort hatten Literatur- und Musikkreise rauschende Feste gefeiert, die sich wohl nicht allzu sehr von denen unterschieden, die in der Ca' Pozza stattgefunden hatten. »Ein Spukhaus, sagt man.«

Urbino nickte. Er kannte die Legende.

»Und was ist mit der Ca' Pozza?«

»Vielleicht ist es nicht die Ca' Pozza, sondern die Ca' *Pazza*«, betonte Emo. »Jedenfalls stand das in einem von meinen Büchern. Das Haus der Verrückten. Angeblich ist der Name eine Verdrehung von Ca' Pazza. Ca' Pazza – Ca' Pozza.«

Bei seinen Recherchen hatte Urbino nichts gefunden, aber Emo hatte ja schon erklärt, dass die Gemeinde eine besondere Sammlung von Büchern besaß.

Pazza bedeutete auf Italienisch »verrückte Frau«. Dem Reiseführer in seiner Bibliothek hatte Urbino allerdings entnommen, dass die Ca' Pozza nach einer *pozza*, also einem Tümpel benannt worden war, der dort früher gewesen war. Das Haus des Trinkwassers, das Haus des Brunnens. Das war eine komplett andere Version als die, die Emo ihm gerade erzählt hatte.

»Die Leute glaubten, in dem Haus spuke eine verrückte Frau«, fuhr Emo fort. »Sie wurde beim Bau des Hauses von herunterfallenden Steinen getötet. Im siebzehnten oder achtzehnten Jahrhundert.«

»Im siebzehnten.«

»Kennen Sie die Geschichte?«

»Ich weiß, dass das Gebäude aus dem siebzehnten Jahrhundert stammt.«

Unwillkürlich musste Urbino an das Gelächter und das Schluchzen denken, das er gehört hatte, als er mitten in der Nacht vor der Ca' Pozza stand. Wenn er das Emo erzählte, würde der clevere Schlosser bestimmt behaupten, das sei der Beweis für die Legende um das Haus. Wie auch immer die Erklärung für den Spuk in der Ca' Pozza lauten mochte – die verrückten Schreie und das Lachen der letzten Monate waren beruhigend einleuchtend zu erklären, nun da Urbino die Bekanntschaft von Elvira gemacht hatte.

Urbino erwog, den ehemaligen Priester in den Genuss seiner logischen Schlussfolgerungen kommen zu lassen, aber Emos Mischung aus Respektlosigkeit und Leichtgläubigkeit, beides Zeichen von Verletzlichkeit, hielt ihn davon ab.

Emo schaute ihn an, als erwarte er weitere Auskünfte über die Ca' Pozza. Das bekräftigte nur Urbinos Entschluss, nichts zu sagen, jedenfalls nicht im Moment.

Das Telefon klingelte. Emo hob ab und ging zum Sprechen in das winzige Zimmer hinter der Theke. Urbino sah sich in dem kleinen Laden um. Er war zwar voll gestopft, doch schien alles an seinem Platz zu sein.

»Ein Notfall«, meldete Emo, als er zurückkam und den Hörer auflegte. »Einem Kunden sind die Schlüssel gestohlen worden, jetzt muss ich ein neues Schloss einsetzen. »Was wäre ich ohne Hausbesuche?«

Emo schickte sich an abzuschließen. Urbino bummelte noch etwas herum und sagte dann: »Mir ist übrigens aufgefallen, dass Gildo in letzter Zeit sehr traurig aussieht. Er hat mir gesagt, ein Freund von ihm sei gestorben.«

Emo sah ihn scharf an.

»Machen Sie sich Sorgen um Gildo oder geht es wieder um die Ca' Pozza?«

»Was hat Gildo mit der Ca' Pozza zu tun?«

Doch schon als Urbino die Frage stellte, war ihm die Antwort klar. Kurz hatte er vor Augen, wie Elvira den hinten in der Gondel rudernden Gildo anschrie und ihm mit der Faust drohte, als sie an der Ca' Pozza vorbeigefahren waren.

»Als ob Sie das nicht wüssten. Sein Freund ist von dem Haus neben der Ca' Pozza gefallen.«

12

Um neun Uhr morgens an dem Sonntag, an dem der nächste Besuch in der Ca' Pozza anstand, kletterte Urbino vom Dachgeschoss auf die *altana*, die auf dem rosafarbenen Dach des Palazzo Uccello thronte.

Dort fand er Gildo, wie Natalia ihm verraten hatte. Der junge Mann nahm Decken, Jacken und Schals ab, die Natalia in Erwartung eines sonnigen Tages und einer leichten Brise zum Lüften auf die Holzterrasse gehängt hatte. Vor einer Stunde war das Wetter umgeschlagen. Dunkle Wolken, durch steten Wind vom Meer hereingetrieben, ballten sich über der Stadt.

»Ich helfe Ihnen«, erbot sich Urbino.

Gemeinsam nahmen sie die Wäsche ab. Sie war schon feucht und lief Gefahr, von der *altana* geweht zu werden.

Viele Häuser Venedigs besaßen diese hölzernen, auf dem Dach angebrachten Terrassen. Sie waren ebenso charakteristisch für die Architektur der Stadt wie die überdachten Brunneneinfassungen, die umgekehrten Glocken- und Obeliskschornsteine, die *sottoportici*.

Ursprünglich hatte man die Terrassen für die Edeldamen auf die Palazzi gebaut, damit sie dort die Sonne genießen und sich mittels eines speziellen Gebräus, das aus damaskischem Seifenpuder und geschmolzenem Blei zubereitet wurde, das Haar bleichen konnten. Heutzutage besaßen die *altane* prosaischere Funktionen, es sei denn, man saß wie Urbino stundenlang auf der Bank zwischen den Geranien, träumte und blickte auf die Dächer der Stadt.

Schweigend legte Gildo einen karierten Schal in den Weidenkorb.

»Ich würde gerne mit Ihnen über etwas reden, Gildo«, begann Urbino. »Ich habe gestern mit Ihrem Onkel gesprochen, als ich ihm den Scheck brachte.«

Urbino erwähnte den Scheck, damit Gildo nicht den Eindruck bekam, er habe dessen Onkel besucht, um etwas über den Gondoliere in Erfahrung zu bringen.

Gildo nahm weitere Wäsche von der Leine. Er sah Urbino nicht an.

»Sie wissen hoffentlich, dass Sie mir nicht gleichgültig sind. Als ich Ihrem Onkel gegenüber erwähnte, Sie seien in letzter Zeit ein wenig bedrückt wegen Ihres Freundes, da erzählte er mir, er sei von dem Haus neben der Ca' Pozza zu Tode gestürzt.«

Ruckartig hob Gildo den Kopf. In seinen grünen Augen lag ein schmerzerfüllter Blick.

»Entschuldigen Sie, Signor Urbino, aber wir sollten das alles von der *altana* holen.« Seine Stimme, die sonst auf reizvolle venezianische Art nuschelte, klang förmlich und unnatürlich. »Ich habe nicht viel Zeit. Heute ist doch einer der Tage, an denen ich zum Bacino Orseolo gehe.«

»Sicher, Gildo. Und Natalia und ich haben Sie mit dieser Arbeit schon genug aufgehalten. Wir können uns ein andermal unterhalten. Warten Sie, ich helfe Ihnen mit dem Korb.«

13

Am Nachmittag ging Urbino in die Accademia, um sich die Zeit zu vertreiben, ehe er in der Ca' Pozza erwartet wurde. Als er die Accademia drei Monate zuvor mit Habib besucht hatte, war er auf angenehme Art abgelenkt gewesen, weil er – wie so oft bei Habib – die Rolle des umsichtigen *cicerone* gespielt hatte. Am heutigen Nachmittag wollte er eine gemütliche, einsame Runde durch die Galerie drehen, um seine Nerven zu beruhigen. Er hoffte, hinter den Mauern des Museums zeitweilig Abstand zur Welt draußen zu finden.

Aber es sollte anders kommen.

Carpaccios *Traum der hl. Ursula* mit der friedlich schlummernden Heiligen, der in ihrem schlichten, ordentlichen Zimmer ein Engel erscheint – ein Gemälde, über das sich Ruskin seitenlang lobend ausgelassen hatte –, erinnerte Urbino an seinen beängstigenden, so gegensätzlichen Traum. In der vergangenen Nacht hatte er ihn wieder heimgesucht.

Giorgiones zahnlose Alte, die auf eine Schriftrolle mit den warnenden Worten *Col tempo* weist, beschwor das Bild von Possles gealtertem Gesicht herauf, das sich im Laufe der Jahre so stark verändert hatte.

Ein anderes Gemälde von Carpaccio, *Das Wunder der Kreuzreliquie*, schien unschuldig genug, doch dann fielen Urbino gewisse Einzelheiten ins Auge. Die alte hölzerne Rialtobrücke erinnerte ihn an Elviras unberechenbares Verhalten am vergangenen Morgen. Die vergnügt schaukelnden Gondeln auf dem

Bild wurden von Possles unbeweglichem Gefährt verdrängt, und als Urbino sich abwandte, flüsterten sie ihm Gildos Weigerung ins Ohr, über den Tod seines Freundes zu sprechen.

Auch Tintorettos gespenstisches Gemälde *Entführung des Leichnams des hl. Markus* verschaffte Urbino keine Ablenkung. Es war nicht so sehr der aufgewühlte Himmel, der den Sturm ankündigte, der bald auf die Stadt niedergehen würde, sondern eher die vielen Bogengänge und Treppen mit den flüchtenden, geisterhaften Gestalten, die eine gefährliche, diabolische Botschaft vermittelten, und das alles mit einer vorgeblich hehren Absicht.

Urbino schlenderte durch einen gewölbeartigen Raum, dessen bemalte Wände ihn auf vertraute Weise anblickten und ihm erschreckend treffende Stichwörter und Zeichen zuwarfen. Als er merkte, dass er weitere Gemälde nach einer ihn betreffenden Bedeutung absuchte, beschloss er, dass es an der Zeit sei, zu gehen. Ihm blieben noch einige Minuten für einen Drink, den er bitter nötig hatte, bevor er zu Possle ging.

Als Urbino auf die Treppe zusteuerte, rief ihn jemand fröhlich beim Namen. Es war Lino Cipri mit wehender Krawatte und abgetragener schwarzer Samtjacke. Er kopierte Lorenzo Lottos Porträt eines grübelnden Edelmannes in seinem Studierzimmer, das Eugene bei ihm in Auftrag gegeben hatte.

Urbino staunte, Cipri zu sehen, da ihm der Maler erzählt hatte, er sei normalerweise nachmittags zu Hause. Aber vielleicht wollte er unbedingt den Lotto fertig stellen. Urbino verglich Original und Kopie. Dann nickte er anerkennend.

»Es ist Ihnen gelungen, den Salamander und die Rosenblätter perfekt wiederzugeben«, bemerkte er. »Eugene wird auch mit diesem Bild zufrieden sein.«

»Das hoffe ich.« Cipri war über Urbinos Lob sichtlich erfreut. »Wie schade, dass Sie nicht zur *conversazione* geblieben sind. Meine Frau und ich waren verzaubert. Wir wollten noch mehr hören. Es war, als lausche man einer Musik, als die Contessa über jene Zeit sprach, und das Publikum nahm lebhaft Anteil.«

»Es war nicht mein Entschluss, nicht dabeizusein. Ich musste ihr hoch und heilig versprechen, mich fernzuhalten. Lampenfieber, wissen Sie.«

»Sie hätte sich keine Sorgen machen müssen. Vielleicht dürfen Sie beim nächsten Mal bleiben.«

Urbino machte Cipri noch einige ehrlich gemeinte Komplimente über die Lotto-Kopie und überließ ihn dann seiner Arbeit.

14

Urbino näherte sich der Tür der Ca' Pozza. Tiefe dunkle Wolken zogen bedrohlich über das Dach des Hauses hinweg. Noch ließ der Sturm auf sich warten, aber er würde bald losbrechen.

Gerade wollte er klingeln, als hinter ihm Schritte ertönten. Er drehte sich um und blickte in das Gesicht von Elvira.

Sie klammerte sich mit beiden Händen an seinen Mantel.

»Gehen Sie da nicht hinein, *signore*! Gehen Sie da nicht hinein!«, rief sie hastig auf Italienisch. »Wenn Sie hineingehen, kommen Sie nie wieder heraus, nicht lebendig! Nein, Sie kommen nie wieder heraus!«

Das abgewandelte Zitat von Dantes Mahnung über dem Tor zur Hölle ließ Urbino zögern.

Dann versuchte er, sich zaghaft zu lösen, aber der Griff der Frau war fest.

»Sie sind Signora Elvira«, sagte er mit leiser, beruhigender Stimme. »Regen Sie sich nicht auf! Ich bin nicht in Gefahr.«

»Doch, das sind Sie, ich sage es Ihnen!«

Sie ließ ihn los und schaute ihm blinzelnd ins Gesicht. Sie war beinahe so groß wie er. In ihren Augen flackerte ein fiebriges Feuer.

»Kennen Sie mich?«, fragte sie leise. »Ich kenne Sie nicht.«

»Ich bringe Sie nach Hause, Signora Elvira!«

»Nach Hause? Ich habe kein Zuhause. Dieses Haus hier hat es zerstört. Es zerstört alles. Auch Sie wird es zerstören! Gehen Sie nicht hinein!«

Mit dieser wiederholten Warnung verdrückte sie sich in die *calle* neben der Ca' Pozza. Auf dem Bürgersteig lag der gelbe Schal, mit dem sie vor dem Händler im Rialto herumgefuchtelt hatte. Er war zerrissen und schmutzig. Urbino stopfte ihn in seine Jackentasche.

Zu seiner Überraschung stand die Tür der Ca' Pozza offen. Wie üblich in Schwarz gekleidet, trat Armando zur Seite, um ihn einzulassen. Mit kaum verhohlener Wut, vermischt mit Angst, suchten Armandos dunkle Augen den Kai ab.

15

Die Feuchtigkeit in der Ca' Pozza, beträchtlich kälter als draußen und als man selbst von einem alten venezianischen Palazzo erwartet hätte, fuhr Urbino in die Knochen, kaum dass er die Schwelle überschritten hatte. Seine Überzeugung, in erster Linie Opfer des eigenen Aberglaubens zu sein, verringerte den Eindruck genauso wenig wie bei seinem ersten Besuch, sondern schien ihn noch zu verstärken. Widerstrebend legte Urbino seinen Umhang ab und hängte ihn über eine der Grimassen des Kleiderständers.

Der düster dreinblickende, ungewaschen riechende Armando führte ihn durch den unteren Flur, vorbei an der verschlossenen Tür des Zimmers, das Possle als eines der »Eckchen und Schlupfwinkel« des stummen Dieners im stillen Haus bezeichnet hatte. Die hohe Treppe führte leicht schräg nach oben, jedenfalls hatte Urbino erneut diesen Eindruck.

Als sie durch die tiefe Dunkelheit hochstiegen, Armando einige Schritte vor ihm, durchbrach plötzlich eine melodiöse Männerstimme die Stille.

Also, schwärmen soll ich nimmer
Schwärmen in die späte Nacht,
Wenn das Herz auch liebt wie immer,
Und der Mond noch freundlich lacht.

Als sie die lange, dunkle *sala* erreichten, hielt Urbino inne, um den Rest des Liedes zu hören. Es kam aus dem Gondelzimmer, dessen Türen weit geöffnet waren.

Denn das Schwert zerstört die Scheide,
Und das Herz verzehrt die Brust,
Und der Ruh' bedürfen beide,
Unsere Lieb' und unsere Lust.
Liebe liebt den Sternenschimmer,
Und zu schnell entflieht die Nacht,
Aber schwärmen werd' ich nimmer,
Wenn der Mond am Himmel wacht.

Armando war weitergegangen und stand nun an der Tür zum Gondelzimmer, wo er auf Urbino wartete. Er hielt die Arme mit den vernarbten Händen an den Körper gedrückt. Unter seinem forschenden Blick durchquerte Urbino die *sala* und betrat die heiße, träge Luft des sonderbaren Gemachs.

Rasch nahm er das sich ihm darbietende Bild auf. Die

Kuppeldecke, die geschlossenen Fenster, die dunklen Vorhänge, der Rokokospiegel, die Kerzen, die Töpfe mit exotischen Blumen, der Silberkäfig mit der toten Grille, die orangefarbenen Wände mit den Porträts und Stillleben, die unglaubliche Gondel mit ihrem Baldachin und darin die zurückgelehnte Gestalt Possles, gekleidet in roten Satin und purpurne Seide.

»Ein interessantes Lied, meinen Sie nicht, Mr Macintyre? Setzen Sie sich doch!«

Urbino nahm in dem hohen Sessel neben der Gondel Platz, in dem er schon beim letzten Besuch gesessen hatte.

»Aber es war Ihnen bestimmt zu laut«, fuhr Possle fort und zupfte an der purpurroten Seide, die seinen Kopf bedeckte. »Sie müssen mir verzeihen, aber ich weigere mich, eine Hörhilfe zu tragen.«

In Anbetracht der altmodischen, wenn nicht sogar antiquierten Ausstrahlung des Mannes wäre Urbino nicht einmal überrascht gewesen, wenn Possle ein Hörrohr zwischen den orangen Kissen verborgen hätte.

»Armando wird uns unseren Amontillado bringen.«

Der Diener, der auf der Türschwelle gewartet hatte, nickte und zog sich zurück.

»Kannten Sie das Lied?«, wollte Possle wissen.

Seine kleinen, dunklen Augen hinter der großen, schwarzen Brille durchbohrten Urbino.

»Es ist ein vertontes Gedicht von Byron. Der Refrain stammt von einem alten schottischen Lied. Mein Großvater hat es mir immer vorgesungen.«

»Wirklich? So ein Zufall! *Und das Herz verzehrt die Brust*«, rezitierte Possle mit zittriger Stimme. Er versuchte nicht, die Worte zu singen. »Byron war keine neunundzwanzig Jahre alt, als er diese Zeilen schrieb. Ich bin fast drei Mal so alt.«

»Er war von Natur aus melancholisch«, bemerkte Urbino.

»Das Gedicht soll seine reuige Stimmung nach *carnivale* ausdrücken, glaube ich«, fuhr er fort und kam sich dabei ein wenig pedantisch vor. Possle starrte ihn an. »Selbst junge Menschen sind dafür empfänglich«, erklärte er weiter. »Letztes Mal fragten Sie mich, ob ich Byron möge. Es sieht so aus, als mögen Sie ihn selbst sehr gerne. Vielleicht mehr als ich.«

»Denken Sie das oder *wissen* Sie das?

Possles Betonung verwirrte Urbino, so dass er schwieg. Possle kniff die Augen zusammen und starrte ihn aus seiner liegenden Position an.

»Aber Sie haben womöglich ein berufliches Interesse, Mr Macintyre.« Wieder huschte Possles Blick über Urbinos Gesicht. »Ich spreche von einer Biographie über Byron, die Sie vielleicht irgendwann schreiben möchten.«

Er machte eine längere Pause und wirkte verärgert, weil Urbino nicht antwortete.

»Und hier sitzen wir beide, Sie und ich«, fuhr Possle fort, »zwei Byron-Verehrer mitten in Venedig, für die Völker all der Tummelplatz der Lust, Italiens Karneval.«

»Sie zitieren gerne Byron«, versuchte es Urbino.

»Aber das gerade war leicht zu erkennen. Das kennt fast jeder.«

Eine Weile hantierte Possle mit seinen Kissen herum.

»Sie sprachen von Ihrem schottischen Großvater. Der alte keltische Clan der Macintyre. ›Sohn des Tischlers‹ bedeutet das, eine eher proletarische Bezeichnung für jemanden wie Sie. *Through Difficulties*, Durch Schwierigkeiten, ist das Motto Ihres Clans. Das Familienwappen ist eine rechte Hand, die einen Dolch emporhält. Ich meine gehört zu haben, dass einer Ihrer Vorfahren sich den eigenen Daumen abhackte, um ein Loch in der sinkenden Galeere des Clanchefs zu stopfen. Mein alter Kopf ist voll mit dem erstaunlichsten Unsinn, Mr Macintyre.«

Possle hatte sich offensichtlich ausführlich über Urbino erkundigt oder Armando hatte es getan. Die Frage war: Warum das alles?

»Sie möchten wohl der größte Biograph seit Boswell werden, was?«, bemerkte Possle.

»Wohl kaum.«

»Dann vielleicht die Nachfolge von Lytton Strachey antreten? Ein Leben aus einem ungewöhnlichen Winkel betrachten? Würden Sie das gerne mit mir versuchen?«

Possle holte den Kristallzerstäuber zwischen den Kissen hervor und drückte ein, zwei Mal auf den Pompon. Schnell verteilte sich das Aroma der speziellen Mischung in der warmen Luft. Urbino konnte den Geruch von Nachthyazinthe und Orangenblüte ausmachen, doch keine der anderen Essenzen, die Possle ihm genannt hatte.

»Sie wären ein interessantes Objekt«, gab Urbino zu.

»Wer weiß, Mr Macintyre? Ich mag Ihnen von Nutzen sein, aber vielleicht nicht so, wie Sie glauben.«

»Wie meinen Sie das?«

»Mir ist klar, dass ich eher eine schrullige Erscheinung, nennen Sie es meinetwegen eine Laune der Natur, bin als alles andere. Aber so mancher mag dasselbe von Ihnen denken«, fügte Possle mit einem Hüsteln hinzu, das Verlegenheit oder Belustigung überspielen sollte.

Urbino musste ihm zustimmen, tat es aber schweigend. Auch wenn Possles Gondel theatralisch und exzentrisch war – Urbinos Fortbewegungsart in den Kanälen war auf ihre Art kaum weniger sonderlich. Man konnte sogar ins Feld führen, dass sich Possle immerhin auf die Privatsphäre der Ca' Pozza beschränkte, während Urbino sich den Blicken der Öffentlichkeit stellte.

»Ich bin nicht Byron«, sagte Possle mit einem Anflug amüsierten Bedauerns. »Ich bin nicht Peggy Guggenheim. Aber was ich bin, Mr Macintyre, ist eine Quelle von Informationen über Menschen, die die Ca' Pozza in ihrer Glanzzeit besucht haben. In *deren* Glanzzeit. Und in *meiner*«, fügte er hinzu, wobei sein dünnes Stimmchen tiefer wurde. »Ich könnte Ihr Spiegel sein. Ach, schauen Sie nicht so überrascht! Damit meine ich nicht, dass Sie sich in mir sehen können, aber wer weiß?« Er hob die spärlichen Brauen. »Was ich sagen will, ist, dass ich Ihr Filter sein könnte. Gute und schlechte Menschen, Reiche und Berühmte, Begabte und Versager« – seine Stimme wurde etwas kräftiger – »alles durch die Augen eines Mannes betrachtet, der jetzt kaum noch sehen oder hören kann.«

In diesem Moment trat Armando ein und stellte das Tablett neben Wasserkaraffe und Becher auf den kleinen Intarsientisch. Er goss den blassen Sherry ein. Einen Becher reichte er Possle. Diesmal ließ er den anderen stehen, so dass Urbino selbst danach greifen musste.

Armando verbeugte sich kaum merklich und verließ das Zimmer.

Urbino hatte das Kommen und Gehen des Dieners fast übersehen. Gerade hatte Possle ihm eine Art Angebot gemacht, mit ihm zusammenzuarbeiten. Sollte das Geheimnis, warum Possle ihn herbestellt hatte, so schlicht sein, so wunderbar und unerwartet schlicht? Aber selbst wenn das der Fall war, erklärte das noch nicht, warum Possles Wahl auf Urbino gefallen war.

»Ist das der Grund, warum Sie mich herbestellt haben?«, fasste Urbino seine Gedanken in Worte, die er sorgfältig geprüft hatte. »Darf ich annehmen, dass Sie mir ein Angebot unterbreiten?«

Possle trank einen Schluck Sherry.

»Ein Angebot schon, aber was für ein Angebot ist das?«, erwiderte er und beantwortete nur die erste von Urbinos Fragen, und das auch alles andere als zufrieden stellend. »Vielleicht habe ich zu voreilig Ihre Hoffnungen geweckt. Ich bin ein Mensch, der gerne langsam und logisch vorgeht, ähnlich wie Sie, aber ich bin auch jemand, der manchmal zu seiner eigenen Überraschung einen schnellen Sprung macht. Auch darin unterscheiden wir uns kaum, sagt mir mein Gefühl.«

Er musterte Urbino mit seinen flinken Äuglein. Seine Zunge schoss hervor, um die Lippen zu befeuchten, wie es seine Angewohnheit war. Wenn er Urbino beim letzten Mal an einen aufgebahrten Heiligen erinnert hatte, so hatte Possle an diesem Nachmittag etwas Reptilienhaftes an sich – zerbrechlich wirkte er zwar, aber auch geschmeidig, und er vermittelte den Eindruck, jeden Moment vorschnellen und zupacken zu können.

Schweigend tranken sie den Sherry. Hinter den zugezogenen Vorhängen und verschlossenen Fensterläden erklang ein fernes Donnergrollen.

Possle stellte den Becher auf seinem Bauch ab. Auf seinem Seidenhemd ruhte der große, sonderbar geformte Talisman aus Metall an einer Goldkette, der unter anderem einen Halbmond zeigte. Er erinnerte Urbino an das Symbol auf der Innenseite der Haustür der Ca' Pozza. Er starrte den Talisman an und konnte den Blick kaum wieder davon abwenden.

Als er seine Aufmerksamkeit wieder dem alten Amerikaner zuwandte, war Possles Kopf auf die Brust gesunken. Die Augen waren geschlossen. Der Becher sah aus, als würde er ihm aus der Hand gleiten.

Urbino wollte gerade aufstehen und ihn auffangen, als er etwas Weißes neben seinen Schuhen bemerkte. Es war ein Zettel von der Größe einer Postkarte. Es schien etwas darauf geschrieben zu sein. Ohne nachzudenken, beugte Urbino sich vor und hob ihn auf. Er las ihn nicht, sondern stopfte ihn schnell in die Tasche, selbst überrascht von seiner instinktiven Reaktion.

Kaum hatte er die Hand wieder aus der Tasche gezogen, ließ ihn Possles Stimme zusammenzucken.

»Sagen Sie mir, Mr Macintyre, sind Sie momentan mit einer Ermittlung beschäftigt?«

Possle schaute Urbino nicht an, sondern blickte aus unerfindlichem Grund zum Rokokospiegel auf der anderen Seite des Raumes hinüber. Das Donnergrollen wurde lauter und ertönte in immer kürzeren Abständen. Mit seinem schwachen Gehör schien Possle den näher kommenden Sturm nicht wahrzunehmen.

»Mein zweiter Beruf, wie Sie es beim letzten Mal nannten?« Urbino konnte die Erregung, beinahe ertappt worden zu sein, nicht aus seiner Stimme halten. »Nach solchen Dingen halte ich nicht Ausschau, nicht so wie nach neuen Themen für meine Bücher. Wenn mir etwas Sonderbares auffällt, etwas, das mich persönlich oder jemanden betrifft, den ich kenne und den ich mag, dann nehme ich es in die Hand.«

»In den Kopf, meinen Sie wohl.«

Urbino überlegte, ob Possle ihn womöglich nicht wegen seiner schriftstellerischen Fähigkeiten bestellt hatte, wie er eigentlich geglaubt hatte, sondern wegen seines detektivischen Könnens. Die nächste Bemerkung Possles ließ eher auf Letzteres schließen.

»Und Sie sind der Inbegriff der Diskretion bei Ihren Ermittlungen?«

»Ich bemühe mich.«

»Das liegt in Ihrer Natur, so wie Byron von Natur aus melancholisch war, wie Sie sagten.«

»Und in der Natur der Dinge, die ich mir näher ansehe.«

»Oder die gerne möchten, dass Sie genauer hinsehen.«

Da Possles Verbesserung einen wahren Kern besaß und Urbino das Gefühl hatte, sie sei der Vorbote einer Offerte, erwiderte er nichts.

Er wurde nicht enttäuscht, als Possle fortfuhr: »Wahrscheinlich halten Sie die Ca' Pozza und mich – zusammen mit Armando – für etwas, das einen näheren Blick lohnt. Als Übung für den Kopf natürlich. Hier liegt keine Leiche in der Bibliothek, nirgends ist ein Verbrechen in Sicht, außer eines gegen den guten Geschmack.« Tief aus Possles Brust stieg ein unterdrückter Laut, der wohl ein Schmunzeln war. »Ich meine dieses Zimmer. Gefällt es Ihnen?«

Der abrupte Themenwechsel verwirrte und enttäuschte Urbino. Er hatte geglaubt, Possle sei kurz davor, ihn um etwas zu bitten. Schon vorher hatte er mit seinen Bemerkungen über Urbinos Biographien den Eindruck vermittelt, er werde ihn jeden Moment etwas fragen, und dann das Thema gewechselt. Jetzt tat er es wieder.

Vor zwei Tagen hätte Urbino lediglich geargwöhnt, Possle spiele mit ihm. Jetzt war er sich dessen fast sicher.

Deshalb gab er eine Antwort.

»Sie wollen mich verunsichern, Mr Possle. Zu welchem Zweck, weiß ich nicht. Aber um Ihre Frage zu beantworten, darf ich sagen, dass ich Ihr Zimmer mehr als nur ein wenig absonderlich finde, und so dürften es wohl die meisten sehen, wie Sie sicherlich wissen. Dennoch kommt es mir irgendwie bekannt vor.«

Diese Bemerkung war ihm fast ungewollt über die Lippen geschlüpft. Er hatte nicht vorgehabt, sie von sich zu geben.

Beinahe hätte er hinzugefügt, dass ihm auch einige Sätze von Possle bekannt vorkämen, doch beließ er es bei seinem Kommentar, wenigstens für den Moment.

Possles halbes Lächeln verzog sein Gesicht.

»Und es darf Ihnen auch bekannt vorkommen, Mr Macintyre«, sagte er. »Sie haben es schon einmal gesehen.«

»Wie bitte? Ich habe diesen Raum – überhaupt die Ca' Pozza – zum ersten Mal vor drei Tagen betreten.«

»Dennoch *haben* Sie es schon mal gesehen. Auf Ihre Art.«

Immer verwirrter, suchte Urbino Zuflucht im Schweigen. Sein wiederkehrender Traum blitzte vor ihm auf. Das Zimmer mit den Vorhängen und strengen, eckigen Stühlen wies tatsächlich Ähnlichkeit mit Possles Gondelzimmer auf, aber das konnte sein Gastgeber unmöglich wissen.

»Vielleicht sieht mein Raum zu sehr danach aus, als sei er für eine Wette hergerichtet worden«, sagte Possle geheimnisvoll, »und Sie haben Angst, hinters Licht geführt zu werden, indem Sie ihn zu ernst nehmen.«

»Welches Spiel Sie auch spielen …«, begann Urbino wütend.

»Oder vielleicht«, unterbrach ihn Possle mit seiner zittrigen Stimme, »finden Sie meinen Raum so monströs wie eine Orchidee. Vielleicht haben Sie Angst, mich tot in meiner Gondel vorzufinden, von eigener Hand in den Kopf geschossen, oder in ein Mönchsgewand gekleidet die heilige Jungfrau Maria anbetend. Ist das alles, was für mich übrig ist?« Schwach bewegte er die Hand und zeigte auf das Zimmer mit seinen ungewöhnlichen Farben, Mustern und Einrichtungsgegenständen. »Eine Pistolenmündung oder der Fuß des Kreuzes?«

Erst da fiel Urbino wie Schuppen vor die Augen, was Possles merkwürdige Anspielungen bedeuteten.

»*Gegen den Strich* von Huysmans«, sagte Urbino. »Des Esseintes.«

Possle nickte, als habe ein störrischer Schüler endlich seine Lektion gelernt. Er trank den Rest seines Amontillado.

Der Schock der Erkenntnis verschlug Urbino zunächst die

Sprache. Er lehnte sich in seinem Sessel zurück und ließ den Blick durch das Zimmer schweifen. Jetzt sah er es in einem völlig anderen Licht.

Possle hatte Hinweise über den Raum verteilt, die sich auf Bemerkungen bezogen, die Oscar Wilde und andere über den Roman gemacht hatten, der in Urbinos Leben eine solch wichtige Rolle gespielt hatte. Das Vertraute in Possles Gemach – mit Ausnahme der Gondel – war ein Echo auf Einrichtung und Architektur des abgeschiedenen Hauses, in dem der Eigenbrötler Des Esseintes aus *Gegen den Strich* seiner Verschrobenheit gefrönt hatte.

Das an sich war schon ungewöhnlich.

Aber die Parallele zu Urbino machte alles noch sonderbarer. Hier war Possle, ein ausgewanderter Amerikaner wie er, der fernab von der Welt in seinem Palazzo lebte und ebenfalls von einem dekadenten französischen Vorbild beeinflusst worden war. Und er wusste von Urbinos Vorliebe, die nicht viele Menschen kannten.

»Es stört mich nicht, dass Sie sehr viel über mich wissen, Mr Possle«, sagte Urbino mit Nachdruck, obwohl es nicht die Wahrheit war. »Was mich stört, ist die Art und Weise, wie Sie damit umgehen. Wenn Sie einen Gedankenaustausch wünschen, gibt es dafür wahrlich bessere Wege. Welchen Vorteil Sie auf diese Weise über mich haben – oder zu haben glauben –, er ist nichts wert, wenn Sie auf meine Hilfe hoffen. Und seien Sie versichert, Mr Possle, es liegt ganz klar auf der Hand, dass Sie genau das wünschen.«

Nach dieser Meinungsäußerung fühlte sich Urbino deutlich besser. Er trank einen großen Schluck Amontillado und wartete auf Possles Erwiderung.

Aber sein Wutausbruch war an Possle vorübergegangen. Der Mann war wieder eingeschlafen.

Hinter den Vorhängen blitzte es, die Spalten in den geschlossenen Läden ließen es erkennen. Fast unmittelbar darauf durchbrach ein lauter Donner die Stille. Der Wind rüttelte an den Fensterläden. Possle bewegte sich nicht.

Seine kümmerliche Brust hob und senkte sich langsam und kaum merklich. Im Moment sah er mit seiner roten Kopfbedeckung aus wie ein in die Jahre gekommener, dandyhafter Pirat, der sich eine Mütze Schlaf gönnte, bevor er an Deck des Schiffes zurückkehrte.

Wie lange Possles narkoleptischer Bann auch anhalten sollte – Urbino nutzte die Gelegenheit, sich selbst überlassen zu sein, indem er die kleinen, flachen Töpfe mit Pflanzen und Blumen untersuchte, die ihm am nächsten waren, ohne sich aus seinem Sessel zu erheben. Vorsichtig mied er die Kerzen. Er streckte die Hand aus und berührte das Blütenblatt einer exotischen Blume. Sie war künstlich, genau wie die Tautropfen auf ihr. Im Topf daneben stand jene gelbliche, grau gestreifte, künstlich wirkende Pfanze, die an ein Ofenrohr erinnerte. Urbino betastete sie. Sie war echt. Auch hierbei handelte es sich um Anspielungen auf Huysmans. Künstliche Pflanzen, die echt aussahen, und echte, die künstlich aussahen.

Nun ergriff Urbino, immer noch sitzend, die Gelegenheit, sich die Gemälde genauer anzusehen, die gegenüber der Gondel an der Wand hingen. Manche stammten ebenfalls aus dem Buch. Zwei von ihnen wiesen eine auffällige Ähnlichkeit mit Bildern auf, die Huysmans beschrieben hatte. Das eine war *Salome tanzt vor Herodes* von Gustave Moreau, das andere die *Erscheinung* von Moreau mit dem abgetrennten Kopf von Johannes dem Täufer auf einem Tablett. Urbino hatte es im Louvre gesehen. Die *Salome* befand sich in einer Galerie in den Vereinigten Staaten. Die beiden Gemälde waren Kopien.

Neben der *Salome* hing das Porträt einer blonden jungen

Frau nach Art von Sargent. In einem tief ausgeschnittenen schwarzen Kleid mit einer großen blassgelben Blume am Dekolleté saß sie auf einem Sofa mit hohen, geschwungenen Lehnen. Urbino kannte kein entsprechendes Original und nahm deshalb an, es sei keine Kopie.

Eine Bewegung in der Gondel ließ ihn herumfahren. Possle starrte ihn an.

»Ich war wieder weg«, sagte er. »Meine Abwesenheiten werden immer häufiger. Ich hoffe, Sie konnten sich beschäftigen.«

Urbino hatte das Gefühl, dass Possle trotz seines Anfalls wusste, was sein Gast währenddessen gemacht hatte, und dass ihm der kleine Wutausbruch durchaus nicht entgangen war.

»Was mein eigenes Interesse an Monsieur Huysmans angeht«, fuhr Possle fort und bewies wieder, dass er dort anknüpfen konnte, wo er aufgehört hatte, »so seien Sie einiger Dinge versichert. Ich verderbe keine Straßenkinder und schicke sie nicht in Bordelle und genauso wenig versteckt sich eine juwelenbesetzte Schildkröte in diesem Zimmer.«

So sprach Possle belustigt und beiläufig weitere Details des Buches an.

»Selbst der Käfig mit der Grille, Mr Macintyre. Wahrscheinlich glauben Sie, er hinge da, weil ich wie unser gemeinsamer Held meiner Verachtung für meine Kindheit Ausdruck geben wolle, indem ich mich an das Lied erinnern lasse, das mich so viele traurige Sommer lang begleitete, aber da irren Sie sich! Nein, ich lasse mich gerne an die alte Legende von der Sibylle erinnern, die es unterließ, um ewige Jugend zu bitten, als ihr das ewige Leben geschenkt wurde. Als sie alt war, hing sie in einem Käfig und krächzte immerfort: ›Ich will sterben.‹ Sie werden bemerkt haben, dass meine Grille tot ist.«

Seine kleinen Augen schweiften zum Silberkäfig und zurück zu Urbino.

»Sie sehen also, ich gehe nicht so weit mit meinen Anspielungen auf das von Dorian Gray so geliebte Buch, wie es möglich wäre. Und was Sie betrifft, Mr Macintyre, Sie sind nicht annähernd so weit gegangen wie ich. In Ihrem Palazzo Uccello ist bestimmt nichts, was sich mit meinem Zimmer vergleichen ließe. Höchstens das Buch selbst, vielleicht in verschiedenen Ausgaben, eventuell noch ein oder zwei Illustrationen.«

Damit beschrieb Possle ganz zutreffend die Ecke von Urbinos Bibliothek, die Huysmans gewidmet war.

»Wie ich schon beim letzten Mal sagte«, erwiderte er, seinen Zorn unterdrückend. »Sie scheinen sehr viel über mich zu wissen.«

»Mehr als Sie über mich, wollen Sie sagen? Ist es das, was Sie stört? Denken Sie nach, Mr Macintyre! Möglicherweise waren Sie in all der Zeit nicht so zurückhaltend, wie Sie glauben. Venedig mag ein verschwiegener Ort sein, auf sich selbst bezogen und vom Rest der Welt abgeschnitten. Aber die Stadt ist auch eine große Bühne. Und wenn jemand ein Geheimnis hat, ermutigt es die anderen doch nur, es aufzudecken.«

Possles Blick fiel auf Urbinos Scheitel.

»Würde es Ihnen etwas ausmachen, kurz an die Treppe der Gondel zu treten?«, fragte er.

Neugierig, was das zu bedeuten habe, erhob sich Urbino und näherte sich Possle in der Erwartung, etwas gereicht zu bekommen, das sein Gastgeber zwischen den Kissen hervorzöge, oder gebeten zu werden, den leeren Porzellanbecher in Empfang zu nehmen.

Doch stattdessen sagte Possle: »Senken Sie bitte den Kopf!«

Als Urbino sich verbeugte, ergriffen Possles Hände seinen

Schädel. Die Finger betasteten ihn von vorne nach hinten, von einer Seite zur anderen. Sie waren kalt, sehr kalt. Urbino hätte den Kopf am liebsten weggezogen, blieb aber standhaft.

Inzwischen peitschte der Wind den Regen gegen die Fenster des Gondelzimmers.

Lange hielt Possle Urbinos Kopf fest. Dann kehrte Urbino zu seinem Sessel zurück, in Possles Augen vielleicht demütig, doch in ihm sträubte sich alles gegen die Berührung des Mannes. Er ärgerte sich, sie zugelassen zu haben, war aber in gleichem Maße verblüfft.

»Glauben Sie an Phrenologie?«, wollte Possle wissen.

»Nein.«

»Sollten Sie vielleicht. Ich konnte Ihren Kopf nicht gründlich genug untersuchen, aber er zeigt schon eine Menge. Sie besitzen einige deutlich gesteigerte Eigenschaften sowie einige unzureichend entfaltete. Eine Ihrer Stärken ist beispielsweise die Jungen- oder Kinderliebe, wie sie sich in Ihrer Zuneigung zu Ihrem marokkanischen Freund und Ihrem Gondoliere zeigt.«

Possles Stimme wurde schwächer. Er holte hörbar Luft und fuhr fort.

»Wenn ich die Contessa da Capo-Zendrini abtasten könnte, würde ich mit Sicherheit feststellen, dass ihr Hügel der Wohltätigkeit stark ausgebildet ist. Ich habe mich schon oft gefragt, ob die Reichen sich den Kopf zerbrechen, was sie mit ihrem Geld anfangen sollen.«

»Die Contessa ist eine sehr großzügige Frau.«

»Und Sie sind derjenige, der am stärksten von ihr profitiert. Aber ihre Großzügigkeit nimmt sich im Verhältnis zu dem, was sie besitzt, bestimmt gering aus.«

Ehe Urbino die Contessa verteidigen konnte, kam ihm Possle zuvor, indem er sagte: »Wie gerne ich Byrons Kopf abgetastet hätte. Er hatte einen hübschen Kopf auf seinen Schultern.«

Einige Minuten lang schwadronierte Possle von Phrenologie und Byron, wurde zunehmend müder und flocht immer neue Verweise ein, manche vertraut, manche geheimnisvoll, während er Urbino verstohlen und erwartungsvoll beobachtete.

»Wissen Sie vielleicht, ob Byron jemals phrenologisch untersucht wurde?«, fragte er am Ende seines Monologs. »Ich gehe davon aus, dass Sie mehr über ihn wissen als ich.«

Urbino hatte Possles Darlegungen geduldig gelauscht. Da er nun zum Ende gekommen war, kehrte Urbino ruhig zu dem Thema zurück, das ihn stärker interessierte.

»Sie sind sonderbar, Mr Possle, aber vielleicht nicht so sonderbar, wie Sie mich glauben machen möchten. Sie wollen meine Hilfe. Wobei, weiß ich nicht, aber Sie gehen es auf die falsche Weise an. Um Sie und Ihr Haus gibt es ein Geheimnis, wie Ihnen sicherlich bekannt ist. Aber ob es ein echtes ist oder nur eines, das Sie versuchen zu erzeugen – oder zu verstärken – , das weiß ich nicht.«

»Oder eines, das andere geschaffen haben«, fügte Possle eine weitere Möglichkeit hinzu. »Die Wirklichkeit ist etwas Langweiliges. Wir werden hier immer Außenseiter sein, Mr Macintyre, selbst wenn ich noch länger lebe und Sie so alt werden wie ich, was ich Ihnen von Herzen wünsche.«

Die letzte Bemerkung schien ihn zu belustigen, wenn Urbino den strangulierten Laut richtig deutete, den Possle schon vorher einmal von sich gegeben hatte. Er kam aus der Tiefe seiner Brust und wurde immer lauter, bis sein Gesicht den gelben, wachsigen Teint verlor und errötete. Er wurde von einem Hustenanfall gepackt, der so lange dauerte, dass Urbino es mit der Angst bekam. Er stand auf und näherte sich der Gondel. Possle rang um Atem.

»Ich rufe Armando.«

Aber der stumme Diener war bereits wie aus dem Nichts erschienen. Er eilte Possle zur Hilfe und drängte Urbino heftiger als nötig zur Seite. Armando beugte sich über seinen Herrn, der mit geschlossenen Augen hustete, und warf Urbino einen Blick zu, der ihm so deutlich und ernst, wie es sonst nur Worte vermögen, zu verstehen gab, dass sein Besuch zu Ende war.

16

In den ersten zehn Minuten, nachdem er die Ca' Pozza verlassen hatte, drückte sich Urbino an den Häusern entlang, watete durch knöcheltiefes Wasser und ertrug den Gestank verstopfter Abflussrohre. Er fluchte, keinen Regenschirm mitgenommen zu haben, obwohl er sich bei dem heftigen Wind schnell als nutzlos erwiesen hätte, wie die zerrissenen Exemplare zeigten, die in den Gassen lagen.

Urbino nahm in einer Bar Zuflucht, um den Sturm abzuwarten, und bestellte ein Glas Wein. Er ging seinen Besuch in Gedanken durch, angefangen bei Elvira, die ihn so eindringlich gewarnt hatte, die Ca' Pozza zu betreten, bis zu dem Moment, als Possle von seinem Husten außer Gefecht gesetzt worden war.

Noch vor wenigen Tagen war Possle von einem Schweigen umgeben gewesen, das Urbino unbedingt hatte durchdringen wollen. Jetzt richtete Possle ein Sperrfeuer von berechnenden Hinweisen, Anspielungen und Enthüllungen auf ihn, das er mit zittriger Stimme gegen die Kissen seiner Gondel gelehnt vortrug. Und irgendwo dahinter verbarg er seine wahren Absichten. Davon war Urbino überzeugt.

Er zog den Zettel aus der Tasche, den er gedankenlos, aber

voller Schuldgefühle aufgehoben hatte, und faltete ihn auseinander. Zuerst dachte er, es sei die Quittung einer Reinigung oder eines Fotografen.

In die obere Ecke gedruckt stand der Name der Kirche San Gabriele, die sich in der Nähe des Palazzo Uccello befand. Auf der Quittung – darum handelte es sich nämlich – war der kommende Freitag vermerkt, fünf Tage entfernt. An dem Tag sollte um halb sieben Uhr morgens eine Totenmesse zum Gedenken an eine gewisse Adriana Abdon gehalten werden. Der gestempelte Beleg quittierte, dass Armando Abdon die dafür erforderliche Summe bezahlt hatte. Er war von der Pfarrsekretärin von San Gabriele unterschrieben, einer Schwester aus dem Kloster der Barmherzigkeit der hl. Crispina. Das Kloster gehörte zur Kirche und lag ihr gegenüber auf der anderen Seite des Platzes.

Jetzt kannte Urbino Armandos Nachnamen, doch in welcher Beziehung stand er zur toten Adriana? War sie seine Mutter gewesen, sogar seine Frau? Seine Schwester? Seine Tante?

Urbino war enttäuscht und auch etwas böse auf sich. Für so etwas hatte er riskiert, von Possle gerügt zu werden? Seine instinktive Reaktion, den Zettel aufzuheben, war von der Hoffnung beflügelt worden, er möge ihm eine wertvolle Information über Possle liefern.

Er hatte den Zettel bemerkt, sofort nachdem Armando den Sherry serviert hatte. Hatte er schon vorher dort gelegen oder war er dem Diener aus der Tasche gefallen? Hatte ihn Armando absichtlich fallen lassen? Und wenn, aus welchem Grund?

Der Regen hatte aufgehört. Auf dem Rückweg zum Palazzo Uccello musste Urbino des Öfteren einen Umweg machen, da ihm überflutete Gassen den Weg versperrten.

17 »Er spielt mit Ihnen!«, rief die Contessa eine Stunde später ins Telefon, nachdem Urbino ihr seinen Besuch geschildert hatte.

»Genau das denke ich auch. Aber zu welchem Zweck? Ich vermute, er will meine Dienste, bloß welchen von beiden mag er meinen?«

Er erzählte, wie Possle das Thema der Biographien angeschnitten hatte, als sie über Byron sprachen.

»Er könnte ein Filter sein, so drückte er sich aus«, sagte Urbino. »Das habe ich auch schon gedacht. Als ich ihn fragte, ob er mir ein Angebot mache, wich er mir aus. Und kurz darauf kam er auf meine Detektivarbeit und meine Verschwiegenheit zu sprechen und deutete an, es gebe vielleicht etwas in der Ca' Pozza, das ich untersuchen könne. Aber er ist gerissen und schwer greifbar. Es ist fast unmöglich, ihn festzunageln.«

»Und wir wissen, wie viele Glaskästen mit Schmetterlingen Sie im Laufe der Jahre gesammelt haben! Ich kann gut verstehen, warum Sie sich so über Possle ärgern, und es wäre mir lieber, wenn er mich nicht mit in die Sache ziehen würde. Also wirklich, meine Wohltätigkeit! Was geht es ihn an, wie viel Geld ich habe?«

»Es ist sein wissender Tonfall. Nicht nur, wie er über Sie spricht, sondern was er Persönliches über mich weiß und wie ich denke«, verriet Urbino. »Es kommt mir vor, als sei er in meinem Kopf oder glaube es jedenfalls und hole meine Geheimnisse hervor. Meistens trifft er den Nagel auf den Kopf, muss ich gestehen. Und ich habe das Gefühl, als sagte und täte er Dinge, die von mir stammen. Es ist fast so, als würde er von mir … Besitz ergreifen.« Urbino erzählte der Contessa von dem ungewöhnlichen Zufall mit Huysmans. »Vielleicht ist es ja auch so, dass ich ihn unbewusst imitiert habe oder dass ich mein verzerrtes Spiegelbild betrachte!«

Es waren Urbinos nur schwach ausformulierten, aber tief empfundenen Verdächtigungen und Erklärungen, die er der Contessa gegenüber zum Ausdruck brachte. Ihm bereitete Kopfzerbrechen, was für eine eigenartige Beziehung ihn mit Possle verband.

»Als ob, als ob, als ob«, imitierte ihn die Contessa. »Unsinn! Sie lassen sich anstecken, und das nach nur zwei Treffen! Was soll nur passieren, wenn Sie ihn tage- und monatelang für ein Buch befragen? Ehe wir uns versehen, werden Sie die Theorie aufstellen, dass er eine Art Vampir ist, auch wenn die Rolle wohl eher auf Armando passen würde!«

»Ich werde mich mit dem Umstand trösten, dass ich ihn bei Tageslicht gesehen habe«, scherzte Urbino in dem Versuch, seine düstere Stimmung zu heben.

»Egal, sagen Sie Natalia, sie soll doppelt so viel Knoblauch nehmen als sonst. Aber im Ernst, Urbino, vielleicht hat es letztendlich nichts anderes zu bedeuten, als dass Sie nicht gerne in der Nähe von Alten und Kranken sind. *Memento mori*, nennt man das nicht so?«

Die Contessa kannte ihn gut genug, um zu wissen, dass sie einen wunden Punkt getroffen hatte, aber Urbino wollte nicht darauf eingehen.

Stattdessen brachte er das Thema auf ihre nächste *conversazione*, die in einer Woche stattfinden sollte.

»Ich würde wirklich gerne kommen«, sagte er. »Es würde mich von dieser ganzen Sache mit Possle ablenken. Cipri findet es auch komisch, dass ich nicht dabei war, und andere bestimmt auch.«

»Als ob Sie sich darum kümmerten, was andere denken! Und wenn es Sie auch ablenken würde, so denken Sie nur an mich, *caro*, die ich keine Ruhe habe, weil Sie da sitzen und jedem Wort von mir lauschen! Ich weiß, dass Sie es gut meinen, aber lassen wir es, wie es ist.« Es war sinnlos, sie weiter zu bedrängen.

Urbino hatte ihr noch nicht alles über seinen letzten Besuch erzählt. Etwas beschämt erwähnte er nun den Beleg von der Kirche San Gabriele und fragte sie, ob ihr der Name Adriana Abdon etwas sage.

»So weit ist es also schon gekommen! Sie stibitzen Papierschnipsel aus der Ca' Pozza. Lassen Sie Armando die Toten verehren, wer auch immer diese Adriana gewesen sein mag. Adriana, Adriana … Ein hübscher Name. Ich habe noch keine Adriana gekannt, aber bei meinem Gedächtnis …« Sie machte eine kleine Pause. »Wie ich schon sagte: Überlassen Sie Armando seinem Requiem. Und seien Sie bitte vorsichtiger! Halten Sie sich an Ihre wertvolle Logik! Alles, was Sie mir bisher über Possle erzählt haben, entspricht nicht meinem Eindruck von ihm, auch wenn der eher flüchtig war. Er war früher ein richtiger Bonvivant, eher ein Mensch der Tat denn des Wortes.« Ein Seufzer kam durch die Leitung. »Aber wir haben es ja auch mit einer Lücke von vierzig Jahren zu tun. Zwischen dem Samuel Possle von damals und dem verfallenen, ans Haus gefesselten Mann von heute.«

»So stark kann er sich nicht verändert haben. Äußerlich schon, aber nicht grundlegend.«

»Wenn Sie meinen, Sie könnten mir wieder dieses Proust-Zitat um die Ohren hauen, dass ein Mann sich nach seinem sechzehnten Lebensjahr emotional nicht mehr weiterentwickelt, dann lassen Sie es lieber sein! Sie sind genauso schlimm wie Possle! Und haben Sie aus Ihren Erfahrungen nichts gelernt? Zu viel Gedenken an Vergangenes kann ungesund sein, wenn nicht sogar gefährlich. Ich habe eine Idee! Warum fahren Sie am Dienstag nicht mit mir nach Asolo? Patricia hat mich gestern Abend angerufen.« Patricia war ihre Schwester aus London. »Sie würde gerne im April mit einigen Freunden in der Villa wohnen. Ich muss nachsehen, was zu tun ist. Ein bisschen frische Bergluft wird uns beiden gut tun.«

18

Später am Abend wanderte Urbino wieder im Palazzo Uccello umher. Wie nach seinem ersten Besuch bei Possle war er erschöpft und gleichzeitig unruhig.

Das Haus wirkte besonders still und leer, obwohl er wusste, dass sich Gildo in der kleinen Wohnung im *pianterreno* aufhielt. Vor seiner Reise nach Marokko hatte Urbino sein abgeschiedenes Leben im Palazzo Uccello genossen, doch seit Habib bei ihm wohnte, hatte sich viel geändert. Es war nicht so, dass ihm das Alleinsein nicht mehr gefiel, sondern dass er sich daran gewöhnt hatte, sich auf Habib, auf seine Begeisterung und seine Fähigkeit zu verlassen, auch noch aus dem alltäglichsten Anlass ein Fest zu machen, damit man nicht im Einerlei unterging. Ohne Habib fühlte sich das Alleinsein ein bisschen zu sehr nach Einsamkeit an.

Urbino ging in Habibs Zimmer. Seine arabische Lieblingssängerin starrte ihn mit ihren weit auseinander liegenden Augen von dem Poster aus an. Habib hatte aufgeräumt, bevor er losgefahren war. Farben und Pinsel waren an ihrem Platz, die Tücher hingen auf einem Gestell, das Sofa war gemacht, die Kassetten mit arabischer Musik standen sauber aufgereiht im Regal. Die raffinierten Schränke zum Lagern und Trocknen von Leinwänden, die Habib gebaut hatte, waren geschlossen.

Urbino betrachtete eines von Habibs Gemälden, das an der Wand lehnte. Es gehörte zu einer Bilderreihe über die Basilika San Marco, die aus dem prächtigen, dunklen Innern ein

Festival von Farben und Formen machte, das eine elementare Spiritualität vermittelte.

Urbino schaute auf die Uhr. Es war neun Uhr. Vielleicht sollte er Habib in Fes anrufen. Doch er entschied sich dagegen. Habib würde seine melancholische Stimmung sofort bemerken. Urbino wollte keinen Schatten auf Habibs Besuch bei seiner Familie werfen. Er wollte mit dem Anruf warten, bis ihm fröhlicher zumute war.

Urbino begab sich in die Bibliothek. Er fühlte sich ausgezehrt und hatte leichte Kopfschmerzen. Er hoffte, keine Grippe zu bekommen.

Sein Blick wanderte in die Ecke des Raumes, wo er seine Sammlung von Huysmans-Ausgaben und die Illustrationen verschiedener Szenen des Buches verwahrte, von denen er eine selbst angefertigt hatte. Es verblüffte ihn, dass Possle von ihr zu wissen schien, wie auch von so vielen anderen Dingen.

Der alte Reiseführer, den er zwei Wochen zuvor konsultiert hatte, lag noch immer auf dem langen Holztisch. Urbino setzte sich und las noch einmal den Absatz über die Ca' Pozza. Jetzt sagte er ihm nichts, obwohl er vorher voller Versprechungen und Andeutungen gewesen zu sein schien. Doch in der Zwischenzeit war er im Haus gewesen. Zwei Mal schon war er hineingekommen.

Er wollte mehr. Die Ca' Pozza stellte sich als weitaus sonderbarer und faszinierender heraus, als er gedacht hatte. Possle war ein Rätsel, das Urbino keine Ruhe ließ.

Und aus seinen eigenen Gründen konnte auch Possle Urbino nicht in Ruhe lassen. Die beiden waren auf einer seltsamen Reise aneinander gekettet, die Urbino fast ebenso freudig wie angstvoll erwartete.

19

Am nächsten Morgen besuchte Urbino die Witwe Benedetta Razzi. Sie konnte ihm womöglich verlässliche Informationen über Possle und die Ca' Pozza geben, da ihr, wie Rebecca erzählt hatte, das Nebenhaus gehörte, in dem Elvira lebte.

Um 9.55 Uhr legte das *vaporetto* nach Burano vom Anleger an den Fondamenta Nuove unter Razzis Fenster ab und Urbino nahm in ihrem Salon Platz.

Da saßen sie zwischen fünfhundert Puppen.

Die Puppen waren überall – auf Stühlen, auf dem Sofa, auf Tischen, Regalen, in Vitrinen, sie hockten sogar auf der Wanduhr, spähten aus geöffneten Schubladen und Körben und schmückten den Holzrahmen eines Barockspiegels. Viele trugen Trachten aus Italien oder anderen Teilen Europas und der Welt.

Ein Beistelltisch war überladen mit winzigen Tassen auf Untertellern, Mini-Porzellanmasken, Lilliput-Büchern und einem zierlichen Kandelaber mit Kerzen, nicht größer als Bleistiftminen – alles für die Kleinen. Im Laufe der Jahre hatte Urbino verstanden, dass es von Vorteil war, bei einem Besuch der alten Frau ein Geschenk mitzubringen. Heute war es ein kleiner Fächer aus marmoriertem Papier.

»Wie hübsch!« Die Razzi war eine kleine Frau, die auf die Achtzig zuging. Sie hatte dünnes, weißes Haar und blassblaue Augen. »Meine Lieblinge besitzen nicht viele Fächer.«

Sie ging zu einem Tisch. Dort rückte sie einige Gegenstände zur Seite und stellte den Fächer neben einen Glasschwan, den Urbino ihr bei einer anderen Gelegenheit mitgebracht hatte.

»Sehen Sie, ich kenne noch all Ihre Geschenke«, sagte sie.

Sie ließ sich in einen abgewetzten Sessel sinken, glättete den Rock ihres schwarzen Pailettenkleides und rückte die beiden Puppen neben sich zurecht. Das eine war eine japanische Puppe mit weißem Porzellangesicht, schmalen Augen, schwarzem Haar und kunstvollem Kopfschmuck. Die andere war eine zarte Figur in einem bestickten rosa Kleid und einem verschleierten Pillbox-Hut.

Urbino setzte sich in einen Sessel.

»Also, was wollen Sie diesmal wissen?«, fragte ihn die Razzi.

Sie versuchte, ihm unter ihren langen falschen Wimpern einen kecken Blick zuzuwerfen.

»Wie der Zufall es will, Signora Razzi, könnten Sie mir tatsächlich behilflich sein und sich gleichzeitig noch selbst helfen. Es geht um eines Ihrer Häuser.«

Das Gesicht der Witwe erhellte sich.

»Es wäre mir eine Ehre und eine persönliche Freude, Signor Macintyre.«

Urbino erkannte das Missverständnis.

»Es geht nicht darum, eine Ihrer Wohnungen zu mieten, *signora*«, sagte er. »Es geht um die Probleme in San Polo. Ich kenne dort ein paar Leute, die sich Sorgen machen, was mit Ihren Sachen passiert. Vielleicht könnte ich etwas unternehmen, was den anderen und Ihnen helfen würde.«

»Sie haben schon viele Probleme gelöst, Signor Macintyre, aber an dieses wagen Sie sich besser nicht heran. Drogen!«

»Warum sprechen Sie von Drogen?«

»Was soll es sonst sein, wenn eine Bande von Jugendlichen in Häuser einbricht und alles mitgehen lässt, was nicht niet- und nagelfest ist?«

Sie warf einen besorgten Blick auf ihre Puppen.

»Ist in Ihr Haus eingebrochen worden?«

»Gott sei Dank nicht, aber es dauert bestimmt nicht mehr lange. Dann werden die Mieter mir die Schuld geben und es als Ausrede vorschieben, um mir Geld abzuknöpfen!«

»Das wollen wir nicht hoffen. Angeblich hatte ein junger Mann vor drei Monaten einen Unfall in Ihrem Haus.«

»Das war Selbstmord!«

»Selbstmord?«

»Genau! Nur Gott weiß, was der sich in die Arme, in die Nase und in den Hals gesteckt hat. Von dieser Sorte gibt's eine ganze Menge. Die wollen alle nicht alt werden und Verantwortung übernehmen, so wie Sie und ich es tun. Lieber bringen die sich um! Selbstmord, so nenne ich das. Sie sollten es alle hinter sich bringen und uns in Ruhe lassen.«

»Ich verstehe, was Sie meinen, *signora.* Wohnte dieser Junge in Ihrem Haus?«

»Seit dem Tod seines Vaters, als er zwei Jahre alt war. Marco sah früher so unschuldig aus wie meine Kleinen hier. Aber fast alle verändern sich irgendwann, besonders heutzutage.«

Sie nahm die Puppe mit dem bestickten rosa Kleid und wiegte sie.

»Seine Mutter ist eine große Frau, oder?«

»Groß und hochnäsig, ja, das ist Elvira Carelli! Na ja, heute ist sie nur noch für Witze gut. Hat völlig den Verstand verloren, die Frau.«

»Ich habe sie gesehen, sie verhielt sich merkwürdig.«

»Das ist noch höflich ausgedrückt! Ich kann mir vorstellen, was für einen Schaden sie in meiner Wohnung angerichtet hat. Und sie macht so viel Krach mit ihrem Geschrei und Geheule, dass die anderen Mieter ständig bei mir anrufen. Was soll ich denn tun? Sie bleibt dort wohnen, bis sie stirbt oder man sie ins Irrenhaus steckt. Sie wissen ja, wie das ist.«

Das wusste Urbino. Die Gesetze zum Schutz der Mieter waren in Italien sehr stark. War einmal jemand eingezogen, war es so gut wie unmöglich, ihn wieder herauszubekommen.

»Was ist mit Marco passiert?«

»Er ist runtergefallen. Vor zwei oder drei Monaten. Ausgerechnet von meinem Haus!«

»Wovon ist er gefallen? Vom Fenster oder vom Balkon? Vielleicht vom Dach?«

Sie zuckte mit den Schultern.

»Das weiß keiner, höchstens Elvira.« Die Witwe Razzi seufzte. »Sie wird noch jahrelang da sein, wenn ich sie nicht herausbekomme.« Ein hinterhältiger Blick huschte über ihr verhärmtes Gesicht. »Vielleicht können Sie mir helfen, Signor Macintyre. Dann könnte einer Ihrer Freunde einziehen. Über die Miete werden wir uns schon einigen.«

Urbino schüttelte sich innerlich bei der Vorstellung.

»Ich glaube, damit möchte ich nichts zu tun haben, aber ich werde prüfen, ob man sich ordentlich um Signora Carelli kümmert. Schließlich ist ihre Trauer noch frisch. Mit der Zeit kann sie, wenn sie gut umsorgt wird, einen Großteil ihrer alten Gewohnheiten wieder aufnehmen, trotz ihres Verlustes und obwohl die Wohnung sie an alles erinnert. Das heißt, wenn sie Hilfe annimmt.«

Die Witwe Razzi starrte ihn böse an.

»Übrigens, *signora*«, sagte er nach längerem Schweigen, »was für einen Eindruck haben Sie vom Besitzer des Nachbarhauses, Samuel Possle?«

Sie antwortete nicht direkt, sondern grübelte länger über seine Weigerung nach, ihr Verbündeter gegen Elvira Carelli zu werden.

»Er machte einen netten Eindruck«, sagte sie schließlich. »Vielleicht kann er mir bei Elvira helfen.«

»Vielleicht. Wie gut kennen Sie ihn?«

»So gut wie gar nicht. Ich habe ihn ein oder zwei Mal gesehen, nachdem ich das Haus kaufte. Ich bin noch nie die Sorte von Vermieterin gewesen, die ständig um ihr Haus herumschnüffelt. Manche sagen, er hätte laute Partys gegeben, aber davon weiß ich nichts.«

»Was ist mit seinem Angestellten, Armando Abdon?«

»So heißt er? Ich hab ihn hin und wieder mal herumschleichen sehen. Ich würde ihn nicht auf zwanzig Meter an meine Kleinen heranlassen.«

»Kennen Sie eine Frau namens Adriana Abdon?«

»Sie stellen eine Menge Fragen für nur einen Fächer«, sagte die Razzi, ohne ihre Verärgerung zu verbergen. »Nein, von jemandem dieses Namens habe ich noch nie gehört.«

20

Um zwei Uhr am folgenden Nachmittag, dem 12. März, spazierten Urbino und die Contessa durch das Labyrinth im Garten hinter ihrer Villa in Asolo.

Sie hatten sich gegen den bitterkalten Tag dick eingemummelt: Urbino trug seinen Mantel und die Contessa den Ozelot ihrer Mutter, den sie nur auf dem Villengrundstück umlegte, wenn sie allein oder Urbino bei ihr war. Der blaue Himmel über ihnen glänzte wie ein Edelstein, wie so oft winters wie sommers in den Hügeln über Venedig.

Auf dem Gang durch das Labyrinth hatte sich die Contessa bei Urbino untergehakt, obwohl sie es war, die ihn führte. Urbino hatte die Sackgassen und verschlungenen Pfade des Labyrinths zwar schon häufiger mit der Contessa bewältigt, konnte sich den Weg aber nicht merken.

»Vielleicht macht Ihr Samuel Possle Ihnen den Hof, *caro*, weil er glaubt, er würde so ebenfalls in den Genuss meiner Mildtätigkeit kommen«, sagte die Contessa und richtete den Blick auf die adrett geschnittenen Eiben. »Schulden hat er? So wie er damals gelebt hat, wundert mich das nicht. Sie können ihm ja vorschlagen, dass er Demetrio Emo Exorzismus-Führungen durch die Ca' Pozza veranstalten lässt! Das Haus der verrückten Frau! Possle mit seiner Phrenologie und dem Schlafwandeln scheint für so etwas empfänglich zu sein.«

»Er ist kein Schlafwandler. Seine Krankheit heißt Narkolepsie. Wenn jemand schlafwandelt, dann höchstens Armando.«

»Kümmert er sich alleine um Possle und das ganze Haus?«

»Es sieht so aus.«

Als sie an eine Gabelung gelangten, bog die Contessa links ab, dann noch einmal nach links.

»Der arme Mann kann nichts dafür, wie er aussieht, oder?«, stellte die Contessa fest. »Genauso wenig, wie er etwas für seine Stummheit kann. Und er gedenkt seiner Toten. Das besagt schon viel.«

»Stimmt.«

»Seien Sie nicht enttäuscht! Sie haben das Geheimnis um den trübsinnigen Gondoliere gelöst. Wenigstens wissen Sie jetzt, warum Gildo so traurig ist. Und diese arme Elvira so durcheinander. Das macht schon zwei gelöste Geheimnisse, oder?«

»Manchmal führen die Antworten nur zu neuen Fragen.«

Die Contessa blickte zum Aussichtsturm in der Mitte des Labyrinths empor. Er erhob sich weniger als fünf Meter vor ihnen über die Hecken, aber sie mussten deutlich weiter gehen, um ihn zu erreichen.

»Aber alle Straßen führen nach Rom, wie man sagt.« Die Contessa lächelte verstohlen. »Anders als mein kleines Labyrinth.« Sie gelangten an einen der vielen Scheidewege des Labyrinths. Auf einem Schild stand in drei Sprachen: VERIRRT? – SO GEHT'S RAUS! Die Contessa ignorierte es und schlug, ohne zu zögern, den rechten Weg ein, obgleich er sich nicht von den anderen unterschied.

»Alle Wege führen zur Ca' Pozza, wollen Sie sagen«, stellte Urbino fest. »Es sieht tatsächlich so aus. Marco Carelli stürzte von dem Haus neben der Ca' Pozza.«

»Und seine arme Mutter ist verrückt. Natürlich weiß ich, dass das nicht stimmt, aber ansonsten scheint das ja jeder zu glauben. Marta. Benedetta Razzi. Schreien, Weinen, Lachen mitten in der Nacht. Sie haben es selbst gehört. Es ist nicht schwer zu verstehen, dass die Legende um die Verrückte der Ca' Pozza – oder der Ca' Pazza – so blüht und gedeiht.«

»Sie haben wohl Recht.«

Die Contessa hielt inne.

»Sie werden bemerkt haben, dass ich noch nicht von meinen Kleidern gesprochen habe. Ich weiß, dass ich viel Konkurrenz habe, was Ihre Aufmerksamkeit angeht, aber vergessen Sie sie nicht. Vergessen Sie *mich* nicht!«

»Wie könnte ich das tun, Barbara, selbst wenn Sie das zuließen?«

»Wenn ich das wirklich glauben würde, ließe ich Sie hier einfach stehen und nähme alle Schilder weg. Wo wären Sie dann?«

»Dann wäre ich verloren, bis Sie mich fänden.«

»Wie vor zwanzig Jahren.« Liebevoll klopfte sie ihm auf den Arm, dann gingen sie weiter. »Wir sind fast da, *caro*. Noch ein paar Schritte und ein paar Ecken und Kurven.«

Dritter Teil

Diebstähle

1 Um zehn Uhr am nächsten Morgen, einem Mittwoch, ging Urbino durch den Schatten der Ca' Pozza zum angrenzenden Gebäude. Ein Pappschild neben den verrosteten Klingelknöpfen verriet ihm, dass Elvira Carelli im obersten Stock wohnte.

Urbino klingelte mehrmals, erhielt aber keine Antwort. Er versuchte, die Tür zu öffnen. Sie war nicht verriegelt. Das Schloss war verrostet und kaputt. Die Witwe Razzi mochte sich über die Gefährdung ihres Hauses durch Einbrüche beschweren, traf aber offenbar keine Vorkehrungen dagegen. Sie musste dringend Demetrio Emo oder einen anderen Schlosser bestellen.

Urbino stieg die ausgetretene Treppe hinauf. Nichts unterbrach die unnatürliche Stille, bis er in den dritten Stock kam. Dort war das unterdrückte Schluchzen einer Frau zu hören.

Elvira Carelli stand in ihrem langen, braunen Mantel in einer offenen Tür, die in einen kleinen Flur führte.

»Signora Carelli«, sagte Urbino leise.

Die Frau blickte auf. In ihrem Gesicht waren keine Tränen zu sehen. Ihr braunes Haar war grau meliert. Es war ungleichmäßig geschnitten, als hätte sie es selbst versucht. Wieder schluchzte sie auf.

»Sie können ihn nicht haben!«

Sie drückte einen Schuh gegen die Brust.

»Ich will Ihnen überhaupt nichts wegnehmen, *signora.*«

»Sie sind Polizist! Sie wollen das Haus auf den Kopf stellen. Hier sind keine Drogen! Er war ein braver Junge.«

Sie drohte mit dem Schuh und sprach hastig und unverständlich. »Mein Junge«, »Ca' Pozza« und »ermordet« konnte Urbino verstehen.

Der Blick in ihren Augen, gleichzeitig leer und leidenschaftlich, mahnte ihn, dem, was sie sagte oder tat, nicht allzu viel Bedeutung beizumessen.

Er unterbrach sie nicht. Sie ließ den Schuh sinken und wirkte weniger bedrohlich. Sie bekam weichere Gesichtszüge und Urbino erkannte, dass Elvira gramzerfressen, aber hübsch war. Die Augen waren von einem klaren Blau. Ihre von Benedetta Razzi verspottete Körpergröße verlieh ihr etwas Königliches, so wie sie ihn jetzt anstarrte.

»Hier, Signora Carelli. Der gehört Ihnen.«

Er holte den gelben Schal aus seiner Tasche.

Sie griff mit der freien Hand danach und küsste das verschmutzte, verschlissene Tuch.

»Vielen Dank, *signore*, vielen Dank, aber wo haben Sie den gefunden? Ich habe ihn gestern Nachmittag verloren ...«

Sie unterbrach ihre klarere Feststellung und musterte Urbino genauer.

»Sie sind der *signore*, der in die Ca' Pozza gegangen ist. Gott sei Dank, Ihnen ist nichts passiert! Möge Gott Sie immer beschützen!«

Elvira stellte den Schuh neben sein Gegenstück auf den Boden. Weitere Paare waren ordentlich aufgereiht, sämtliche Männerschuhe, alle sauber und poliert.

Sie legte sich den Schal um den Hals und streichelte ihn.

»Wollten Sie gehen oder kamen Sie gerade nach Hause, *signora*?«

Elvira starrte ihn ausdruckslos an.

»Vielleicht wollten Sie ein paar Besorgungen machen. Es wäre mir eine Freude, Sie zu begleiten und Ihnen zur Hilfe zu sein.«

Dieses förmliche, ja steife Angebot war durchaus ernst gemeint. Wie die Razzi gesagt hatte, war Elvira ganz allein in ihrer Wohnung. Angesichts ihrer Trauer und ihrer unsteten seelischen Verfassung musste es ihr schwer fallen, für sich zu sorgen.

»Besorgungen?«, wiederholte sie. Sie begann zu schwanken. Urbino hielt sie am Arm fest.

»Sie sollten sich besser hinsetzen, *signora.*«

Im Eingang war kein Stuhl. Dahinter ging es in ein sonnendurchflutetes Zimmer.

»Hier! Ich helfe Ihnen.«

Er führte sie in das Zimmer zum nächsten Stuhl. Mit einem Seufzer ließ sie sich darauf sinken. Der Raum war ein Wohnzimmer mit abgenutzten, aber sauberen Möbeln. Ein offener Schrank enthielt viele bunte Kleider und Blusen, ordentlich auf Bügel gehängt. Trotz ihrer Probleme pflegte Elvira ihren Haushalt, anders als die Witwe Razzi befürchtet hatte.

Auf einem kleinen Tisch in der Ecke brannte eine Votivkerze vor dem Schwarzweißfoto eines jungen Mannes, dessen Gesicht Urbino aus der Entfernung nicht richtig erkennen konnte.

Urbino war hin- und hergerissen zwischen seiner Sorge um die Frau und dem Wunsch, ihr ein paar Fragen zu stellen. Er zog die Gardinen vor einem der Fenster zur Seite. Direkt gegenüber waren die schwer verhängten Fenster des obersten Stockwerks der Ca' Pozza zu sehen. Unten erstreckte sich der ungepflegte Garten.

Böse funkelte Elvira die Ca' Pozza an.

»Ich bin Signor Urbino Macintyre«, stellte sich Urbino vor. »Ich wohne in Cannaregio. Ich bin Amerikaner, wie Sie wahrscheinlich an meinem Akzent erkennen.« Elvira schien ihm zuzuhören. »Ich kenne Ihre Vermieterin, Benedetta Razzi. Und ich bin mit dem Besitzer der Ca' Pozza befreundet, Signor Samuel Possle, ebenfalls Amerikaner. Ich …«

Elvira sprang auf und gab erneut einen hastigen Schwall auf Italienisch von sich, vermischt mit venezianischem Dialekt. Urbino konnte einige Wörter und Satzfetzen ausmachen wie »böse Alte«, »verrückte Kleider«, »Schminke« und »versteckt sich im Haus wie eine Spinne«. Sie hatte eine ebenso schlechte Meinung von Benedetta Razzi wie umgekehrt.

Elvira brach ab, rannte zum Fenster und warf es auf.

»Marco!«, rief sie.

Urbino berührte ihren Arm. Elvira kehrte zum Stuhl zurück und begann zu schluchzen. Noch immer weinte sie nicht. Ein kalter Luftzug kam durch das offene Fenster. Urbino schloss es wieder.

Er nahm das Foto des jungen Mannes vom Tisch.

»Ein hübscher Junge«, sagte er.

Marco hatte Ähnlichkeit mit seiner Mutter. Auf dem Bild war er sechzehn oder siebzehn Jahre alt. Er saß an einem Tisch in einem Café und grinste breit in die Kamera. Im Hintergrund erkannte Urbino den Campo San Polo. Über einen kurzen, aber kurvenreichen Weg gelangte man von der Wohnung dorthin.

»Und ein guter Junge! Ein Goldstück!«, sagte Elvira und drückte die Hand auf die Brust. »Mein einziger Sohn. Jetzt bin ich ganz allein.«

»Es tut mir Leid, Signora Carelli.«

»Er wurde mir entrissen. Direkt vor meinen Augen. Er starb in meinen Armen. Mein armer Marco!«

Sie stand auf und nahm Urbino das Foto aus den Händen. Sie küsste es und stellte es zurück auf den Tisch.

»Kommen Sie!«, sagte sie. »Ich zeige Ihnen etwas.«

Sie ging durch eine Tür auf der anderen Seite des Wohnzimmers. Urbino folgte ihr und fand sich in einem kleinen Schlafzimmer wieder, vor dessen großen Fenstern keine Gardinen hingen. Wie das Wohnzimmer war es sauber und adrett, doch die Möbel hier waren neu. Das Bett war frisch gemacht. In einer Ecke lagen ein Fußball und ein Paar Turnschuhe.

Elvira stand vor dem Fenster.

»Da!«, sagte sie und wies nach unten.

Urbino schaute ihr über die Schulter. Unten war die *calle* zu sehen, über die man in das Haus und daneben in die Ca' Pozza gelangte. Weiter führte sie zu der Brücke über den Kanal. In der anderen Richtung brachte sie einen zu der überdachten Passage, in der Urbino in jener Nacht innegehalten hatte, als er meinte, verfolgt zu werden.

»Ich wollte gerade in die Gasse abbiegen«, erklärte sie. »Da sah ich ihn fallen. Es war wegen dieser Spinne. Wegen ihr! Wegen ihr!«

Wenn schon die Razzi glaubte, sie könne Elvira an vielem die Schuld geben, so war Marcos Mutter ihrerseits wohl noch aufgebrachter, und das vielleicht aus gutem Grund. Wenn es um ihre Häuser ging, interessierte sich die Razzi nur für das Geld, das sie einbrachten.

Urbino entriegelte das Fenster und schlug die Flügel auf. Er schaute hinunter in die *calle*. Marcos Zimmer befand sich ungefähr vier Meter seitlich vom Hauseingang. Direkt rechts neben dem Fenster sprang ein kleiner steinerer Balkon im obersten Stockwerk der Ca' Pozza hervor. Der Balkon befand sich dreißig Zentimeter tiefer als das breite Fensterbrett vor dem Schlafzimmer. Herausgebrochene Ziegelsteine und eine zerfallene Steinleiste unter dem Schlafzimmerfenster verunstalteten die Fassade von Razzis Haus. Wer dort mit dem Fuß Halt suchte, würde Schwierigkeiten bekommen.

Urbino glaubte zu verstehen, warum Elvira die Witwe Razzi verfluchte. Sie sollte ihr Haus besser in Schuss halten.

Urbino drehte sich wieder um. Elvira hatte sich auf das Bett ihres Sohnes geworfen und trommelte mit den Fäusten auf das Kopfkissen.

Urbino kam sich immer mehr wie ein Eindringling vor. Er verabschiedete sich, bezweifelte aber, dass Elvira es mitbekam. Im Wohnzimmer holte er eine Visitenkarte aus der Brieftasche und legte sie mit einem großzügigen Geldbetrag auf den Tisch mit Marcos Foto und der Votivkerze.

Als er das Wohnzimmer verlassen wollte, ließ ihn etwas innehalten. Auf einem mit Stiften und Kulis, Gummibändern, Scheren und Taschenbüchern überfüllten Tisch lag ein aus einer Zeitschrift gerissenes Farbfoto. Es war eines der Bilder von der Contessa, die er sich in seiner Bibliothek angesehen hatte, die Aufnahme, auf der sie das Teekleid und den Schlapphut vor dem Palazzo del Cinema am Lido trug.

Urbinos Blick glitt zu dem nur wenige Meter entfernten Kleiderschrank. Was würde er dort finden, wenn er Zeit hätte, ihn zu durchsuchen? Doch schon näherten sich Elviras Schritte. Urbino verließ das Wohnzimmer. Die Wohnungstür stand noch immer offen, nun schloss er sie hinter sich.

2

Als Urbino die Treppe des Hauses hinunterstieg, in dem Elvira wohnte, klopfte er an mehrere Türen. Nur im ersten Stock erhielt er eine Antwort. Ein kleines Mädchen mit schmutzigem Gesicht und grellrotem Haar öffnete ihm.

Eine müde aussehende Frau erschien hinter ihr. Ihr Haar war mehrere Schattierungen dunkler als das des Mädchens.

»Habe ich dir nicht gesagt, dass du nie die Tür aufmachen darfst, Maria?«, tadelte sie.

Sie legte einen Arm um ihre Tochter und registrierte Urbinos langen, schwarzen Umhang.

Er stellte sich vor und sagte, er mache sich Sorgen um eine der Nachbarinnen, Elvira Carelli.

Die Frau merkte auf. Sie machte ein mitleidiges Gesicht.

»Die arme Elvira«, sagte sie. »Aber was habe ich damit zu tun, *signore*?«

»Wissen Sie, ob jemand nach ihr sieht?«

»Ich gucke hin und wieder nach und bringe ihr Essen oder alte Zeitungen und Illustrierte, die wir ausgelesen haben. Manchmal sagt sie, ich soll weggehen. Sie ist nicht ganz richtig im Kopf, was soll man da erwarten? Es war ja so schlimm mit ihrem Sohn und dann starb er noch auf so eine Weise.«

»Es war schlimm mit ihm, sagen Sie?«

Er musste die Stimme heben, da in der Wohnung ein Kind zu schreien angefangen hatte.

Besorgt sah sich die Frau über die Schulter um. Als sie sich Urbino zuwandte, hatte sie wieder den argwöhnischen Blick.

»Ich dachte, Sie hätten gesagt, Sie würden Elvira kennen«, bemerkte sie.

»Das tue ich auch, aber erst seit Marcos Tod. Und sie erzählt nichts von den Problemen, die sie vielleicht mit ihm gehabt hat.«

»Was erwarten Sie? Sie ist seine Mutter. Jedenfalls gewesen, die Arme.«

Sie fuhr ihrer Tochter mit den Fingern durchs Haar.

»Drogen, schon mit dreizehn Jahren. Er hatte wohl ein gutes Herz, aber die Drogen haben alles kaputt gemacht. Genauso wie sein Tod jetzt seine Mutter zerstört.«

»Waren Sie zu Hause, als er stürzte?«

»Ja. Aber ich habe nichts gehört oder gesehen, bevor sie schrie. Niemand hat was gesehen. Die Polizei hat mit allen hier geredet. Elvira war die Einzige, die ihn fallen sah.«

»Wie, glauben Sie, kam es zu dem Sturz?«

»Sie wissen doch, wie junge Leute heute sind. Vielleicht ist er einfach aus Spaß aus dem Fenster geklettert und hat das Gleichgewicht verloren.«

Wieder schrie das Kind in der Wohnung.

»Sie müssen mich entschuldigen, *signore*. Ich muss nach meinem Kleinen sehen. Machen Sie sich keine Sorgen um Elvira! Wir tun unser Bestes, um ihr zu helfen. Mit der Hilfe Gottes wird sie alles überstehen.«

Sie zweifelte ebenso daran wie Urbino. Er reichte ihr seine Visitenkarte.

»Rufen Sie mich an, wenn Sie glauben, dass ich Elvira helfen könnte. Übrigens, *signora*, wann haben Sie Benedetta Razzi zum letzten Mal hier im Haus gesehen?«

»Hier, *signore*? Das wäre etwas Besonderes! Seit ich sie kenne, hat sie sich nie weiter als zwanzig Meter von ihrem Apartment entfernt, und das sind nun bald zehn Jahre! Ich würde glauben, vor mir steht ein Gespenst, wenn sie hier auftauchen würde!«

»Was ist mit dem Haus nebenan? Gehen da viele Leute ein und aus?«

Die Frau erstarrte kaum merklich.

»Die Ca' Pozza? Der Einzige, den ich da rein- und rausgehen sehe, ist dieser komische Mann. Der Hausmeister von diesem amerikanischen Herrn. Ich hab noch nie mit ihm geredet und den Amerikaner hab ich auch noch nie gesehen. Die beiden leben alleine dort.«

»Haben sie keine Hilfe?«

»Nicht dass ich wüsste. Der Hausmeister macht alles. Ich sehe ihn hin und wieder auf dem Rialto-Markt und in den Geschäften. Er weiß genau, was er will. Kauft ein, ohne eine Sekunde zu verschwenden. Auch im Tabak- und Zeitungskiosk von meinem Mann in San Polo. Da kommt er zwei oder drei Mal im Monat vorbei und kauft einen ganzen Stapel Zeitungen und Illustrierte, alle möglichen Illustrierte. Wahrscheinlich, um den kranken Amerikaner zu unterhalten.«

»Ich hab Elvira ein oder zwei Mal vor dem Haus gesehen. Sie machte einen sehr verstörten Eindruck.«

Die Frau nickte.

»Sie verflucht es manchmal, aber das macht sie auch mit der Kirche von San Polo. Marco wurde von dort aus begraben. Und kurz darauf singt sie wieder. Sie verflucht die Kinder und mich. Ich versuche, mich nicht darüber aufzuregen. Aber jetzt entschuldigen Sie mich, *signore*, ich muss gehen.«

3

Nachdem Urbino das Haus der Witwe Razzi verlassen hatte, machte er einen ausgedehnten, nachdenklichen Spaziergang zum Campo San Zanipolo auf der anderen Seite des Canal Grande an der Lagune. Auf dem Platz betrachtete er das große Reiterstandbild des Militärführers Colleoni aus dem fünfzehnten Jahrhundert.

Der Anblick des Mannes und seines Pferdes in ihrer kraftvollen Würde inspirierte ihn immer. Doch heute sagte ihm die Statue nichts, bestenfalls flüsterte sie von den Unterschieden zwischen Colleonis Ära und dem nivellierten Zeitalter, in dem Urbino und Possle lebten. Die Tage schöner, unkomplizierter Heldensagen waren längst vergangen, auch wenn Urbino sich nicht vormachte, er hätte jemals sein können wie Colleoni oder gar Byron oder es auch nur wollen. Dennoch wandte er dem Denkmal mit einem Gefühl von Demut und Enttäuschung den Rücken zu.

Er steuerte auf das große Renaissancegebäude hinter dem Standbild zu, das städtische Krankenhaus. Seine Fassade war reich verziert mit gemeißelten Gesimsen, kunstvollen Säulen und Kapitellen, eleganten Bögen, Fenstern und Lünetten. Aber diese eindrucksvollen Details konnten die düstere Stimmung, die Urbino immer befiel, wenn er das Haus betrat, ebenso wenig vertreiben wie die Trompe-l'oeil-Skulpturen und -Sockel mit den tanzenden Kindern zu beiden Seiten des Eingangs.

Das Kreischen einer Krankenwagensirene drang durch die dicken Mauern des Gebäudes, während Urbino seine Freundin Paola suchte, die den sozialen Dienst des Krankenhauses leitete. Er schilderte ihr die Lage von Elvira Carelli. Sie führte einige Telefongespräche und erfuhr, dass Elvira in keinem städtischen Programm für Unterstützung oder Hausbesuche aufgenommen war. Paola musste ihm versprechen, so schnell wie möglich jemanden zu ihr zu schicken.

Mit dem Gefühl, am heutigen Tag mehr als eine wichtige Aufgabe erledigt zu haben, setzte sich Urbino mit einem Glas Wein in ein Café gegenüber vom Krankenhaus und betrachtete fast eine Stunde lang das Reiterstandbild von Colleoni.

4

»Sinnlos!«, rief Urbino am nächsten Nachmittag der Contessa zu, während die Gondel langsam an den Palazzi in der Mündung des Canal Grande vorbeiglitt.

Eine grellbunte marokkanische Decke mit geometrischem Muster war über die Beine der beiden gebreitet. Zwar hatte die Sonne den ganzen Tag vom strahlend blauen Himmel geschienen und war nur gelegentlich von flauschigen Wolken verdeckt worden, doch war die Märzluft durchdringend kalt.

»Was ist sinnlos, *caro*?«

Die Contessa sprach mit der Verträumtheit eines Menschen, der mit der Hand im Wasser plätscherte. Das wäre gegenwärtig allerdings unmöglich gewesen, da die beiden Freunde heimelig und geschützt in der *felze* saßen wie zwei Kinder, die ein Versteck gesucht hatten, um die Welt außen vor zu lassen.

Die Contessa warf Urbino einen trägen Blick zu, der besser zu einem heißen Augusttag gepasst hätte.

»Was ist sinnlos?«, wiederholte sie.

»Thomas Mann.« Urbino wies auf das Buch in seiner Hand. »*Tod in Venedig*.«

»Und wieso ist Herr Mann sinnlos? Mir kam er immer aufrichtig und weise vor. Das eigene Gleichgewicht behalten und so weiter. Was mir momentan«, fügte sie hinzu, und die Gondel schaukelte im Kielwasser eines Motorbootes, »ein großartiger Ratschlag zu sein scheint.« Schnell fand die Gondel zu ihrem sanften Wiegen zurück. »Gott sei Dank haben wir unseren melancholischen Gildo.«

Urbino neigte das Buch, so dass Licht darauf fiel.

»Hören Sie hier«, sagte er. »›So glitt und schwankte er denn, in weiche, schwarze Kissen gelehnt, der anderen schwarzen, geschnabelten Barke nach, an deren Spur die Passion ihn fesselte … Der Ruf des Gondoliers, halb Warnung, halb Gruß, ward fernher aus der Stille des Labyrinths nach sonderbarer Übereinkunft beantwortet. Aus kleinen, hochliegenden Gärten hingen Blütendolden, weiß und purpurn, nach Mandeln duftend, über morsches Gemäuer.‹ Und es geht noch weiter.«

»Zweifellos. Es ist erst zu Ende, wenn der arme Mann tot am Lido liegt. Aber ich verstehe trotzdem nicht, was Sie meinen.«

»Er hat es längst getan! Thomas Mann und alle anderen auch! Sie haben alle Wörter und Bilder verbraucht. Wie kann einer von uns – Sie, ich oder die anderen« – er zeigte auf zwei Touristen, die ihre Staffeleien an der Riva degli Schiavoni aufgebaut hatten – »wie kann auch nur einer von uns originell sein, wenn es um Venedig geht?«

Die Heftigkeit und Unmittelbarkeit seines Gefühlsausbruchs rief einen erstaunten Blick der Contessa hervor. Im Gegensatz zu ihm sagte sie ruhig und gemäßigt: »Indem man sich die Stadt zu eigen macht. Haben wir nicht genau das in all den Jahren getan, *caro*?«

Aber Urbino hörte ihr gar nicht richtig zu.

»Da sind wir machtlos«, bemerkte er.

»Eine für *Sie* nicht beneidenswerte Lage«, gab die Contessa lächelnd zurück. »Zu einer Frau passt das nicht richtig, oder? Ein Fremder würde vermuten, Sie hätten die Midlife-Krise, aber ich würde sagen, es hat allein und ausschließlich mit Samuel Possle zu tun.«

»Wie gut Sie mich kennen.«

»Wie gut wir beide uns kennen. Aber was ich nicht weiß, lieber Urbino, ist, was *genau* es mit Samuel Possle zu tun hat.«

Darüber war sich Urbino selbst nicht im Klaren. Er versuchte, ihr die Früchte seiner jüngsten Grübeleien verständlich zu machen, und hoffte, dabei selbst ein paar Einsichten zu gewinnen.

»Ich habe Ihnen erzählt, dass mir aufgefallen ist, dass vieles von dem, was Possle sagt, mir bekannt vorkommt«, begann Urbino. »Als würde er verschlüsselt reden oder als versuche er, mich auf die Probe zu stellen, oder als amüsiere er sich auf meine Kosten. Manchmal meine ich, es ist nur ein simpler Fall von *déja vu*. Vielleicht alles zusammen oder nur das eine oder andere oder gar nichts von allem.«

»Sie Armer! Aber das erklärt nicht unbedingt, was Possle mit Thomas Mann, Machtlosigkeit und Originalität zu tun hat.«

Urbino warf einen so verzweifelten Blick auf die Seufzerbrücke, wie die unglücklichen Gefangenen aus ihren Fenstern auf die Lagune geblickt haben mussten, wenn sie zu ihren Zellen geführt wurden. Er versuchte, sich der Contessa und gleichzeitig sich selbst zu erklären.

»Er spielt ständig auf Bücher und Kunst und Gott weiß was sonst noch an, das mir entgeht. Aber vieles von dem, was er gesagt hat, ist mir wieder eingefallen, und ich habe es mit anderen Sachen in Verbindung gebracht. Es ist wie ein Echo, das zu mir zurückkommt.«

»Anspielung! Echo! Verbindung!«

»Und es ist nicht nur aus *Gegen den Strich*.« Bei der Erwähnung dieses Buches verdrehte die Contessa spielerisch übertrieben die Augen. »Auf die ausschlaggebenden Anhaltspunkte hat er mich mit der Nase gestoßen, so dass ich es kaum noch übersehen konnte. Aber es gibt andere Bezüge, die er absolut unauffällig einfließen lässt. Ich habe noch nicht alle aufgespürt, werde es wohl auch nie, aber was ich sicher weiß, ist, dass viele, möglicherweise sogar fast alle, mit Byron zu tun haben.«

»Das Lied«, pflichtete die Contessa ihm bei. »*Schwärmen soll ich nimmer.*«

»Das Lied und andere Dinge. Vielleicht hat das letztlich nur sehr wenig mit Thomas Mann zu tun. Mir kam nur die Idee, als ich hier saß und das Buch las, Venedig so um uns herum, dass Possle so etwas wie ein Dieb ist. Er stiehlt anderen die Ideen. Er benutzt sie nicht einfach nur, sondern er macht sie sich – wie Sie über uns sagten – zu eigen. Und er will wissen, ob ich ihn überführe. Es ist ein Spiel, aber welchen Sinn hat es?«

»Er tut doch nichts Falsches, oder?«

»Es ist, als hätte ich entdeckt, was für ein Dieb er ist«, erwiderte Urbino. »Eben kein Durchschnittsdieb. Vielleicht unterscheidet er sich gar nicht so groß von Ihnen und mir.«

»Ein Dieb? Ich? Es sind *meine* Kleider, die verloren gegangen sind. Sie hängen an jemand anderem, vielleicht jeden Tag ein neues Ensemble, ich habe ja noch nicht herausgefunden, was alles fehlt!«

Urbino war unwohl. Er hatte der Contessa noch nicht von den Zeitungsausschnitten in Elviras Wohnung und von seinen bisher erfolglosen Versuchen erzählt, die Frau mit den verlorenen Sachen in Verbindung zu bringen. Er brauchte noch Zeit, um darüber nachzudenken.

»Was Possle stiehlt«, sagte er, »sind die Ideen und Wörter von anderen.«

»Aha«, machte die Contessa, sichtlich erleichtert. »Zum Beispiel von Herrn Mann?«

»Ich habe noch keinen Anhaltspunkt dafür, aber ja, wie von Herrn Mann. Aber wie ich schon sagte, ich denke mehr an Byron. Er kommt immer wieder auf ihn zurück und ich muss wissen, warum.«

»Byron! Da haben wir nun also das nächste mögliche Motiv für Ihr Stelldichein? Jetzt wollen Sie nicht die Biographie schreiben, wollen kein Verbrechen in der Ca' Pozza beleuchten, sondern verbringen Stunden damit, Zitate von jemandem zu identifizieren, der seit fast zweihundert Jahren tot ist?«

»Byron hat irgendetwas damit zu tun«, beharrte Urbino,

fügte dann aber weniger überzeugend hinzu: »Es sei denn, es ist wieder ein Täuschungsmanöver.«

»Ein Köder, meinen Sie?«

»Auch das.«

Gildo steuerte die Gondel aus dem Becken von San Marco in das Castello-Viertel. Wenn Venedig wie ein Fisch geformt war, wovon man sich auf jeder Karte überzeugen konnte, so war Castello der Schwanz. Die Gondel fuhr an der Ca' di Dio mit ihrer Vielzahl an Schornsteinen vorbei und bewegte sich langsam auf das Arsenale zu.

In der *felze*, der geschlossenen Kabine, die den beiden Freunden, wenn sie zusammen waren, und Urbino, wenn er allein war, so zupass kam, verfielen die beiden in nachdenkliches Schweigen. Ein oder zwei Minuten später wandte sich die Contessa an Urbino und sagte ein wenig reuevoll: »Vergeben Sie mir, *caro*, ich habe Elviras Sohn vergessen. *Wir* haben ihn vergessen«, betonte sie. »Vielleicht will Possle, dass Sie seinen Tod untersuchen. Es kann nicht angenehm für ihn sein, wenn Elvira vor der Ca' Pozza herumschreit, Benedetta Razzi hätte ihren Sohn getötet.«

»Possle ist ein Mann, der sich nur um Dinge kümmert, die direkt mit ihm zu tun haben – oder mit Armando«, erwiderte Urbino.

Die Contessa registrierte die Zweideutigkeit dieser Aussage und schaute Urbino eine Weile an, ohne etwas zu sagen.

»Aber Sie glauben doch nicht, dass die Razzi zu einem Mord fähig wäre. Das einzige Verbrechen, das sie auf dem Gewissen hat, ist die Ausbeutung anderer Menschen. Es zeigt, wie realitätsfremd Elvira ist, wenn sie ihre Vermieterin beschuldigt.«

»Aber trotzdem«, widersprach Urbino. »Manchmal ist sie ganz klar im Kopf.«

»Benedetta Razzi eine Mörderin! Schleicht mit ihren falschen Wimpern und einem kleinen Dolch aus ihrer Puppensammlung herum! Also gut, wenn ich irgendwas von Ihren – *unseren* – Ermittlungen gelernt habe, dann dass nichts ist, was es zu sein vorgibt.«

»Genau, beziehungweise fast richtig.«

»Geduld.« Die Contessa nahm ihm das Buch von Thomas Mann vom Schoß und legte es auf den teppichbedeckten Boden, wo Urbino es nicht ohne weiteres erreichen konnte. »Warten wir ab, wie der nächste Trick des Diebes von San Polo aussehen wird. Zum Glück habe ich ja meine *conversazioni*, die mich ablenken.« Die nächste war am übernächsten Tag, dem Samstag. »Und was Sie angeht, vergessen Sie nicht Ihre edle Suche nach meinen heiligen Kleidern.«

5 »Warum gehen wir vom Arsenale aus nicht zu Fuß?«, fragte Urbino. Er bemühte sich, das Gefühl von Trägheit abzuschütteln, das ihn überfallen hatte, seit sie über Possle und die Ca' Pozza gesprochen hatten.

Die weißen, mit Zinnen versehenen Mauern des Arsenals erhoben sich vor dem Blau des Himmels und den Wolken. Heutzutage waren die alten Docks, ehemals gleichbedeutend mit der wirtschaftlichen und militärischen Macht der Republik Venedig, lediglich ein Ankerplatz für Schiffe. Einst war das Arsenal ein geheimer Ort gewesen, wo Galeeren und Waffen hergestellt wurden, heute war es offen für die Blicke und Kameras all derer, die zweimal täglich mit dem *vaporetto* durch das ausgedehnte Gebiet fuhren.

»Sie können hier anlegen!«, rief Urbino Gildo zu.

Ihr Ziel war aber nicht das Arsenal, sondern das nicht weit entfernte Schifffahrtsmuseum am Becken von San Marco. Als

Urbino die Contessa abholte, hatte sie ihm ganz geheimnisvoll mitgeteilt, Gildo solle sie herrudern. »Ich habe meine Gründe«, hatte sie erklärt.

Gildo legte mehr mit einem Streicheln denn mit einem Stoß an der Mole an. Urbino half der Contessa auf den Kai. Nachdem sie mit Gildo abgesprochen hatten, wann sie zur Gondel zurückkehren würden, überquerten Urbino und die Contessa den ruhigen Platz. In der Nähe war die Seilerei, in der Habib seine Gemälde ausstellen würde.

Auf der Brücke zu den gegenüberliegenden *fondamenta* hielten sie inne und schauten zum Arsenal mit seinem von Löwen bewachten Eingang hinüber. Kein Geringerer als Dante war es gewesen, dem die bittere Ironie dieser Fabriken aufgefallen war, die schwimmende Kriegsmotoren für eine Republik herstellten, die sich voller Stolz als »heiter« bezeichnete. Am Landeingang stand eine Büste von Dante mit einer Inschrift aus der *Göttlichen Komödie*. Die Verse stammten aus einem der Gesänge der Hölle und besagten, der Lärm, die Unruhe und das kochende Pech des Arsenals seien ein treffendes Bild für die Qualen der Hölle.

Langsam schlenderten sie die langen *fondamenta* zum Schifffahrtsmuseum entlang. Eine junge Frau ruderte ein Boot voller Stoffballen und hielt eine Weile mit ihnen Schritt, überholte die Fußgänger dann aber.

Mit beträchtlicher Selbstbeherrschung riss sich Urbino zusammen, um nicht Dantes anschauliche Worte über das brodelnde Pech zu zitieren, die auf dem Schild standen. Sein Tadel am Dieb von San Polo, um der Contessas Bezeichnung für Possle zu benutzen, war ihm momentan zu gegenwärtig, um sich in Zitaten und Anspielungen zu ergehen. Doch es ärgerte ihn, sich zusammenreißen zu müssen. Es offenbarte, wie sehr er sich schon als Opfer von Possles Diebstählen sah.

Ja, dachte er, als sie an der Haltestelle des Wasserbusses beim Schifffahrtsmuseum stehen blieben, Possle hatte ihm etwas genommen, und zwar mit Sicherheit mehr, als Urbino dem alten Mann bisher entwendet hatte. Je länger er über Possles Wirkung auf sich nachdachte, desto mehr fühlte er sich auf eigenartige Weise verletzt, vereinnahmt. Urbino behielt seine Geheimnisse für sich und teilte sie nur selten mit anderen. Sein Umgang und Kontakt mit Possle war ein ungleicher Austausch. An so etwas war er nicht gewöhnt, es machte ihn ebenso nervös wie wachsam.

Vor ihnen lag das Becken von San Marco, tiefblaues Wasser, zwischendurch von Booten zu cremigem Weiß aufgewirbelt. Der lange Strich des Lido erstreckte sich in der Ferne.

»Da wären wir, *caro*«, sagte die Contessa, als sie sich einem bescheidenen Gebäude mit zwei Ankern zu beiden Seiten des Portals näherten. »Der Tempel der Seerepublik. Haben Sie erraten, warum wir hier sind?«

»Ich habe keine Ahnung.«

»Ein Mann von Ihrer Intelligenz und Phantasie! Kommen Sie!«

Eine lärmende Gruppe Jugendlicher kam durch die Glastür. Innen erstand Urbino Eintrittskarten. Sie begaben sich in einen großen Raum, dessen hohe Fenster auf das Wasser gingen.

»Die allein sind das Geld für die Eintrittskarten wert«, sagte die Contessa schelmisch lächelnd. »Da sind wir uns bestimmt einig.«

Er folgte ihrem Blick auf zwei junge Männer, die schnittige weiße Marineuniformen und weiße Kappen mit blauen Bändern trugen. Sie waren Museumswärter und standen mit auf dem Rücken gefalteten Händen da.

»Aber wir wollen nicht bummeln«, sagte die Contessa. »Es

gibt noch andere Ausstellungsstücke, die wir bewundern möchten.«

Sie stieg in die nächste Etage, die von einem großen Glaskasten beherrscht wurde. Darin glänzte der maßstabsgetreue Nachbau eines vergoldeten, kunstvoll geschnitzten Schiffes, das mit Flaggen und mit Statuen von Männern, Frauen, Engeln und Löwen geschmückt war. Es war das Zeremonienboot des Dogen, in dem er die alljährliche Vermählung der Stadt mit dem Meer feierte.

»Der letzte *bucintoro* von Venedig«, betonte die Contessa. »Ich möchte, dass Sie heute Nachmittag über letzte Dinge nachdenken. Wissen Sie immer noch nicht, warum wir hergekommen sind?«, fragte sie listig. »Dann hoch nach oben!«

Die anderen Hallen auslassend, führte sie ihn in einen Raum, der nur Gondeln vorbehalten war. Mit sichtlichem Eifer ging sie ihm voran. Vor einem ganz besonderen Ausstellungsstück blieben sie stehen.

Es trug die Aufschrift »O gondola da fresco«, die Übersetzung darunter klang weitaus weniger romantisch: »Sommergondel«.

Die extravagante Erscheinung mit ihren geschnitzten Sesseln, einem herzförmigen Sitz, vergoldeten Löwen und Dreizacken glänzte schwarz, als führe sie ein Eigenleben.

Urbino brauchte keinen weiteren Hinweis der Contessa, um Peggy Guggenheims Gondel zu erkennen. In ihren umstrittenen Jahren in Venedig hatte sie sich von ihr zu ihrem Palazzo am Canal Grande tragen lassen.

Während Urbino und die Contessa die Gondel betrachteten, ließ er sich einen ernüchternden Vergleich durch den Kopf gehen: Guggenheims prächtige Gondel, dann das unbewegliche Boot von Possle in der Ca' Pozza, schließlich seine eigene Barke. Die von Peggy Guggenheim war bei weitem die großartigste, aber jetzt nur noch eine Erinnerung an das üppige Leben, das man einst im großen Stil führte.

»Was vergangen ist, ist vergangen«, sagte die Contessa und bewies, wie unheimlich ihre Gedanken mit seinen übereinstimmten. »Das dürfen wir nie vergessen. Das hier, *caro*, ist die letzte Gondel. Die letzte Privatgondel. Nicht die von Samuel Possle. Und Ihre, nun, nennen wir sie eine blasse Nachahmung. Ja, mein Geschenk ist eine traurige Fälschung, es tut mir Leid.« Sie schaute ihm in die Augen. »Wie Sie sagten, es war alles schon mal da. Es ist sinnlos, das ignorieren zu wollen. Sie sind kein Original, ich genauso wenig. Wir können höchstens hoffen, exzentrisch zu sein, mein lieber Urbino, und das so originell wie möglich!«

Urbino lächelte.

»Sie meinen, wie Samuel Possle?«

»Oh, vergleichen Sie mich nicht mit Possle, ich muss doch sehr bitten! Sparen Sie sich das für sich selbst auf!«

6

Um halb acht am nächsten Morgen, den 15. März, stand Urbino am Empfang der Casa Crispina, der von den Schwestern der Barmherzigkeit der hl. Crispina geführten Pension. Von dort aus hatte man einen guten Blick auf die Kirche San Gabriele auf der anderen Seite des *campo*.

Urbino wollte mit der Nonne aus dem Kirchensekretariat sprechen, die Armandos Quittung für die Gedenkmesse an die Tote unterzeichnet hatte, doch leider war die Schwester für mehrere Wochen in ein Kloster desselben Ordens in Umbrien gefahren. Die Nonne am Empfang konnte ihm nicht weiterhelfen.

Urbino plauderte mit ihr, ließ aber den Haupteingang der Kirche nicht aus den Augen.

Bald tauchte Armando auf, wie üblich schwarz gekleidet – eine Farbe, die für diesen Anlass besonders geeignet schien. Auf der obersten Stufe hielt er inne.

Hinter ihm erschien eine alte Frau, ebenfalls in Schwarz. Vorsichtig tappte sie die Treppe herunter und überquerte den Platz in Richtung der Calle dell' Arcanzolo. Noch eine Frau kam heraus, älter als die erste. Sie ging am Stock und entfernte sich humpelnd.

Armando schaute zur Casa Crispina hinüber und schien Urbino geradewegs in die Augen zu sehen. Urbino trat vom Fenster zurück. Armando stieg die Kirchentreppe hinunter und ging langsam und, so schien es Urbino, traurig über den *campo* in die Calle dell' Arcanzolo. Die Arme hielt er, wie es seine Gewohnheit war, eng an den Körper gedrückt.

Sobald die Nonne ihren Bericht über die zwei älteren Französinnen beendet hatte, die in der vergangenen Nacht ausgeschlossen worden waren, verabschiedete sich Urbino hastig von ihr.

Er schritt die Stufen der gotischen Kirche aus dem fünfzehnten Jahrhundert empor, deren Stein an vielen Stellen durch Feuchtigkeit, Alter und Luftverschmutzung vom Festland angegriffen war.

Dann betrat er die Kirche. Zuerst starrte er auf die Kapelle im östlichen Querschiff, deren Glassarg düstere Erinnerungen in ihm heraufbeschwor. In dem Sarg lagen die Gebeine einer jungfräulichen Heiligen, die ein weißes Gewand, karmesinrote Handschuhe und Pantoffeln sowie die Silbermaske eines florentinischen Meisters trug. Venezianische Kaufleute hatten die heilige Teodora vor Hunderten von Jahren bei einem der so genannten »heiligen Diebstähle« der heiteren Republik aus ihrer Heimat Sizilien entführt. Die Gebeine hatten im Mittelpunkt eines von Urbinos verwirrendsten Fällen gestanden.

Die Kirche war menschenleer. Der Monsignore und die Messdiener mussten sie durch den Seiteneingang verlassen haben. Der Küster war nicht zu sehen.

Urbino ging wieder nach draußen und lief die Calle dell' Arcanzolo hinunter zu einem Tabakkiosk, an dem er die aktuelle Lokalzeitung erstand.

Er wich den Passanten aus und schlug die Zeitung bei den Todes- und Gedenkanzeigen auf. Schwarzweißfotos, fast ausschließlich von älteren Männern und Frauen, starrten ihn an.

Eine Aufnahme zeigte eine junge Frau mit großen, glänzenden Augen. Unter dem Bild stand:

In liebevoller Erinnerung
an meine Schwester Adriana Maria Abdon,
die diese Welt heute vor siebzehn Jahren verließ
In ewiger Liebe
dein Bruder Armando

Urbino studierte das Foto. Adriana musste Anfang zwanzig gewesen sein, als es aufgenommen worden war. In ihrem Gesicht erkannte er einige Gesichtszüge ihres Bruders wieder, eine engelhafte Version des Grotesken.

7

Eine halbe Stunde später hielt Urbino vor einem Schild an der Tür vom *Hüter der Schlüssel: Chiuso*. Die Frau im Zeitungskiosk nebenan rief ihm zu, Emo sei krank geworden und nach Hause gegangen. Sie nannte Urbino die Adresse.

Emos Erdgeschosswohnung befand sich am Ende einer schmalen Gasse in der Nähe des Hauses von Tintoretto. Die Gasse stank nach Katzenurin und Müll.

Emo öffnete unmittelbar auf Urbinos Klingeln, so als hätte er jemanden erwartet. Als er Urbino erblickte, war er zuerst überrascht und dann ein wenig verärgert, was er jedoch zu verbergen versuchte.

»Sie sind es«, sagte er. »Wieder ein Notfall?«

»Nein. Ich hab gehört, Sie wären krank.«

»Das bin ich auch.«

Durch den schmalen Türspalt, den Emo offen hielt, war zu erkennen, dass der Schmied etwas trug, das einem Bademantel glich. Die purpurne Farbe und der förmlich anmutende Schnitt erinnerten an Possles Aufmachung.

»Es tut mir Leid, dass ich Sie störe.«

»Möchten Sie noch mehr Geschichten über Venedigs Spukhäuser hören, ja?«

Emo schien sich von seinem anfänglichen Schock erholt zu haben.

»Ich habe mich gefragt, ob Sie jemanden kennen, der Armando Abdon heißt. Er arbeitet für Samuel Possle, den Besitzer der Ca' Pozza.«

Argwohn machte sich auf dem feisten Gesicht des Schlossers breit. Er schaute in die Gasse hinter Urbino.

»Der stumme Armando.«

»Kennen Sie ihn aus San Gabriele? Vor zehn Jahren haben Sie dort aufgehört. Vielleicht hatten Sie damals mit ihm zu tun?«

»Und wie kommen Sie darauf?«

»Ich weiß, dass er in San Gabriele Messen zum Gedenken an eine Frau namens Adriana Abdon bestellt. Es könnte sein, dass er das seit siebzehn Jahren tut.«

»Das stimmt.«

Emo schaute Urbino kühl an. »Sie möchten etwas über Armando und Adriana wissen, ja? Für dieses Buch, das Sie angeblich über den Mann schreiben, der in der Ca' Pozza wohnt. Das wird Sie etwas kosten.«

»Lassen Sie mich hereinkommen, dann können wir uns darüber unterhalten.«

»Sie können nicht einfach bei anderen Leuten hereinplatzen, wenn es Ihnen gefällt. Aber ich bin ein Vernunftsmensch. Wenn Sie etwas über Armando und Adriana Abdon erfahren möchten, können wir uns beim Essen darüber unterhalten, aber nur in Harry's Bar. Die kann ich mir nämlich nicht leisten. Ist es Ihnen das wert?«

Die Bitte kam Urbino nicht unvernünftig oder besonders ungewöhnlich vor, wenn man davon ausging, dass Emos Körperumfang auf seine Liebe zu gutem Essen zurückzuführen war. Schon oft hatte Urbino deutlich mehr für Auskünfte zahlen müssen, auf diese oder andere Weise.

»Aber woher weiß ich, dass Sie wirklich etwas für mich haben?«

»Etwas, das ein Essen in Harry's Bar wert ist, meinen Sie? Sie werden es darauf ankommen lassen müssen. Aber ich werde Ihnen etwas über Adriana verraten, dass Ihnen den Mund wässrig macht. Sie war Armandos Schwester. Und Sie haben Recht, dass er seit siebzehn Jahren Messen für sie bestellt. Reicht das für Harry's Bar?«

»Morgen zum Mittag?«

»Morgen nicht. Dienstag passt mir besser. Und zum Abendessen, nicht mittags. Reservieren Sie den besten Tisch! Und muss ich Sie warnen, dass ich einen sehr guten Appetit habe?«

Nicht besonders sanft wurde die Tür vor Urbinos Nase zugeschlagen.

8 Mit einer Kappe auf seinen rotblonden veneziani-schen Locken stand Gildo im Sonnenschein vor dem Palazzo Uccello, als Urbino nach dem Gespräch mit Demetrio Emo nach Hause zurückkehrte.

»Das ist für Sie«, sagte der junge Mann mit unterwürfigem, ehrerbietigem Gesichtsausdruck, bevor Urbino das Wort ergreifen konnte.

Er reichte ihm einen kleinen, weißen Umschlag.

Darauf stand mit purpurner Tinte Urbinos vollständiger Name in der Schrift geschrieben, die ihm inzwischen wohl bekannt war.

»Woher haben Sie den?«, wollte Urbino wissen.

Gildos Gesicht, sonst ein Spiegel seiner Seele, war verschlossen.

»Hab ich in der Gondel gefunden. Lag auf einem der Sitze.«

Das Boot war auf die Wassertreppe gezogen, wo es gelegentlich von Gildo im Sonnenschein gesäubert, geputzt und poliert wurde.

»Ich bin ins Haus gegangen, um ein Tuch zu holen. Als ich zurückkam, lag er da.« Dann sprudelte es aus ihm heraus: »Der Mann von der Ca' Pozza hat ihn dahin gelegt. Der Stumme. Er verschwand über die Brücke, als ich nach draußen kam.«

»Kennen Sie ihn?«

»Nein!«, rief er.

Urbino schob den Umschlag in seine Tasche. Unruhig trat Gildo von einem Fuß auf den anderen.

»Signor Urbino, untersuchen Sie etwas, das mit dem Haus zu tun hat?«

»Nein, Gildo, warum fragen Sie?«

Der Gondoliere wandte den Blick ab.

»Es geht um Ihren Freund, um Marco«, beantwortete Urbino seine eigene Frage. »So hieß er doch, oder?«

Der Gondoliere nickte.

»Dass Marco starb, als er vom Nebenhaus fiel, wäre doch kein ausreichender Grund, die Ca' Pozza näher zu untersuchen, oder?«

»Aber Sie glauben, dass Marco in der Ca' Pozza etwas passiert ist«, schoss es aus Gildo heraus. »Deswegen gehen Sie immer hin.«

In seinen grünen Augen brannte unausgesprochener Schmerz.

»Ich kannte Ihren Freund noch nicht einmal, als ich mich für die Ca' Pozza zu interessieren begann«, erwiderte Urbino. »Gehen wir hinein. Da können wir uns besser unterhalten.«

Dass Erklärungen vonnöten waren, schien den jungen Gondoliere noch mehr zu ernüchtern. Er ließ den Kopf hängen und folgte Urbino ins Haus.

Sie begaben sich in den Salon. Gildo nahm seine Kappe ab. Urbino ließ ihn sich im Raum umschauen, als sehe er ihn zum ersten Mal, während er selbst Kaffee kochte. Als er zurückkam, saß Gildo auf dem Sofa und streichelte Serena.

»Der Besitzer der Ca' Pozza kann mir womöglich bei einem Buch helfen, das ich gerne schreiben würde«, begann Urbino und setzte sich Gildo gegenüber. »Deshalb besuche ich ihn. Für Ihren Freund Marco interessiere ich mich um Ihretwillen, um seinetwillen und um seiner Mutter willen. Ich habe sie vor kurzem flüchtig kennen gelernt. Würde es Ihnen etwas ausmachen, mir zu erzählen, wie Marco und Sie Freundschaft geschlossen haben?«

Gildo stieß einen Seufzer aus und streichelte weiter die Katze. Sein offenes, ehrliches Gesicht war umwölkt.

»Wozu soll das gut sein, Signor Urbino?«

»Es ist immer gut, über die Toten zu sprechen, wenn sie uns im Leben besonders nahe waren.«

Gildos Augen trübten sich.

»Wahrscheinlich haben Sie Recht.«

Serena sprang von Gildos Schoß und schlich aus dem Zimmer. Gildo fuhr sich mit der Hand durchs Haar. Urbino enthielt sich jedes weiteren Kommentars, sondern wartete. Gildo holte tief Luft und schilderte mit belegter, melancholischer Stimme rasch, wie er Marco vor drei Jahren im *squero* San Trovaso kennen gelernt und Marco sich an ihn gehängt habe. Sie hätten sich beide immer in den Docks herumgetrieben, hätten zugesehen, wie die Gondeln gebaut wurden, und Besorgungen für die *squeraioli* erledigt.

»Er war fünf Jahre jünger als ich, *signore*. Wie ein kleiner Bruder. Ich habe keine Geschwister und – er hatte auch keine.«

Urbino nickte verständnisvoll, war er doch selbst ein Einzelkind.

»Er war ein guter Junge, egal was Ihnen die Leute über Drogen und so erzählen. Er hatte ein paar Freunde, die schlecht für ihn waren, aber Marco war anders als die. Er wäre ein toller *remero* geworden. Sie haben seine *forcola* gesehen. Sie haben gesagt, sie wäre gut! Seine Mutter hat viele Opfer gebracht, damit er in die Lehre gehen konnte. Das hat ihm nichts als Ärger eingebracht. Ich erzähle Ihnen das nur, Signor Urbino, weil ich nicht möchte, dass Sie schlecht von ihm denken. Er wollte nur seiner Mutter helfen.«

»Was meinen Sie damit?«

Gildo studierte Urbinos Gesicht, als wolle er sich irgendeiner Sache vergewissern.

»Sie hatten nicht viel Geld«, erklärte er leise. »Marco – tja, manchmal nahm Marco Sachen, die ihm nicht gehörten. Und verkaufte sie, aber das tat er nur, um seiner Mutter Geld zu geben.«

»Wusste sie, was er da machte?«

Gildo schüttelte den Kopf.

»Sie dachte, er würde manchmal seine Holzarbeiten verkaufen. Armen Menschen hat er nie etwas gestohlen. Nur solchen, die viel besitzen.«

»Und er dachte, der Mann in der Ca' Pozza besäße eine Menge.«

Der Gondoliere zuckte mit seinen breiten Schultern.

»Ein oder zwei Wochen, bevor er … bevor er starb«, fuhr Gildo fort, »erzählte er mir, er wolle dort einbrechen. Ich habe ihn gewarnt. Ich habe ihm immer gesagt, er solle nicht in Häuser einbrechen, ganz besonders nicht in das.«

»Warum gerade nicht in das?«

»Wegen dem Mann, der den Zettel gebracht hat. Er ist sehr seltsam.«

Dem konnte Urbino nicht widersprechen. Aber Gildos Antwort kam ihm zu schnell und wirkte ausweichend.

»Und ich mache mir Sorgen um Sie, wenn Sie dort hingehen, *signore*«, beeilte sich Gildo zu sagen. »Ich wusste schon vor vielen Monaten, dass Sie ein Interesse an dem Haus haben, als Sie mich baten, mit dem Boot dorthin zu fahren. Es ist kein guter Ort. Sie sind klug, aber Sie müssen vorsichtig sein. Ihre ganzen Bücher werden Ihnen nicht helfen.«

»Das erwarte ich auch gar nicht, Gildo. Aber was Marco angeht: Er brach in das Haus ein, nicht wahr? Wollen Sie das damit sagen? Hat er Ihnen erzählt, was er drinnen gesehen hat?«

»Er ist irgendwie dort eingebrochen, *signore*, obwohl er mir versprochen hatte, es nicht zu tun. Er wollte nicht, dass ich mir Sorgen mache.«

»Seine Mutter ist scheinbar der Ansicht, er sei von der Ca' Pozza gefallen und nicht vom eigenen Haus, aber sie ist oft durcheinander, wenn sie redet.«

Gildo nickte.

»Hat sie etwas über mich gesagt?«, wollte er wissen.

»Wir haben nicht über Sie gesprochen.«

»Sie mag mich nicht. Sie schreit jedes Mal los, wenn sie mich sieht.«

»Den Eindruck hatte ich auch an dem Nachmittag, als wir an der Ca' Pozza vorbeifuhren.«

»Sie haben es gemerkt, *signore.*« Der Gondoliere errötete. »Sie fand, ich hätte einen schlechten Einfluss auf Marco, weil ich älter bin, aber das stimmte nicht.«

»Nein.«

Wieder musterte Gildo Urbinos Gesicht, als warte er auf eine Bestätigung. Vielleicht fand er diesmal keine, denn er seufzte kaum hörbar und schwieg.

Sie tranken Kaffee. Dann sagte Urbino: »Vielleicht werden Sie eines Tages mit Signora Carelli Freundschaft schließen können. Ihr beide habt Marco verloren, ihr beide habt ihn geliebt.«

In Gildos Augen standen Tränen. Er machte sich nicht die Mühe, sie vor Urbino zu verbergen, sondern schaute ihm ins Gesicht.

»Sie wollen zur Ca' Pozza, um mehr über Marco zu erfahren, auch wenn Sie mir sagen, das wäre nicht der Grund. Manchmal glaube ich, ihm ist in dem Haus etwas zugestoßen. Seit er tot ist, habe ich jedes Mal ein schlechtes Gefühl, wenn ich das Haus sehe. Aber es ist komisch, Signor Urbino: Manchmal, da ... da will ich es ansehen. Ich kann nichts dagegen tun.«

»Das verstehe ich.«

»Vielleicht bekommen Sie die Wahrheit heraus. Aber wenn, dann wird jeder wissen, dass Marco ein paar schlimme Sachen gemacht hat. Vielleicht ist es besser, das Ganze zu vergessen.«

»Das kann ich nicht, Gildo.«

Schweigend saßen sie da. Die Uhr im Flur schlug zehnmal. Als sie schwieg, fragte Urbino den Gondoliere, ob er Benedetta Razzi kenne. Er beschrieb ihm die alte Frau.

»Nein«, entgegnete Gildo. »Glauben Sie, Marco hat ihr auch etwas gestohlen?«

»Das weiß ich nicht. Hat er sich jemals für die Contessa oder die Ca' da Capo-Zendrini interessiert?«

»Nein! Haben Sie mich deshalb nach Silvia gefragt? Und von Ihrem Haus hat er auch nie gesprochen. Er war ein guter Junge, das habe ich doch schon gesagt!«

Gildo griff zu seiner Kappe auf dem Sofa und erhob sich.

»Hören Sie, Gildo, ich will Ihnen etwas versprechen.« Urbino stand auf. »Wenn ich etwas über Marco und die Ca' Pozza oder ein anderes Gebäude erfahre, werde ich versuchen, sein Andenken nicht zu beschmutzen. Ich möchte weder Sie noch Signora Carelli verletzen, wenn ich es eben vermeiden kann.«

»Aber manchmal kann man es nicht vermeiden.«

Dieser wahre Satz stand zwischen ihnen im Salon, bis Urbino das Schweigen brach und sagte: »Ich bewundere Ihre Loyalität gegenüber Ihrem Freund. Wenn Ihnen noch etwas über Marco und die Ca' Pozza einfällt, egal was es ist, sagen Sie mir dann bitte Bescheid? Sie können mir vertrauen.«

Zum dritten Mal schaute Gildo ihn forschend an.

»Ich muss los und mich um die Gondel kümmern«, sagte er und wandte sich ab.

Als Urbino allein war, öffnete er den Umschlag. Possle erwartete ihn am Nachmittag zur gewohnten Zeit.

9 Bevor Urbino zur Ca' Pozza ging, gönnte er sich ein ausgiebiges Mittagessen in einem Restaurant an einem stillen Kanal im Dorsoduro-Viertel. Er hatte die Contessa gefragt, ob sie ihm Gesellschaft leisten wolle, doch sie hatte bedauerlicherweise mit der Begründung abgelehnt, sie wolle in der Nähe der Ca' da Capo-Zendrini bleiben, um sich für ihre *conversazione* am folgenden Tag vorzubereiten.

Die *padrona* hatte zu Ehren ihres Stammgastes hinten unter dem Weinstock einen Tisch gedeckt, obwohl dieser Teil des Lokals erst in einigen Wochen geöffnet werden sollte. Der Tisch wurde von Sonnenlicht gesprenkelt. In der Luft lag ein angenehmer Duft von Blüten eines Orangenbaumes, der, geschützt an einem sonnigen Fleckchen in einer Ecke des Gartens, früh in Blüte stand.

Urbino holte Byrons *Don Juan* aus der Tasche, las jedoch nur wenige Strophen des ersten Gesangs. Er erging sich in Gedanken oder was die Contessa gerne Grübelei nannte. Doch wie man es auch bezeichnete, es kam nichts Handfestes über Possle und die Ca' Pozza oder über den toten Marco und seine Mutter dabei heraus, lediglich die zunehmende Gewissheit, dass sein Landsmann Possle ein spezielles Interesse an Byron hatte.

Unmittelbare Folge dieser Gewissheit war, dass Urbino seine Schritte nach dem Mittagessen zum ehemaligen Haus einer weiteren Amerikanerin lenkte, in dem sich nun ein Museum befand. Es war der Palazzo Peggy Guggenheim, ein niedriges, weitläufiges Gebäude am Canal Grande, das einst der wohlhabenden Kunstsammlerin gehört hatte, die vor zwanzig Jahren gestorben war. Die Venezianer nannten ihn den »unvollendeten Palast« – *il palazzo incompiuto* – weil, einer der Erklärungsversionen zufolge, dem ursprünglichen Besitzer nach dem Bau des ersten Stockwerks das Geld ausgegangen war. Hätte man ihn vervollständigt, wäre er der größte Palast am Canalazzo geworden.

Heute befand sich hier ein Museum, in dem Guggenheims weitsichtige persönliche Sammlung moderner Kunst ausgestellt war.

Doch als sich Urbino in dem Gebäude befand, drehte er lediglich eine schnelle Runde durch die Räume mit den Bildern von Picasso, Braque, Dalí, Pollock und Ernst, mit dem Peggy Guggenheim sogar verheiratet gewesen war. Es war nicht so, dass er die Kunstwerke nicht zu würdigen wusste, da unterschied er sich von Possle, aber im Moment wollte er seine Aufmerksamkeit einer anderen Sache widmen.

Es handelte sich um das Bett in Peggy Guggenheims Schlafzimmer, das auf den Canal Grande ging. Das Bett war nicht wegen des öffentlich verfolgten Liebeslebens der Frau zu besichtigen, sondern wegen seines silbernen Kopfteils. Es war von Alexander Calder entworfen und gebaut worden. Zusammen mit anderen Touristen stand Urbino da und bewunderte die launenhafte Schöpfung. Die feinen Linien bildeten Fische, Libellen, Wasserpflanzen und anderen Formen, die angenehme Träume begünstigten, wenn der Kopf darunter in den Schlaf sank.

Urbino, der in der vergangenen Nacht wieder seinen Traum vom Feuer durchlitten hatte, neidete Peggy Guggenheim all die ungetrübten Nächte, die sie im Einfluss des Kopfteils genossen haben musste. Ob sie wohl eine dieser Nächte mit Possle verbracht hatte?, fragte er sich. Possle hatte angedeutet, eine turbulente Freundschaft mit ihr gepflegt zu haben. War es auch eine intime Freundschaft gewesen? Eine weitere Frage, auf die er wünschte, eine Antwort zu bekommen. Guggenheim wäre ungefähr fünfzehn Jahre älter als Possle gewesen. Der Altersunterschied hätte sie ebenso wenig abgeschreckt wie Possle, wenn er denn derartige Neigungen verspürt hätte, was angesichts seiner Schwärmerei für Byron, der mit kaum dreißig Jahren eine Affäre mit einer sechzigjährigen venezianischen Gräfin gehabt hatte, durchaus möglich war.

Urbino trat auf die Terrasse mit dem Anleger und den gold-weiß-gestreiften Pfählen. Einige Touristen lehnten sich an die Balustrade und schauten auf den Canal Grande, andere saßen im Sonnenschein auf den Steinbänken.

Marino Marinis Bronzestandbild von Ross und Reiter beherrschte die Szene. Die Arme des Reiters waren wie in Ekstase ausgestreckt. Der eregierte Penis, den Possle mehrmals auf Bitte Peggy Guggenheims abgeschraubt hatte, war an seinem Platz.

10

Alles schien Urbino, wie es bei den vergangenen zwei Gelegenheiten gewesen war, als er die Ca' Pozza besucht hatte. Armandos unmittelbares Öffnen nach dem Klingeln und sein Schweigen, das mehr als Stummheit war, das Leichentuch, das sich über Urbino legte, und der langsame, gemächliche Aufstieg die in tiefer Dunkelheit liegende Treppe hinauf, dann der Gang durch die *sala* zur wartenden Tür des Gondelzimmers – nein, es hatte sich nichts verändert.

Und doch – etwas stimmte nicht. Urbino spürte es.

Die Veränderung wurde offenbar, als Armando Urbino nicht ins Gondelzimmer begleitete. Stattdessen kehrte er zur Treppe zurück und ging nach unten, seinen abgestandenen Geruch zurücklassend. Zuerst dachte Urbino, er wolle vielleicht zu seinem Zimmer neben der Eingangshalle. Doch dann öffnete und schloss sich die Haustür. Urbino trat an eine Loggiatür und schaute hinaus. Armando überquerte die Brücke.

Urbino betrat das Gondelzimmer. Auch hier war alles wie zuvor: Die Vorhänge waren zugezogen. Der Duft der Blumen lag in der warmen, schweren Luft. Die Kerzen waren entzündet. Im Kamin brannte ein Feuer. Possle lag in der Gondel.

Aber er schlief.

Urbino musste sich schnell entscheiden. Sollte er in seinem angestammten Sessel Platz nehmen und warten, bis Possle aufwachte? Oder sollte er die Zeit, egal wie viel ihm blieb, besser nutzen, da Armando ausgegangen und das Haus quasi leer war?

Er konnte nicht abschätzen, wie lange Armando unterwegs sein oder wie lange Possle schlafen würde. Hatte er Urbino nicht erzählt, dass es manchmal fast eine Stunde dauerte? Andererseits konnte er auch in ein oder zwei Minuten wieder aufwachen, wie Urbino beim letzten Mal gesehen hatte.

Urbino berechnete, wie lange Armando für seine Besorgungen brauchen würde, wenn er sie ganz schnell erledigte. Ihm blieb genug Zeit, das zu tun, was er vorhatte.

Er wollte sich die Ca' Pozza gründlicher ansehen.

Urbino warf einen letzten Blick auf den schlafenden Possle, kehrte in die *sala* zuück und durchquerte sie in dem Bewusstsein, dass seine Schritte nicht so leise und verstohlen waren wie die von Armando – ganz im Gegenteil. Selbst wenn ihm nur wenige Minuten zur Verfügung standen, konnte er vielleicht etwas herausfinden. Zumindest würde er sich einreden können, letztlich doch so etwas wie Initiative ergriffen zu haben, nachdem er innerhalb der Mauern der Ca' Pozza so passiv gewesen war. Er schob den Verdacht von sich, möglicherweise alles aufs Spiel zu setzen.

Urbino öffnete die Tür auf der anderen Seite des großen

Saales, die Armando für gewöhnlich nahm, und schloss sie hinter sich.

Vor ihm lag ein langer, dunkler Flur. Am hinteren Ende führte eine private Treppe ins nächste Stockwerk und von da wohl auf den Dachboden. Links von Urbino befanden sich schwer verhängte, mit Läden verschlossene Fenster.

Zu seiner Rechten waren drei Türen. Zuerst legte er das Ohr an jede von ihnen, und als er nichts vernahm, versuchte er einen Knauf nach dem anderen zu drehen. Die ersten beiden Türen waren versperrt. Die dritte öffnete sich bei Urbinos Berührung fast lautlos.

Er trat über die Schwelle und zog die Tür hinter sich zu.

Das Zimmer war noch dunkler als der Flur und erfüllt von einem abgestandenen, leicht fauligen Geruch. Ein großes Mahagonibett mit Baldachin, das Gegenteil von Guggenheims Schlafstatt, jedoch Possles Gondel ähnlich, beherrschte den Raum. Es musste sich um Possles Schlafzimmer handeln.

Es war eigentlich nicht klein, bloß voll gestopft mit Möbeln, Kleidungsstücken, Büchern und – auf einem Tisch neben dem Bett – einem Apothekenvorrat an kleinen Fläschchen, Pillenschachteln, Packungen und Tuben verschiedenster Medikamente.

Die Läden eines mit dunklen Storen verhängten Fensters waren leicht angelehnt, doch genügte der Spalt nicht, um den Raum von seinem unangenehmen Geruch zu befreien. Die Zweige des Baumes im Garten zitterten im Wind, der angefangen hatte durch die Gassen zu blasen, als Urbino vom Guggenheim-Museum herüberkam.

Aufgeschlagen auf dem Bett lag Byrons *Don Juan*.

In einer Ecke stand eine Kommode. Von ihr rührte der unangenehme Geruch. Der Topf des Klosettstuhls war offenbar nicht geleert und gesäubert worden.

Neben der Tür hing ein Gemälde. Es zeigte den heiligen Sebastian mit dem obligatorischen Lendenschurz und den Pfeilen im Leib. Auf dieser Darstellung des jungen römischen Märtyrers hatte sich der Künstler bei der Zahl der Pfeile auffällig zurückgehalten, es waren nur zwei. Ohne Mühe konnte Urbino den Maler beziehungsweise den ursprünglichen Maler identifizieren, denn es handelte sich um eine Ausschnittskopie von Giovanni Bellinis *Sacra Conversazione*, dem Altarbild aus der Kirche San Giobbe in Cannaregio.

Ein Regal an der Wand war mit Büchern beladen. Viele besaßen eine alte Bindung. Neben dem Regal stand ein Vernis-Martin-Schreibtisch. Urbino trat heran. Auf ihm lagen Kugelschreiber, Bleistifte, Ringe, Krawattennadeln, Schlüssel, Postkarten und einige Knäuel Gummibänder durcheinander.

Urbino studierte eine der Postkarten. Es handelte sich um das Schwarzweißfoto einer in der Lagune schwimmenden Gondel. Auf der Rückseite war keine Adresse, keine Briefmarke, kein Stempel, nur einige Worte in hellblauer Tinte: *From my gondola to yours. Tante grazie! Peggy*. Urbino legte die Karte zurück.

Es lagen mehr als ein Dutzend Schlüssel herum. Einer fiel ihm ins Auge. Er hob ihn auf. Er hatte große Ähnlichkeit mit dem Schlüssel zur Haustür der Contessa. Urbinos Nachschlüssel war zu Hause im Palazzo Uccello, daher konnte er die beiden nicht an Ort und Stelle vergleichen. Nicht so gedankenlos, wie er die Quittung vom Boden des Gondelzimmers aufgehoben hatte, doch ebenso schuldbewusst ließ er den Schlüssel in seine Tasche gleiten. Diesmal war es leichter, und zwar nicht nur, weil niemand in der Nähe war. Wenn er Glück hatte, würde weder Possle noch Armando sein Fehlen bemerken.

Vielleicht böte sich Urbino die Gelegenheit, ihn später zurückzubringen.

Plötzlich regte sich sein schlechtes Gewissen darüber, was er gerade getan hatte. Aber es reichte nicht aus, um den Schlüssel zurückzulegen. Er hielt es für eine gute Idee zu gehen.

In dem Moment entdeckte er eine weitere Tür auf der anderen Seite des Zimmers. Er versuchte, den Knauf zu drehen. Die Tür öffnete sich. Urbino betrat den nächsten Raum, der kleiner war als das Schlafzimmer. Er schien eine Art Rumpelkammer zu sein, Kleinmöbel, Holzkisten und Stapel von Zeitungen und Illustrierten standen herum. Links von ihm war eine weitere Tür. Wenn seine Berechnungen stimmten, musste es eine von denen sein, die er vor wenigen Minuten probiert hatte und die zurück in den Flur führte.

Das brachte ihn auf die Idee, nach noch einer Tür zu suchen, denn er ging davon aus, sich in einer Flucht von drei Zimmern zu befinden. Und richtig: Da war sie gegenüber von ihm, teilweise verstellt durch einen schmuckvoll geschnitzten Paravent. Darüber geworfen war ein rotes Gewand mit aufgestickten gelben Sternen und Halbmonden. Es erinnerte Urbino an das Symbol auf der Innenseite der Haustür.

Er schob sich hinter den Paravent und versuchte, die Tür zu öffnen.

Sie führte in ein kleines, leeres Zimmer. Geisterhafte Quadrate und Rechtecke an den Wänden gemahnten an Gemälde und Möbel, die hier einst gestanden oder gehangen hatten. Vom einzigen Fenster, dessen Läden geöffnet waren, blies ihm ein feuchter Wind ins erhitzte Gesicht. Dahinter schaute ihn auf der anderen Seite des Gartens im ersterbenden Licht das Haus von Elvira Carelli an.

Nun, da er den letzten Raum dieser Zimmerflucht erreicht hatte, verblüffte Urbino nicht nur, was er bisher gesehen hatte, sondern auch das, was ihm nicht zu Gesicht gekommen war. Nirgends war ein Rollstuhl. Weder im Gondelzimmer noch in der *sala*, weder heute noch bei den früheren Besuchen. Gab es einen, der außer Sichtweite aufbewahrt wurde? Oder besaß Possle ein anderes Mittel der Fortbewegung? Vielleicht war auch Urbinos Annahme falsch, dass Possle nicht ohne fremde Hilfe vorwärts kam.

Plötzlich schwebte ein leises Stöhnen durch das offene Fenster herein, das alsbald zu einem tiefen, erschütternden Schluchzen wurde. Urbinos Augen suchten das Haus von Elvira, die Fenster ihrer Wohnung ab. Unmittelbar hörte das Schluchzen auf. Eine Weile dachte er über Elvira nach, über ihre Trauer und ihren Blick auf den Garten und Possles Privatgemächer.

Mit einem letzten Blick auf das leere Zimmer kehrte Urbino durch die Rumpelkammer ins Schlafzimmer zurück. Er schloss alle Türen hinter sich.

Dann drehte er sich um. Ein dunkelhäutiger, kahler Mann stand vor der hinteren Wand. Urbino keuchte, als hätte ihm jemand auf die Brust geschlagen. Er stolperte einige Schritte rückwärts und stieß mit dem Schienbein gegen einen Hocker.

Der Mann, der seitlich abgewandt stand und nur ungefähr einen Meter fünfzig maß, bewegte sich keinen Zentimeter.

»Wer sind Sie?«, rief Urbino und bereute sofort die Lautstärke und Unangemessenheit seiner Worte, da ja er der Eindringling war.

Aber der Mann sprach und rührte sich nicht.

Da erkannte Urbino erleichtert seinen Irrtum umd ärgerte sich über sich selbst.

Er war Opfer seiner eigenen Nerven und verzerrten Wahrnehmung geworden. Das unheimliche Gesicht war nichts anderes als ein aus Holz geschnitzter Menschenkopf, der auf einer Kommode stand. Es handelte sich um ein Modell zur Veranschaulichung der Phrenologie. Dass er ihn zuvor nicht bemerkt hatte, war sonderbar. Er musste da gewesen sein. Das war wahrscheinlicher und weniger beängstigend als die Vorstellung, dass jemand den hölzernen Kopf dort hingestellt hatte, während Urbino sich im Nebenzimmer befand.

Als er sich der Tür zum Flur näherte, kam ihm ein beruhigender Gedanke.

Offenbar hatte er eines der Geheimnisse der Ca' Pozza gelüftet, und zwar ein ziemlich prosaisches. Der Mensch, den er im Fenster gesehen hatte – er nahm an, es war Armando –, hatte natürlich keinen ungeheuerlichen abgetrennten Schädel in der Hand gehalten, sondern lediglich den Modellkopf.

Urbino hoffte, die anderen Geheimnisse der Ca' Pozza ließen sich ebenso leicht erklären wie in einem Roman von Anne Radcliffe.

Seine Hand lag auf dem Türknauf, als er über sich Geräusche hörte, die Schritten ähnelten. Urbino schaute hinauf zur Decke mit ihrem gesprungenen Kandelaber und der abblätternden Farbe. Das Geräusch, wodurch es auch immer hervorgerufen wurde, wiederholte sich nicht. Vielleicht war Armando zurückgekommen und über die Treppe vom *pianterreno* ins Stockwerk über ihm gestiegen. Vielleicht hatte auch nur ein Zweig des Baumes das Haus gestreift.

Jedenfalls fand Urbino es dringend angeraten, ins Gondelzimmer zurückzukehren.

Er schaute auf die Uhr. Fünf Minuten waren vergangen.

Dann öffnete er die Tür. Der dunkle Flur war leer. Er trat hinein und schloss die Tür hinter sich.

Die private Treppe, die in die oberen Stockwerke führte, war eine zu große Versuchung für ihn. Sie schien ihn herbeizulocken. Schon stand er auf der untersten Stufe, ehe ihm völlig klar wurde, was für ein Risiko er wieder einging. Die Treppe war düster, noch dunkler als die in der Eingangshalle, und stieg ziemlich steil an. Sie war aus Holz, die Stufen teilweise mit Stoff bezogen. Obwohl Urbino vorsichtig war, verursachte sein Körpergewicht bald ein Quietschen, das seiner Überzeugung nach durch das ganze Haus hallte. Er hielt inne und spähte in die Dunkelheit über sich. Vielleicht gaukelte ihm seine Nervosität Geräusche vor, vielleicht waren sie aber auch echt, jedenfalls glaubte er Schritte auf sich zukommen zu hören, oder zumindest etwas Raschelndes.

Als sich seine Augen an die Schwärze gewöhnt hatten, konnte er etwas Helles, Schmales, Langes ausmachen, das auf einer der oberen Stufen lag. Es war leicht gewunden und gekrümmt und glitzerte an einem Ende, selbst im Dunkeln. Es bewegte sich nicht, aber Urbino hatte das Gefühl, als hätte es sich gerade gerührt oder sei kurz davor. Allem Anschein nach war es eine teilweise zusammengerollte Schlange mit leicht gesprenkelter Haut, in deren Augen sich das schwache, die Dunkelheit durchdringende Licht fing. Langsam und vorsichtig setzte Urbino den Fuß auf die nächste Stufe. Das Wesen blieb sonderbar reglos. Er ließ es nicht aus den Augen und plötzlich nahmen die Einzelheiten andere Züge an und ihm wurde nicht ohne Erleichterung klar, dass es sich um einen Gürtel handelte. Das Licht hatte sich in der zierlichen Schnalle und dem Dorn gefangen. Es war ein schmaler Gürtel, eventuell sogar aus Schlangenleder.

Urbino durfte nicht noch mehr Zeit verlieren. Er ließ den Gürtel liegen. Dann stieg er die Treppe hinunter und kehrte in den Flur zurück. Er legte sein Ohr an die Tür zur *sala* und lauschte. Langsam stieß er die Tür auf, trat in den Saal und schloss sie kaum hörbar hinter sich.

Die Stühle und Gemälde zu beiden Seiten des kalten leeren Raumes bezeugten stumm seinen hastigen Gang.

Er erreichte die offene Tür zum Gondelzimmer.

Von der Eingangshalle kamen Schritte die Treppe hinauf. Urbino verlor keine Zeit. Mit klopfendem Herzen schlüpfte er ins Gondelzimmer.

Ein ängstlicher Blick versicherte ihm, dass Possle zwischen den orangefarbenen Kissen und dem schwarz gestrichenen Holz noch immer schlief.

Doch kaum hatte sich Urbino im Sessel niedergelassen, schlug der Schlafende, als wäre ein Zauber aufgehoben worden, die Augen auf und sagte: »Entschuldigen Sie bitte, Mr Macintyre. Ich befürchte, ich war weit weg. Das ist nicht sehr gastfreundlich.«

Schritte näherten sich der Tür. Armando erschien. Sein Haar war noch stumpfer als sonst. Sein Gesicht war feucht vor Schweiß.

»Da sind Sie ja«, sagte Possle auf Italienisch. »Sie wissen ja, was wir immer trinken, wir beiden.«

Armando bedachte Urbino mit einem ernsten Blick aus seinen dunklen Augen. Er sah ihm länger ins Gesicht als je zuvor. Zu seinem eigenen Verdruss senkte Urbino als Erster den Blick.

Es mochte sein Schuldbewusstsein oder seine Intuition sein, mit der er selten falsch lag, doch er hätte schwören können, dass Armandos anmaßender, unerschütterlicher Blick ihm zu verstehen geben sollte, dass er überführt war und das auch wissen sollte.

Was Armando mit seiner Entdeckung anfangen würde, blieb abzuwarten. Urbino hatte innerhalb der Mauern der Ca' Pozza an Macht eingebüßt, und vielleicht sogar außerhalb.

Der stumme Diener ging den Amontillado holen und

streifte Urbino mit einem scheinbar grausamen, selbstzufriedenen Grinsen auf den schmalen Lippen.

11 Urbino fand, die beste Art, den starken Verdacht zu verdauen, dass Armando sein Geheimnis kannte, sei, sich zurückzulehnen und eine Weile seinem Gastgeber zu lauschen.

Und Possle schien an diesem Nachmittag durchaus geschwätzig zu sein, wenigstens anfänglich. Er begann mit einer Reihe von Anspielungen und kalkulierten Geständnissen. Wie immer waren sie mit Zitaten und Paraphrasen anderer Menschen gespickt, ein großer Teil bezog sich auf Byron. Possle schien von einer nervösen Erregung ergriffen zu sein, zog er doch öfter als sonst an seiner turbanähnlichen Kopfbedeckung und sprang bald derart unzusammenhängend und widersprüchlich von einer Bemerkung zur nächsten, dass er es selbst zu vertuschen suchte. Als er innehielt, warf er Urbino mit seinen kleinen Augen hinter der großen Brille einen unsicheren Blick zu. Offenbar hatte er Angst, Urbino könne die Gelegenheit nutzen, ihn zu unterbrechen, indem er ihm eine unwillkommene Frage stellte oder eine verstörende Bemerkung machte.

Doch Urbino schwieg, beziehungsweise äußerte nur Kommentare, die Possle zum Weitersprechen ermunterten. Possles Verhalten an diesem Nachmittag kam Urbino durchaus gelegen, denn es half ihm über die entscheidenden zehn Minuten hinweg, in denen Armando den Amontillado serviert hatte und verschwunden war. Die ganze Zeit spürte er das schwere Gewicht des Schlüsssels in seiner Tasche und die Tatsache, dass Armando ihm gegenüber nun im Vorteil war.

Dieses Unbehagen schwand jedoch nach und nach, auch wenn es später zurückkehren würde. An seine Stelle trat die Entschlossenheit, die in den letzten Tagen in ihm gereift war: Er wollte Antworten.

Als Possle wieder eine Pause machte, richtete sich Urbino in seinem Sessel auf und sagte: »Ich finde Ihre Erinnerungen wirklich interessant, Mr Possle. Aber ich würde Sie irreführen, wenn ich hier weiter sitzen und Ihnen lauschen würde. Genau genommen würden wir uns gegenseitig irreführen. Es wäre gut, einmal Klartext zu reden.« Bei diesen Worten zwickte Urbino wieder der Gewissensbiss wegen seines Geheimnisses, das Armando bald Possle verraten konnte. »Ich weiß Ihre Gastfreundschaft zu schätzen. Aber vergeben Sie mir die Bemerkung, dass ich ihr ein wenig misstraue. Ich würde Sie gerne wieder besuchen und denke, dass Sie das auch möchten, aber wenn es dazu kommen soll, muss ich Antworten auf einige Fragen bekommen. Beim letzten Mal sagte ich, dass es so etwas wie ein Geheimnis um die Ca' Pozza gibt.«

»Und Sie möchten sich ein paar neue Federn an Ihre Detektivmütze stecken, geht es darum?«

»Bevor ich letztes Mal auf die Klingel drückte«, fuhr Urbino fort, ohne sich ablenken zu lassen, »warnte mich eine Frau davor, dieses Haus zu betreten.«

»Offenbar war Ihre Neugier größer als Ihr Vertrauen in die Frau. Ich meine diese Frau zu kennen – ich weiß, wer sie ist. Sie ist ein bisschen wirr im Kopf.«

»Weil ihr Sohn gestorben ist. Er stürzte zu Tode.«

»Der Apfel fällt nicht weit vom Stamm«, zitierte Possle. »Ein trauriger Unfall.«

»Er hieß Marco Carelli«, beharrte Urbino.

»Sie machen Fortschritte bei Ihrem kleinen Geheimnis, was auch immer es ist. Sein Sturz war ein Unfall.«

»Seine Mutter scheint eine Abneigung gegen Ihr Haus zu hegen.«

Urbino wählte seine Worte sehr sorgfältig.

Possles Zunge fuhr hervor und befeuchtete die Lippen.

»Waren wir uns nicht einig, dass sie ein wenig gestört ist?«

Er schaute zu dem Feuer, das im Kamin auf der anderen Seite des Zimmers knisterte und die Duftmischung in der Luft um das schwache Aroma brennenden Holzes bereicherte.

»Kannten Sie den Sohn?«, wollte Urbino wissen. Er riskierte die Wut des Alten, indem er das Thema weiter verfolgte. »Ist er hier bei Ihnen gewesen?«

»Was habe ich jetzt schon wieder getan? Einen Jungen in meine Höhle gelockt? Ich habe Ihnen beim letzten Mal gesagt, dass trotz meiner – unserer – Liebe zu Huysmans an diesem Punkt für mich Schluss ist. Sie sind auf dem Holzweg, Mr Macintyre. Aber vielleicht glauben Sie mir nicht. Ich finde, es ist eine gute Idee, Armando nach seiner Meinung zu fragen.«

Possle zog an der Glocke. Unmittelbar erschien Armandos lange, schlanke Gestalt lautlos in der Tür, die vernarbten Hände eng an den Körper gedrückt. In einem kurzen Moment stiller Kommunikation suchten seine scharfen, dunklen Augen den Blick von Possle.

»Signor Macintyre hat mir eine Frage gestellt«, sagte Possle auf Italienisch, »eine Frage, die ich nicht beantworten kann. Er möchte etwas über einen jungen Mann namens Marco Carelli wissen. So hieß er doch, nicht wahr, Mr Macintyre? Dieser Marco Carelli ist offenbar der junge Mann, der vor ein paar Monaten zu Tode stürzte. Sagen Sie uns, Armando, war dieser Herr jemals bei uns im Haus?«

Es war unmöglich, sich einen argwöhnischeren und widerwilligeren Blick als den vorzustellen, den Armando jetzt Urbino zuwarf.

»Wenn Sie Armando schon so lange um sich hätten wie ich«, sagte Possle auf Englisch, »würden Sie den Unterschied zwischen seinen Arten zu schweigen kennen. Er hat ganz nachdrücklich verneint. Armando, würden Sie bitte diesen Becher nehmen?«

Der Stumme stieg zur Gondel hoch. Als er nach dem Becher griff, strich ihm Possle über die Wange.

»Immer mit der Ruhe, Armando! Unser Gast ist ein wissbegieriger Mann. Er verdient sein Geld damit, im Leben anderer Menschen herumzustochern, und das findet er auch noch unterhaltsam.«

Urbino war unbehaglich zumute. Noch unangenehmer wurde ihm, als Armando absichtlich vermied, ihn anzusehen. Stattdessen tauschte er wieder Blicke mit Possle. Irgendwie hatte Urbino das Gefühl, Possle wisse bereits von seiner Herumschnüffelei in den Zimmern.

Urbino versuchte, sich so unbekümmert wie möglich zu geben, hatte aber Angst, dass sein lässiges Lächeln aufgesetzt wirkte. Armando verließ das Zimmer mit noch höher erhobenem Haupt als sonst, als habe er gerade einen Sieg errungen.

»Wie Sie sehen, wissen wir nichts über diesen unglücklichen jungen Mann. Gibt es noch etwas, das Sie wissen möchten?«

Urbino wollte nicht lockerlassen. Ihn trieb nicht nur der Wunsch nach einer Antwort, sondern auch die Neugier, herauszufinden, wie weit er würde gehen können. Er fragte, ob Possle einen Mann namens Demetrio Emo kenne.

»Das ist ein Schmied aus Cannaregio«, erklärte Urbino.

»Welch ungewöhnliche Fragen heute Nachmittag! Trauernde Mütter und Schmiede. Nein, ich kenne den Namen nicht. Wenn wir mal einen Schmied brauchen, schicke ich Armando nicht so weit fort.«

»Er scheint ein gewisses Interesse an der Ca' Pozza zu haben.«

»Das haben viele, Sie eingeschlossen.«

»Das heißt also, dass Emo niemals für Sie gearbeitet hat?«

»Und es heißt auch, dass ich den Namen noch nie gehört habe. Warum sind Sie so hartnäckig? Sind Sie heute ganz Sie selbst? Ich kann nicht erkennen, was das alles soll. Als Sie sagten, Sie hätten einige Fragen bezüglich der Ca' Pozza, da ging ich von ganz anderen aus. Ich weiß nicht, ob ich mich freuen oder ärgern soll.«

»Verstehen Sie«, fuhr Urbino fort, »Demetrio Emo ist der Onkel meines Gondoliere Gildo und Gildo und Marco waren gute Freunde.«

»Das finden Sie vielleicht interessant, aber ich weiß nicht, worauf Sie hinauswollen.«

Urbino wusste es genauso wenig, aber dennoch hatte er etwas in Erfahrung gebracht, auch wenn es nicht mehr war, als dass Possle das Wissen beunruhigte, dass Urbino sich Gedanken über ihn und die Ca' Pozza gemacht hatte, die er nicht erwartet hatte und vielleicht auch nicht guthieß.

»Und bevor Sie fragen«, fuhr Possle fort, während sich Urbino überlegte, was er sagen sollte. »Ihren Gildo kenne ich nur vom Hörensagen, durch Armando. Er ist meine Augen und meine Füße, und ich, nun, ich bin seine Zunge. Nein, Gildo ist nie hier gewesen. Aber wir können Armando ja auch nach Gildo fragen. Soll ich ihn noch mal rufen? Nein? Sehr klug. Er wird nicht gerne öfter gestört.«

Urbino starrte Possle mit einem Gesichtsausdruck an, der, wie er hoffte, sein Unbehagen verbarg.

»Legen wir unsere Karten auf den Tisch, Mr Possle! Sie würden mich nicht immer wieder herbitten, wenn Sie nicht etwas von mir wollten, und ich würde nicht kommen, wenn ich nicht etwas von Ihnen wollte.«

»Wie zynisch! Wir beide, zwei emigrierte Amerikaner, die so viel gemeinsam haben! Wir lernen uns gerade erst kennen!«

»Wenn Sie gerne möchten, dass ich Ihre Biographie schreibe«, sagte Urbino, als hätte Possle sich nicht geäußert, »dann können wir uns darüber unterhalten, aber wenn ich mich dazu bereit erkläre, dürfen Sie keinen Einfluss auf mich nehmen und auf keinen Fall das, was ich möglicherweise schreibe, vor der Veröffentlichung authorisieren wollen. Sie würden mir soweit wie möglich freie Hand lassen müssen und müssten versuchen, alle Fragen zu beantworten, die ich Ihnen stelle. Sie können sie natürlich unbeantwortet lassen, ganz wie Sie wollen. Des Weiteren würde ich von Ihnen erwarten, Zugang zu Ihrer Korrespondenz zu erhalten, und dass Sie Ihre Verwandten und Bekannten informieren, damit alle Briefe, die von Ihnen stammen, mir vorgelegt werden – natürlich alles im Rahmen des Vernünftigen«, schloss er seinen Vortrag, der länger geraten war, als er beabsichtigt hatte.

»Ach so, Mr Macintyre, alles im Rahmen des Vernünftigen. Das war schon immer Ihre prägnanteste Devise, nicht wahr? Aber Sie sprechen von meinen Verwandten und Bekannten. Leider sind nur noch sehr wenige von ihnen am Leben.«

»Armando beispielsweise lebt noch.«

»Armando, sicher. Er wäre eine Fundgrube an Informationen.«

»Aber nicht sehr entgegenkommend, selbst wenn er sprechen könnte. Und es gibt noch etwas: Wenn Sie meine Dienste als Biograph in Anspruch nehmen wollen, muss ich einen Blick in die Memoiren werfen, die Sie angeblich einmal geschrieben haben.«

»Ach so, meine Memoiren. Darüber wurde damals viel gesprochen.«

»Existieren sie denn?«

»Als ich das letzte Mal in meinen Schreibtisch sah« – er hielt inne und beobachtete Urbino aus seinen kleinen, dunklen Augen – »waren sie noch da, glaube ich, wie viele – oder wenige – Seiten es auch sein mögen.«

Wieder hatte Urbino das sonderbare Gefühl, Possle wisse bereits von seiner Erkundungstour durch dessen Gemächer, doch machte ihn das nur noch entschlossener, seine Ausführungen zu Ende zu bringen.

»Obwohl ich das gerade alles erklärt habe, Mr Possle, glaube ich nicht, dass Sie an meinen Fähigkeiten als Biograph interessiert sind. Oder sagen wir, nicht interessiert an meiner Fähigkeit, *Ihr* Leben zu schildern, auch wenn das mein Hauptanliegen war, ehe ich Sie kennen lernte. Von Armando wissen Sie womöglich, nehme ich an, dass ich mich nach Ihnen erkundigt und versucht habe, mich mit Ihnen in Verbindung zu setzen. Sie …«

Urbino verstummte. Possle hatte die Augen geschlossen. Zu Urbinos Ärger war er offenbar wieder eingeschlafen, und das in einem so entscheidenden Moment. Aber sein Atem ging weniger tief, aber regelmäßiger als sonst, auch waren seine Lider nicht ganz geschlossen.

Urbino entschied, so zu tun, als würde Possle tatsächlich schlafen. Seiner Neugierde zuliebe hatte er heute zwar schon sehr viel riskiert, aber offenbar erwartete man von ihm, einige Gegenstände im Zimmer nun einer genaueren Betrachtung zu unterziehen. Es nicht zu tun würde nur verraten, wie misstrauisch er gegenüber dem Alten war.

Urbino hob eine kleine Kerze auf, die auf dem Boden stand, und trug sie zu der Kopie von Moreaus *Erscheinung* mit dem abgetrennten Kopf von Johannes dem Täufer. Da er das Original im Louvre kannte, beeindruckte Urbino die Kunstfertigkeit des Kopierers. Das Bild war nicht signiert. Er fragte sich, ob derselbe Maler die Kopien des anderen Moreau im Gondelzimmer und des heiligen Sebastians im Schlafzimmer angefertigt hatte.

Urbino suchte nach der Signatur unter der weniger beeindruckenden Kopie von Moreaus *Salome tanzt vor Herodes* neben der *Erscheinung*. Auch da Fehlanzeige.

Possle schlief noch oder verstellte sich überzeugend. Urbino trat vor das Porträt der blonden jungen Frau. Er hielt die Kerze hoch. Die Frau sah ihn mit ihren feinen Gesichtszügen an. Ihre blauen Augen spiegelten das Himmelblau im Oval der Decke. Sie war sehr schön und elegant mit ihrem weit ausgeschnittenen, schwarzen Kleid. Urbino hatte sie noch nie gesehen.

Unten rechts auf dem Gemälde stand in schwarzer Schrift der Name des Malers: Lino Cipri.

»Das hier ist meine letzte Herzogin«, erklang Possles Stimme.

»Gemalt, als lebte sie?«, vervollständigte Urbino das Zitat von Robert Browning.

»Wie ich zuletzt hörte, ist sie sehr lebendig. Mögen Sie Browning?«

Urbino stellte die Kerze wieder auf den Boden.

»Ja«, erwiderte er und kehrte zum Sessel zurück.

»Und das Gemälde? Halten Sie es für gut?«

»Für sehr gut. Und die Kopien da auch.«

Urbino war versucht, die Rede auf Lino Cipri zu bringen, wartete dann aber lieber. Es gab etwas Wichtigeres, über das er sprechen wollte.

»Aber was mich wirklich interessiert, ist Byron.«

Possle nickte.

»Da wären wir nun beim Thema«, sagte er. »Ich begrüße Sie.«

»Sie haben mich hierher gelockt …«

»Eine sehr sonderbare Wortwahl«, unterbrach ihn Possle. »Es waren doch wohl Sie, der die Zinnen dieses reichlich verfallenen Schlosses belagerte, wie Sie selbst zugaben.«

»Schon gut«, gestand Urbino. »Dann will ich mich so ausdrücken: Sie waren so freundlich, mich wegen etwas, das mit Byron zusammenhängt, einzuladen. Dessen bin ich mir so sicher, wie ich es ohne Ihre Bestätigung nur sein kann.«

»Intuition oder Ihr professioneller Riecher?«

»Also, was haben Sie?«, fuhr Urbino fort. »Briefe? Die Memoiren einer Venezianerin, die ihn vom Lido in den Canalazzo schwimmen sah?«

Possle lächelte.

»Nichts derart Prosaisches. Etwas viel Besseres. Das sogar die Contessa interessieren könnte.«

Possle machte eine längere Pause, mit der er wohl die Spannung steigern wollte. »Ich habe Gedichte. Unveröffentlichte Gedichte. Sieben an der Zahl, in Byrons eigener Handschrift und in hervorragendem Zustand.«

Urbino versuchte, seine Erregung zu verbergen.

»Sind Sie sicher, dass sie von Byron stammen?«

»Ich spreche immer aus tiefer Überzeugung, nur nicht, wenn es um meinen Körper geht«, er blickte an seinem Leib hinab, der zwischen den orangefarbenen Kissen lag.

»Woher haben Sie sie?«

Die Herkunft war fast ebenso wichtig wie die Echtheit. Und was Letzteres anging, war Urbino nicht bereit, sich mit Possles ausweichender Zusicherung zufrieden zu geben.

»Alles zu seiner Zeit. Sie rasen voraus wie das Motorboot Ihrer Contessa. Ich bevorzuge das gemächlichere Tempo einer Gondel. Insgesamt haben wir heute Nachmittag eine Menge erreicht. Ich glaube, es wäre besser, wenn wir jede weitere Diskussion auf den nächsten Besuch verschieben.«

Verdutzt über diese abrupte Verabschiedung, zumal bei diesem Anlass, fragte sich Urbino, was dahinter stecken mochte. Wollte Possle Zeit gewinnen? Wenn ja, wofür? Oder wollte er Urbino verunsichern? Ihn vielleicht gar auf gewisse Weise bestrafen, weil er derjenige gewesen war, der das Gespräch auf Byron gebracht hatte?

Wie auch immer, Urbino würde sich fügen müssen. Er befand sich in Possles Reich und musste nach dessen Regeln spielen, auch wenn er sich bemühte, sie zu umgehen. Possle gab sich zwar unbekümmert, dennoch hatte er ihn aufschrecken können, und das verschaffte Urbino eine gewisse Genugtuung.

»Um Ihnen meinen guten Willen zu beweisen, Mr Macintyre«, sagte Possle jetzt, »werde ich Sie diesmal nicht im Ungewissen lassen, wann wir das nächste Mal die Ehre haben werden, uns zu sehen. Wollen wir uns für Donnerstag verabreden, zur gewohnten Stunde?« Das waren noch sechs Tage, länger, als Urbino erwartet hatte. »Und nun soll Armando Sie hinausbegleiten.«

Aber als Possle zum Glockenstrang griff, fiel ein Schatten ins Zimmer.

»Du ahnst meine Wünsche immer voraus, nicht wahr, Armando?«, fragte Possle in einwandfreiem Italienisch. »Es wird Zeit für unseren Gast, sich von uns zu verabschieden. Sollen wir uns diesmal zum Abschied die Hand geben, Mr Macintyre?«

Mit Armandos Augen im Rücken ging Urbino zur Gondel. Er griff nach Possles Hand. Ihn überraschte die Kraft, mit der sie sich um seine schloss, und ihre Kälte. Es war eher die Hand eines Toten denn eines Lebenden. Sie fühlte sich noch kälter an als damals, als Possle seinen Kopf abgetastet hatte.

Bevor Urbino die Tür erreichte, blieb er noch einmal stehen.

»Ihre letzte Herzogin, wie Sie sie nennen«, sagte er. Er wies auf das Porträt. »Sie ist von Lino Cipri.«

»Kennen Sie ihn?«

»Ein Freund von mir hat einiges bei ihm in Auftrag gegeben. Kopien. Kennen Sie ihn gut?«

»Heute nicht mehr, wenn ich ihn überhaupt je gekannt habe.« Possle lachte hohl. »Heutzutage scheine ich überhaupt niemanden mehr zu kennen. Sie sind in sehr exklusiver Gesellschaft!«

»Hat Cipri auch die Kopien der Moreaus angefertigt?«

»Dieses Interesse an Lino Cipri! Ja, hat er. Er hat bei Ihrem Freund bestimmt so viel Geld wie möglich herausgeholt. Cipri glaubt nicht an die Kunst um ihrer selbst wegen. Und was das Porträt hier angeht, so besitzt er das Original.«

Urbino schaute die schöne Frau und dann wieder Possle an.

»Nur ein kleiner Witz von mir, Mr Macintyre. Im Übrigen würde ich Ihnen raten, sich auszuruhen. Sie sehen ein wenig abgespannt aus. Bis zum nächsten Mal!«

Armando führte Urbino durch die *sala* und die Treppe hinunter. Mit ausdruckslosem Gesicht wartete er in der Halle, bis Urbino seinen Umhang übergeworfen hatte. Als er die schwere Tür hinter Urbino schloss, lag ein bösartiges, befriedigtes Grinsen auf seinem Gesicht.

Auf dem Rückweg zum Palazzo Uccello vermochte Urbino nicht die Kühle abzuschütteln, die ihn immer in der Ca' Pozza befiel. Heute war die Kälte durch die Berührung von Possles Hand und Armandos Abschiedsgrinsen verstärkt worden. Urbino merkte, dass sich wieder Müdigkeit in ihm breit machte, wie es bisher nach jedem Besuch in der Ca' Pozza gewesen war.

Kaum war er zu Hause, verglich er den Schlüssel, den er aus

Possles Schlafzimmer entwendet hatte, mit dem Schlüssel zur Haustür der Ca' da Capo-Zendrini.

Er wusste nicht, ob er enttäuscht oder erleichtert war, als er feststellte, dass die beiden nicht identisch waren.

Lange Zeit dachte er über das nach, was er in Possles Gemächern gesehen hatte, noch länger allerdings über sein Abenteuer auf der hinteren Treppe. Den Gürtel brachte er natürlich mit den verlorenen Kleidungsstücken der Contessa in Verbindung, auch wenn sie nichts von einem fehlenden Gürtel berichtet hatte. Es konnte auch Zufall sein. Urbino war sich nicht einmal sicher, ob es ein Herren- oder Damengürtel gewesen war.

Ein Schlüssel, ein Gürtel und Possles Offenbarungen über Byron.

Gewissermaßen hatte Urbino die Ca' Pozza heute mit diesen drei Dingen verlassen. Er konnte nicht davon ausgehen, dass sie miteinander zu tun hatten, doch genauso wenig vom Gegenteil. Jedes für sich mochte nicht mehr sein als das, was man in Kriminalromanen einen Anhaltspunkt nannte. Andererseits jedoch mochte er durch sie zu einigen Antworten geführt werden, die er in Possles dunklem Haus und der Welt draußen suchte.

12

Den Großteil des Samstagmorgens, an dem die Contessa ihre zweite *conversazione* abhielt, verbrachte Urbino damit, die Verschiffung von Cipris Kopien der Longhis an Eugene in New Orleans zu organisieren. Es war eine Zeit raubende Angelegenheit und die Warterei verkürzte er sich, indem er über die frühere Beziehung des Malers zu Possle nachdachte.

Als er seine Aufgabe erledigt hatte, aß er zu Mittag in einem seiner Lieblingsrestaurants auf der San-Marco-Seite der Rialtobrücke, wo es zu dieser Tageszeit sehr geschäftig zuging. Er saß am Tresen, weil er hoffte, dass ihn die Gespräche und der Trubel um ihn herum von Possle und der Ca' Pozza ablenken würden, vom Schlüssel, den er an sich genommen, dem Gürtel, den er auf der Treppe gesehen hatte, und von den provozierenden Bemerkungen des Eigenbrötlers über Byron. Doch am Ende fühlte er sich nur noch einsamer.

Als er nach dem Essen in die *calle* trat, entschloss er sich, einige der an Byron erinnernden Schauplätze aufzusuchen, um verschiedene Hypothesen zu überprüfen. Der Dichter hatte mehrere Jahre in der Stadt gelebt und soll, wie er sich brüstete, der Liebhaber von mehreren hundert Frauen wie auch von einigen Männern gewesen sein.

Die mögliche Existenz unveröffentlichter Byron-Gedichte, die während seines berüchtigten Aufenthalts in Venedig verfasst worden waren, war schon bis in Urbinos Träume vorgedrungen. In der vergangenen Nacht war ein neues Element hinzugekommen: Während sich die Contessa den throngleichen Sesseln näherte, schob Possle eine Hand unter den Schleier der Frau, die das silberne Collier der Contessa trug, zog ein Bündel Papier hervor und wedelte damit herum. Die Blätter waren mit verschnörkelter Handschrift in purpurroter Tinte beschrieben. Als die Contessa Possle erreichte, brach wie immer das Feuer aus, doch während vorher die Store Feuer gefangen hatten, brannte nun das Papier.

Wie immer war Urbino aufgewacht, als die Flammen das Zimmer verschlangen.

Der Traum war ihm noch präsent, als er an diesem grauen, bedeckten Tag in Richtung der Piazza San Marco schlenderte. Unermüdlich versuchte die Sonne durchzubrechen, was ihr aber immer nur für kurze Augenblicke gelang. Nebelschwaden kräuselten sich über dem Wasser des Canal Grande und krochen wie lebendige Wesen über Plätze und durch Gassen.

Gruppen lärmender Studenten hinderten Urbino am Weitergehen und Grübeln. Ihr unbekümmerter Umgang miteinander und ihre Begeisterung hätten keinen größeren Kontrast zu seiner meditativen Stimmung bilden können.

Urbino musste bezweifeln, dass Possle eventuell unveröffentlichte Byron-Gedichte besaß. Nicht weil es unmöglich war oder er sich nicht zu den Menschen zählte, die solche Schätze zutage förderten. Ihm waren mehrere Fälle dieser Art bekannt. Ja, er hatte sogar von einer Frau gehört, die über zuvor unbekannte Briefe von Henry James gestolpert war, durch die die sexuelle Ausrichtung des amerikanischen Schriftstellers in einem neuen Licht erschien.

Doch auf jede authentische Entdeckung kamen tausend Fälschungen, die die Öffentlichkeit verwirrten, und wenn überhaupt ein Mensch für so eine Fälschung in Frage kam, dann mit Sicherheit Samuel Possle, der Dieb von San Polo, wie Urbino ihn nun immer öfter nannte. Alles an ihm, von seiner Kleidung und seinem Amontillado über seine Anspielungen bis zu seiner Wahl von Inneneinrichtung und Musik, war berechnend, und sein absonderlicher Diwan setzte dem Ganzen die Krone auf.

Und doch konnte Urbino die Möglichkeit nicht außer Acht lassen, dass irgendwo in der Ca' Pozza unveröffentlichte Gedichte von Byron versteckt lagen, die darauf warteten, ans Tageslicht zu gelangen. Wenn dem so war, wie lange befanden sie sich dann schon dort und wie waren sie in Possles Hände gelangt? Possle hatte behauptet, an Byrons Autorenschaft bestehe kein Zweifel. Bedeutete das, dass er ein Echtheitszertifikat besaß? Für alle? Und wovon handelten sie? Gehörten sie zusammen? Waren es separate Gedichte? Entwürfe, deren Endergebnisse bereits veröffentlicht worden waren?

Mit gewisser Ernüchterung stellte Urbino sich die letzte Frage. Sie machte ihm klar, wie groß seine Erwartungen so kurz nach Possles Enthüllung bereits waren. Die Werke mochten keine Antwort auf die Rätsel des Universums geben, doch würden sie die kleine Welt der Byron-Experten zweifellos erschüttern und demjenigen zu Ruhm verhelfen, der sie gefunden hatte. Sie waren genau das, was Urbino im Moment brauchte.

Verführerisch funkelten die Gedichte vor seinem inneren Auge, als er sich in das Gewirr krummer Gassen stürzte. Wenn Possle die Werke besaß, würde Urbino alles in seiner Macht Stehende tun, um in ihren Besitz zu gelangen – jedenfalls solange es vertretbar war.

Den Zusatz sprach er fast laut aus, als wolle er sich eines eisernen persönlichen Grundsatzes versichern. Über eben diese Maxime hatte Possle am Tag zuvor ironische Bemerkungen gemacht.

Urbino eilte durch die Gassen, bis er die *calle* erreichte, die zum Canal Grande führte. Vom Wasser aufsteigender Nebel bedeckte Ziegel und Stuck.

Bei einem Gebäude zu seiner Rechten blieb er stehen. Es war der Palazzo Benzon, die erste Station seines versonnenen kleinen Spaziergangs zu Ehren von Byron, den er sich vorgenommen hatte. Von hier hatte man nicht die beste Sicht auf das Haus, da es, wie die meisten Palazzi am Canal Grande, den Fußgängern den Rücken zukehrte und seinen vollen Glanz nur zum Wasser hin entfaltete.

Aber Urbinos Phantasie hatte keine Schwierigkeiten, dem Gebäude seine frühere Pracht zurückzugeben, als die Contessa Marina Querini-Benzon in einer der üppigen Wohnungen einen literarischen Zirkel unterhalten hatte. Sie war die blonde Frau, die in dem venezianischen Liebeslied »*La biondina in gondoleta*« besungen wurde, das Gondolieri noch heute ihren Fahrgästen vortrugen. Byron war anfangs strahlender Mittelpunkt im Salon der sechzigjährigen Contessa gewesen und später zu ihrem Liebhaber avanciert, wie Urbino sich am Tag zuvor am Bett von Peggy Guggenheim in Erinnerung gerufen hatte.

Er ging denselben Weg durch die *calle* zurück und steuerte auf die vier Palazzi Mocenigo zu, die an der *volta* des Canalazzo standen, dem Knick im Kanal. Hier war der Nebel noch dichter. Er verhüllte mal diesen, mal jenen Teil der Aussicht.

Der Palazzo Mocenigo Vecchio war der, von dem Demetrio Emo behauptet hatte, er würde vom Geist des Alchemisten Giordano Bruno heimgesucht.

Urbino allerdings zog es zum Palazzo Mocenigo Nero, denn dort hatte Byron von 1818 bis 1819 in der Gesellschaft eines Hundes, eines Affen, eines Fuchses und eines Wolfes gelebt und seinen venezianischen Jahren ihre romantische Aura verliehen. Er hatte seinen Geliebten nachgestellt, war durch den Canal Grande geschwommen, auf dem Pferd den Lido entlanggeritten und hatte unablässig mit seinem Freund Shelley gestritten, der Byrons sexuelle Besessenheit missbilligte, denn Letzterer trieb es so weit, dass er von Gondolieri verlangte, auf Straßen und Kanälen Prostituierte anzusprechen. Und in seinen Gemächern hatte er der berüchtigten Liebesaffäre mit einer Frau gefrönt, die unter dem Namen »La Fornarina« bekannt wurde, die Bäckersfrau, die sich bei einem Streit mit einem Messer auf ihn stürzte und dann vom Balkon seiner Wohnung in den Canal Grande sprang.

Hier im Palazzo Mocenigo Nero hatte sich Byron entschlosssen, auf der in der Lagune gelegenen Insel San Lazzaro degli Armeni die armenische Sprache zu erlernen, und hier hatte er die ersten beiden Gesänge des *Don Juan* verfasst. Vielleicht hatte er auch die Gedichte geschrieben, von denen Possle gesprochen hatte.

Zwei französische Touristen kamen die *calle* herunter, blieben neben Urbino stehen und lasen die Gedenktafel zu Ehren von Byron, blätterten in ihrem Reiseführer und schauten auf dem Stadtplan nach. Nachdem er ihnen den Weg erklärt hatte, folgte er dem stärker anschwellenden Menschenstrom, bis er schließlich die beliebte Geschäftsstraße erreichte, die unweit der Piazza endete. Urbino bog in eine Gasse ein und hielt erst vor einem abgelegenen Innenhof inne.

Eine Nonne mittleren Alters in blauer Tracht mit weißer Haube kehrte den Bürgersteig vor dem Altenheim ihres Ordens. Urbino fragte sich, was die guten Schwestern, die nach einem Leben des Dienens in ihren Betten lagen, denken würden, wenn sie wüssten, dass Byron in einem Haus an eben diesem Innenhof eine wunderschöne verheiratete Frau kennen gelernt und sich in sie verliebt hatte. Aber vielleicht las auch eine Schwester nach jahrzehntelangem Dienst an ihrem himmlischen Bräutigam gerade jetzt mit dicker Brille, wie Byron der *cavaliere servente* der verheirateten Frau geworden war, eine zweideutige, aber gesellschaftlich anerkannte Rolle im alten Venedig mit seiner lockeren Moral, und wie die beiden eine eheähnliche Beziehung eingegangen waren. Die trockenen Wangen der vom Buch gebannten Nonne mochten sogar feucht werden, wenn sie zu Byrons Fiebertod in Griechenland im Alter von sechsunddreißig Jahren kam, und sie mochte das Buch mit dem tröstenden Gedanken schließen, nichts anderes als eine erbauliche Geschichte gelesen zu haben.

Urbino schüttelte die Vorstellung ab und verließ den Innenhof. Es gab noch einen Haltepunkt auf seinem Rundgang. Wenige Minuten später stand er auf einer geschäftigen Straße hinter der Piazza San Marco und schaute zu einem anderen Gebäude empor. Es war Byrons erste Unterkunft in Venedig nach seiner von Inzestvorwürfen überschatteten Abreise aus England. Kaum hatte er die Zimmer bezogen, begann er auch schon eine Affäre mit der Frau seines Vermieters.

Vielleicht hatte Byron die angeblich in Possles Besitz befindlichen Gedichte für diese Frau geschrieben, deren schwarze Augen ihn verzaubert hatten. Vielleicht waren sie irgendwie aus dem Herzen von San Marco über den Canal Grande in Possles isolierten Palazzo in San Polo gelangt. Die Folge von Urbinos Spaziergang und seinen intensiven Betrachtungen der Steine Venedigs war, dass er nur noch mehr auf die Gedichte erpicht war, die Possle möglicherweise besaß.

Angerempelt von Passanten, riss er sich aus seinen Grübeleien und begab sich zu Harry's Bar, die nicht weit entfernt war. Der kleine, unauffällige Raum zur Straße hin war jedoch verraucht und von Touristen überfüllt, die den obligatorischen Bellini tranken. Nachdem er ein schnelles Glas Wein bestellt und für kommenden Dienstag einen Tisch für Emo und sich reserviert hatte, verließ Urbino das Lokal.

Das *vaporetto* Nr. 1 wollte gerade vom Kai vor der Bar ablegen. Der Bootsbedienstete hielt die Tür auf, damit sich Urbino hindurchquetschen konnte, dann fuhr das Boot durch den Nebel den Canal Grande hinauf. Urbino saß draußen im Heck, vom Wind abgewandt, und genoss den Blick auf die sich darbietenden Paläste und Kirchen.

Er ließ sich verschiedene Möglichkeiten durch den Kopf gehen, die ein Gegengewicht zu seinem Byron-Rundgang darstellten.

Auf dem Weg vom Bootsanleger zum Palazzo Uccello

kehrte er bei einem Schmied ein, aber nicht bei Demetrio Emo. Zum *Hüter der Schlüssel* zu gehen, könnte ein Fehler sein.

Der Schmied fertigte eine Kopie des Schlüssels an, den Urbino aus Possles Schlafzimmer gestohlen hatte. Er musste eine Schachtel mit alten Exemplaren durchsuchen, bis er einen passenden Schlüssel fand, den er bearbeiten konnte.

Zurück im Palazzo Uccello rief Urbino zuerst die Contessa an und fragte sie, wie ihre *conversazione* verlaufen sei. Obwohl sie sich nur bescheiden äußerte, merkte er, dass sie wieder ein voller Erfolg gewesen war. Die Contessa versprach ihm, Genaueres zu erzählen, wenn sie sich in wenigen Tagen träfen. Sie musste früh am nächsten Morgen wieder nach Asolo fahren, um sich um einige Probleme in der Villa zu kümmern, weil der Besuch ihrer Schwester und deren Familie bevorstand.

Nachdem er mit der Contessa gesprochen hatte, öffnete er eine Flasche Corvo und nahm sie mit in die Bibliothek. Den übrigen Nachmittag und Abend vertiefte er sich, gestärkt vom Wein und einem Teller *tramezzini*, die Natalia ihm zubereitet hatte, in Byrons Lyrik und Korrespondenz und in die Biographien über sein Leben.

Nichts von dem, was er las, gab ihm einen Hinweis auf unveröffentlichte Gedichte. Doch fast alles, was er las, verstärkte seinen Wunsch, sie zu ergattern, sollten sie irgendwo in der dunklen Ca' Pozza verborgen sein. Natürlich wollte er sie nur auf legalem Wege in die Hände bekommen, setzte er schnell hinzu, bevor er die Lampen der Bibliothek ausknipste.

13 Am nächsten Nachmittag um zwei Uhr bestieg Urbino in der Nähe des Dogenpalastes das *motonave* zum Lido. Die Sonne und ein blassblauer Himmel hatten über den Nebel und die Feuchtigkeit des Vortages gesiegt.

Das Boot war mit Menschen überfüllt, die das angenehme Wetter zum Anlass für einen Ausflug zum Lido nahmen. Leichte Wellen schaukelten die Bojen und kräuselten das blaugrüne Wasser der Lagune, in dem sich *vaporetti*, Lieferboote und Sportboote tummelten.

Die geschwungene Linie der Riva degli Schiavoni mit ihrem breiten Pflaster, den mit Balkonen geschmückten Gebäuden, kleinen Brücken und vertäuten Booten und Schiffen glitt vorbei. Kurz darauf passierten sie das Schifffahrtsmuseum, das Urbino an den Tag erinnerte, als die Contessa ihm ihren Spitznamen für Possle verraten hatte, auf den er immer wieder zurückkam: der Dieb von San Polo.

Weiter östlich erstreckte sich das Gebiet, das für die Kunstausstellung vorbereitet wurde. Bald würden Urbino und Habib von den Festen, Fototerminen und dem Strom von Verwandten und Bekannten verschlungen werden, die nach Venedig kamen. Erwartete er zu viel, wenn er sich vornahm, bei der Eröffnung im Juni im Besitz der Gedichte zu sein und seine mysteriösen Geschäfte mit Possle beendet zu haben?

Als sich das Boot vom Schwanz Venedigs entfernte, kam langsam die kleine Klosterinsel San Lazzaro degli Armeni in Sicht, wo Byron bei seinem ersten Besuch in Venedig 1816 Armenisch gelernt hatte.

Eine warme Brise wehte die Hauptstraße des schmalen Streifens Land hinunter, als Urbino von Bord ging. Einige der Passagiere, die mit dem Boot herübergekommen waren, mieteten sich in einem Geschäft am Anleger Fahrräder. Ein Ehepaar radelte bereits auf einem Tandem in Richtung des offenen Meeres.

Urbino betrat eine Bar und bestellte, beeinflusst von dem großen Schild, das den Bootsanleger beherrschte, einen Campari. Als er die bittere rote Flüssigkeit trank, fragte er den Barkeeper nach Lino Cipris Wohnung, da er annahm, der elegante Maler sei in der Gegend bekannt. Der Barkeeper nannte ihm eine nicht weit entfernte Straße.

Im Sonnenschein bummelte Urbino die breite Straße hinunter zum Meer, vorbei an Geschäften, Restaurants, Hotels und Villen.

Trotz seiner Liebe zu Venedig war Urbino manchmal froh, der Stadt einige Stunden lang am Lido entkommen zu können, auch wenn er das nie in der Hochsaison im Sommer tat. Zu dieser Jahreszeit war der Lido, selbst an einem Sonntag, wenn mehr Besucher als sonst kamen, eine erfreuliche Abwechslung zur klaustrophoben Enge von Venedig. Ungefähr so musste sich Byron gefühlt haben, als er die Gesellschaft Venedigs und ihre Intrigen hinter sich ließ und sich auf dem Pferderücken an den Strand des Lido begab, der damals noch verlassen war.

Urbino bog um mehrere Ecken zurück zum Anleger und erreichte bald die Straße, in der die Cipris wohnten. Sie war für den Verkehr geschlossen und grenzte an einen der wenigen Kanäle des Lido. Kleine Boote lagen vertäut entlang der Ziegelsteinmauern des Kais.

Urbino stieg die ausgetretenen Stufen zu einem der wenigen gut erhaltenen Gebäude hinauf und drückte auf die Klingel.

14 Cipri war guter Laune und offenbar erfreut, Urbino zu sehen. Signora Cipris Laune war schwieriger zu beurteilen.

Rosagesichtig und glänzend, als hätte er kurz zuvor geduscht und sich rasiert, trug Cipri einen beigen Anzug und eine locker gebundene blaue Krawatte. Er drehte Liszts *Totentanz* leiser, der von einem Plattenspieler in einer Ecke des Salons erklang.

Signora Cipri trug ein verblichenes Hauskleid. Sie hatte nichts auf dem Kopf. Erschrocken stellte Urbino fest, dass sie nur wenige graue Haarbüschel besaß. Mit strenger Miene und faltigem Gesicht hockte sie in der Ecke, während ihr Mann in der Küche herumfuhrwerkte.

Das kleine Zimmer war mit abgewohnten Möbeln vollgestellt. Bücher waren in Regale gestopft und stapelweise auf dem Teppich und auf Tischen und Stühlen verteilt. Ungerahmte Leinwände lehnten hinter dem Sofa an der Wand.

Von Signora Cipris geblümtem Sessel aus hatte man Eingangstür und Küche gut im Blick. Auf einem kleinen Tisch neben ihr standen Unmengen von Arzneien in Flaschen. Ständig schaute sie zur Küche hinüber, als könne sie die Rückkehr ihres Mannes kaum erwarten. Als sie ihre wachsamen blauen Augen auf Urbino richtete, wandte sie den Blick nicht ab, sondern starrte ihn fast unverschämt an. Er versuchte, sie in eine Unterhaltung zu verwickeln, aber sie schwieg. Er nahm es als Zeichen, dass sie Liszts *danse macabre* allem vorzog, was er möglicherweise zu sagen hatte, lehnte sich zurück und lauschte mit ihr zusammen der Interpretation von *Dies Irae*.

Zum Glück tauchte bald Cipri mit einem Tablett auf. Er trug eine Espressokanne, Tassen, eine Flasche mit Anisette und einen kleinen Teller mit Gebäck. Zuerst goss Cipri seiner Frau einen Espresso ein, verfeinerte ihn mit einem großzügigen Schuss Anisette und einer Zitronenscheibe und reichte ihr einen Keks.

Urbino erwähnte, er habe die Gemälde abgeschickt, und betonte abermals, dass Eugene sicherlich zufrieden sein werde.

»Das hoffe ich«, entgegnete Cipri und setzte sich in den Sessel gegenüber von Urbino.

»Ich kann zwar nicht in seinem Namen sprechen, aber es könnte sein, dass Eugene noch mehr von Longhi möchte. Er konnte sich schon damals nur schwer entscheiden, welche Sie für ihn anfertigen sollten.«

»Immer zu seinen Diensten«, sagte Cipri, »und auch zu Ihren, aber ich weiß ja, dass Sie kein Interesse an Kopien haben.«

»Aber vielleicht könnten Sie ein Porträt für mich erstellen«, warf Urbino beiläufig ein. »Von meiner Freundin Rebecca Mondador. Der Architektin. Ich würde ihr gerne eins schenken. Das heißt, wenn sie Zeit hat, Ihnen Modell zu sitzen, und wenn Sie Zeit haben, sie zu malen.«

»Oh, ich habe genug Zeit!«

»Ich will erst mit ihr sprechen. Das Porträt sollte vom Stil her anders sein als das, das Sie für meinen Landsmann Samuel Possle gemalt haben. Das Bild von seiner Frau, beziehungsweise Exfrau. Ich bin vor kurzem in der Ca' Pozza gewesen.«

Cipri warf seiner Frau einen Blick zu. Unter den schwarzen Brauen blitzte etwas in ihren wachen blauen Augen auf, die die Contessa im Konservatorium so beunruhigt hatten.

»Ich habe das Porträt zweimal gesehen. Zusammen mit zwei anderen Bildern von Ihnen. Kopien von Moreau. Aber das Porträt …«

»Ach ja, die Moreau-Kopien«, unterbrach Cipri ihn nervös. »Wissen Sie, dass Signor Possle mich bis nach Paris schickte, um eines der beiden anzufertigen, die *Erscheinung?*

Ich bekam sogar Spesengeld. Er war sehr großzügig. Die andere Kopie, die von Salome, musste ich nach Vorlagen malen. Sie ist nicht so gut gelungen. Mögen Sie Moreau, Signor Urbino?«

»Ja. Aber was Possles Porträt angeht, das hängt leider in einem sehr dunklen Zimmer. Was ich davon gesehen habe, hat mich beeindruckt. Es ist sehr gut. Und seine Frau ist oder war unglaublich schön.«

Cipri schien sich zunehmend unwohl zu fühlen. Seine Frau gab ein paar Worte von sich, die Urbino nicht verstehen konnte.

»Ich weiß natürlich nicht, wie lange es her ist, dass Sie dieses Porträt malten.«

»Achtunddreißig Jahre.«

»Das ist eine lange Zeit, aber dennoch: Wahre Schönheit vergeht nicht, meinen Sie nicht auch?«

Cipri antwortete nicht.

Urbino trank den Rest seines Espressos. Ohne zu fragen, goss ihm Cipri Anisette in die Tasse, danach in seine.

»Sagen Sie, Signor Cipri, wie gut kannten Sie Mrs Possle?«

»Wie gut ich sie kannte? Aber …«

Wieder schaute er seine Frau an. Jetzt erkannte Urbino, zu spät, was Possle gemeint hatte, als er sagte, Cipri besäße das Original des Porträts. Signora Cipri hatte die Augen geschlossen. Sie schwankte leicht.

»Entschuldigen Sie mich«, sagte Cipri.

Er half seiner Frau aus dem Sessel und führte sie durch den Salon zur Tür. Wenige Minuten später kehrte er zurück und schloss die Tür hinter sich. Er schaltete den *Totentanz* aus.

»Es tut mir Leid. Ich hatte keine Ahnung.«

»Sie wird schon wieder. Seit damals hat sie sich stark verändert.«

»Mir ist eben erst aufgegangen, dass sie Samuel Possles Frau war.«

Cipri nickte.

»Hilda. Ich habe sie acht Jahre, nachdem ich das Porträt malte, geheiratet.«

»Sehen Sie, ich habe Possle erst kürzlich kennen gelernt«, erklärte Urbino. »Ich wusste, dass er mit einer Deutschen verheiratet war, einer Dichterin, aber mehr ...« Urbino brach ab.

»Kaum jemand weiß, dass Hilda mit Possle verheiratet war. Wir sprechen nicht darüber. Sie hat sich nicht wegen mir scheiden lassen. Und ja, sie ist Dichterin. Sie schreibt immer noch auf Deutsch unter ihrem Mädchennamen, Hilda Krippe. Einige ihrer Gedichte wurden vor kurzem veröffentlicht. Die Leute reisen aus Deutschland und Österreich an, um mit ihr zu sprechen.«

Cipri nahm wieder Platz, goss sich noch einen Anisette ein und trank.

»Es muss Ihnen nicht peinlich sein«, fuhr er fort. »Aber sie ist sehr empfindlich. Sie ist eine sehr kluge Frau. Ihr Kopf ist noch immer sehr wach. Nur ihr Körper ...«

Er schüttelte den Kopf und schaute zur geschlossenen Tür hinüber.

»In letzter Zeit hat sich ihr Zustand verschlechtert. An dem Tag, als Sie uns im Konservatorium trafen, ging es ihr gut, aber zwischenzeitlich hatte sie einen Rückfall.«

Urbino überlegte, was nun angebracht sei. Er könnte Cipri für seine Gastfreundschaft danken, sich noch einmal entschuldigen und dann mit dem Versprechen verabschieden, sich wegen des Porträtauftrags bei ihm zu melden.

Doch stattdessen trank er einen Schluck Anisette und sagte: »Wenn alles klappt, schreibe ich vielleicht etwas über Possle. Ein Grund für meinen Besuch bei Ihnen war, Sie nach Ihren Eindrücken von ihm zu befragen. Natürlich wusste ich nichts von der Beziehung Ihrer Frau zu ihm.«

»Aber jetzt würden Sie auch ihr gerne ein paar Fragen stellen.«

Cipri stellte das so sachlich fest, dass Urbino erleichtert war, ohne Umschweife darüber sprechen zu können. Aber er musste Cipri weiter in dem Glauben lassen, der Hauptgrund für seine Fragen sei eine Biographie über Possle.

»Angesichts ihres Rufes als Dichterin«, sagte Urbino, »möchte sie vielleicht bei dem mitreden, was ich über ihn schreibe. Ich nehme so viel Rücksicht auf Ihre Privatsphäre, wie Sie wollen.«

»Das muss meine Frau selbst entscheiden. Ich werde es ihr ausrichten, wenn es ihr besser geht.« Cipri schaute flüchtig zur Schlafzimmertür hinüber und lehnte sich dann auf seinem Stuhl zurück. »Was mich angeht, ich habe nicht viel zu erzählen. Ich ging nur zu Hildas Sitzungen in die Ca' Pozza, dann zur Enthüllung und zu geschäftlichen Besprechungen. Ich habe Possle seit über dreißig Jahren nicht mehr gesehen. In seinem Umgang mit mir war er freundlich und großzügig.«

Urbino wusste nicht genau, wie er Cipris Lob verstehen sollte. Freundlichkeit und Großzügigkeit schienen nicht zu Possles auffälligsten Charakterzügen zu gehören, aber wie Cipri schon gesagt hatte, ging es hier um den Possle vor dreißig Jahren. Man hätte erwartet, dass jemand wie Cipri, der mit Possles Exfrau verheiratet war, weniger Gutes über den Mann zu sagen gehabt hätte. Jede Auskunft, ob positiv oder negativ, musste schließlich angesichts der Animositäten, die zwischen den beiden bestehen mochten, cum grano salis verstanden werden.

»Possle hat nie wieder geheiratet«, warf Urbino ein.

»Manche Männer sind nicht für die Ehe geschaffen. Sie können nichts dafür«, fügte Cipri hinzu, vielleicht weil Urbino selbst Junggeselle war. »Auch Frauen wie Hilda nicht. Er hatte nie einen Grund, sich über sie zu beschweren.«

»Ganz bestimmt nicht«, bestätigte Urbino leicht verblüfft, aber sehr interessiert.

Er beschloss, es von einer anderen Seite zu versuchen.

»Ich würde gerne seinen ehemaligen Gondoliere befragen, Armando Abdon. Er ist immer noch bei ihm. Aber bei seiner Behinderung könnte sich das als schwer herausstellen.«

»Er könnte es Ihnen ja aufschreiben, aber ich weiß nicht, wie viel er Ihnen erzählen würde. Er war Possle damals ergeben, sehr ergeben, wie Hilda sagt.«

Eine Weile hielt Cipri Urbinos Blick stand, dann schaute er zur Seite.

»Das ist er noch immer«, bestätigte Urbino.

»Das wundert mich nicht. Aber ich möchte Ihnen einen Rat geben. Seien Sie vorsichtig bei ihm! Er ist schnell beleidigt. Er hat Hilda oder mir nie etwas getan, nicht dass Sie mich falsch verstehen, aber ich weiß so gut, wie ich mich mit meiner Arbeit auskenne, dass man sich mit ihm besser nicht anlegt.«

Cipris Mahnung weckte wieder Urbinos Unbehagen bezüglich dessen, dass dieser Armando so unheimlich war und seit Urbinos letztem Besuch möglicherweise etwas über ihn wusste.

»Das werde ich beherzigen. Kannten Sie seine Schwester Adriana?«

»Flüchtig. Sie war oft in der Ca' Pozza. Hilda sagte, sie sei in Possle verliebt gewesen. Vielleicht hoffte sie, ihn zu heiraten, bevor Hilda auf der Bildfläche erschien.«

»Wann heirateten Hilda und Possle?«

»Ende der Fünfziger. Aber offenbar war das fünf oder sechs Jahre, nachdem Adriana so anhänglich gewesen war.«

Das würde ungefähr in den Zeitraum fallen, als die Contessa locker mit Possle befreundet war, überlegte Urbino.

»Adriana war reizend«, fuhr Cipri fort, »sie hatte eine wunderschöne Stimme, aber sie konnte über jede Kleinigkeit in Wut geraten. Man wollte sie genauso wenig gegen sich aufbringen wie ihren Bruder.« Cipri schien doch mehr über Adriana zu wissen, als er zuerst angedeutet hatte. »Sie wirkte seelisch unausgeglichen, aber vielleicht kann ich das ja nicht richtig beurteilen. Ich bin keiner von diesen wilden, tobenden Künstlern. Ich habe meine Arbeit immer gerne mit friedlichem Herzen und positiven Gedanken verrichtet.«

»Hatte Hilda Probleme mit ihr? Weil Adriana bestimmte Gefühle für Possle hegte, meine ich?«

»Wir haben nie über sie gesprochen. Wahrscheinlich habe ich mich eh geirrt, was ihre Schwärmerei für ihn angeht«, ruderte Cipri zurück.

Er schaute zur Schlafzimmertür. Sie schien einen Spalt offen zu stehen.

»Wissen Sie, wie sie starb?«

»Sie ertrank«, antwortete Cipri noch leiser, als er zuvor gesprochen hatte. »Direkt hier vor dem Lido, als sie mit Possle und ihrem Bruder segeln war. Eventuell war auch noch jemand anders dabei. Das weiß ich nicht mehr.«

Urbino leerte seinen Anisette und erhob sich.

»Ich werde Hilda ausrichten, dass Sie sich mit ihr unterhalten möchten«, versicherte Cipri, als er Urbino aus dem Salon zur Haustür begleitete.

Vor einem Tisch blieben sie stehen. Darauf verstreut lagen aus einem Skizzenblock gerissene Blätter, ein italienisch-deutsches Wörterbuch, Schlüssel, ein altes Palettenmesser und verschiedene Zeichen- und Bleistifte.

Urbino wies auf die Blätter.

»Darf ich?«, fragte er Cipri.

Auf dessen Nicken hin nahm Urbino sie in die Hand. Es waren Tuscheporträts einer Frau. Aufgrund des Bildes im Gondelzimmer erkannte Urbino darin Hilda, aber es war eine jüngere, gesundere Hilda mit einem engelsgleichen Lächeln. Wallendes Haar umgab ihr Gesicht.

»Die sind wunderschön. Wann haben Sie sie gemalt?«

»Vor einigen Wochen.«

Urbino schaute Cipri fragend an.

»So sieht sie sich selbst«, erklärte der Maler. »Und ich sie auch.«

Urbino legte die Porträts auf den Tisch zurück.

»Sie verfasst immer noch Lyrik, sagten Sie. Haben Sie eins von ihren Büchern, in das ich einmal einen Blick werfen dürfte? Ich verstehe Deutsch leidlich gut.«

»Warten Sie kurz!«

Cipri kniete sich vor ein Regal und zog ein schmales Taschenbuch hervor. Er reichte es Urbino.

»Das ist eine ihrer älteren Sammlungen«, erklärte er.

Auf dem grauen Umschlag stand schwarz gedruckt in Frakturschrift: *Von Byron inspiriert* von Hilda Krippe, Privatdruck, München, 1967.«

»Lord Byron«, bemerkte Urbino.

»Hilda hatte immer ein Faible für Byron, schon als junges Mädchen. Bevor ich sie kennen lernte, kannte ich Lord Byron nur vom Byron Cup«, sagte Cipri lachend.

Damit meinte er die alljährliche Bootsregatta entlang des Lido zu Ehren des Dichters.

Urbino bedankte sich bei Cipri und ließ das Buch in seine Tasche gleiten.

»Teilte Possle Hildas Leidenschaft für Byron?«, fragte er Cipri.

»Das gehört zu den Dingen, die sie gemein hatten. Er hatte einen ausländischen Freund, der ebenfalls Byron verehrte. Ein großer Mann mit Bart. Er las Hilda manchmal Gedichte von Byron vor, wenn sie mir Modell saß.«

»Wissen Sie, wie dieser Mann hieß?«

»Er hatte einen komischen Namen, ich kann mich nicht daran erinnern. Er war Armenier. Wie die Mönche auf San Lazzaro degli Armeni.«

15

Urbino kehrte nicht umgehend zum Bootsanleger zurück. Stattdessen lief er hinunter ans Meer zum Grand Hotel des Bains, das bis April geschlossen war, und setzte sich auf die Steinstufen der Terrasse.

Wie Geister schwebten Schiffe am Horizont entlang. Ein kleines Flugzeug brummte über das Wasser auf die flache Linie der Euganeischen Hügel in der Ferne zu. Fahrräder und Tandems fuhren vorbei und eine Mutter stellte sich hinter ihren Kinderwagen, während ihr Mann ein Bild von ihr und dem Kind machte. Zwei junge Paare bummelten Händchen haltend über den Privatstrand des Hotels.

Wenn Urbino das Grand Hotel des Bains besuchte, dachte er für gewöhnlich an Thomas Mann, denn hier hatte sich Aschenbach hoffnungslos in den jungen Polen verliebt und war in den Fängen dieser fixen Idee gestorben. Aber heute beherrschte Byron Urbinos Gedanken, der Byron, der eben diesen Strand entlanggeritten war, lange bevor er zum Badestrand wurde.

Der Byron, der eventuell unveröffentlichte Gedichte verfasst hatte, die sich in Possles Besitz befanden.

Und eben der Byron, von dem Hilda fasziniert gewesen war.

Urbino blätterte durch Hildas Lyrikbändchen. Zehn Gedichte, keines länger als zwanzig Zeilen, spukten in Frakturschrift über die Seiten. Urbino begann zu lesen. Die deutsche Sprache bereitete ihm keine großen Schwierigkeiten, auch wenn er einige Wörter und Ausdrücke nicht kannte.

Die Gedichte waren, wie der Titel ankündigte, nicht nur sämtlich von Byron inspiriert, sondern behandelten venezianische Themen, indem sie einen Ort oder eine Begebenheit beschrieben, die in Bezug zu Byrons Aufenthalt in Venedig stand. Die Seufzerbrücke nahm einen prominenten Platz ein, ebenso seine Liebschaft mit La Fornarina und die Sensation, als er vom Lido zum Canal Grande schwamm.

Hilda besaß die Fähigkeit, zwar nicht unbedingt originelle, aber suggestive Wortbilder zu erzeugen, die von gehaltvollen Anspielungen umwölkt waren. Sie vermittelten Urbino den Eindruck, er blicke durch Milchglas in eine lebendigere und bedeutsamere Vergangenheit. Eine unterschwellige Strömung von Gefühlen, gedämpft zwar, in Urbinos Augen deshalb aber umso eindrucksvoller, verknüpfte ein Gedicht mit dem nächsten.

In einem Winkel seines Gehirns suchte er nach einer Verbindung zwischen Hilda, den Gedichten und den seltsamen Vorfällen in der Ca' Pozza, dann ließ er sich von der Lyrik verzaubern, ohne sich um ihre Bedeutung für seinen aktuellen Fall zu kümmern.

16

Zurück im Palazzo Uccello rief Urbino als Erstes Corrado Scarpa an, sein Kontaktmann bei der Questura von Venedig. Er brauchte die Kopie des Berichts über einen Bootsunfall am Lido, bei dem eine Frau namens Adriana Abdon ums Leben gekommen war. Er nannte den ungefähren Zeitraum. Scarpa versprach, sein Bestes zu tun und sich wieder bei Urbino zu melden.

Dann rief Urbino Rebecca an und lud sie ein, am Abend bei ihm vorbeizuschauen.

»Ich spendiere eine Flasche vom Henry Jayer«, versprach er. »Betrachten Sie es als verspätete Zahlung für die Hilfe, die Sie mir bei Possle geleistet haben.«

»Und als Vorschuss auf zukünftige Hilfe?«

»Vielleicht.«

Doch als Rebecca kam und ihm im Salon gegenübersaß, setzte Urbino ihr nicht mit weiteren Fragen über die ehemaligen Renovierungsarbeiten in der Ca' Pozza zu. Stattdessen berichtete er, dass Possle ihn noch zwei weitere Male eingeladen habe.

»Schön für Sie. Dann erzählen Sie mal! Habe ich Ihnen einen guten Tipp gegeben? Glauben Sie, dass es dort spukt?«

Sie lächelte ihn über den Rand des Weinglases hinweg an.

»Vielleicht nicht so, wie man es sich sonst vorstellt, aber es gibt dort eine Menge Geister, die noch nicht die letzte Ruhe gefunden haben.«

»Und darin besteht Ihre Aufgabe, nicht wahr? Genauer gesagt, ist es Teil Ihrer beiden Berufe. Aber keine Sorge! Ich werde Sie nicht weiter aushorchen. Ich merke, wenn Sie die Gardinen zuziehen.«

»Sie sind noch nicht ganz geschlossen.« Urbino lächelte Rebecca liebevoll an. Dann erzählte er ihr weniger heiter, dass der Junge, der zu Tode gestürzt war, Gildos Freund gewesen war.

Rebecca verarbeitete diese Nachricht schweigend.

»Dadurch berührt einen das alles umso mehr, nicht wahr?«, brachte sie nach einer Weile hervor.

»Ich denke schon. Aber ich weiß noch nicht genau, was ich

davon zu halten habe. Wissen Sie, ob in letzter Zeit in San Polo eingebrochen wurde?«

»Die Lage scheint sich etwas beruhigt zu haben.«

Rebeccas attraktives Gesicht war voller Fragen.

»Sie wissen ja, dass ich gerne spekuliere und mir alles durch den Kopf gehen lasse«, erklärte Urbino, während sie ihn weiterhin musterte.

»Und wie!«

»Und Sie wissen auch, dass ich Ihnen für alles dankbar bin, das Sie für Habib und mich getan habe«, sagte er, ein plötzlicher, strategischer Themenwechsel. »Deshalb habe ich mich entschlossen, ein Porträt von Ihnen anfertigen zu lassen. Für Sie, nicht für mich. Und nein, nicht von Habib, sondern von Lino Cipri.«

So machte Urbino seine Lüge gegenüber Cipri wahr.

»Ein Porträt? Von Cipri? Da steckt doch mehr dahinter, mein Lieber, aber ich werde Sie nicht danach fragen. Selbst das Ego einer modernen Frau wie ich kann nur eine bestimmte Zahl von Zurückweisungen ertragen und die habe ich von Ihnen im Laufe der Jahre schon genug bekommen.«

17

»Heute sind es Schwertlilien«, sagte die Contessa. Es war Montagmorgen, der 18. März, und die beiden Freunde waren auf San Michele, der Toteninsel in der Lagune.

Ein kleiner Strauß violetter Schwertlilien stand auf dem nüchternen Grab von Sergej Diaghilew, dem Direktor des Russischen Ballett. Neben dem Strauß lag einer der alten, modrigen Ballettschuhe, mit denen der Grabstein immer aufs Neue geschmückt wurde.

Die Contessa erschauderte, aber an der kühlen Luft allein konnte es nicht liegen.

»Schwertlilien verblühen so schnell«, bemerkte sie. »Morgen sind sie schon verwelkt. Gehen wir!«

Unter dem grauen Himmel bogen sie in einen Pfad ein, der zum Hauptteil des Friedhofs führte. Gräber mit russischen Namen, überwiegend von Frauen, manche davon Prinzessinnen, beschworen die Geister von Tolstoi-Figuren herauf. Gegen das Wetter in einen dicken, grauen Wollmantel, einen Webpelzhut und passenden Muff gehüllt, harmonierte die Aufmachung der Contessa mit der slawischen Atmosphäre des Ortes.

»Da man ja irgendwo begraben werden muss«, sagte Urbino, als sie durch das Tor schritten und den orthodoxen Teil verließen, »ist Venedig doch ein guter Ort dafür, finden Sie nicht?«

»Und was ist mit Possle?«, fragte die Contessa. »Ich könnte mir vorstellen, dass Sie mit ihm in dieser Hinsicht einer Meinung sind.«

»Solche Fragen stelle ich ihm nicht.«

»Sie stellen ihm überhaupt nur sehr wenige Fragen, scheint mir.«

»Das würden Sie nicht sagen, wenn Sie mehr über unser letztes Treffen wüssten.«

Abgesehen von einem Bericht über seinen Besuch bei den Cipris und seinem Gespräch mit Gildo über Marco hatte Urbino die Contessa noch nicht über die anderen Ereignisse unterrichtet. Während Gildo die beiden, die behaglich in der Kabine unter Decken saßen, nach San Michele hinüberruderte, hatte sie ihm fast ausschließlich von ihrer *conversazione* am Samstag berichtet, ausführlicher als am Telefon, und ihm von ihrer Reise nach Bologna zu Clementina erzählt.

Als sie jetzt an eine Reihe mit Urnennischen für die Asche der Toten gelangten, hob er zu einer Schilderung seines letzten Besuchs in der Ca' Pozza an. Er beschrieb, wie er Possles Gemächer durchsucht hatte, erzählte der Contessa aber nichts von dem Schlüssel. Es war ihm peinlich, außerdem wollte er erst zu einem Entschluss kommen, was er mit dem Schlüssel und der angefertigten Kopie anfangen würde, das jedenfalls redete er sich ein. Er berichtete ihr jedoch von dem Schlangengürtel auf der hinteren Treppe und von allem, das Possle über die Gedichte von Byron verraten hatte.

Als sie sich dem Mausoleum der Da Capo-Zendrini mit seinen Statuen weinender Engel näherten, war Urbino am Ende angelangt. Die beiden blieben stehen.

»Ich bin froh, dass Alvise nicht hier ist und sieht, in was für Intrigen Sie mich im Laufe der Jahre gezogen haben«, bemerkte die Contessa.«

»Oder Sie mich.«

Das war eine besonders spitze Bemerkung, da einer von Urbinos Fällen, in den die Contessa verwickelt gewesen war, vor dem Mausoleum sein gewalttätiges Ende gefunden hatte.

»*Touché*! Aber diesmal habe ich Ihre Dienste nur wegen einiger Kleidungsstücke und einer bezaubernden Kette in Anspruch genommen. Deswegen wird bestimmt kein Blut vergossen werden. Es sei denn, Gürtel entpuppen sich doch noch als Schlangen.«

Ein nachdenklicher Blick lag auf ihrem Gesicht. Urbino wollte sie nicht stören.

»Sie können nicht einmal mit Bestimmtheit sagen, ob er einem Mann oder einer Frau gehörte«, sagte sie nach einer Weile. »Ich besitze mehrere Gürtel aus Schlangenleder, aber soweit ich weiß, fehlt keiner davon. Ich werde nachsehen. Aber sollte ich hoffen, dass einer fehlt, oder lieber nicht? Das ist im Moment für mich eine schwierige Frage. Ich kann mir einfach nicht vorstellen, wie ein Gürtel von mir oder irgendwas anderes auf die hintere Treppe von Possles Haus gelangen könnte!«

»Ich genauso wenig. Und wie Sie mich gerade erinnerten, kann es ebenso gut ein Herrengürtel gewesen sein.«

»Genau. Vielleicht sehen Sie nur, was Sie sehen wollen.«

»Möglich.«

»Jedenfalls ist, wie ich eben schon sagte, nirgends Blut im Spiel«, betonte die Contessa. »Da haben wir Glück.«

»Was ist mit Marco Carelli?«

»Der junge Mann, der unter Drogen zu Tode stürzte?«

»Dahinter könnte mehr stecken, als auf den ersten Blick ersichtlich ist.«

»Das glauben Sie doch immer!«

»Vergessen Sie nicht die Verbindung zu Byron!«

»Was wollen Sie damit sagen? Dass Possle wie eine Spinne die Fliege anlockt – oder sollte ich besser ›Fliegen‹ sagen – und dass er die Gedichte von Byron als Köder auslegt?«

Die Contessa wartete die Antwort nicht ab, wenn sie überhaupt mit einer gerechnet hatte. Sie trat an die Stufen zum Mausoleum und rückte eine Urne mit frischen weißen Chrysanthemen um einen Zentimeter zur Seite und wieder zurück.

»Jedenfalls«, fuhr sie fort, »bin ich froh, dass Sie gegenüber Possle nun energischer auftreten. Sie müssen mehr über diese Byron-Gedichte herausfinden, die ihm angeblich gehören, aber was Sie auch tun, schleichen Sie bitte nicht mehr durch das Haus. Warten Sie kurz!«, sagte sie, richtete sich auf und schaute ihn an. »Sie glauben doch nicht, dass dieser Marco einbrach, um an die Byron-Gedichte zu gelangen, oder?«

»Denkbar wäre es.«

Vor der verschlossenen Tür zum Mausoleum warf die Contessa Urbino einen vorwurfsvollen Blick zu.

»Es ist so vieles denkbar und möglich, was die Ca' Pozza betrifft, wie es Gräber auf San Michele gibt, denke ich. Und mir wäre es lieber, dieser Mann würde nicht immer von mir sprechen. Warum sollte ausgerechnet ich Gedichte von Byron interessant finden?«

Urbino schwieg.

Die Contessa zog ein Taschentuch aus ihrer Manteltasche und begann, mit aufgesetztem Eifer den Türgriff zu polieren.

»Mir ist durchaus bewusst, dass Sie mir nicht alles gesagt haben. Und ich weiß auch, dass meine Kleider nicht oberste Priorität bei Ihnen haben, jetzt schon gar nicht mehr, da Ihnen bei der Ausicht, die Byron-Gedichte in die Hände zu bekommen, der Speichel aus dem Mund fließt. Wenn es diese Gedichte denn gibt. Aber ich hoffe, Sie haben mich nicht vollkommen vergessen.«

»Tatsächlich beschäftige ich mich sehr intensiv mit Ihnen und Ihren Kleidern.«

Die Contessa wischte noch einmal unnötigerweise über den Türgriff, dann stopfte sie das Taschentuch in die Manteltasche zurück. Im stillen Gebet senkte sie eine Weile den Kopf.

»Und jetzt, *caro*, wollen wir den Rest dieses Besuchs hinter uns bringen!«

18

Die Contessa schob Urbino den Arm unter und zusammen schritten sie langsam den Pfad entlang auf die Felder zu, in denen Reihen kleiner Holzkreuze standen.

Bei ihrer Ankunft auf der Insel hatte sich Urbino im Friedhofsbüro nach zwei speziellen Gräbern erkundigt, einem neuen und einen fast zwanzig Jahre alten. Der Pater hatte ihnen nur eines nennen können. Das suchten sie nun mit Hilfe eines Lageplanes.

Zuerst mussten sie einen Bereich durchqueren, in dem Gräber exhumiert wurden, um Platz für neue Gebeine zu schaffen. Die zugestandenen zwölf Jahre waren vergangen und die Reste aus diesen Gräbern wurden in einem Gemeinschaftsgrab oder einem Beinhaus untergebracht.

Die Contessa wandte den Blick von den Hügeln aus Erde, Betonsplittern, Plastikblumen und zerbrochenen Holzkreuzen ab. Auch für Urbino war der Anblick aufwühlend. Er mochte Gräber lieber, die romantisch verwahrlost oder gut gepflegt waren, Gräber, zu denen die Hinterbliebenen pilgern und wo sie Zeichen ihres Gedenkens zurücklassen konnten.

Aus diesem Grunde rührte ihn das siebzehn Jahre währende Andenken des ansonsten steinernen und bös dreinschauenden Armando an seine tote Schwester. Urbino war fest davon überzeugt, dass die Menschen höchst widersprüchlich und unbeständig waren.

Sein Eindruck von Possle beispielsweise passte weder zu den Beschreibungen der Witwe Razzi noch zu denen von Cipri. Auf ihre Weise hatten ihn beide gelobt. Konnten die Razzi und Cipri einen Grund haben, Urbino über ihre wahren Gefühle im Unklaren zu lassen?

Beide hegten aber eine offensichtliche Abneigung gegen Armando, hatten sich in der Vergangenheit so unwohl in dessen Nähe gefühlt wie Urbino jetzt. Und dennoch war Armando immerhin zu der einen guten Tat fähig, seiner Toten zu gedenken. Das machte vieles wieder gut.

Und hatte sich nicht auch Marco widersprüchlich verhalten, wenn Gildos Schilderung stimmte? Elviras Sohn mochte schlechten Umgang gepflegt haben und in Häuser eingebrochen sein, aber seine Beweggründe waren nicht die übelsten gewesen.

»Wo Adriana wohl begraben liegt?«, fragte Urbino, als sie kurz vor dem letzten der ausgehobenen Gräber standen.

Das Friedhofsbüro besaß keine Unterlagen über ein Grab von Adriana auf San Michele.

»Es kann hier irgendwo gewesen sein«, vermutete die Contessa, den Blick immer noch abwendend. »Die zwölf Jahre sind längst vorbei.«

»Aber der Pater hat alle Aufzeichnungen durchgesehen bis hin zu dem Jahr, in dem sie starb. Er fand keinen Hinweis darauf, dass sie exhumiert wurde.«

»Sie leben hier schon so lange und vertrauen noch immer der italienischen Bürokratie? Selbst wenn es sich um die guten Patres hier handelt? Sie haben doch gesehen, wie langsam und verwirrt der Mann war, von seiner dicken Brille ganz zu schweigen. Adriana Abdons Name hätte in Großbuchstaben in roter Schrift vor ihm stehen können, er hätte trotzdem Probleme gehabt, ihn zu finden.«

»Aber ein Mann, der Gedenkanzeigen in die Zeitung setzt«, mahnte Urbino, »und jedes Jahr Gedenkgottesdienste abhalten lässt, würde nicht ertragen, dass die Leiche seiner Schwester ausgegraben wird.«

»Ewige Pflege kostet ewiges Geld. Aber Sie interessieren sich doch mehr für die lebende Adriana, oder?« Die Contessa wartete. »Nun, wollen Sie mir nicht antworten?«

»Sie haben vollkommen Recht«, bestätigte er.

»Gott sei Dank. Ich dachte schon, Sie verfolgen jetzt eine Theorie, dass ihr Tod kein Zufall war.« Die Contessa musterte ihn noch eine Weile, dann sagte sie: »Vielleicht lasse ich mir zukünftig auch nicht mehr in die Karten schauen, was Adriana angeht.«

Jetzt war es an Urbino, ihr einen wachsamen, forschenden Blick zuzuwerfen.

»Was meinen Sie damit?«

»Meine *conversazioni* haben meinem Gedächtnis auf die Sprünge geholfen. Und als Sie mir erzählten, was Cipri über Adriana sagte, bekam es noch einen Stoß. Ihre Stimme. Ein Mädchen, das ungefähr fünf Jahre jünger war als ich, trieb sich immer in der Nähe des Konservatoriums herum. Eine Schönheit mit pechschwarzem Haar und blasser Haut. An ihre Stimme kann ich mich am besten erinnern. Vor der verschleierten Frau im Hof sang sie sich die Seele aus dem Leib, bis man sie fortjagte. Sie hatte kein Geld, um dort zu studieren. Wahrscheinlich sprechen wir von demselben Mädchen. Es ist natürlich nicht nur die Stimme. Auch der Name. Erinnern Sie sich, dass mir zu dem Namen erst nichts einfiel? Trotzdem hatte ich so ein Gefühl, dass er mir bekannt vorkam. Inzwischen glaube ich, ich muss damals gehört haben, wie jemand sie beim Namen rief.«

Urbino holte ein Blatt Papier aus der Tasche und reichte es der Contessa.

»Das ist sie. Adriana«, bestätigte sie. »Aber wie … Ah, sicher, das ist das Gedenkfoto, das Armando in die Zeitung gesetzt hat.«

Urbino nickte.

»Haben Sie sie jemals in Possles Gefolge gesehen?«

»Nein, aber so viel hatte ich ja auch nicht mit ihm zu tun.«

Die Contessa gab Urbino den Ausschnitt zurück.

»Es gibt noch etwas, das ich Ihnen nicht erzählt habe«, sagte er. »Ich wollte Ihnen keine falschen Hoffnungen machen.«

»Meine Kleider!«, rief sie jubelnd aus.

»Ja, darum geht es tatsächlich.«

Er berichtete ihr von dem Foto, das er in Elvira Carellis Wohnung entdeckt hatte, das Bild von der Contessa, das beim Filmfestival aufgenommen worden war.

»Aber warum sollte Elvira Carelli ein Foto von mir haben?«

Urbino antwortete nicht. Er wollte, dass sie selbst darauf kam. Sie umklammerte seinen Arm und beide blieben stehen.

»Mein Teekleid! Mein Hut!«

Er nickte.

»Sie verstehen, was das bedeutet«, sagte er.

»Marco ist irgendwie bei mir eingebrochen. Seit er starb, wurde nichts mehr gestohlen.« Der Pater im Friedhofsbüro hatte ihnen als Datum von Marcos Beerdigung drei Tage vor Weihnachten genannt. Das stimmte mit den Angaben überein, die die Frau auf dem Rialtomarkt gegenüber Urbino gemacht hatte.

»Aber das sind immer noch drei Wochen zwischen seinem Tod und Ihrer Entdeckung, dass etwas fehlte«, hielt er ihr vor.

Sie schüttelte den Kopf.

»Er hat sie gestohlen. Für seine Mutter. Was hat Gildo noch mal gesagt? Marco hat nur reiche Leute bestohlen und es den Armen gegeben? Aber was wollte sie mit *meinen* Kleidungsstücken?«

»Das weiß ich wirklich nicht. Wir wissen noch nicht mal mit Sicherheit, dass es sich so verhalten hat.«

»Das verstehe ich einfach nicht«, sagte die Contessa entmutigt.

Sie spazierten weiter. Urbino wollte gerade auf dem Lageplan nachschauen, als er merkte, dass es nicht mehr nötig war. Sie mussten nur noch auf die große Frau zusteuern, die in einer langen Reihe von kleinen Kreuzen stand. Sie sang ein Lied, das die Luft erfüllte.

»Das ist Elvira Carelli«, bemerkte Urbino.

»Wenn man vom Teufel spricht!«

Die Frau in dem braunen Mantel und gelben Schal nahm überhaupt nicht wahr, dass die beiden näher kamen. In kurzer Entfernung blieben die Contessa und Urbino stehen.

Elvira Carelli sang ein italienisches Wiegenlied. Ihre Stimme war voller Gefühl. Während sie sang, starrte sie das Kreuz an. Die Sonne ließ das Grau in ihrem Haar aufleuchten.

Das Wiegenlied verklang.

»Sie hat eine herrliche Stimme«, bemerkte die Contessa. »Ungeschliffen, aber wunderschön.«

»Wie Adriana.«

Die Contessa schaute Urbino fragend an, als erwarte sie, dass er noch etwas hinzufügte, doch wandte er sich ab und ging auf Elvira zu.

Die Frau blickte auf. Ihre Augen weiteten sich.

»Sie!«, rief sie.

»Entschuldigen Sie bitte, Signora Carelli«, sagte Urbino. »Wir wollten Sie nicht …«

»Sie!«, wiederholte sie.

Aber sie sprach nicht mit Urbino. Es war die Contessa, die sie anstarrte.

»Sie haben meinen Sohn umgebracht! Sie haben meinen Marco umgebracht! Wie können Sie es wagen, herzukommen! Sie mit Ihren schicken Klamotten!«

»Entschuldigen Sie mich, *signora*«, begann die Contessa, aber ihr blieb keine Gelegenheit, etwas hinzuzufügen.

Elvira kam auf sie zu und riss ihr den Muff aus den Händen. Sie wedelte der Contessa damit vor dem verdutzten Gesicht herum und lief dann mit ihm über den Friedhof, den Pfad hinunter auf den Ausgang zu.

19

»Noch ein Geheimnis gelöst«, sagte die Contessa, als die beiden Freunde eine Viertelstunde später in der geschlossenen Kabine der Gondel saßen. Dank Gildos starker, glatter Ruderschläge entschwand die Toteninsel hinter ihnen.

»Noch eins?«

»Haben Sie es schon vergessen? Der abgetrennte Kopf! Keine Enthauptungen in der Ca' Pozza, und im Nachbarhaus steht vielleicht ein Schrank voller Kleidung von mir, inklusive einem neu erworbenen Muff.«

»Sie nehmen es leicht.«

»Aber verstehen Sie denn nicht? Keiner in meinem Haus hat damit zu tun und ich verliere *nicht* langsam den Verstand. Natürlich habe ich das nie wirklich geglaubt«, fügte sie schnell hinzu. »Elvira stiftete ihren Sohn an, meine Sachen zu stehlen. Jetzt müssen wir sie zurückholen, aber ohne der armen Frau zu große Umstände zu machen. Dabei verlasse ich mich auf Sie. Dann werden Sie frei sein, all Ihre Aufmerksamkeit den düsteren Geheimnissen der Ca' Pozza zu schenken. Und Sie können diesen ganzen Blödsinn vergessen, dass einer von meinen Gürteln auf der Hintertreppe lauert, um Sie zu beißen.«

Die Contessa warf Urbino einen Blick zu, der aber schaute zu den Fondamenta Nuove hinüber, wo Benedetta Razzi mit ihren Puppen wohnte.

»Sie sind nicht sonderlich gesprächig«, bemerkte sie. »Denken Sie nach?«

»Ich denke immer nach. Sie kennen mich ja.«

Sie unterhielten sich mit gesenkten Stimmen, obwohl Gildo bei dem Geräuschpegel des Verkehrs in der Lagune kaum eine Möglichkeit hatte, sie vom Heck hinter der Kabine zu verstehen.

Urbino wandte sich der Contessa zu.

»Warum, glauben Sie, hat die Frau gesagt, Sie hätten Marco umgebracht?«, fragte er.

»Das fragen Sie *mich*? Das haben Sie herauszufinden, obwohl wir nicht davon ausgehen sollten, dass die Arme viel Sinnvolles von sich gibt. Vergessen Sie nicht, dass sie zuerst meinte, ich wäre Benedetta Razzi.«

»Das habe ich damals geglaubt. Sie haben Recht. Wir können dem, was sie sagt, nicht viel Glauben schenken.«

»Wohl kaum, wenn man bedenkt, dass sie mich für eine Mörderin hält!«

Die Gondel schaukelte und schwankte. Es gelang Gildo, sie auf dem Weg durch das graue Wasser der Lagune auf einen ruhigeren Kurs zu steuern.

»Da wäre noch etwas«, begann Urbino erneut. »Man könnte auf verquere Weise verstehen, warum sie Ihre Kleider haben will, wenn sie glaubt, dass Sie irgendeine Verantwortung für den Tod von Marco haben, aber warum sollte sie sie *vor* seinem Tod haben wollen? Er konnte sie ja nur lebendig stehlen, es sei denn, wir halten Elvira selbst für den Dieb.«

»Das glaube ich nicht.«

»Ich genauso wenig. Aber trotzdem ist seit Marcos Tod nichts mehr abhanden gekommen.«

Die Contessa war auf etwas anderes aufmerksam geworden.

»Sehen Sie!«, sagte sie leise. »Die gibt es heutzutage nicht mehr oft.«

Sie wies auf einen Leichenzug, der seinen traurigen Weg über das graue Wasser nach San Michele zurücklegte. Angeführt wurde er von der Totengondel, einem barkassenähnlichen Fahrzeug, größer als eine normale Gondel, geschmückt mit Figuren eines weinenden Engels und eines Löwen und einer reich verzierten Doppelgirlande um den Rumpf. Sie war schwarz, doch die geschnitzten Verzierungen waren vergoldet. Im Heck stand an der Stelle, wo sich in Urbinos Gondel die *felze* befand, der Sarg auf einem überdachten, vergoldeten Sockel hinter schwarzen Vorhängen. Zwei schwarz gekleidete Ruderer standen direkt vor beziehungsweise hinter dem Sarg. Der Totengondel folgten drei Boote mit Frauen in Pelzmänteln und Männern in dunklen Anzügen.

Gildo verlangsamte seine Fahrt, als der Leichenzug vorbeikam.

»Das ist wirklich ungewöhnlich«, bestätigte Urbino. Seit er in Venedig lebte, hatte er nur sehr wenige Beerdigungen dieser Art gesehen. Selbst die wohlhabenden Venezianer geleiteten ihre Toten heute nicht mehr auf diese Art nach San Michele, von einfachen Menschen wie Elvira oder Armando ganz zu schweigen.

Der traurige, eindrucksvolle Anblick ließ beide Freunde in Gedanken versinken, während ihre Gondel sich immer weiter von der Toteninsel entfernte.

Möglicherweise unter dem Einfluss des Leichenzuges ruderte Gildo nun langsamer als sonst, so dass der Weg durch die Lagune bis zur Einfahrt in den Canale della Misericordia länger zu dauern schien. Rechts von ihnen befand sich das Casino degli Spiriti, eine der Örtlichkeiten Venedigs, die in dem Ruf stand, ein Spukhaus zu sein, wie Demetrio Emo Urbino erinnert hatte.

Darüber sinnierte er nun in der Hoffnung, die düstere Stimmung zu vertreiben, die sich in den letzten Minuten seiner bemächtigt hatte. Er dachte an die Legende der verrückten Frau, die mit Possles Haus in Verbindung gebracht wurde, eine Legende, die sich in Gestalt Elviras mit ihrem Singen, ihrem Lachen und Fluchen widerspiegelte.

Possles Ohren waren zu schlecht, als dass er Elvira hören konnte, aber wenn, mochte sie ihn an Adriana mit ihrer schönen Stimme erinnern. Wäre ihm diese Mahnung willkommen?

Das Gleiche traf auf Armando zu. Urbino nahm an, dass er Elvira oft nebenan singen hörte, aber deshalb musste er ihr nicht unbedingt freundlich gesinnt sein. Auch wenn seine Gedenkmessen für Adriana bewiesen, dass er seine Schwester nicht vergessen hatte, würde er sich doch auf seine eigene Weise an sie erinnern wollen. Elviras Stimme, die ihm immer so nah war, konnte sogar eine Art von Folter sein.

Urbino war so in Gedanken verloren, dass er gar nicht wahrnahm, wie die Contessa ihn betrachtete. Sie hatte einen betrübten Gesichtsausdruck.

»Es ist noch nicht vorbei, *caro*, oder?«

»Leider nicht.«

Die Contessa zog die Decke fester über ihre Knie und erschauderte wie zuvor auf der Toteninsel.

Vierter Teil

Schwärmen soll ich nimmer

1 Um halb elf am nächsten Morgen, Dienstag, den 19. März, war Urbino auf San Lazzaro degli Armeni vor dem Lido. Zu seinem stillen Verdruss schien der bärtige alte Mönch entschlossen, ihm die gesamte Geschichte der Insel erzählen zu wollen, dazu schilderte er die außergewöhnlichen Abmessungen der zwiebelförmigen Kuppel und zählte fast alle Namen der fünfzig Reliquien im Schrein auf, die den armenischen Brüdern vom Patriarch Venedigs geschenkt worden waren.

Unter anderen Umständen wäre Urbino gefesselt gewesen, denn bei einem vergangenen Besuch auf der Klosterinsel hatte er lediglich an der offiziellen Inselführung teilnehmen können. An diesem Morgen jedoch führte ihn Pater Nazar persönlich herum und gewährte ihm Zugang zu Bereichen und Sammlungen, die normalerweise nicht für die Öffentlichkeit bestimmt waren.

Diese Sonderbehandlung hatte er der Contessa zu verdanken, die die armenischen Mönche großzügig förderte. Bei der Rückkehr von San Michele hatte er ihr gesagt, er müsse der Klosterinsel einen Besuch abstatten, und sie hatte sofort die nötigen Telefonate getätigt.

Pater Nazar nahm seinen Auftrag ernst. Er hatte bereits die Geschichte der Insel von ihrer Zeit als Leprakolonie bis zur Errichtung des Klosters durch Abt Mechitar 1715 abgehandelt. Anschließend hatte er die wichtigen Ereignisse danach in liebevollen Details und fünf Sprachen nachgezeichnet, ohne einmal Luft zu holen. Die Mechitaristen waren berühmt für ihr Sprachentalent und auch gehörig stolz darauf, wie Urbinos begeisterter Führer nur schlecht verbergen konnte.

Pflichtbewusst las Urbino die Gedenktafel für Byron im Innenhof, bewunderte die Decke von Tiepolo, betrachtete kunstvoll ausgeleuchtete Manuskripte, koptische Koranausgaben und armenische Bibeln, lobte die Vornehmheit der Mechitar-Büste und stellte Fragen über Fetzen von mittelalterlichen Wandbehängen, geschnitzte Holzstühle und buddhistische Papyrusschriften.

Im Byron-Zimmer mit seinen Gemälden und Erinnerungsgegenständen untersuchte er jede Ecke und jeden Winkel unter dem stolzen Blick von Pater Nazar, der ohne Luft zu holen die Gewohnheiten und das Lernprogramm des Dichters schilderte.

Als ob das alles noch nicht genug sei, begutachtete Urbino eine ägyptische Mumie in einem Sarkophag und heuchelte Interesse an einer Sammlung wissenschaftlicher Instrumente. Dann verbrachte er eine gute halbe Stunde in Druckerei und Setzerei. Dort blätterte er in einem Buch über armenische Trachten, nicht enden wollende Abbildungen von Frauen in bestickten, verzierten Kleidern mit silbernen Gürteln und Kopfschmuck.

Da er eine beachtliche Geduld an den Tag gelegt hatte, hoffte Urbino nach der Besichtigung des Klosters, Pater Nazar würde ihm verzeihen, wenn er sich nicht nach der alten Libanon-Zeder erkundigte, die so edel in den grauen Himmel wuchs, sondern stattdessen losplatzte: »Das wollte ich Sie schon früher fragen, Pater: Hat das Kloster jemals etwas über unveröffentlichte Gedichte von Byron gehört?«

Der Mönch bekam einen interessierten Gesichtsausdruck. »Na, das wäre aber eine Entdeckung!«, erwiderte er in umgangssprachlichem Englisch, die Hände an den Rock seiner schwarzen, im Wind wehenden Soutane gedrückt. »Aber komisch, dass Sie fragen«, fuhr er fort, jetzt in hervorragendem Italienisch mit leichtem Akzent. »Vor Jahren war einmal von unveröffentlichten Byron-Gedichten die Rede. Vielleicht ein halbes Dutzend, vielleicht mehr.«

»Wann war das?«

»Vor zwanzig, fünfundzwanzig Jahren.«

»Was waren das für Gerüchte?«

Pater Nazar sah Urbino mit zusammengekniffenen Augen an.

»Für mich war es ein Gerücht, auch wenn mir der Mann hoch und heilig schwor, die Gedichte wären von unserem Lord Byron verfasst.«

»Haben Sie sie in Augenschein genommen?«, fragte Urbino und musste sich ein Lächeln über Pater Nazars Bezeichnung »unser Lord« verkneifen.

»Ich habe sie nie gesehen, wenn es überhaupt etwas zu sehen gab«, entgegnete er auf Englisch und blieb für den Rest des Gesprächs bei dieser Sprache. »Aber als ich einmal die Bibliothek betrat, saß dieser Mann mit einem Stapel Blätter an einem Tisch. Sie waren handbeschrieben und sahen alt aus. Er packte sie schnell fort. Ich war nicht nah genug, um die Sprache zu erkennen, aber es war nicht Armenisch. Das Schriftbild glich weder einem Brief noch einer Erzählung, sondern einem Gedicht. Vielleicht waren das die Byron-Gedichte, von denen er immer sprach. Alle Mönche kennen Ihre Bücher, Signor Macintyre. Wir haben sie in der Bibliothek. Interessieren Sie sich deshalb für diese Gedichte?«

»Nennen Sie es Neugier! Sagen Sie, Pater, wer war dieser Mann?«

»Er hieß Mechitar.«

»Mechitar?«, wiederholte Urbino. »Wie der Gründer des Klosters?«

»Genau. Mechitar Dilsizian. Dilsizian bedeutet: Sohn des Zungenlosen. Vor langer Zeit muss einem seiner Vorfahren von den Türken die Zunge herausgeschnitten worden sein, weil er Armenisch gesprochen hatte.«

Unwillkürlich musste Urbino an Armando denken, der, wie er annahm, aus weniger grausamen Gründen nicht sprechen konnte.

»Kam er aus Venedig?«, wollte er wissen.

»Aus Wien. Da leben viele Armenier.«

Urbino wartete, dass Pater Nazar weitererzählte. Der Mönch strich sich über den Bart und schaute nachdenklich drein. Geistesabwesend betrachtete er die römische Statue an der gegenüberliegenden Klostermauer.

»Sein Sohn Zakariya war Student bei uns.«

San Lazzaro besaß ein gutes Dutzend Studenten und noch einmal die gleiche Zahl von Seminaristen.

»Sein Vater wollte, dass er die armenische Kultur studierte.«

»Das hätte er doch in Wien tun können.«

»Schon, aber sein Vater liebte Venedig. Und Lord Byron. Und die armenische Lyrik. Er hatte ein gutes Gedächtnis. Zitierte immer Gedichte.«

»Wie war sein Sohn?«

»Ein intelligenter Bursche, ein hervorragender Pianist. Aber er war weltlich. Vom Vater hatte er eine Schwäche fürs Kartenspiel. Mechitar war ein richtiger Spieler. Er verlor viel Geld. Zakariya schlug in dieselbe Richtung, das konnte ich schon sehen. Nun, das alles nahm ein schlimmes Ende, Gott sei ihren Seelen gnädig.«

Sofort flammte Urbinos Interesse auf.

»Was ist denn geschehen?«

»Vor ungefähr zwanzig Jahren, vielleicht etwas weniger, ertranken beide bei einem Bootsunfall vor dem Lido. Zusammen mit einer jungen Italienerin. Auf einem Ausflug, den ein Landsmann von Ihnen organisiert hatte. War das eine traurige Beerdigung in Santa Croce! Zwei Särge. Vater und Sohn. Das war das Ende der Familie Dilsizian.«

2 Der Wind peitschte die Gondel hin und her. Gildo ruderte an der Insel San Servolo vorbei, auf der es einst ein Heim für Geisteskranke gegeben hatte. Bald fuhr die Gondel am breiten Ufer entlang, das schließlich zur Riva degli Schiavoni wurde. Um sie herum war alles in kalte Farben getaucht, nur die rosigen Steine von San Giorgio Maggiore und vom Dogenpalast fingen das graue Licht ein und verwandelten es in etwas fast Glühendes.

Geschützt in seiner Kabine, überdachte Urbino, was er von Pater Nazar erfahren hatte. Es war mehr, als er erwartet hatte. Jetzt war es seine Aufgabe, die Teile sinnvoll zusammenzusetzen.

Als sie sich der Kirche La Pietà näherten, deren geschlossene Türen die Wärme für das Abendkonzert bewahrten, bat Urbino seinen Gondoliere auf eine plötzliche Eingebung hin, einen Umweg zu machen. Er wollte die alte Straße der Armenier sehen, von der Pater Nazar gesprochen hatte.

Gildo steuerte das Fahrzeug in Richtung der Lagune und bog von der Mündung des Canalazzo in eine kleine Wasserstraße ein. Die Temperatur fiel um mehrere Grad Celsius, als sie durch die Schatten der Häuser und die Wölbungen der Brücken glitten, die das Plätschern des Fahrzeugs und die Ruderschläge zurückwarfen. Bald bremste Gildo die Gondel an einem kleinen Platz hinter der Piazza San Marco sanft ab.

Urbino stieg aus.

Er überquerte die Brücke und bog in die erste *calle* zu seiner Rechten ein. Dieser schmale, dunkle, kurze Gang hieß »Calle degli Armeni«. Einst lebten hier viele Armenier. Sie stellten die erste ausländische Gemeinschaft in Venedig dar und hatten die kleine Kirche unter dem *sottoportico* gebaut, vor dem Urbino nun stand.

Im überdachten Durchgang blieb er vor der unscheinbaren Kirche stehen, die zwischen die anderen Gebäude gezwängt war. Ein schlichtes Kreuz hing über der Tür. Mechitar und Zakariya waren von dieser Kirche aus beigesetzt worden. Inzwischen war sie auf unbestimmte Zeit geschlossen.

Urbino ging bis zum Ende der *calle* und bog wieder in die größere Straße ein. Doch kaum war er dort angekommen, machte er auf dem Absatz kehrt, ging zurück und blieb erneut vor der Kirche stehen.

Er begegnete vielleicht einem halben Dutzend Menschen, einige davon in fortgeschrittenem Alter. Er war versucht, zwei oder drei anzuhalten, die erkennbar unvenezianisch aussahen, und sie zu fragen, ob sie Armenier seien und wenn ja, ob sie je von einem Mann namens Mechitar Dilsizian und seinem Sohn Zakariya gehört hätten.

Aber er nahm Abstand von dieser Idee, da er bereits Aufmerksamkeit erregt hatte, als er die kleine Gasse hinauf- und hinabgelaufen war. Er lehnte sich gegen eine Hauswand und fragte sich, wie oft Mechitar und Zakariya wohl hier vorbeigekommen waren und ob sie nicht vielleicht sogar in einem dieser Häuser gewohnt hatten. Er stellte sich vor, wie Mechitar in einem Zimmer hoch über dem ganzen Lärm der Straße saß, die Byron-Gedichte hervornahm und sie immer und immer wieder las.

Falls er Gedichte von Byron besessen hatte.

Pater Nazar hatte gesagt, Mechitar hätte ihm oder anderen Mönchen nie ein Gedicht gezeigt. Entweder hatte es sie nie gegeben, oder aber Mechitar hatte Angst gehabt, dass seine kostbaren Originale zerstört würden. Als Pater Nazar in die Bibliothek gekommen war, hatte er die handbeschriebenen alten Blätter schnell fortgeschafft.

Aber Mechitar besaß die Gedichte nicht mehr. Er war tot, sein Sohn ebenfalls. Und Possle behauptete, in ihrem Besitz zu sein. Der Alte war mit in dem Boot am Lido gewesen, als Mechitar und sein Sohn ertranken, und mit ihnen Adriana Abdon – das folgerte Urbino jetzt aus den Informationen von Cipri und denen des Mönches.

Er eilte zu der Stelle zurück, wo Gildo mit der Gondel wartete. Er beschäftigte sich mit Mechitar und Zakariya, Samuel Possle und Adriana, Hilda und Armando und der Beziehung, die jeder von ihnen vor oder nach seinem Tod zu den Gedichten hatte, die möglicherweise in der Ca' Pozza versteckt waren. Drei der Personen lebten noch; drei waren längst tot.

Vielleicht würde er am Abend in Harry's Bar von Demetrio Emo Auskünfte über Armando und Adriana erhalten, die Licht auf die Byron-Gedichte warfen und wie sie in Possles Hände gelangt waren.

3 Als Urbino abends um Viertel nach acht durch die Schwingtüren Harry's Bar betrat, erwartete er, dass Emo bereits ordentlich hatte auftragen lassen, doch war der Schmied im überfüllten, verrauchten Lokal nicht zu finden. Urbino bestellte sich etwas zu trinken und begann, die aktuelle *International Herald Tribune* zu lesen, die jemand an der Theke hatte liegen lassen.

Immer wieder schaute er zum Eingang und zur großen, runden Uhr über der Theke hinüber. Als eine halbe Stunde vergangen und Emo nicht gekommen war, begab sich Urbino nach oben, wo gegessen wurde. Fast alle Tische waren besetzt. Der Oberkellner führte Urbino zu einem Tisch am Fenster, von wo aus man einen herrlichen abendlichen Blick auf das Becken von San Marco und die Insel San Giorgio Maggiore hatte.

Urbino bestellte etwas Neues zu trinken und einen Teller Antipasti und wartete auf Emo. Nachdem eine weitere halbe Stunde verstrichen war, ging Urbino davon aus, dass er versetzt worden war. Obwohl er keinen großen Appetit hatte, konnte er nicht einfach verschwinden, da er einen Tisch zur besten Uhrzeit reserviert hatte. Er bestellte verschiedene Gerichte und bemühte sich nach Kräften, fragte sich dabei aber die ganze Zeit, was Emos Nicht-Erscheinen wohl zu bedeuten haben mochte.

Während er geistesabwesend in den Abend vor dem Fenster starrte, durchstreiften seine Gedanken ziellos seinen letzten Besuch bei Possle und den nächsten am folgenden Tag. Urbino wusste, dass das neue Treffen mit Possle entscheidend sein würde, deshalb versuchte er, sich eine Strategie zurechtzulegen. Immer wieder schaute er suchend zur Tür hinüber und konnte sich nur schlecht konzentrieren.

»Entschuldigen Sie, *signore*«, sagte der Kellner, nachdem Urbino einen Teller mit Pasta und Huhn vertilgt hatte. Unter anderen Umständen wäre das Gericht köstlich gewesen. »Unten ist ein junger Mann, der nach Ihnen fragt. Ich habe ihn gebeten, heraufzukommen, aber er wollte lieber unten in der Bar warten.«

Urbino begab sich nach unten.

Am Eingang stand Gildo und machte ein bekümmertes Gesicht.

»Was ist denn?«, fragte Urbino.

»Mein Onkel Demetrio hatte einen Unfall. Er wurde in San Polo angegriffen. Man hat ihm auf den Kopf geschlagen und ihn umgestoßen.«

»Wie furchtbar! Ist er im Krankenhaus?«

»Nein, zu Hause. Er ist nicht schlimm verletzt.«

»Ganz bestimmt nicht?«

»Es geht schon wieder. Er möchte, dass Sie für einen anderen Tag einen Tisch reservieren.«

Urbino störte diese Wendung der Dinge, aber er wollte seinen Unmut nicht noch deutlicher kundtun. Er fragte Gildo, ob er etwas essen möge.

»Nein, vielen Dank«, antwortete der Gondoliere rasch.

»Nun gut. Ich komme in fünf Minuten zurück.«

Urbino ging nach oben und bezahlte. Als er wieder nach unten kam, stand Gildo schon draußen in der Calle Vallaresso. Sie stiegen ins *vaporetto*.

Auf dem Weg durch den Canal Grande versicherte Gildo Urbino nochmals, dass sein Onkel bis auf ein paar blaue Flecken nichts davongetragen habe. Als Urbino sich erkundigte, was Emo in San Polo gewollte habe, erwiderte Gildo, er habe dort ein Schloss auswechseln wollen.

Urbino bedauerte, dass sein Gespräch mit Emo hinausgeschoben wurde, und hoffte, dass der Zwischenfall in San Polo nichts mit der Ca' Pozza zu tun hatte. Allerdings war dies eher eine schwache Hoffnung.

Gildo war einsilbig. Als das *vaporetto* gerade ablegen wollte, entdeckte er einige Freunde am Rialto-Ufer, verabschiedete sich übereilt von Urbino und sprang vom Boot, um sich ihnen anzuschließen.

4 Früh am nächsten Morgen überquerte Urbino die lange Holzbrücke, die zur Insel San Pietro di Castello im Osten der Stadt führte.

Auf der anderen Seite des Kanals strich ein Mann in einem Bootsdock ein *sandolo* mit grellgrüner Farbe. Unter dem blauen Himmel waren in der Sonne Netze ausgebreitet. Neben dem Dock stand eine Reihe einfacher Häuser mit Schornsteinen. Der glänzend weiße Glockenturm der Kirche, gefährlich schief, winkte Urbino herbei, denn die kleine Insel konnte einige Lücken in der Geschichte von Marco Carelli schließen.

Auf der Suche nach der vom Gondelbauer genannten Adresse ging Urbino zu einem der malerischen Häuschen am Kanal, vor dem ein Mann und eine Frau im Sonnenschein auf Stühlen saßen. Als Urbino sie fragte, wo er den *remero* Carlo finden könne, grinste der Mann und sagte, er selbst sei Carlo. Er war ein dünner Kerl Ende sechzig mit einem freundlichen Gesicht. Die kräftige Venezianerin mit der Brille, die ein Taschentuch bestickte, war seine Frau.

Urbino erklärte, sein Gondoliere sei ein Freund von Marco Carelli gewesen.

»Er hat jetzt die *forcola*, die Marco gemacht hat.«

»Dann sind Sie also der amerikanische Herr mit der Gondel!«, rief seine Frau aus und unterzog Urbino einer genaueren Betrachtung.

»Kannten Sie Marco?«, wollte der *remero* wissen.

»Nein. Gildo hat mir von ihm erzählt. Er hält die *forcola* in Ehren. Sie ist gut.«

»Marco hat ein paar Fehler gemacht. Er war ja noch in der Ausbildung. Ich hab die Dolle nach dem Unfall seinem Freund geschenkt, um ihn zu trösten.« Die Augen des Handwerkers füllten sich mit Tränen. »Er war einer meiner besten

Lehrlinge. Irgendwann hätte er seine eigene Werkstatt haben können. Vielleicht sogar diese. Ich werde mich in ein paar Jahren zur Ruhe setzen. Wir haben keine Kinder.«

Seine Frau beschäftigte sich mit der Nadel und warf Urbino hin und wieder einen Blick zu.

»Ich würde gerne etwas spenden«, sagte er. »Für die *forcola.*«

»Das ist nicht nötig«, begann Carlo, sichtlich erstaunt. »Wir …«

»Wie freundlich von Ihnen, *signore*«, unterbrach ihn seine Frau.

Urbino zückte sein Scheckheft und schrieb einen Scheck über eine Summe aus, die das Ehepaar seiner Ansicht nach mehr als zufrieden stellen würde.

»Marco war großzügig, genau wie Sie, *signore*«, sagte Carlos Frau. »Manchmal gab er uns zusätzlich Geld. Er wusste, dass wir Schwierigkeiten hatten. Haben wir immer noch.«

Urbino reichte Carlo den Scheck. Der dankte Urbino und gab ihn an seine Frau weiter. Sie las den eingetragenen Betrag und lächelte.

»Vielen Dank, *signore*«, sagte sie. Dann faltete sie den Scheck und steckte ihn ein.

Urbino beschrieb Armando und fragte, ob sie ihn oder jemand anderen, der nach Marco gefragt habe, im Viertel gesehen hätten.

»Nein«, erwiderte Carlo. Seine Frau schüttelte den Kopf. »Vielleicht fragen Sie danach, weil jemand etwas Schlechtes über Marco gesagt hat. Ein Nachbar erzählte etwas von Drogen und schlechtem Umgang in San Polo, aber hier bei uns war er ein Engel.«

»Und selbst wenn das, was die Leute sagten, stimmte, *signore*«, fügte die Frau hinzu, »wäre es uns egal gewesen. Wie er sich anderswo aufführte, ging uns nichts an.«

5 Am Abend gingen Urbino, die Contessa und Rebecca zusammen in einer Trattoria im Santa-Croce-Viertel essen.

Es gab alles, was man sich von einer Trattoria wünschen konnte. Ein prasselndes Feuer, einfaches, leckeres Essen und einen annehmbaren Hauswein, nette Gäste und eine Familie, die das Lokal ohne fremde Hilfe führte. In einer Ecke saßen sogar einige Männer, die gemütlich Karten spielten. Es fehlte nur noch, dass ihnen die Rechnung in Kreide auf einer Schiefertafel präsentiert würde.

Als hätten sie es abgesprochen, brachte niemand das Gespräch auf Possle und die Ca' Pozza. Urbino wusste diese kleine Atempause von dem Thema, das ihn nun seit Wochen tags wie nachts verfolgte, zu schätzen. Wann immer es ihm an dem Abend in den Sinn kam – und das war nicht zu vermeiden, besonders da am nächsten Tag sein Besuch in der Ca' Pozza anstand –, schob er es von sich.

Rebecca schilderte ihnen ihre Eindrücke von den frisch restaurierten Giotto-Fresken in der Scrovegni-Kapelle in Padua. Die Contessa erzählte vom dem Musikprogramm, das sie für ihre letzte *conversazione* zusammenstellte. Diesmal wollten sowohl Rebecca als auch Urbino kommen, denn er hatte die Erlaubnis erhalten, anwesend zu sein.

Urbino seinerseits hatte am Abend zuvor nach seiner Rückkehr aus Harry's Bar bei Habib angerufen und erzählte den beiden Frauen von den neuesten Erlebnissen des jungen Mannes in Marokko. Dazu gehörte der Verkauf von einigen seiner Bilder an einen Händler in Barcelona und eine Fahrt nach Marrakesch in einer Ente, die Urbino während seines Aufenthalts dort für seine Zwecke gekauft und Habibs Familie hinterlassen hatte.

Urbino brachte die beiden zum Lachen, als er berichtete, dass Habib nicht nur seine Mutter, sondern jede seiner sechs Schwestern und seine beiden Brüder ans Telefon gerufen habe.

Die Rechnung war enttäuschenderweise ein gewöhnliches Stück Papier. Zu Hause fühlte sich Urbino weniger müde, sondern gestärkt für den bevorstehenden Besuch der Ca' Pozza.

Doch wie sich herausstellte, sollte der Abend – oder eher die Nacht – eine weniger angenehme Seite haben, denn der Traum von Possle und dem Feuer war realistischer und verstörender als je zuvor.

6 Der nächste Tag war Donnerstag, der 21. März. Um halb fünf war Urbino mit Possle verabredet.

Bevor er den Palazzo Uccello verließ, rief er Corrado Scarpa wegen des Berichts über den Bootsunfall an. Scarpa sagte, er habe Schwierigkeiten, ihn zu finden. Aber er würde weitersuchen.

Dann telefonierte Urbino mit seiner Freundin Paola, die den Sozialdienst im städtischen Krankenhaus leitete und die er vor einer Woche gebeten hatte, jemanden bei Elvira Carelli vorbeizuschicken, um zu sehen, was man für sie tun könne. Paola sagte, ihre Assistentin hätte vor ein paar Tagen in Elviras Wohnung vorbeigeschaut. Elvira habe sie hereingelassen, sie hätten sich kurz unterhalten. Am Ende habe Elvira um Marco geweint und geschrien und unzusammenhängende Sachen über das Nachbarhaus von sich gegeben. Die Assistentin habe sich kurz in der Wohnung umsehen können, dann habe eine Nachbarin an der Tür geklopft. Urbino ging davon aus, dass es die rothaarige Frau war, mit der er gesprochen hatte.

Die Beobachtungen der Assistentin deckten sich mit Urbinos Eindruck von seinem Besuch. Trotz ihrer seelischen Verfassung hielt Elvira das Apartment in Ordnung. Der Kühlschrank und der Vorratsschrank seien gut gefüllt gewesen, auf dem Herd hätte Essen gekocht. Die Sozialarbeiterin hatte Elvira ihre Telefonnummer gegeben und gesagt, sie würde wieder einmal vorbeischauen. Elvira hatte nicht zu erkennen gegeben, dass es ihr unangenehm wäre.

Mehr konnte Paolas Sozialdienst an diesem Punkt nicht für Elvira tun. Paola wollte ihm mitteilen, wenn ihre Assistentin ihren nächsten Besuch machte.

Als Urbino den Palazzo Uccello verließ, kam Gildo gerade herein. Urbino fragte ihn, wie es seinem Onkel gehe, und erfuhr, dass er schon wieder arbeite, einen Tag nach dem Überfall also.

7

Armandos stechender Blick, sein beredtes Schweigen und selbst sein gemächlicher Gang die Treppe der Ca' Pozza hinauf – alles war wie immer ... und klagte Urbino stumm an. Ihn erstaunte, was der Mann wortlos zu vermitteln vermochte, obwohl er eigentlich über seine eigene Fähigkeit hätte staunen oder ihr misstrauen müssen, Bedeutungen in Gesten zu lesen, die vielleicht gar keine besaßen. Aber vielleicht waren es Umstände, in denen es besser war, vom Schlimmsten auszugehen.

In dem Moment, als er den alten Mann zwischen den Kissen seines vermeintlichen Diwans begraben sah, wusste Urbino instinktiv, dass er in Sicherheit war. Das bedeutete nicht, dass Armando Possle nichts erzählt hatte, aber wenn, so bemühte sich Possle nach Kräften, es sich nicht anmerken zu lassen.

Auch wenn es Urbino erleichtert hätte, beschuldigt zu werden und alles zu gestehen – es sollte ihm nicht vergönnt sein. Nein, alles, was Urbino in diesem ersten Augenblick im Gondelzimmer an dem Einsiedler wahrnahm, sagte ihm, dass Possle höchstens ein fast teuflisches »Ich klage Sie an, Ich klage Sie an!« ausgestoßen hätte, wäre er von Armando informiert worden.

Als Urbino Platz nahm, erschrak er über den Anblick seines Gastgebers. Obwohl Possle wie üblich in roten Satin und purpurne Seide gehüllt war, wirkte sein Gesicht unter der purpurnen Kopfbedeckung verkniffener und verzerrter als sonst. Eine Hand zitterte leicht, aber unverkennbar. Urbino hoffte, dass diese Symptome keine Vorboten eines Anfalls waren, der Possle hinwegraffte, noch ehe Urbino die nötige Auskunft bekäme.

Diese Befürchtung und die Gewissheit, vor Possle und sogar vor Armando sicher zu sein, ermutigten Urbino, die günstige Gelegenheit beim Schopfe zu packen und sich einen Vorteil zu verschaffen. Geduldig blieb er sitzen, bis Armando den Amontillado eingeschenkt hatte und verschwunden war. In der Zwischenzeit lauschte er Possles mit zittriger Stimme vorgetragener, langatmiger Anekdote, wie sich einer von Peggy Guggenheims Hunden in der Ca' Pozza verirrt hatte.

Als Possle geendet hatte, beugte sich Urbino im Sessel vor und fragte: »Glauben Sie wirklich, dass wir uns diese Förmlichkeiten heute antun müssen? Wir wissen beide, um was es geht. Die Gedichte von Byron. Warum Versteck spielen? Wenn Sie mir einmal Ihr Blatt gezeigt haben, brauchen Sie es nicht mehr zu verbergen.«

»Eine weitaus treffendere Metapher, als Ihnen bewusst ist.«

Alle Falten auf Possles rechter Gesichtshälfte wurden von seinem gespaltenen Lächeln vertieft. Die andere Hälfte blieb beunruhigend glatt.

Er nestelte an seinem Kristallzerstäuber herum. Der Duft seiner besonderen Mischung hing schwer in der Luft. Possle warf den Zerstäuber wieder auf die Kissen.

»Nun gut«, sagte er. »Ich gehe davon aus, dass Sie meine Enthüllung gründlich überdacht haben.«

»Nicht nur überdacht.« Urbino versuchte, so neutral wie möglich zu klingen. »Ich bin auch tätig geworden.«

»Und in welcher Weise?«

»Sagen wir mal, dass ich über einen Armenier namens Mechitar Dilsizian Bescheid weiß.«

»Sie waren auf San Lazzaro degli Armeni. Davon bin ich ausgegangen«, sagte Possle selbstzufrieden. »Gut für Sie.«

Urbino ärgerte sich. Wieder tat Possle so, als könne Urbino nichts vor ihm verheimlichen, als habe er einen beinahe schon heimtückischen Einfluss auf Urbinos Willen.

»Ich weiß, dass dieser Dilsizian vor zwanzig Jahren Gedichte von Byron besaß.« Urbino zog die Wörter in die Länge. »Beziehungsweise Gedichte, von denen er behauptete, sie seien von Byron verfasst.«

»Oh, das waren sie auch! Das sind sie! Sie zweifeln doch nicht daran? Warum wären Sie sonst so aufgeregt? Sie möchten es gerne verbergen, aber ich sehe es Ihnen sofort an. Und Sie reden lauter als notwendig.«

»Ich weiß, dass Dilsizian und sein Sohn bei einem Bootsunfall am Lido starben«, fuhr Urbino fort, wobei er seine wachsende Verärgerung unterdrückte. »Sie waren mit im Boot, außerdem Armando und seine Schwester Adriana. Sie ertrank mit den beiden Männern.«

Urbino schwitzte. Der Raum kam ihm heißer vor als sonst.

»Habe ich nicht gerade gesagt, Sie sollen nicht so laut reden? Ja, Sie sprechen fast *viva voce*! Armando kann Sie hören. Sehen Sie sich vor, dass er niemals mitbekommt, wenn Sie über seine Schwester sprechen. Ihr Andenken ist ihm heilig. Ich erwähne sie fast nie, schon gar nicht zu dieser Jahreszeit.«

Urbino schaute zur *sala* hinüber.

»Armando macht Sie also nervös«, stellte Possle fest. »Ja, er könnte direkt hinter der Tür stehen. Er ist so ein stiller Mann, mein Armando. Könnten Sie den hier bitte nehmen?«

Er hielt Urbino seinen Porzellanbecher hin. Urbino erhob sich, nahm ihn entgegen und warf dabei einen näheren Blick auf Possles Gesicht. Es war gelb und wächsern. Seine Augen schimmerten fiebrig hinter den großen Brillengläsern.

Urbino nahm wieder Platz und stellte den Becher auf den Tisch.

»Ich weiß, was Sie von all dem halten«, sagte Possle. »Mechitar Dilsizian hatte die Byron-Gedichte und jetzt habe ich sie. Mechitar und sein Sohn ertranken, Adriana ebenfalls.« Den Namen der Frau flüsterte er, sein Blick streifte die offene Tür. Er machte eine lange Pause und schien seine Kraft zu sammeln, von der zunehmend weniger vorhanden war. »Nur Armando und ich haben überlebt«, fuhr er fort. »Und jetzt habe ich die Gedichte. Glauben Sie, dass man für so etwas tötet? Schlichte Worte auf Papier, selbst wenn sie von Byron stammen?«

Nach Urbinos Erfahrung töteten Menschen schon für sehr viel weniger. Dass Possle das Gespräch auf Mord brachte, alarmierte Urbino. Vielleicht versuchte der Alte, ihn auf eine falsche Fährte zu locken.

»Also, diese Gedichte, die Sie angeblich besitzen …«

»Die ich besitze«, unterbrach ihn Possle mit Nachdruck.

»Das sind also die Gedichte, die vor Dilsizians Tode in seinem Besitz waren?«

»Nicht direkt vor seinem Tod, auch nicht als er starb. So wie Sie Ihre Frage stellen, klingt es, als gebe es einen Zusammenhang zwischen seinem Unfall und meinem Besitz der Gedichte. Ich bin nicht dumm. Sie gehörten mir schon vor dem traurigen Ereignis.«

»Und wie kam es dazu?«

»Sie klingen skeptisch. Spielen Sie gerne? Roulette? Baccara? Poker?« Eins von Possles Augen begann zu zucken. Er drückte mit dem Finger darauf. »Ich schätze nicht. Aber ich selbst spiele gerne. Damals war hier im Haus ein Glücksspielzimmer. Mechitar Dilsizian war vom Glücksspiel besessen.«

Dasselbe hatte Pater Nazar gesagt.

»Verstehen Sie jetzt, warum ich schmunzeln musste, als Sie sagten, ich hätte Sie in die Karten gucken lassen?«

»Wollen Sie damit sagen, dass Dilsizian die Gedichte bei einem Glücksspiel an Sie verlor?«

»Tun Sie nicht so erstaunt! Früher wechselten Reichtümer und ganze Fürstentümer im Ridotto den Besitzer.« Damit spielte Possle auf das Kasino in der Nähe der Piazza San Marco an. »Dilsizian hielt sich für geschickter beim Baccara, als er wirklich war. Am Ende hatte er keinen anderen Einsatz mehr als die Gedichte.«

Diese bequeme Erklärung wollte Urbino nicht so einfach hinnehmen.

»Wenn Sie sich fragen, ob es einen Zeugen dafür gibt«, sagte Possle mit einem schiefen Grinsen, »fragen Sie Armando!«

»Ich frage mich so einiges. Zuerst mal, wie die Gedichte überhaupt in Dilsizians Hände gelangten.«

»Das ist höchst interessant. Sie wurden in seiner Familie von einer Generation an die nächste vererbt. Byron hatte viele armenische Freunde und mindestens eine armenische Geliebte. Dilsizian behauptete, diese Frau, eine Schönheit, die in der Calle degli Armeni lebte und inzwischen zu Staub geworden ist – unser aller Schicksal – sei die eigentliche Besitzerin der Gedichte gewesen.«

»Sind es Liebesgedichte?«

»*Pazienza*! Machen Sie jetzt nicht alles kaputt!«

»Haben Sie Kopien der Gedichte? Fotokopien?«

»Nur die Gedichte selbst. Und sie sind in einem sehr guten Zustand.«

Possle schwieg. Sein Atem ging flacher. Er schloss die Augen, schlug sie aber nach zehn oder fünfzehn Sekunden zitternd wieder auf.

»Habe ich geschlafen?«

»Höchstens wenige Augenblicke.«

»Momente können wie eine Ewigkeit erscheinen und eine Stunde vergeht in einem kurzen Moment, wenn ich so einnicke.« Er hatte einen verdutzten Gesichtsausdruck. »Manchmal, wenn ich die Augen zumache, sehe ich Leute von früher, aber so deutlich, wie ich Sie jetzt vor mir stehen sehe. Manchmal sehe ich sie sogar mit offenen Augen. Sie glotzen mich an. Ich spreche natürlich von Toten. Und sie sehen nicht immer so jung aus wie damals, als sie starben, sondern alt, sehr, sehr alt.«

Sein Blick schweifte zum Spiegel an der anderen Wand. Von der Gondel aus konnte er sich unmöglich darin sehen, dennoch starrte er darauf, als wäre es ihm möglich.

»Der Sterbende schaut in den Spiegel, der ihm vorgehalten wird, und sagt: ›Lebe wohl! Wir werden uns nicht wiedersehen.‹ Das ist nicht von Byron, Mr Macintyre, falls Sie sich den Kopf zerbrechen. Aber ich weiß nicht mehr, wer es gesagt hat. Jemand, den ich vor langer, langer Zeit kannte, glaube ich.«

Urbino überlegte, was er sagen konnte, um das Gespräch wieder auf die Gedichte zu bringen, da seufzte Possle und fuhr weniger müde und phlegmatisch fort: »Ich besitze eine Bescheinigung von Mechitar, Mr Macintyre, eine Bescheinigung, in der er schwört, dass es unumstritten und zweifellos meine Gedichte sind. Alles ordnungsgemäß unterschrieben von zwei Zeugen. Armando und« – er schaute zur Tür und senkte die Stimme – »Adriana.«

Wie praktisch, dachte Urbino, bemühte sich aber, eine unbeeindruckte Miene zu machen. Ein stummer, treu ergebener Diener und seine tote Schwester.

»Was wollen Sie von mir?«, fragte er Possle.

»Ich weiß, was Sie von mir wollen, Mr Macintyre. Sie wollen die Gedichte. Wenn ich ein argwöhnischerer Mensch wäre, würde ich sagen, Sie hätten sie von dem Moment an gewollt, als Sie begannen, die Ca' Pozza mit Blumen zu belagern.«

»Ich hatte keine Ahnung …«

»Schon möglich. Dennoch wollten Sie etwas von mir und jetzt biete ich Ihnen etwas an.«

»Was bieten Sie mir an?«

»Den Erwerb der Gedichte. Ich biete Ihnen das Vorkaufsrecht an. Nennt man das nicht so? Ihnen und der Contessa da Capo-Zendrini.«

»Der Contessa?«

»Mir ist bewusst, dass Sie nicht über Geld in der Höhe verfügen, die so ein Schatz kostet. Der Reichtum der Contessa hingegen ist Legende, ebenso ihre Großzügigkeit, besonders, wenn es um Sie geht.«

»Damit wäre sie niemals einverstanden.«

»Bestimmt nicht? Nicht um Ihretwillen? Wenn es Sie beruflich voranbrächte?« Possle legte eine Hand auf die Brust seines roten Seidenhemdes. »Sie könnten sich vielleicht vom Ruf des Dilettanten befreien, den Sie sich über die Jahre erarbeitet haben. Urbino Macintyre, der Mann, der unveröffentlichte Gedichte von einem der weltgrößten Dichter entdeckt! Der Mann, der eine bestechende, gelehrte Einführung schreibt!

Seien Sie nicht so zurückhaltend! Die Belohnung gehört Ihnen allein, Sie müssen keinen einzigen Cent abgeben.«

Diese Rede schien Possle den letzten Rest von Energie abgenötigt zu haben, der ihm geblieben war. Er ließ sich in die Kissen der Gondel fallen. Was er hatte sagen wollen, hatte er gesagt. Jetzt war alles heraus. Für eine bestimmte Summe gehörten die Gedichte Urbino und die war so hoch, dass nur jemand wie die Contessa sie aufbringen konnte. So einfach, so schlicht war das alles.

Plötzlich ertönte das hohe Lachen einer Frau, unterdrückt, aber doch unverkennbar, hinter den Vorhängen und geschlossenen Fensterläden und durchdrang die Stille. Ebenso plötzlich hörte es auf. Alsbald hob die Frau an, ein zuerst undefinierbares Lied zu singen. Dann erkannte Urbino die Arie der Gräfin Almaviva, »Porgi Amor«, aus der *Hochzeit des Figaro*, in der die Gräfin fleht, die Liebe ihres Mannes möge zurückkehren. In Elviras Stimme lag jetzt noch mehr Gefühl als auf dem Friedhof, als sie das Schlaflied gesungen hatte. Dass ihre Wahl auf eine Arie gefallen war, bewies ein breit gefächertes Interesse, das Urbino bei der trauernden Frau gar nicht vermutet hätte.

Abrupt brach die Arie ab. Wieder ertönte Lachen, dann herrschte Stille.

Possle glotzte Urbino an. Es schien, als hätte er nichts gehört.

»Haben Sie nichts zu sagen, Mr Macintyre? Könnte es sein, dass Sie bereits nachsinnen, was da auf Sie zukommen wird?« Possles Zunge zuckte hervor und befeuchtete die Lippen. »Es wäre für uns alle eine willkommene Lösung. Die Contessa würde ihrem lieben Freund etwas Gutes tun, Sie bekämen die Gedichte und ich das Geld. Ich habe mich nie groß um Geld gekümmert. Es schien immer genug da zu sein. Bis vor kurzem. Diese Angelegenheiten habe ich immer Armando überlassen. Jetzt müssen die Truhen wieder gefüllt werden. Die Gedichte bedeuten mir nichts, nur das Geld, das sie mir einbringen werden – uns einbringen werden. Würden Sie mir bitte etwas Wasser einschenken?«

Urbino goss Wasser aus der Karaffe in ein Glas. Er stand auf und reichte es Possle.

Der Alte trank einen großen Schluck. Dabei lief ihm das Wasser das Kinn hinunter und tropfte auf das Seidenhemd. Er gab Urbino das Glas zurück.

»Wenn ich geschwiegen habe«, sagte Urbino, nachdem er wieder Platz genommen hatte, »so nur, weil ich verwundert bin, dass Sie glauben, die Contessa würde sich mit irgendetwas abgeben, ob es sich nun um Gedichte oder sonst etwas handelt, das auf derartige Weise in Ihre Hände gelangte. Dessen rechtmäßiger Eigentümer Sie vielleicht nicht einmal sind.«

»Sind Sie sich da so sicher? Und schätzen Sie Ihren Platz im Herzen der Contessa so gering ein? Ganz zu schweigen von Ihren Überredungskünsten, die Contessa zu etwas zu bewegen, was sie nicht unbedingt tun möchte? Wie schon gesagt, Mr Macintyre, hier ist kein Platz für Bedenkenträger. Ich ... ich ...«

Er legte die Hand auf die Brust und hustete. Sein Gesicht war noch gelber geworden.

»Könnten Sie mir bitte noch einen Schluck Wasser geben?«

Urbino goss wieder Wasser ins Glas, stand auf und reichte es Possle. Der trank es und gab es ihm zurück.

Urbino blieb stehen. So hatte er einen besseren Blick auf Possle zwischen den Kissen, unter denen womöglich die Gedichte versteckt waren.

»So ist es besser.« Possle wischte sich den Mund ab. »Wie schon gesagt, denken Sie über mein Angebot nach! Reden Sie mit der Contessa! Sie ist eine Frau mit Verstand und Gefühl. Ich glaube, Sie tun ihr Unrecht – Sie halten es wohl für ein seltsames Unrecht –, wenn Sie annehmen, dass Sie Ihnen nicht auf der Stelle zu Hilfe eilen würde. Ich …«

Er brach ab und hustete erneut.

»Mir wäre es lieber, wenn die Gedichte in Ihre Hände kämen, Mr Macintyre. Ich habe eine Schwäche für Sie, ob Sie's glauben oder nicht. Wir sind gar nicht so verschieden. Wir beide sind weder Fisch noch Fleisch, so weit weg wohnen wir von unserer Heimat. Aber ich mache Ihnen nichts vor. Wenn die Contessa die Gedichte nicht kauft, werde ich jemand anderen finden, und dann werden Sie sie nie bekommen. Reden Sie mit ihr! Ich gebe Ihnen Zeit bis zum 1. April. Das sind elf Tage. Ich habe am 1. April stets Glück gehabt. Vielleicht haben wir es diesmal beide. Bringen Sie die Contessa zur gewohnten Uhrzeit mit. Es wird mir eine Freude sein, sie zum ersten Mal hinter diesen Mauern zu begrüßen.«

Possle schien die Wirkung seiner Rede auf Urbino abzuwarten, der aber bemühte sich, keinerlei Interesse zu zeigen.

»Also: Sprechen Sie mit ihr! Überzeugen Sie sie, wie wichtig es für Sie ist. Für uns beide. Sie ist eine Frau mit Verstand und Gefühl. Ich glaube, dass Sie ihr Unrecht tun, wenn Sie annehmen, Sie würde Ihnen nicht sofort zu Hilfe eilen.« Possle sprach nun langsamer. »Und es wird mein Herz erfreuen, wenn ich Sie mit ihr durch diese Tür dort kommen sehe. Wenn nicht, wird das auch Ihr letzter Besuch hier sein.«

»Wenn ich wenigstens einen Blick darauf werfen könnte.« Urbino schaute auf den Diwan hinunter, bemüht, seine Stimme gelassen klingen zu lassen, damit er nicht völlig durchschaut wurde. »Es wäre …«

Er brach ab. Er roch, dass etwas brannte, und spürte Hitze am Unterschenkel. Sofort klopfte er auf das Hosenbein, das zu glimmen begonnen hatte. Er hatte zu nahe an der Flamme einer Kerze gestanden, die neben der Gondel auf dem Boden brannte.

»Mein Gott, Mr Macintyre, passen Sie bitte auf!« Possle war sichtlich erschrocken, versuchte es aber lustig zu nehmen. »Ich will nicht, dass Ihnen kurz vor unserem Triumph noch etwas zustößt.«

»Ich möchte Ihnen raten, Acht zu geben, Mr Possle«, sagte Urbino leicht verärgert. »Diese Kerzen mögen ja stimmungsvoll sein, aber sie sind gefährlich, wie Sie gerade gesehen haben.«

»Sie haben natürlich Recht, aber ich … ich kann manches nur schwer bleiben lassen. Das verstehen Sie doch bestimmt.« Wie zuvor legte Possle die Hand auf die Brust. »Ich … ich habe mich so an sie gewöhnt, verstehen Sie, und …«

Er brach ab und warf in beinahe gewalttätiger Manier die Hände in die Luft. Er bekam einen Hustenanfall. Sein Körper bäumte sich in den Kissen auf. Urbino hatte kurz vor Augen, wie ihm seine Beute entglitt.

Eine von Possles Händen tastete panisch nach der Klingelschnur. Urbino bekam sie zu fassen und riss heftig daran. Schneller, als Urbino für möglich gehalten hätte, stürzte Armando herein, ohne jedoch den Anschein von Eile zu vermitteln. Wie immer hielt er die vernarbten Hände an den Körper gedrückt.

Der leichenhafte Mann ging zu Possle, der noch immer hustete. Als er sich über den Kranken beugte, warf er Urbino einen bösen Blick zu. Diesmal schwang auch eine Spur Unbehagen mit.

Schnell verabschiedete sich Urbino. Als er sich über die Schulter umsah, hob Armando Possle wie eine Puppe aus der Gondel.

8 Nachdem er am Abend in den Palazzo Uccello zurückgekehrt war, verspürte Urbino wieder das Unwohlsein, das ihn nach seinen Begegnungen mit Possle immer befiel, und diesmal wurde es sogar noch stärker. Ihm wurde abwechselnd heiß und kalt und er hatte starke Kopfschmerzen.

Die leichte Brandwunde am Bein cremte er ein, aber sie verschlimmerte dennoch sein Unwohlsein. Der herbeigerufene Arzt diagnostizierte eine Grippe.

In den folgenden Tagen schlief Urbino so viel wie möglich. Er vermisste Habib mit seinem therapeutischen, aus marokkanischen Kräutern gebrauten *tisane*. Die Contessa wollte ihn besuchen, doch er verbot es ihr. Ihre letzte *conversazione* sollte am kommenden Donnerstag stattfinden, in weniger als einer Woche, und sie konnte nicht riskieren, sich bei ihm anzustecken.

Er konnte sich nicht verkneifen, über Possle und Byron nachzudenken, über Armando und was er über sein Eindringen in Possles Privatgemächer wusste und ob er Possle davon erzählt hatte.

Urbino wurde klar, wie sehr sich alles verändert hatte, seit er zum ersten Mal von der Ca' Pozza geträumt hatte. Damals – war das erst ein paar Wochen her? – hatte ihn der Wunsch angetrieben, die Anekdoten des Alten zu hören. Jetzt hatte er ganz andere Sorgen. Er wollte in Besitz der Byron-Gedichte gelangen. Dass es sie gab, bezweifelte er nicht länger. Possle hatte Urbino eine Möglichkeit vorgeschlagen, an sie zu kommen, doch befürchtete Urbino, dass der geforderte Preis – und damit meinte er nicht unbedingt das Geld – viel zu hoch sein würde.

Trotz der klaren Diagnose des Arztes konnte Urbino nicht vermeiden, die Krankheit mit Possle und der Ca' Pozza in

Verbindung zu bringen, da er sich nach allen Besuchen im alten Palazzo seltsam ausgezehrt gefühlt hatte.

Dann zog er in Erwägung, ob es in der Ca' Pozza etwas geben mochte, das ihn krank machte. Schließlich ließ er diesen argwöhnischen Gedanken fallen und grübelte über den Amontillado nach. Es wäre keine Schwierigkeit für Armando, ihm etwas darunterzumischen. Vielleicht wollte der Diener damit genau das erreichen, was eingetreten war: Dass Urbino für einen bestimmten Zeitraum ans Haus gebunden war und keinen weiteren Vorstoß in die Ca' Pozza unternehmen konnte.

Als es Urbino wieder leidlich gut ging, reservierte er in Harry's Bar erneut einen Tisch für den kommenden Tag, Mittwoch, den 27. März. Emo ließ er den Termin über Gildo ausrichten.

Ein positiver Aspekt von Urbinos Genesung war, dass er nicht mehr von dem Traum mit Possle und dem Feuer heimgesucht wurde, was für sich schon ungewöhnlich war.

9

Noch immer geschwächt nahm Urbino am folgenden Abend das *vaporetto* zu Harry's Bar, um Demetrio Emo zu treffen. Diesmal wartete Emo, gekleidet in einen schlichten schwarzen Anzug, der noch aus seiner Zeit als Priester stammen mochte, an einem der Tische im Erdgeschoss auf Urbino. Vor ihm stand ein Bellini. Sein gerötetes Gesicht verriet Urbino, dass es nicht der erste war.

Emo trug noch immer die Spuren des Überfalls in San Polo: Auf der Wange verblasste langsam ein blauer Fleck.

»Wo ist das passiert?«, fragte Urbino.

»Nicht in der Nähe der Ca' Pozza, falls Sie das meinen«, fuhr ihn Emo an. »Zwei Jungen haben mich von hinten angerempelt und mir den Koffer aus der Hand gerissen. Ihre Beute war lediglich ein großer Schlüsselbund. Ich habe bei der Polizei Anzeige erstattet. Reicht Ihnen das, Sherlock Macintyre? Wir essen nicht hier unten. Das war nicht abgemacht. Soll ich den hier mitnehmen?«

Er griff zum Bellini, doch bevor Urbino etwas sagen konnte, leerte er ihn in einem Schluck.

Das Restaurant war voll besetzt. Der Oberkellner führte sie an einen runden Tisch und entfernte das »Riservato«-Schild. Urbino und Emo nahmen Platz. Die Boote, Kirchen, die weite innere Lagune und die Mündung des Canal Grande erstreckten sich wie ein Bühnenbild vor dem Fenster.

Emo allerdings war nicht daran interessiert, den Ausblick zu genießen. Nachdem er einen Whiskey Sour bestellt hatte, widmete er unverzüglich seine ganze Aufmerksamkeit der Speisekarte. Urbino nippte an seinem Martini und lehnte sich zurück, während Emo ein regelrechtes Festmahl bestellte. In bestechend kurzer Zeit futterte er sich durch ein Gericht nach dem anderen, beginnend mit einem Carpaccio, einem Thunfischtartar und getrocknetem Stockfisch aus Vicenza, anschließend eine Minestrone, Pasta mit Wildpilzen, Hühnerrisotto und Scampi. Ohne ein Zeichen nachlassenden Appetits beendete er sein Mahl mit Zabaglione und flambierten Crêpes. Das alles spülte er mit Unmengen Dom Perignon hinunter. Urbino bemühte sich nach Kräften, den Genuss seines Kaviar und der Ravioli mit Artischocken in die Länge zu ziehen.

Während er aß, ließ Emo Urbinos Versuche, ihn nach Armando und Adriana zu befragen, sämtlich ins Leere laufen. Urbino hatte Sorge, dass der Schmied nach Vertilgen des zweiten Nachtisches einfach aufstehen und Urbino ein herzliches, leicht beschwipstes *buona sera* wünschen würde.

Doch stellte sich heraus, dass der ehemalige Priester Sinn für Gerechtigkeit besaß, wenn schon keinen für Mäßigung. Während er ein großes Glas Benediktiner trank, begann er, für das bereits verzehrte Mahl zu singen.

»Sie wollen also etwas über Armando und Adriana Abdon wissen«, sagte er mit gesenkter Stimme. »Sie meinten, es wäre für ein Buch, an dem Sie schreiben. Ich werde es Ihnen glauben, wenn Sie mir glauben, dass ich keinen Grund habe, etwas anderes als die Wahrheit zu erzählen.« Er lachte und holte einen Zigarillo hervor. Dann musterte er Urbino, der keinen Protest erhob. Dennoch schob Emo den Zigarillo in die Tasche zurück. »Wir drei sind mehr oder weniger zusammen aufgewachsen.«

Urbino rechnete schnell nach. Ja, Emo und Armando mussten ungefähr im gleichen Alter sein, Anfang sechzig.

»Im Ghetto. Ihr Vater und meiner waren beide Lieferanten. Armando und Adriana waren die einzigen Zwillinge, die ich damals kannte.«

»Sie waren Zwillinge?«

»Sie hatten keine Ähnlichkeit miteinander. Nicht wie eineiige Zwillinge. Aber selbst wenn sie es versucht hätten zu verbergen, hätte es jeder sofort gemerkt. Die beiden waren unzertrennlich. Sie gingen kaum alleine aus dem Haus. Gerne veräppelten sie andere Leute. Manchmal riefen sie Mädchen an und machten ihnen vor, Adriana sei am Telefon. Die Mädchen gaben Intimes von sich und in Wirklichkeit sprachen sie mit Armando. Damals konnte er sprechen und er war ein guter Schauspieler.«

»Wann verlor Armando seine Stimme?«, wollte Urbino wissen.

»Nach dem Feuer«, erwiderte Emo mit einem kleinen Lächeln. »Darauf komme ich noch.«

Er trank seinen Benediktiner und musterte Urbino mit seinen kleinen, schlauen Äuglein.

»Damals waren wir fünfzehn. Armando und Adriana waren schlimm. Ihre Eltern hatten sie nicht im Griff. Wenn sie Hausarrest bekamen, fanden sie eine Möglichkeit zu entwischen. Sie waren clever, die beiden. Ich bewunderte sie, Kinder finden so etwas ja toll. Sie drangen in Wohnungen ein, wenn niemand zu Hause war, stellten die Möbel um, nahmen Gegenstände mit und stellten sie bei anderen Leuten ab. Adriana war die treibende Kraft. Als ob Armando ihr hörig war. Einmal forderte sie ihn auf, in den Canalazzo zu springen. Er gehorchte. Fast wäre er ertrunken, aber sie sprang ins Wasser und rettete ihn.«

»Armando wäre beinahe ertrunken?«

»Sie meinen, weil Adriana einige Jahre später selbst ertrank? Sie wissen also mehr über die beiden, als Sie zu erkennen gegeben haben. Aber wissen Sie auch, dass Adriana krank war? Damit meine ich nicht ihren Körper. Sie war so robust wie ein Pferd und sie war hübsch. Nein, im Kopf.« Emo klopfte an seinen riesigen Schädel. »Sie geriet schnell in Wut, dann lief sie wieder wie eine Tote herum. In einer Minute lachte sie, in der nächsten weinte sie.«

»Ich habe gehört, sie hätte eine schöne Stimme gehabt.«

»Ja, sie war begabt. Aber ich habe Ihnen immer noch nicht vom Feuer erzählt«, sagte Emo. Trotz seiner Trunkenheit verlor er nicht den Faden. »Es brach eines Nachts im Dezember aus. Der Vater war offenbar mit einer Zigarette eingeschlafen. Das Schlafzimmer brannte wie Zunder. Armando und Adriana konnten entkommen. Nach dem Feuer sprach Armando nie wieder ein Wort. Seine Hände waren verbrannt, aber Adriana hatte keine einzige Blessur.«

Das Bild von Armandos vernarbten Händen flimmerte vor Urbinos Augen auf.

»Es gab Gerede, Adriana hätte das Feuer gelegt, vielleicht auch die beiden zusammen, um ihre Eltern umzubringen. Wer weiß? Danach ließen mich meine Eltern nicht mehr in ihre Nähe und kurz darauf ging ich zum Priesterseminar. Na, wir wissen ja beide, was daraus geworden ist.«

Er schüttelte den Kopf und trank den Rest Benediktiner. Wie so oft fragte sich Urbino, wie Emos Leben nun wohl aussah, da er kein Priester mehr war. Während die Gerüchte über die sexuellen Heldentaten mit seinen Schäfchen zu seiner Zeit in San Gabriele nicht hatten enden wollen, hatte es nun den Anschein, als lebe er zölibatär, denn in dieser Hinsicht war er von Schweigen umgeben. Urbino rief sich den Morgen in Erinnerung, an dem er unangekündigt bei Emo vorbeigeschaut hatte. Es hatte den Anschein gehabt, als erwarte der Schlosser jemanden. Er war ein wenig nervös und besorgt gewesen. Vielleicht hatte er ein Stelldichein gehabt, obwohl Urbino nicht einleuchten wollte, warum Emo das nun, da er kein Priester mehr war, verheimlichen sollte. Urbino sah Emo mit anderen Augen, während er dem Rest seiner Geschichte lauschte.

»Nach dem Feuer zog ihre Tante bei ihnen ein. Sie konnte sich genauso wenig durchsetzen. Sechs Jahre später starb sie, nachdem sie ausgerutscht war und sich den Kopf gestoßen hatte. Danach sah man nicht mehr viel von Adriana. Armando nahm alles in die Hand. Zu der Zeit begann er, als Gondoliere für die Ca' Pozza zu arbeiten. Man erzählte sich, Adriana würde gerne den Mann heiraten, dem das Haus gehörte, und Armando wäre auch dafür, aber es wurde nichts daraus. Der Amerikaner heiratete eine andere.«

Emo winkte den Kellner zu sich.

»Wie ich von meiner Familie und von Freunden erfuhr, mit denen ich Kontakt hielt«, erzählte er weiter, während der

Kellner auf ihren Tisch zusteuerte, »lebte Adriana weiterhin im Ghetto, hielt sich aber oft in der Ca' Pozza auf. Als sich der Amerikaner scheiden ließ, glaubte sie wohl, noch eine letzte Chance zu haben, und als das auch nicht klappte …« Emo zuckte mit den Schultern. »Da musste Armando sie in einer Klinik in der Nähe von Florenz verstecken. Nicht für immer, aber des Öfteren drei oder vier Monate am Stück. Niemand erfuhr, was los war. Möglicherweise war sie noch länger eingesperrt. Und keiner wusste, woher Armando das Geld hatte. Als sie das letzte Mal die Klinik verließ, ertrank sie, aber das wissen Sie ja.«

Der Kellner stand neben ihnen und Emo bestellte noch einen Benediktiner.

»Wissen Sie, wie die Klinik hieß?«

»Villa Serena. Den Namen kann man sich in einer Stadt, die sich Serenissima nennt, gut merken. Und Gildo hat mir erzählt, Ihre Katze hieße Serena.«

Bisher hatte Emo beachtliche Informationen geliefert, vielleicht zu viele. Urbino mahnte sich, ihm nicht vorschnell alles zu glauben.

»Mir wurde erzählt, Adriana habe sich oft in der Ca' Pozza aufgehalten, nachdem Armando dort Gondoliere wurde«, warf er ein. »Wissen Sie etwas darüber?«

»Nein.«

Der Kellner brachte Emo den Benediktiner.

»Zeigten Armando oder Adriana jemals Interesse an der Contessa da Capo-Zendrini?«

»Damals wusste keiner von uns, wer sie war.«

Er trank die Hälfte des Likörs.

»Was ist mit den Gedenkmessen für Adriana? Sie sagten, die ließe Armando schon seit langer Zeit halten.«

»Stimmt. Seit dem ersten Jahrestag von Adrianas Tod vor

siebzehn Jahren. Damals war ich noch in San Gabriele. Bin nicht weit gekommen, was? Ich hab mich darum gekümmert, der alten Zeiten wegen, aber er benahm sich, als würde er mich nicht kennen. Er kam jedes Jahr, bis ich die Gemeinde verließ. Ich schätze, er kommt immer noch. Sein Anliegen schreibt er immer auf ein Blatt Papier.«

»Sehen Sie ihn manchmal noch?«

»Hin und wieder laufe ich ihm über den Weg. Eigentlich habe ich ihn in letzter Zeit öfter als sonst gesehen. Ich grüße ihn, aber er tut immer so, als würde er mich nicht kennen. Er wirkt bedrückt, vielleicht besorgt, als würde ihn etwas beschäftigen. Ich kenne ihn schon sehr lange. Mir fällt der Unterschied auf.«

Urbino griff in seine Tasche und holte den Schlüssel aus Possles Schlafzimmer hervor. Nicht die Kopie des anderen Schmieds, sondern das Original.

»Diesen Schlüssel hier habe ich bei einem ganzen Bündel gefunden«, erklärte er, insgeheim den Jesuitenpatern dankend, die ihm beigebracht hatten, wie man log, während man gleichzeitig die Wahrheit sagte.

»Das war ein plötzlicher Themenwechsel.«

Emo nahm den Schlüssel, betrachtete ihn blinzelnd und hielt ihn gegen das Licht. Er legte ihn auf den Handteller und hob ihn, als wolle er ihn wiegen.

»Gehört er zu meinem alten Schloss? Zu dem in der Haustür?«, wollte Urbino wissen. »Ich habe so viele Schlösser in den ganzen Türen im Haus und die meisten benutze ich nie. Ich habe da nie richtig aufgeräumt.«

»Der gehört nicht zu dem alten Schloss.« Demetrio reichte Urbino den Schlüssel zurück. »Auch zu keiner anderen Tür bei Ihnen, nicht mal zum Wassereingang, denke ich. Aber es ist ein alter Schlüssel, das sehen Sie ja. Vielleicht gehörte er zu dem alten Schloss in der Haustür, noch vor dem, das Natalia vor kurzem kaputtgemacht hat.«

»Könnte sein.«

Urbino verstaute den Schlüssel wieder.

»Übrigens«, sagte er. »Haben Sie jemals Schlüssel für Gildos Freund Marco angefertigt?«

Emo trank sein Glas aus.

»Dieses unerwartete Interesse an Schlüsseln! Warum wollen Sie das wissen?«

»Ich mache mir Sorgen um Marcos Mutter. Ihr könnte etwas zustoßen, wenn sie wieder einmal neben sich steht. Wenn Sie einen Schlüssel für Marco gemacht haben, war er vielleicht für die Haustür. Möglicherweise haben Sie noch einen zweiten Nachschlüssel oder können sich an die Form erinnern. Wissen Sie, die Contessa würde einem von Elvira Carellis Nachbarn gerne einen Schlüssel geben, jemandem, denn sie für äußerst vertrauenswürdig hält.«

Wenn andere solche Einzelheiten schilderten, wurde Urbino immer argwöhnisch, sie könnten lügen. Emo schaute ihn bewegungslos mit dunklen Augen an.

»Sie sollten den Besitzer des Hauses fragen. Der hat vielleicht einen Schlüssel. Was den Jungen angeht, der hat mich nie gebeten, irgendeinen Schlüssel für ihn nachzumachen. Aber da Sie den Schlüssel ja nicht brauchen, können Sie ihn doch mir geben! Ich sammle alte Exemplare.«

»Ich behalte ihn lieber. Vielleicht passt er doch in eine meiner Türen.«

»Das weiß man nie. Manchmal passt er auch in die von anderen.« Emo erhob sich.

»Ich warte draußen«, sagte er. »Geben Sie ordentlich Trinkgeld. Wir möchten doch nicht, dass uns der Kellner vergessen hat, wenn wir das nächste Mal kommen.«

10 Wenige Stunden später zog sich Urbino zum Ausgehen an, warf seinen Umhang über und ließ seine Stabtaschenlampe zusammen mit dem nachgemachten Schlüssel aus Possles Schlafzimmer in seine Tasche gleiten. Kurz darauf überquerte er die Brücke vor dem Palazzo Uccello. Still legte sich die Nacht um ihn.

Mitten im Schlaf war er aus seinem Traum über Possle, die verschleierte Frau und die Contessa in einem lichterloh brennenden Raum hochgeschreckt. Zusammen mit Demetrio Emos Bemerkung über den Schlüssel und fremde Türen hatte ihn der Traum nach draußen in die kalte, feuchte Nacht getrieben.

Anfänglich war die Stille tröstend, aber als er auf der anderen Seite der Rialtobrücke angekommen war, bedrückte sie ihn zusehends. Er hatte das Gefühl, keine Luft zu bekommen. An einem leeren Kai blieb er stehen. Fast schon verzweifelt lauschte er dem Plätschern des Wassers gegen die Steine und dem unverkennbaren Scharren und Platschen von einer der unzähligen Wasserratten dieser Stadt.

Nichts.

Es war nicht die Zeit zum Glockenläuten. Selbst wenn die Glocken geläutet hätten, wären sie, so befürchtete er, von dieser sonderbaren Nacht ebenso gründlich verschluckt worden wie seine Schritte. Während die Stadt sonst ihre verwirrenden Spielchen mit dem Echo trieb, schien sie in dieser Nacht entschlossen, sich im Hintergrund zu halten und Urbino sich selbst zu überlassen, zur Abwechslung einmal ihm zuzusehen und ihn zu belauschen.

Selbst die Steine unter seinen Füßen schienen ihm nur geringen Widerstand entgegenzusetzen, damit er in die nächste Gasse einbog, zwei Brücken überquerte, durch einen überdachten Durchgang huschte und zu dem Haus gelangte, in dem Elvira Carelli wohnte. Es war stockdunkel. Kurz leuchteten ein paar Sterne auf, dann wurden sie wieder von Wolken verdeckt.

Urbino holte den Schlüssel aus der Tasche. Er wickelte ihn aus einem Ledertuch. Der Schlüssel glänzte vor Olivenöl, mit dem er ihn zu Hause eingerieben hatte. Urbino führte ihn ins Loch des alten Schlosses und versuchte, ihn zu drehen. Nichts geschah.

Die Hand schützend um den Schlüssel geballt, ging er die *calle* ein Stückchen hinunter, seine Schritte immer noch schaurig lautlos. Die Brücke, von der aus er so oft die Ca' Pozza betrachtet hatte, war ein schwarzer Buckel in der Dunkelheit. Urbino schaute das alte Gebäude hinauf. Die Fassade mit ihrem düsteren Stirnrunzeln blickte tadelnd zurück. Er war der Feind. Er führte nichts Gutes im Schilde.

Als er zur Tür hochstieg, klopfte ihm das Herz bis zum Hals. Ein abwegiger Drang, die Hand auszustrecken und auf die Klingel zu drücken, ermächtigte sich seiner. Doch nahm er den Schlüssel und führte ihn langsam, vorsichtig in das Schloss. Er hoffte, Possle sei in Sachen Sicherheit ebenso nachlässig wie die Contessa. Wenn nicht, konnte jeden Moment ein Alarm losschrillen. Aber es blieb still, nur die von ihm verursachten Geräusche waren zu hören und machten in seinen Ohren einen Höllenlärm.

Der Schlüssel ließ sich fast lautlos hineinschieben, auch wenn das leichte Kratzen in Urbinos Kopf einem Kreischen gleichkam. Er drehte den Schlüssel und spürte, wie sich die Zuhaltungen bewegten.

Dann öffnete sich die Tür mit einem Knacken, wie es lauter nicht sein konnte. Das Geräusch wurde vom Haus gegenüber zurückgeworfen und musste bis zur steinernen Innentreppe hinaufhallen.

Urbino spähte in die dunkle Eingangshalle, schlich hinein und ließ die Haustür offen stehen. Die vertraute, eigenartige Kälte des Hauses ermächtigte sich seines Körpers. Das Haus schwieg. Urbino holte die kleine Stablampe aus der Tasche und näherte sich der verschlossenen Tür neben der Treppe. Der eiserne Knauf fühlte sich an, als sei er aus Eis. Urbino drehte daran und die Tür öffnete sich. Er trat ein.

Er ging davon aus, dass Armando die Nacht nicht in diesem Zimmer verbrachte, sondern in einem der oberen Stockwerke schlief. Ein erster flüchtiger Blick bestätigte diese Vermutung.

Urbino knipste die Taschenlampe an und ließ sie durch das Zimmer schweifen. Es war klein, aber mit allem Notwendigen eingerichtet. Ein abgewetzter Diwan stand vor der Wand. Ein großes Kissen und eine Decke ließen darauf schließen, dass er gelegentlich als Bett verwendet wurde. Ein Krug und eine Schüssel verkündeten, dass Armando sich offenbar wusch, wenn er sich hier aufhielt.

Ein niedriger Tisch vor dem Diwan trug ein Durcheinander von Zeitschriften. Die meisten waren offenbar Illustrierte für Frauen. Obenauf lag ein rechteckiges Stück Papier von der Größe einer Postkarte. Es sah aus wie ein Farbfoto.

Urbino griff danach.

Es war aus einer Zeitschrift geschnitten. Im Blitzlicht stand die Contessa in ihrem Fortuny-Kleid. Der Hintergrund verriet Urbino den Anlass. Das Bild war aufgenommen worden, als er mit ihr im Januar ein Kammerkonzert im Palazzo Labia besucht hatte. Auf dem Original hatte Urbino neben ihr gestanden, doch war er abgeschnitten und das Kleid der Contessa rot eingekreist worden.

Obwohl es eiskalt war, stand Urbino der Schweiß auf der Stirn.

Er legte den Ausschnitt zurück. Wenn er den Stapel durchging, würde er bestimmt weitere Aufnahmen der Contessa finden, vielleicht sogar eine, auf der sie einen Schlangenledergürtel trug.

Aber er konnte nicht länger bleiben. Er knipste die Taschenlampe aus und verließ das Zimmer. Die Tür zog er leise hinter sich zu.

Er warf einen besorgten Blick auf die Treppe. Die Dunkelheit dort war undurchdringlich.

Urbino kehrte zurück nach draußen in die Nacht, zog die schwere Tür vorsichtig hinter sich zu und verschloss sie wieder. Den Schlüssel zog er heraus und verstaute ihn in der Tasche.

Er verdrückte sich durch die Gasse, vorbei am Haus von Elvira Carelli. Jeder seiner Schritte hallte laut wider und klagte ihn an, verhöhnte sein lautloses Schleichen.

Es war Zeit, nach Hause zu gehen. Für heute hatte er genug erfahren. Und er hatte schon viel zu viel riskiert.

Als er den *sottoportico* erreichte, der den schmalen Kanal mit den zwei Brücken entlanglief, hörte er Schritte hinter sich. Sie waren leise und vorsichtig, aber gleichmäßig. Hielt Urbino inne, verstummten sie ebenfalls.

Urbino schaute den dunklen, überdachten Korridor hinunter. In Anbetracht der verwirrenden Effekte von Wasser und Steinen in dieser Stadt war es möglich, dass sich der Verursacher der Schritte vor ihm befand, in einer *calle* auf der anderen Seite des Kanals oder in einer Gasse, die in die Passage mündete.

Doch konnte Urbino das Gefühl nicht abschütteln, von jemandem verfolgt zu werden, der zusammen mit ihm stehen geblieben war.

Um sich Gewissheit zu verschaffen, ging er tiefer in die

Passage hinein. Die Schritte erklangen erneut. Nun befand er sich fast genau an der Stelle, wo er einen Monat zuvor nachts Schritte, Gelächter und Schluchzen vernommen hatte.

Seine Nerven waren angespannt, weil er zum zweiten Mal die Geheimnisse der Ca' Pozza verletzt hatte. Konnte Armando auf der Treppe gelauert haben und ihn jetzt verfolgen? Vielleicht verfolgten ihn auch diejenigen, die Demetrio Emo überfallen hatten. So oder so: Er wollte nicht zum Opfer werden.

Jetzt musste er schnell einen Entschluss fassen. Sollte er weiter durch die Passage und über die krumme Brücke laufen oder umkehren und die andere Brücke nehmen? Er entschied sich für Letzteres. Auch wenn er sich damit in die Richtung bewegte, aus der die Schritte zu kommen schienen, konnte er den Verfolger vielleicht verwirren und das ausnutzen. Und er würde früher einen großen, offenen Platz erreichen, wo durchaus die Möglichkeit bestand, andere Menschen zu treffen.

Urbino machte auf dem Absatz kehrt und stürzte über die glatten Pflastersteine auf den Ausgang der Passage zu. Seine durch den *sottoportico* hallenden Schritte machten es ihm unmöglich, andere Geräusche wahrzunehmen. Einmal geriet er ins Rutschen und verlor beinahe das Gleichgewicht. Am verwitterten Stein eines Hauses fand er Halt. Er konnte gerade noch verhindern, dass er in den Kanal stürzte.

Urbino warf einen kurzen Blick in die *calle*, die zur Ca' Pozza und dem Haus von Elvira führte. Eine große Gestalt drückte sich an die Wand eines ungefähr sieben Meter entfernten Gebäudes.

Hastig stürzte Urbino über die Brücke in die *calle*. Sie war besser beleuchtet als die Gasse, aus der er kam. Er lief bis zum Ende der *calle* und bog nach rechts über die nächste Brücke.

Wenige Augenblicke später war er auf dem Campo San Polo. Er hastete zur gegenüberliegenden Kirche und wurde von einigen Männern gegrüßt, die langsam vorbeigingen.

Urbino überblickte den weiten Platz. Niemand trat aus der Gasse, die er gerade verlassen hatte. Mehrere Minuten lang beobachtete er die Ecke.

Selbst so weit von der Ca' Pozza entfernt spürte er noch ihren Einfluss. Nichts in dem alten Palazzo war, was es zu sein vorgab. Davon war er überzeugt.

Urbino war ein rational denkender Mensch. Sollte er eine Erklärung finden, wäre sie bestimmt einleuchtend und hätte ihre Wurzeln in der Vergangenheit. Welch blutende Porträts in der Ca' Pozza auch hängen mochten, natürlich bildlich gesprochen, sie würden so logisch zu erklären sein wie das Geheimnis des abgetrennten Kopfes und das körperlose Gelächter und Weinen.

Ermutigt von diesen Gedanken und dem just entdeckten Zeitungsausschnitt der Contessa in ihrem Fortuny-Kleid, der zu beunruhigenden Schlussfolgerungen führte, verließ Urbino den *campo* und steuerte auf seinen Palazzo zu, aufmerksam auf jedes außergewöhnliche Geräusch achtend.

11

Als Urbino eine halbe Stunde später die Brücke vor dem Palazzo Uccello überquerte, löste sich unweit der Wassertreppe ein Schatten von seinem Haus. Urbino blieb stehen. Aber dann erkannte er Gildo, der dunkle Kleidung trug, und ging auf ihn zu.

Gildos Gesicht war mit einer dünnen Schweißschicht bedeckt und glänzte im Licht der Glühbirne, die an der Seite des Palazzo Uccello hing. Er atmete schwer.

»Ist etwas passiert, Gildo?«

»Ich konnte nicht schlafen.«

»Ich auch nicht.«

Nervös schaute Gildo auf die Uhr.

»Wollen Sie spazieren gehen?«, erkundigte sich Urbino. »Oder kommen Sie gerade von einem Gang zurück? Ich bin selbst unterwegs gewesen.«

Gildo starrte Urbino an.

»Seien Sie vorsichtig, *signore*!«, sagte er. »Es ist nicht ungefährlich, mitten in der Nacht allein durch die Stadt zu gehen.«

»Ich versuche, vorsichtig zu sein. Ich kenne die Stadt gut, genauso gut wie Sie.«

»Schon möglich, *signore*, aber Sie sollten besser nicht in die Nähe des bösen Hauses gehen. Nicht nachts. Es ist gefährlich.«

»Woher wissen Sie, dass ich in San Polo war?«

Gildo wandte den Blick ab.

»Das habe ich mir gedacht.«

»Waren Sie auch da?«

»Nein!«

Die Verneinung hallte über den schmalen Kanal.

»Wollen Sie hinein oder heraus?«, fragte Urbino.

»Ich gehe jetzt hinein, *signore*. Ich … ich bin eben gerade erst rausgegangen, aber jetzt glaube ich, es ist das Beste, wenn ich versuche einzuschlafen. Gute Nacht.«

Gildo verschwand durch den separaten Eingang bei der Wassertreppe in seiner Wohnung, bevor Urbino ihn noch etwas fragen konnte.

12 Mit fliegenden Fingern und selbstvergessenem Gesichtsausdruck schenkte die Contessa am folgenden Nachmittag im Konzertsaal des Konservatoriums Urbino genau das, was er brauchte.

Bezaubert von ihrer Anmut und Spontaneität, fühlte er sich von Ordnung und Harmonie umgeben, während sie sich dem Ende des Allegro Assai von Mozarts Sonate in F-Dur näherte. Urbinos Erschöpfung und seine Kopfschmerzen nach der fast schlaflosen Nacht ebbten ab.

Heute ließ die Contessa ihr Können am Flügel für sich sprechen, sie beschränkte sich jeweils auf eine äußert knappe Einführung vor jedem Stück. Während Urbinos Gegenwart bei ihren Vorträgen ihr möglicherweise den Mund verschlossen hätte, war sie jetzt Befreiung und Inspiration für ihre Finger.

Kaum waren die Kadenzen des letzten Satzes verklungen, erschallte Applaus. Urbino und Rebecca, die neben ihm saß, fielen in das Klatschen ein. Es war ein kleines, aber feines, handverlesenes Publikum.

Lino Cipri war da, seine Frau fehlte. Urbino hoffte, dass sie sich vom Schock seines Besuchs erholt hatte. Bevor die Contessa zum nächsten Stück ansetzte, fing Urbino einen Blick von Cipri auf. Urbino lächelte zurück und schaute wieder zur Contessa nach vorne, die einige Worte zu der Ballade von Chopin sagte, die sie als Nächstes spielen wollte.

Es war eines von Urbinos Lieblingsstücken. Wenn er mit der Contessa allein war, bat er sie oft, es für ihn zu spielen. Nun lauschte er der Ballade mit geschlossenen Augen und spürte, dass er bei jeder Note gesünder wurde. Er war für sie enttäuscht, dass das Publikum es herzlich, aber weniger begeistert aufnahm als das Stück von Mozart.

Als Letztes auf dem Programm stand *Die vier Grobiane* von

Wolf-Ferrari. Das war gut gewählt, zum einen, weil Wolf-Ferrari das Konservatorium geleitet hatte, zum anderen aus einem persönlicheren Grund.

Das Barkarole-Intermezzo, dessen Noten die Bewegungen einer Gondel nachahmten, hatte die Aufmerksamkeit des Conte auf die junge Barbara Spencer gelenkt, als er vor vielen Jahren hörte, wie sie es im Konservatorium übte. Es war der Beginn ihrer langen, glücklichen Beziehung gewesen.

Scheu und anrührend erzählte die Contessa diese Anekdote und widmete ihre Wiedergabe dem Conte. Das Publikum war gerührt. Cipri trug ein frohes Lächeln auf seinem weichen, rosigen Gesicht.

Urbino hatte die Contessa schon viele Male *Die vier Grobiane* spielen hören, immer leidenschaftlich und gefühlvoll, aber an diesem Nachmittag übertraf sie sich selbst. Ihre Interpretation war schlechthin genial. Das Publikum war wie verzaubert.

Als sie unter donnerndem Applaus endete, tauschte die Contessa einen kurzen, funkelnden Blick mit Urbino. Er lächelte zurück und rief: »*Brava*!« Sofort taten es ihm die anderen nach.

Die Contessa bekam stehende Ovationen.

Nachdem er sie umarmt und auf beide Wangen geküsst hatte, ließ Urbino sie allein, damit sie das Lob der um sie versammelten Gäste entgegennehmen konnte. Zur anschließenden Stadtrundfahrt in der Gondel wollte er draußen auf sie warten. Rebecca musste sich beeilen, sie hatte einen Termin.

Als Urbino den Konzertsaal verließ, sah er sich nach Cipri um. Er war bereits fort. Urbino trat nach draußen auf den Hof und ging zum Standbild der verschleierten Frau. Cipri war nirgends zu sehen.

Vor dem Denkmal begann die Begeisterung langsam zu schwinden, die die Darbietung der Contessa in ihm ausgelöst hatte. Unvermeidlich erinnerte ihn die Statue an die Figur aus seinem Feuertraum.

»Wie gut, dass nie jemand herausgefunden hat, wer sie ist!«, hatte die Contessa vor ihrer ersten *conversazione* hier im Hof zu ihm gesagt. »Wagen Sie es bloß nie, ihren Schleier zu lüften! Konzentrieren Sie sich auf Ihren Samuel Possle und auf meine verschwundene Garderobe!«

Damals hatte ihm das eingeleuchtet. Als er noch nicht wusste, was er inzwischen erfahren hatte. Während er nun vor der geheimnisvollen Statue auf die Contessa wartete, war er davon nicht mehr so überzeugt.

Verschiedene Welten und unterschiedliche Probleme verschmolzen ineinander, so jedenfalls erschien es ihm in seiner noch immer verwirrten Wahrnehmung. Neben ihm stand der Geist von Adriana Abdon, die sich vor eben jener Statue das Herz aus dem Leibe sang, während die Contessa in einem der Räume darüber Unterricht bekam.

Hier im Konservatorium waren Geister und in anderer Form spukten sie hinter den Mauern der Ca' Pozza.

Und selbst der Feuertraum wirkte bei Tageslicht betrachtet wie der Geist von etwas, das bereits geschehen war, oder wie eine Mahnung, was geschehen mochte.

13

In der ersten Viertelstunde der Gondelfahrt, als das schwarze Boot den Canal Grande hinunter und dann in ein Labyrinth aus kleineren Wasserstraßen glitt, hatte es den Anschein, als schaukelten Urbino und die Contessa zur Melodie ihrer eigenen Barkarole. Die Luft war warm und das Licht, das am Morgen rosig gewesen war, ließ die Steine jetzt golden erstrahlen und die Metallarbeiten an der

Gondel glänzen. Geselliges, bedeutungsschweres Schweigen lag über den beiden, als sie zwischen Meer und Himmel in der geschlossenen Kabine dahinschwebten und den Prosecco tranken, den Gildo kalt gestellt hatte. Mit entspannter Miene betrachtete die schöne Contessa geistesabwesend den sich ihr darbietenden Anblick.

Urbino für seinen Teil hing den Gedanken nach, die ihn fesselten, seit er vor der Statue der verschleierten Frau auf die Contessa gewartet hatte.

Im Moment fuhr die Gondel hinter der Scuola Grande di San Rocco vorbei, wo in ihrer Herrlichkeit und Unzugänglichkeit die Gemälde Tintorettos hingen.

Die Contessa wandte sich von der Umgebung ab und schaute Urbino an.

»Sie verschweigen mir ganz offensichtlich etwas, *caro*«, sagte sie. »Das lese ich Ihrem Gesicht, Ihrer Stimme, jeder Ihrer Bewegungen ab.«

Urbino nickte. Wegen seiner Krankheit und den Vorbereitungen auf die letzte *conversazione* hatte er ihr nichts von all dem erzählt, das seit dem Morgen seiner Fahrt nach San Lazzaro degli Armeni vor mehr als einer Woche geschehen war.

Das nächste Treffen mit Possle würde in vier Tagen stattfinden, am Montag. Possle würde eine Antwort auf sein Angebot erwarten. Wenn die Contessa Urbino nicht begleitete, würde es sein letzter Besuch dort werden.

»Ich gehöre wieder Ihnen ganz allein und ich bin ganz Ohr«, gab die Contessa das Stichwort.

Während sie den Prosecco tranken, erzählte Urbino ihr mit gesenkter Stimme alles, was sie noch nicht wusste, das heißt, alles außer seinem zweiten unrechtmäßigen Betreten der Ca' Pozza und was er in Armandos kleinem Zimmer gefunden hatte. Das wollte er für später aufheben.

Die Kabine, die wie ein Beichtstuhl geschlossen war, und das langsame Vorankommen und wiegenähnliche Schaukeln der Gondel waren seiner detaillierten Schilderung förderlich.

Die Contessa ließ ihn erzählen, ohne zu unterbrechen, auch wenn er die ganze Zeit über ihre Meinung unmissverständlich an ihrem Gesicht ablesen konnte und an dem Druck, mal stärker, mal schwächer, mit dem sie seine Hand hielt oder seinen Arm umklammerte.

Als er geendet hatte, schaute er durch die Läden nach draußen, während die Gondel nacheinander unter zwei Brücken hindurchfuhr. Ersichtlich betroffen brach die Contessa ihr Schweigen.

»Wenn Ihr amerikanischer Landsmann glaubt, dass ich ihm auch nur eine Lira oder einen Penny für etwas gebe, das er gestohlen hat und für das er möglicherweise sogar gemordet hat, kann er direkt wieder dahin gehen, wo er hergekommen ist!«

»Mein amerikanischer Landsmann? Das hört sich an, als gäben Sie mir die Schuld.«

»Ich gebe Ihnen nicht die Schuld, aber Sie haben ihn ermutigt. Wenn Sie sich doch nur um meine armen verschwundenen Kleidungsstücke gekümmert hätten! Sie sollten sich diese Byron-Gedichte vollkommen aus dem Kopf schlagen, wenigstens soweit sie irgendwas mit mir zu tun haben! Und sehen Sie mich nicht so an wie ein kleiner Junge, denn eben gerade hatten Sie noch einen ganz anderen Gesichtsausdruck. Sie waren enttäuscht!«

Die Contessa hatte Recht. Auch wenn Urbino nicht wollte, dass sie in eine zweifelhafte und vielleicht sogar gefährliche Situation verwickelt wurde, so verließ ihn doch der Mut bei der Aussicht, die Gedichte zu verlieren. Vielleicht gab es eine andere Möglichkeit. Vielleicht konnte sie …

»Vergessen Sie die Gedichte, das rate ich Ihnen«, unterbrach sie seine Wunschgedanken. »Ich weiß, wie wichtig sie Ihnen sind, besonders im Moment, wo Sie seit einiger Zeit bei Ihrer Arbeit nicht weiterwissen. Aber lassen Sie die Finger davon, mit oder ohne meine Hilfe! Seien Sie zufrieden mit der gewöhnlichen Belohnung. Hier verbirgt sich irgendein Geheimnis. Lösen Sie es und ziehen Sie mit Ihrer Beute von dannen, einer rein intellektuellen Beute!«

»Ein guter Rat, Barbara. Aber es könnte eine Möglichkeit geben, an die Gedichte zu kommen, ohne etwas zu bezahlen«, fügte er hinzu, »wenn wir nämlich aufdecken, was in der Ca' Pozza passiert ist und vielleicht immer noch passiert.«

»Sie sind hartnäckig, nicht wahr?« Besorgt und missbilligend schüttelte sie den Kopf. »Meinen Sie Elvira?«

»Ja, Elvira, und vielleicht auch Hilda Cipri.«

»Damit wollen Sie sagen, dass Sie nicht bereit sind, zu verzichten. Habe ich Ihnen nicht gesagt, als Sie bei der verschleierten Frau standen und über *deren* Geheimnis grübelten, dass es unmöglich ist? Wenn Sie ihr Geheimnis lösen, werden Sie einen unerschöpflichen Quell der Faszination verlieren. Und falls oder wenn Sie das Geheimnis der düsteren Ca' Pozza lösen, werden Sie die Gedichte für immer verlieren.«

»Meinen Sie?«

»Das wissen Sie doch selbst! Ich höre es Ihrer Stimme an, von Ihrem Gesichtsausdruck ganz zu schweigen, den Sie selbst ja nicht sehen können! Sie werden herausfinden, dass die Gedichte auf die eine oder andere Art mit Blut befleckt sind, und selbst wenn das nicht stimmt, gehören sie höchstwahrscheinlich nicht eindeutig Possle. Wenn ich etwas kaufe, selbst für *Sie*, muss ich zuallererst einmal überzeugt sein, dass der Verkäufer der rechtmäßige Besitzer ist. Und was würde es bedeuten, wenn man Sie mit solchen Mauscheleien in Verbindung brächte? Wollen Sie das? Wollen Sie eine Berühmtheit erlangen, die an einen schlechten Ruf grenzt? Sie werden eine moralische Last tragen, das können Sie mir glauben!«

Urbino antwortete nicht. Die Contessa war noch lange nicht fertig.

»Finden Sie einen Weg, den Schlüssel zurückzulegen, den Sie gestohlen haben – jawohl, gestohlen!«, fuhr sie fort und bemühte sich, ihre Lautstärke zu mäßigen. »Finden Sie einen Weg, ihn dahin zurückzulegen, wo er hingehört, und werfen Sie den Nachschlüssel in den Canalazzo! Wenn Sie möchten, übernehme ich das gerne für Sie. Wie nennt man so etwas noch mal? Belastendes Beweisstück?«

Und nun erzählte er ihr, wie er den Schlüssel in der Nacht zuvor verwendet und wie er den Zeitungsausschnitt von ihr im Fortuny-Kleid gefunden hatte.

Eine Weile starrte die Contessa vor sich hin, dann sagte sie: »Aber das verstehe ich nicht. Was hat das zu bedeuten?«

»Genau das versuche ich ja herauszufinden.«

»Vielleicht hat Elvira Armando diesen und andere Ausschnitte gegeben«, spekulierte die Contessa. »Es sei denn …«

Sie brach ab.

»Was?«

»Es sei denn, Armando hat sie *ihr* gegeben. Aber warum, *caro*? Warum?«

»Ich weiß es nicht. Und wir sollten nicht zu voreilig davon ausgehen, dass es keine andere Möglichkeit gibt. Haben Sie nachgeschaut, ob einer von Ihren Schlangenledergürteln fehlt?«

»Sie scheinen alle da zu sein. Aber ich habe nicht besonders gründlich nachgesehen. Jetzt, da ich die *conversazioni* hinter mich gebracht habe, gehe ich alles noch einmal sehr sorgfältig durch, und wenn nur, um festzustellen, was wir von Elvira zurückholen müssen. Sie glauben immer noch, dass sie alles hat, oder?«

»Vergewissern Sie sich, dass all Ihre Schlangenledergürtel noch bei Ihnen sind!«

»Das ist keine Antwort auf meine Frage.«

»Weil ich sie nicht beantworten kann, ohne dass sich mir eine neue Frage stellt. Mit ein paar neuen Informationen und nach erneutem Abwägen der Dinge, die wir bereits wissen, könnte sich alles als ganz anders entpuppen.«

»Das hoffe ich. Aber wirklich, *caro*! Was haben Sie sich bei Ihren spätnächtlichen Ausflügen nur gedacht! Seien Sie vorsichtig! Gestern Nacht wurden Sie verfolgt, sagen Sie. Nun, vielleicht war es Gildo, der auf Sie aufgepasst hat«, räumte sie mit gesenkter Stimme ein. »Es kann auch ein Räuber gewesen sein! Vielleicht war es auch Armando, der Sie von Ihrer Schnüffelei abhalten wollte! Vielleicht auch Possle persönlich. Es ist durchaus möglich, dass Possle so munter ist wie Sie und ich und Armando den Figaro singen kann, ohne Luft zu holen!«

Trotz dieser Übertreibung war vieles von dem, was die Contessa sagte, wahr. Aber wenn sie mit Urbino die Ca' Pozza besuchte, konnte sie Possle vielleicht auf eine Art gegenübertreten, die Urbino nicht möglich war. Er befürchtete, Gefahr zu laufen, seine hoch geschätzte Objektivität einzubüßen, wenn es um Possle ging. Die Contessa konnte vielleicht auf Possle einwirken, ehrlicher zu sein, was die Gedichte anging, und ihre vollständige Geschichte zu erzählen. Es war einen Versuch wert.

»Falls Sie noch Zweifel haben«, sagte die Contessa und bewies damit, dass sie immer noch nicht fertig war. »Ich habe keinerlei Absicht, Sie oder mich für diese Gedichte zu kompromittieren. Und ich werde hocherfreut sein, Samuel Possle höchstpersönlich zu sagen, was ich von seinem Vorschlag halte!«

Urbino sah sie an.

»Kommen Sie also mit? Nicht um ihm ein Angebot zu machen …«

»Aber auch ohne ihm zu verraten, dass ich keines mache, wollen Sie das vorschlagen?«, unterbrach sie Urbino und warf ihm einen trotzigen Blick zu, bevor sie nach draußen schaute. »Für einen klugen Menschen sind Sie zu leicht zu durchschauen. Unsere Diskussion ist möglicherweise rein theoretisch, *caro.* In Anbetracht von Possles Anfall oder was er da hatte, ist er vielleicht gar nicht mehr in der Lage, sich am 1. April etwas von Ihnen oder mir anzuhören. Ja, Possle könnte …«

Die Contessa hielt inne. Ihr Blick war nach oben gerichtet. Urbino folgte ihm. Vor ihnen erhob sich die Ca' Pozza. Das alte Haus ragte drohend in den dämmrigen Himmel, während sie an seinem unbenutzten Wassereingang vorbeiglitten. Keines der Fenster war beleuchtet. Die meisten waren mit Läden verriegelt, nur ein kleines, viereckiges auf dem Dachboden nicht.

Urbino hatte Gildo nicht angewiesen, an der Ca' Pozza vorbeizufahren. Angesichts der Warnungen des Gondoliere, dem Haus fernzubleiben, wunderte Urbino sich, dass er von sich aus einen Weg gewählt hatte, der daran vorbeiführte. Aber hatte Gildo nicht gleichfalls indirekt dem Wunsch Ausdruck verliehen, Urbino möge herausfinden, welche Rolle die Ca' Pozza bei Marcos Tod gespielt hatte? Es konnte durchaus sein, dass der junge Mann genauso hin- und hergerissen war wie Urbino.

»Kaum spricht man vom Teufel oder lieber vom Haus des Teufels«, ergänzte die Contessa, »da taucht es schon auf. Gildo!«, rief sie. »Halten Sie bitte am Ufer!«

»Was haben Sie vor?«, fragte Urbino mit heiserem Flüstern.

»Ich werde aussteigen und dort klingeln. Was Ihr Samuel Possle braucht, ist ein bisschen Spontaneität!«

Kaum hatte Gildo die Gondel an der Wassertreppe neben der Brücke zum Stehen gebracht, da trat die Contessa mit Urbinos Hilfe und unter Gildos stillem, nervösem Blick auch schon ans Ufer.

Sie ging zur großen, düsteren Haustür und drückte auf die Klingel. Sie wartete und klingelte erneut. Als es wiederum keine Antwort gab, trat sie einen Schritt zurück und schaute zu den oberen Stockwerken hinauf.

Urbino tat es ihr nach. Das Haus schaute zurück.

»Haben Sie das gesehen?«, rief die Contessa Urbino zu.

»Was denn?«

»Ich könnte schwören, dass da jemand am Fenster im Dachgeschoss stand. Aber nur ganz kurz.«

Sie kam zur Gondel zurück. Sie zitterte. Als sie wieder in der *felze* Platz genommen hatte, legte Urbino ihr eine Decke um die Schultern und eine weitere über die Knie. Ihr Gesicht war blass.

»Ist alles in Ordnung, Barbara?«

»Haben Sie auch etwas gesehen?«, fragte sie mit schwacher Stimme.

»Nein. Sie denn?«

»Nein«, sagte sie nach einer Weile.

»Ist alles in Ordnung?«

»Ja, aber ich würde jetzt gerne nach Hause fahren. Ich fühle mich müde – müde und alt.«

Während Gildo die Gondel von der Ca' Pozza fortstieß und ruderte, hielt die Contessa den Blick auf das Haus gerichtet, bis es entschwand.

14 Als sie die Ca' da Capo-Zendrini erreichten, teilte Vitale der Contessa mit, Clementina, die Cousine des Conte, habe einen Rückfall erlitten, und ihre Tochter wäre sehr erleichtert, wenn die Contessa so schnell wie möglich kommen könnte. Sie wies Pasquale an, früh am nächsten Morgen den Bentley parat zu haben, um sie nach Bologna zu fahren.

»Ich gehe nach oben«, erklärte sie Urbino. »Ich lasse mir nur noch von Silvia etwas zu essen bringen. Bleiben Sie, solange Sie wollen. Lassen Sie sich etwas zu essen machen. Ich möchte mich gut ausruhen, bevor ich morgen fahre.«

Sie wich seinem Blick aus und eilte nach oben.

Urbino begab sich in die Bibliothek und goss sich etwas zu trinken ein. Er nahm in einem Sessel Platz, von dem aus man eines von Habibs Marokko-Bildern betrachten konnte. Die Contessa hatte ihm besondere Ehre erwiesen, indem sie es in der Ecke aufgehängt hatte, die ihrer Sammlung von Reiseführern gewidmet war, von denen einige bis ins siebzehnte Jahrhundert zurückreichten. Das Gemälde zeigte eine Gasse in der Altstadt von Fes, die der heimwehkranke Habib im vergangenen Winter aus der Erinnerung wiedergegeben hatte. Der Wirbel aus Primärfarben, Bewegungen und Gefühlen machte keinen Unterschied zwischen den Menschen und den lebendig wirkenden Cafés, Geschäften und Häusern. Urbino betrachtete es lange und sinnierte über die Art und Weise, wie es jede Trennlinie zwischen Öffentlichem und Privatem aufhob und wie stark es sich darin von Possle und der Ca' Pozza unterschied oder, was das anging, von Urbino und seinem Palazzo Uccello.

Dann ließ er sich durch den Kopf gehen, was gerade vor der Ca' Pozza passiert war. Die Contessa war erschüttert gewesen. Gerne hätte er ihr gesagt, er habe auch etwas gemerkt, aber er hatte nur leere Fenster gesehen, die ihn anstarrten. Wenn er sie belogen hätte, würde sie sich nun besser fühlen. Er leerte sein Glas und verließ die Bibliothek.

Über die breite Treppe stieg er ein Stockwerk höher und klopfte an die Tür vom Schlafgemach der Contessa.

»Barbara!«, rief er leise. »Sind Sie da?«

»Ja, was ist?«

Ihre Stimme klang sehr weit entfernt.

»Möchten Sie einen Tee?«

»Danke, nein. Ich muss mich ausruhen, wenn ich bei Clementina zu irgendwas gut sein soll. Der Auftritt hat mich völlig geschafft.«

»Ich glaube, Sie haben in einem Fenster etwas gesehen. Was war das?«

Das Schweigen war so lang, dass er dachte, sie würde gar nicht antworten. Dann sprach sie mit festerer Stimme.

»Ich hätte gerne etwas gesehen, *caro*, das ist das Problem. Ich habe rein gar nichts gesehen. Und Sie auch nicht. Ich möchte nicht mehr darüber reden. Heute nicht mehr. Nie mehr. Entschuldigung, *caro*. Ich möchte mich so lange wie möglich ausruhen, bevor ich morgen nach Bologna fahre. Gute Nacht.«

15

Um zwei Uhr am nächsten Nachmittag, einem Freitag, klingelte Urbino an Cipris Tür am Lido. Der Künstler öffnete, das dichte Haar ungekämmt, ansonsten so fesch wie immer mit grellblauer Krawatte und sportlichem Tweedsakko. Er konnte seine Überraschung, Urbino zu sehen, nicht verhehlen.

»Sie sind es, Signor Urbino! Hat mich gefreut, Sie gestern

beim Konzert der Contessa zu sehen. Es war brillant! Absolut brillant!«

»Ja, das stimmt«, pflichtete Urbino ihm bei.

Er schaute über die Schulter des Malers in den Salon. Hildas Sessel war leer.

»Es tut mir Leid, dass ich störe. Ich hatte etwas am Lido zu erledigen, da dachte ich, ich schau mal vorbei und bitte Ihre Frau, mir ein Autogramm ins Buch zu schreiben. Die Gedichte sind sehr gut, und wenn mein Deutsch besser wäre, würden sie mich bestimmt noch mehr beeindrucken. Sie versetzen den Leser zurück in die Zeit, als Byron in Venedig lebte.«

Er holte Hildas Gedichtsammlung aus der Tasche.

»Ich hatte das Buch gestern beim Konzert dabei, aber sie war ja nicht da.«

»Es ging ihr nicht gut.«

»Das tut mir Leid. Vielleicht komme ich besser ein andermal zurück.«

Urbino wollte das Buch wieder einstecken. Er merkte, dass Cipri bewusst war, dass Hildas Autogramm nur ein Vorwand für den Besuch war.

»Nein, schon gut«, sagte der Maler. »Ich bringe es ihr. Sie liegt im Bett, aber es wird ihr bestimmt nichts ausmachen, wenn ich sie kurz störe. Würden Sie ... würden Sie bitte hereinkommen?«

»Sehr freundlich von Ihnen, aber ich möchte mich nicht aufdrängen. Wenn es Ihrer Frau ganz bestimmt keine Probleme bereitet, wäre ich ihr sehr dankbar, wenn sie mir das Buch signieren würde, dann verschwinde ich schnell und nehme Ihre Zeit nicht weiter in Anspruch.«

»Wie Sie wollen. Es wird ihr Leid tun, dass sie Sie heute nicht empfangen kann. Vielleicht ein andermal, wenn sie sich besser fühlt. Setzen Sie sich doch!«

Cipri wies auf einen Stuhl neben der Tür und verschwand.

Sobald er außer Sicht war, ging Urbino an den Tisch, auf dem die Skizzen von Hilda gelegen hatten. Sie waren immer noch da, genau wie die Kugelschreiber und Bleistifte und das italienisch-deutsche Wörterbuch. Die Schlüssel jedoch waren verschwunden.

Urbino fragte sich, wie wichtig die Entdeckung war, dass alles, was vor etwas mehr als einer Woche auf dem Tisch gelegen hatte, noch immer dort war – abgesehen vom Schlüssel.

Er setzte sich wieder auf den Stuhl neben der Tür.

Kurz darauf kehrte Cipri mit Hildas Buch zurück. Der Maler schlug es auf. *Hilda Krippe* stand in hellblauer Schrift auf dem Titelblatt.

»Sie hat sich sehr gefreut«, sagte Cipri.

Urbino bedankte sich und schob das Buch in die Tasche. Höchstwahrscheinlich verfügte er nun über eine hervorragende Fälschung von Hildas Unterschrift.

»Ach, übrigens«, sagte Urbino, kurz bevor er ging, »seit meinem letzten Besuch interessiere ich mich für jemanden, von dem Sie sprachen, nämlich für den ausländischen Herrn, der früher in der Ca' Pozza wohnte. Der Armenier Mechitar Dilsizian. Es gibt eine spannende Verbindung zwischen Venedig und Armenien. Ich dachte, ich könnte ein kleines Buch darüber schreiben.«

»Verstehe. Das wäre bestimmt interessant.«

Cipris glattes, rosiges Gesicht wurde starr.

»Wussten Sie, dass er mit seinem Sohn bei demselben Unfall ums Leben kam wie Adriana?«

»Wirklich? Das wusste ich nicht. Ich hatte nie viel mit ihm zu tun, hab ihn nur ein paar Mal in der Ca' Pozza gesehen.«

Urbino hatte erwartet, dass Cipri auf die Information bestürzter und überraschter reagieren würde.

»Das ist schade. Aber als Sie ihn sahen, war da festzustellen, was für eine Beziehung er zu Armando hatte? Waren die beiden befreundet?«

»Wie ich schon beim letzten Mal sagte: Armandos ganze Loyalität gehört Possle.«

»Und dem Andenken seiner Schwester.«

»Wenn Sie das sagen. Davon weiß ich nichts. Ich sehe ihn nie.«

16 Nach dem Besuch bei den Cipris mietete Urbino ein Motorboot, das ihn die kurze Strecke zu San Lazzaro degli Armeni bringen sollte. Er hatte sich nicht mit Pater Nazar oder einem der anderen Mönche verabredet, denn heute waren keine Führungen vorgesehen.

Der Bruder, der die Tür öffnete, war sehr entgegenkommend. Er kannte Urbinos Namen und lobte ausführlich sein Buch über die Minolfis, eine Restauratorenfamilie. Urbino erklärte ihm, er bräuchte für seine Recherchen eines der von den Mönchen gedruckten Bücher. Der Geistliche führte ihn durch Druckerei und Setzerei, wo alle Maschinen schwiegen, bis in die Buchhandlung. Pater Nazar war nicht zu sehen.

Der Bruder versuchte, Urbino für große Farbfotografien der Ca' Zenobio degli Armeni zu interessieren, die er selbst, wie er sagte, vor vielen Jahren aufgenommen hatte. Das Gebäude war früher der Sitz des armenischen Colleges gewesen und wurde nun zu kommerziellen und privaten Zwecken genutzt. Um dem Mann einen Gefallen zu tun, wählte Urbino drei der Bilder aus und suchte dann nach dem Buch über armenische Trachten, in das er bei seinem letzten Besuch einen Blick geworfen hatte.

»Dies hier nehme ich auch«, sagte er, als er es gefunden hatte.

»Sie haben einen hervorragenden Geschmack.«

Zehn Minuten später fuhr das Motorboot Urbino über die Lagune zum Kai vor der Piazza San Marco und Urbino blätterte in dem Buch herum, bis er die Farbtafel gefunden hatte, die ihn interessierte. Es handelte sich um das Foto einer hübschen Frau in einem bestickten, verzierten Kleid mit Silbergürtel und Kopfschmuck mit Schleier.

Im Florian legte Urbino eine Pause ein. Während er an der Bar etwas trank, versuchte er die Teile des Puzzles zusammenzusetzen, zu denen Samuel Possle, Mechitar Dilsizian und Lord Byron gehörten. Er war nicht sehr erfolgreich. Dann rief er Corrado Scarpa an.

Auch von ihm kam keine Hilfe. Es war ihm noch nicht gelungen, den Bericht über den Bootsunfall zu finden. Sobald er ihn hätte, würde er ihn Urbino auf der Stelle zukommen lassen.

17

»Oh, danke schön, Signor Urbino«, sagte Benedetta Razzi um Viertel nach zehn am nächsten Morgen. Sie nahm den kleinen Fächer aus marmoriertem rosa Papier entgegen. »Der ist noch hübscher als der, den Sie beim letzten Mal mitgebracht haben. Der wird meinen Kleinen gefallen.«

»Sie sagten, Sie hätten nicht viele Fächer. Als ich an dem Geschäft vorbeikam, wusste ich, was ich zu tun hatte.«

Die Witwe Razzi musterte den Fächer genauer.

»Ich stelle ihn direkt neben meine *señorita*«, sagte sie. »*Señoritas* mögen Fächer.«

»Das stimmt. Aber vielleicht passt er besser zu dieser Puppe hier.«

Er wies auf eine zierliche Gestalt in einem bestickten rosa Kleid, die auf einem der Tische saß. Als er beim letzten Mal hier gewesen war, hatte die Puppe neben der Witwe auf dem Sofa gehockt. Ein mit einem weißen Schleier verhüllter Pillbox-Hut verlieh ihr einen exotischen Anstrich.

»Natürlich«, stimmte die Razzi zu. »Die Farben von Fächer und Kleid passen perfekt zusammen.« Sie legte den Fächer neben die Puppe. »Wunderbar!«

Während sie sich auf ihrem zusammengesackten Zweisitzer niederließ, schenkte sie Urbino einen belustigten Blick unter ihren falschen Wimpern. Sie trug das schwarze Kleid mit den schwarzen Pailletten, aber heute hatte sie zusätzlich eine Perlenkette umgehängt.

»Ich glaube, Sie haben eine kleine Schwäche für die Puppendame. Ich bin eifersüchtig. Sie haben den Fächer extra für sie mitgebracht.«

Urbino nahm in dem Sessel ihr gegenüber Platz.

»Sie haben mein Geheimnis entdeckt, *signora*. Ich muss zugeben, dass ich die Puppe entzückend finde. Ihre Tracht, meine ich. Sie ist armenisch, nicht wahr?«

»Wie klug Sie sind! Ja, armenisch. Ich musste das Land auf der Karte suchen. Ich hatte noch nie davon gehört. Es liegt in der Nähe der Türkei.«

Urbino wartete.

»Ein netter Herr hat sie mir geschenkt, ein höflicher Herr, genau wie Sie. Er kam aus Armenien.«

»Ach, ja? Wie interessant!«

»Er hatte eine Wohnung in meinem Haus in San Polo. Ach, das ist schon lange her. Er hatte einen komischen Namen. Er fällt mir nicht mehr ein. Ach, aber sein Gesicht, Signor Urbino! Sein Gesicht! Das werde ich nie vergessen. Egal, ich hab ja ein Foto von ihm.«

»Wirklich?«

»Geben Sie mir mal das Album von dem Tisch um die Ecke!«

Urbino holte das große, abgegriffene Buch.

Langsam blätterte die Razzi darin herum. Beim Blick auf die Fotos lächelte sie oder runzelte die Stirn. Nach ein oder zwei Minuten tippte sie auf eine bestimmte Aufnahme.

»Das ist er und das da bin ich, vor vielen, vielen Jahren.«

Sie seufzte und reichte Urbino das Album.

Auf der Seite klebte ein schlechtes Farbfoto von drei Personen.

Razzi, die darauf um die vierzig zu sein schien, trug einen braunen Pelzmantel mit passendem Pelzhut. Man erkannte sie an ihren großen, ausdrucksvollen Augen. Neben ihr stand ein großer Mann mit scharfen Gesichtszügen, Schnäuzer und Spitzbart.

Auf der anderen Seite von Mechitar Dilsizian war eine attraktive junge Frau in einem grauen Kleid mit kleiner, schwarzer Schürze zu sehen. Sie war fast so groß wie der Armenier. Auf dem Kopf trug sie eine kleine, graue Kappe. Die Frau kam Urbino irgendwie bekannt vor.

»Sie sehen, er hatte ein hartes Gesicht, aber er besaß ein gutes Herz. Einige Tage nach dieser Aufnahme schenkte er mir die Puppe. Er zog fort in die Schweiz oder nach Österreich oder so ähnlich. Ich weiß nicht, was aus ihm geworden ist.«

Urbino war versucht, ihr von Dilsizians Schicksal zu erzählen, aber dadurch würde er verraten, sie getäuscht zu haben. Stattdessen fragte er sie, wer das Foto aufgenommen habe.

»Sein Sohn. Er war auch süß. Ein Engelsgesicht!«

»Sie waren schon immer elegant, *signora*. Wer ist das Mädchen da neben Ihnen?«

Razzi nahm das Album zurück und schloss es.

»Das ist die verrückte Elvira. Damals war sie noch normal. Noch nicht mal verheiratet.«

»Es sieht aus, als trüge sie eine Uniform oder so.«

»Hausmädchen war sie damals. Bei Signor Possle und ein paar anderen Leuten. Vielleicht mietete sie die Wohnung, als ihr Mann tot war, um in der Nähe von Possle zu sein. Sie schien sich in ihn verguckt zu haben, auch wenn er deutlich älter war als sie.«

Urbino hörte sich alles schweigend an. Dann fragte er, wie Elviras Beziehung zu Dilsizian gewesen sei.

»Wer weiß? Ich traue ihr alles zu, damals und heute. Sie ist eine Intrigantin. Schließlich hat sie es geschafft, sich in mein Haus zu schleichen, oder? Und sie wird das ganze Leben lang dort bleiben – *ihr* ganzes Leben, meine ich –, wenn ich sie nicht herausbekomme!«

18

»Ein Herr hat das hier für Sie abgegeben, Signor Urbino«, sagte Natalia, als er nach dem Besuch bei der Witwe Razzi in den Palazzo Uccello zurückkehrte.

Sie reichte ihm einen großen Pappumschlag. Sofort wusste Urbino, um was es sich handelte. Corrado Scarpa hatte den Unfallbericht gefunden.

Er nahm ihn mit in die Bibliothek, wo er sich ein Glas Wein einschenkte. Dann setzte er sich in den alten Ledersessel.

Der Brief enthielt mehrere Fotokopien, die mit Handschriftlichem, Maschinengeschriebenem, Unterschriften und Amtsstempeln übersät waren. Er überflog sie zunächst eilig und begann sie dann sorgfältig zu lesen.

Possle, Armando, Adriana und die Dilsizians waren in einem Segelboot hinausgefahren, das sie auf Burano gemietet hatten. Das Segelboot war ein *topo*, eine eigentlich für Fischer gebaute Bootsform, mit der die Buranelli heute ihre Waren transportieren. Das alte *topo* hatte keinen Motor, nur ein Segel.

Das für Mitte März ungewöhnlich milde Wetter musste die Freunde ermutigt haben. Mechitar war Bootsführer gewesen.

In der Nähe von Chioggia waren von Norden starke Windböen aufgekommen. Sie beschlossen, nach Burano zurückzukehren.

Doch als sie den Lido verlassen hatten und der Lungomare Marconi in Sicht kam, war das Wetter noch schlechter geworden. Mechitar hatte die Kontrolle über das Boot verloren. Nach den eidesstattlichen Erklärungen von Possle und Armando waren alle Insassen ins Wasser gefallen. Was dann folgte, hatte Armando als Einziger der fünf mitangesehen. Possle wurde bewusstlos, als ihn das Boot am Kopf traf. Es gelang Armando, ihn zum gekenterten Boot zu schleppen. Dann suchte er die anderen. Mechitar versuchte, seinen Sohn zu retten, beide ruderten hilflos im Wasser herum. Sie wurden von Wellen überrollt. Adriana war wie vom Erdboden verschluckt. Armando ließ Possle im Boot allein, um seine Schwester zu suchen. Er fand sie nicht.

Die Akte enthielt zudem die Zeugenaussagen eines Ehepaares mittleren Alters, das am Lido Vögel beobachtet hatte. Während die Frau sich aufmachte, die Polizei zu rufen, verfolgte der Mann das Drama durch sein Fernglas. Er behauptete, die Aussage von Armando sei wahr, soweit er das habe sehen können, fügte jedoch eine Kleinigkeit hinzu. Er hatte gesehen, wie Adriana in den Wogen verschwand, als das gekenterte *topo* über sie hinwegschwamm.

Die Leichen von Mechitar und Zakariya wurden drei Stunden später gefunden, angeschwemmt am Strand des Lido.

Adrianas Leiche tauchte niemals auf.

Es war Zeit, die Villa Serena in Florenz zu besuchen. Urbino erledigte einige Telefonate und konnte für den folgenden Nachmittag einen Termin bei der Direktorin vereinbaren.

19

Nach dem Abendessen rief Urbino die Contessa in Bologna an, um sich zu erkundigen, wie es ihr gehe. Sie sprach mit ruhiger, nahezu ausdrucksloser Stimme und erzählte fast ausschließlich von Clementina, die glücklicherweise außer Gefahr war. Urbino sagte der Contessa, er hoffe, sie würde auch auf sich selbst aufpassen, und beließ es dabei. Auch wenn er trotz ihrer deutlichen Worte nicht beabsichtigte, den Vorfall nach der *conversazione* vor der Ca' Pozza zu ignorieren, wollte er sich doch nicht am Telefon mit ihr darüber unterhalten.

»Ich komme spät morgen Abend zurück«, erklärte sie. »Aber Sie müssen mich nicht anrufen, *caro*. Ich werde direkt zu Bett gehen. Wir verlieren alle eine Stunde Schlaf.«

Der folgende Tag war der 31. März, an dem die Uhren auf die Sommerzeit vorgestellt wurden.

»Ich werde Sie nicht belästigen. Richten Sie Clementina alles Liebe aus und kommen Sie gut nach Hause!« Aber er konnte sich nicht verabschieden, ohne hinzuzufügen: »Possle erwartet uns am Montag.«

»Das habe ich nicht vergessen.«

20

Um zehn Uhr abends machte Urbino, gehüllt in seinen Umhang, einen Spaziergang, war aber entschlossen, sich nicht der Ca' Pozza zu nähern. Er zog es vor, fern von ihr über sie nachzusinnen. Auf diese Weise wäre sie wirklicher und greifbarer und könnte ihren unheilvollen Einfluss nicht so stark geltend machen.

Heimlich hatte sich in den letzten Stunden Nebel in die Stadt geschlichen. Er verwandelte die wenigen Menschen, die Urbino entgegenkamen, in geheimnisvolle, gesichtslose Gestalten, die ihn an den Umriss erinnerten, den er vor mehr als einem Monat am Fenster der Ca' Pozza gesehen hatte.

Er überquerte die Eisenbrücke ins Ghetto und schlenderte zwischen den hohen Gebäuden hindurch. Seine Stimmung wurde von den traurigen Assoziationen verfinstert, die die Gegend in ihm weckte. Selbst an einem warmen Sonnentag ging es ihm hier so, erst recht in einer solchen Nacht. Die Steine schienen die Missetaten von Jahrhunderten auszubluten und Urbino hatte die Generationen von Juden vor Augen, die bunte, aber alles andere als fröhliche Hüte tragen und hinter Mauern und verschlossenen Toren leben mussten.

Aber in dieser Nacht verdrängten die Abdons vorübergehend diese lange, tragische Geschichte aus Urbinos Kopf. Er grübelte über die Reihe frühzeitiger, gewalttätiger Todesfälle, die mit denen von Vater und Mutter bei einem Feuer ihren Anfang nahm und möglicherweise noch nicht beendet war.

Er wandte sich von den traurigen, leeren Straßen ab und steuerte auf den Canal Grande zu, wo der Nebel dichter war. Während er an verriegelten Geschäften, Kiosken und verschlossenen Fensterläden vorbeiging, ließ Urbino Demetrio Emos Geschichte über die Familie Abdon Revue passieren. Er flocht ein, was er selbst herausgefunden hatte. Es war ein Märchen von plötzlichen Todesfällen und Wahnsinn – und wenn es kein Wahnsinn war, dann doch sicherlich eine schwere emotionale Störung.

Gab es für Adrianas Zustand vor ihrem Tod eine ebenso einleuchtende Erklärung wie für Armandos Stummheit? Urbino hätte es verstanden, wenn sie nach dem Tod von Mutter und Vater einen Zusammenbruch erlitten hätte, doch Emo zufolge war dem nicht so gewesen. Sie war schon vorher krank gewesen. Und doch war Urbino überzeugt, dass es eine enge Verbindung zwischen ihrer Krankheit und dem Feuer gab, bei dem die Eltern ums Leben gekommen waren, das beinahe das Leben ihres Bruders und eventuell auch ihr eigenes gefordert hätte.

Seelische Unausgeglichenheit war oft ein Mysterium. Es gab nicht immer eine praktische Ursache, die das Ganze erträglicher machte. Manchmal wurde ein Mensch einfach und scheinbar grundlos vom Wahnsinn befallen. Vielleicht war das das Schicksal der armen Adriana gewesen, auch wenn Urbino das niemals würde ergründen können.

Anderen Dingen würde er ganz bestimmt auf den Grund gehen, und zwar bald, weil er das unterfüttern wollte, was er bereits stark vermutete. Wenn er in wenigen Tagen der Ca' Pozza einen Besuch abstattete, mit oder ohne Contessa, würde er herausfinden, ob er Recht hatte.

Auf dem langen, schmalen Campo Morosini verdrückte er sich auf ein schnelles Glas Wein in eine Bar, bevor er sich über den Platz zur Accademia-Brücke aufmachte. Er hielt inne und schaute am Konservatorium hoch. Seine Gedanken kreisten um den Kern des dunklen Geheimnisses der Ca' Pozza. Damit meinte er Armandos Ergebenheit gegenüber seiner Schwester, die in der Kindheit begonnen, sich bis ins Alter gehalten hatte und alles andere als tot war. Die von ihm arrangierte Unterbringung in der Villa Serena, die alljährlich zu ihrem

Andenken gehaltene Messe, die Gedenkanzeige am Jahrestag des Bootsunfalls – das alles bezeugte seine Liebe und Treue, jedenfalls nach außen hin.

Was Urbino von Benedetta Razzi über Elvira Carelli gehört hatte, verkomplizierte das Bild noch weiter. Elvira wohnte nicht nur Tür an Tür mit der Ca' Pozza und hielt sie für den Schandfleck in ihrem Leben, sondern hatte vor langer Zeit als Possles Dienstmädchen gearbeitet und sich von ihm angezogen gefühlt, wenn man der Witwe Razzi glauben konnte.

Zudem hatte Elvira Dilsizian und seinen Sohn gekannt, was sie noch stärker in die Geheimnisse des Palazzos verwickelte. Wie weit ihre Bekanntschaft ging, insbesondere mit dem Vater, wurde von der Vergangenheit in Schweigen gehüllt. Nicht mal die Razzi mit ihrer Abneigung gegen Elvira und ihrer Leidenschaft für Tratsch hatte den Schleier auch nur ein wenig lüften können.

Immer noch betrachtete Urbino das Konservatorium. Ein einsames Fenster war beleuchtet. Vielleicht übte eine privilegierte Studentin so wie die Contessa vor vielen Jahren eine Mozart-Sonate. Irgendwo in der Dunkelheit, wo Urbino sie nicht sehen konnte, harrte vielleicht eine weniger begünstigte junge Frau, die voller Neid und Hass zum beleuchteten Fenster hinaufsah.

Urbino stieg die Holzstufen der in Nebel gehüllten Brücke hoch und blieb in der Mitte stehen. Die Nachtluft blies ihm belebend ins Gesicht.

Von Dursoduro aus, wo der Nebel dicht war, näherten sich langsam zögerliche Schritte. Urbino spähte in den Dunst, ob jemand auftauchte. Die Schritte hielten plötzlich inne. Der Nebel ließ nichts erkennen. Urbino wartete, ob die Schritte erneut erklangen. Doch er hörte nur das Tuckern eines Bootes weiter oben im Canal Grande, das schnell verstummte.

Nach einer Weile, die ihm sehr lang erschien, wahrscheinlich aber nicht mehr als zehn oder fünfzehn Sekunden gedauert hatte, unterbrachen die Schritte wieder die Stille der Nacht.

Sobald sie wieder zu hören waren, wurden wie Umrisse auf einem sich entwickelnden Negativ allmählich zwei graue Gestalten sichtbar, die die letzten Stufen der Brücke erklommen.

Es war ein älteres Ehepaar. Die Frau, die gegen die unzeitige Kälte in einen Pelzmantel gehüllt war, ähnlich dem, den die Razzi auf dem Foto mit Dilsizian und Elvira trug, hielt einen Cockerspaniel mit Maulkorb an die Brust gedrückt. Das Paar wünschte Urbino auf Italienisch einen guten Abend, stieg langsam die anderen Stufen wieder hinunter und verschwand im Nebel.

Urbino blickte auf den Canal Grande hinunter. Der Nebel kroch über die Oberfläche der Wasserstraße. Manche Häuser ließ er verschwinden, andere isolierte er, so dass es schien, als ständen sie allein.

Dazu gehörte auch der Palazzo Guggenheim weiter unten am Canal Grande, das ehemalige Haus einer Frau, die einen Teil ihres Glanzes und ihrer Bekanntheit auf die Treffen bei Possle geworfen hatte. Von der Wassertreppe dieses Palazzos hatte die mit Sicherheit letzte private Gondel Venedigs abgelegt – solch legendäre Begebenheiten wurden ja festgehalten. Possles Gondel gebührte diese Ehre nicht, und ganz bestimmt nicht Urbino.

Possle war ein Dieb, in welcher Hinsicht auch immer, und die der Guggenheim zukommende Ehre, die letzte Gondel besessen zu haben, hatte er sich zu eigen gemacht. Vielleicht unterschied sich Urbino gar nicht so sehr von Possle. War er nicht mehr als nur ein wenig stolz auf seine eigene Gondel, auf die Figur, die er in ihr abgab? Und stellte er sich nicht in manch schwachem Moment vor, er sei einer der letzten leidenschaftlichen Pilger, die in den Klauen ihres, wie Henry James es genannt hatte, Palazzo-Wahnsinns die Stadt heimsuchten?

Doch seit dieser fernen Zeit war zu viel verloren gegangen. Diese Tage waren nicht zurückzuholen.

Possle hatte diesen Träumen nachgehangen und was war aus ihm geworden!

Urbino warf einen letzten Blick den Canalazzo hinunter, diesmal in die andere Richtung zum Knick im Wasserlauf, wo sich Nebel um die an Byron gemahnenden Palazzi Mocenigo bauschte, dann ging er von der Brücke in den Dorsoduro. Er suchte nach anderen Menschen auf dem dunklen, nebligen Platz, aber die Gegend um die geschlossenen Kioske und den Bootsanleger war leer. Der Verkaufsschalter für Bootsfahrkarten hatte zugemacht.

Einige Minuten später befand sich Urbino auf dem Kai, wo die Obst- und Gemüseboote für die Nacht mit Persenning verhüllt waren. Rechts von ihm war eine Brücke, auf der vor einigen hundert Jahren traditionelle, blutige Faustkämpfe zwischen rivalisierenden Gruppen stattgefunden hatten, deren Ziel es gewesen war, den Gegner so brutal wie möglich in den Kanal zu werfen. In weißem Marmor in die Brücke eingesetzte Fußabdrücke leuchteten im Dunkeln und markierten die Stelle, wo sich die Rivalen gegenübergestanden hatten.

Urbino hatte sich der Zurschaustellung von Gewalt immer fern gehalten. Doch seit er in Venedig lebte, war er in irrige, blutige Spielarten des Bösen verwickelt worden.

Das Geheimnis der Ca' Pozza war ein weiteres Beispiel dafür, nur dass er in diesem Fall selbst unmittelbar verantwortlich dafür war, im Mittelpunkt zu stehen.

Während er die verlassene Mole entlangging, kehrten seine Gedanken zu den Byron-Gedichten zurück. Possle hatte sie angeblich bei einem Kartenspiel mit Dilsizian gewonnen.

Er besaß dementsprechende Unterlagen. Und Dilsizian war bei einem Ausflug in der Lagune ertrunken.

Possle schien genauso wenig der Typ für Faustkämpfe zu sein wie Urbino, aber der äußere Anschein mochte trügen. Der alte Eigenbrötler konnte brutal zugeschlagen haben, um zu bekommen, was er haben wollte, oder um zu behalten, was er bereits besaß – vielleicht war er noch heute dazu fähig. Seine Gebrechlichkeit bedeutete nicht, dass ihm jegliche Kraft geraubt worden war.

Denn es gab den stillen, leichenhaften Armando mit seiner Liebe zu Possle. War der Diener mehr als ein Zuschauer, wie die Männer und Frauen, die den Faustkämpfen auf der Brücke beigewohnt hatten? War das in den vielen Jahren ihrer Freundschaft seine Rolle gewesen?

Oder eine ganz andere? Eine bösartigere Rolle? Eine Rolle, die in den Tagen von Possles Umgang mit der Highsociety entstanden war und vielleicht nicht einmal mit Possles Tod ein Ende finden würde? Und wie passte der Zeitungsausschnitt der Contessa in Armandos kleinem Zimmer, von dem man Urbino abgetrennt hatte, ins Bild? Zusammen mit dem Gürtel auf der hinteren Treppe der Ca' Pozza, den er jetzt fast mit Sicherheit für einen Damengürtel hielt?

Wie die schwarzen Blumen eines Zauberers spross eine Frage aus der nächsten. Urbino war noch nicht viel weitergekommen, da hielt er schon einen ganzen Strauß in der Hand.

Ihr Duft war ebenso schwer zu beschreiben wie das Aroma, das Possles Kristallzerstäuber ausströmte, und genauso schal wie der Geruch, der von Armando ausging.

Erst da, als er im Kopf diese kranken schwarzen Blumen im Arm hielt, wurde Urbino klar, wohin ihn seine Schritte lenkten, wohin sie ihn seit einer Stunde unvermeidlich führten.

Nein, nicht zur Ca' Pozza. Er war stark genug, sich an den

Entschluss zu halten, den er beim Verlassen des Palazzo Uccello gefasst hatte.

Es war die Ca' Zenobio degli Armeni. Das Haus war den Kai hinunter und über eine der allgegenwärtigen Brücken nur einen Steinwurf entfernt.

Bald stand er auf der Brücke, die einen Blick auf den stillen, nicht beleuchteten Palazzo am anderen Ufer bot. Nebelschwaden zogen über seine weiß gestrichene Barockfassade. Ein kleines Boot lag an der Wassertreppe. Eines der Fotos, die Urbino dem Pater auf San Lazzaro degli Armeni abgekauft hatte, war von dieser Stelle aus aufgenommen worden.

Im vergangenen Jahr hatten Urbino und Habib die Contessa zu einem Ball begleitet, der in der prächtigen Sala degli Specchi mit ihrem geschwungenen weiß-goldenen Stuck, den Fresken von Dorigni und Tiepolo und den Unmengen reich verzierter Spiegel abgehalten wurde, denen der Saal seinen Namen verdankte.

Aber jetzt überschatteten die dunkleren Gedanken an den ertrunkenen Dilsizian und seine Byron-Gedichte die Erinnerung an den magischen Abend. Dilsizian hatte den Palazzo bestimmt ebenso besucht wie San Lazzaro degli Armeni. Vielleicht hatte er dort sogar jemandem von den Gedichten erzählt, wie zuvor Pater Nazar auf der Insel.

Wenn Urbino Possle glauben durfte, befanden sich besagte Gedichte nun in seinem alleinigen Besitz. Sie waren irgendwo in der Ca' Pozza. Bestimmt bewahrte Possle sie in seiner Nähe auf, vielleicht irgendwo in seinem Schlaf- oder Gondelzimmer. Möglicherweise lagen sie sogar unter den Kissen der Gondel begraben. Das wäre Possle durchaus zuzutrauen, dachte Urbino.

Auf der Accademia-Brücke hatte er sich in Erinnerung gerufen, dass Possle ein Dieb war, der Dieb von San Polo, wie ihn die Contessa beim Ausflug zum Schifffahrtsmuseum bezeichnet hatte. Diebstahl konnte verschiedene Formen annehmen. Zuerst hatte Possles Diebstahl noch ganz harmlos gewirkt, hatte sich auf Gedanken und Ideen von Menschen beschränkt, die vor ihm gestorben waren. Auf gewisse Weise war ein solches Stibitzen gar kein Diebstahl, sondern schlaue, ja kunstvolle Aneignung, Veränderung, Neufassung. Es bestand kein Zweifel, dass Possle im Verlauf seiner Lebensjahre auf gewisse Weise sich selbst erfunden und geschaffen hatte. Jetzt war dieses Selbst in der Ca' Pozza gefangen und verrottete dort.

Wenn sich Urbino nur vergewissern konnte, dass die Byron-Gedichte ohne jede Gewalt und Täuschung in Possles Hände gelangt waren. Dem Bericht über den Bootsunfall zufolge hatte es nicht den Anschein, als sei Mechitar infolge böser Absicht gestorben, aber Urbino hegte einen heftigen professionellen Argwohn gegen alles Scheinbare.

Er hatte bereits einen Schlüssel gestohlen und sich wie ein Dieb Zugang zur Ca' Pozza verschafft. Das bewies, wie weit er gehen würde, auch wenn er nicht beabsichtigte, sich noch länger auf moralisch zweideutigem Gelände zu bewegen. Er hoffte, sich bremsen zu können und sich nicht auf Fragwürdiges einzulassen, was Possles Erwerb der Gedichte betraf.

Urbino wollte sie haben, und zwar aus den Gründen, die Possle angesprochen hatte, aber auch noch aus weiteren, die der Alte nicht kannte.

Wenn sie tatsächlich bei einem Kartenspiel mit Mechitar Dilsizian in Possles Besitz gekommen waren, glaubte Urbino fest, dass er nun bereit sei, über sie zu verhandeln.

Es war ein Zeichen für Urbinos besondere Art der Gier, dass er, als er der Ca' Zenobio den Rücken zuwandte und sich auf den Heimweg machte, so gut wie sicher war, mit Hilfe der Contessa ans Ziel zu gelangen.

Doch dann meldete sich die Realität zu Wort. Zeitweilig hatte er Armando vergessen können, Armando mit seiner hingebungsvollen Treue zur Zwillingsschwester und das möglicherweise dunkelste Geheimnis der Ca' Pozza.

Diese Gedanken machten ihm die Dunkelheit und den Nebel noch unangenehmer, als sie ihm schon beim Aufbruch vom Palazzo Uccello gewesen waren.

21

Am nächsten Morgen nahm Urbino den ersten Zug nach Florenz. Die Zeit vor seinem Termin in der Villa Serena verbrachte er damit, durch Straßen, Kirchen und Galerien zu streifen.

Als er in der kleinen Kapelle der heiligen drei Könige im Palazzo Medici und vor dem *tondo* der Madonna von Fra Filippo Lippi im Palazzo Pitti stand, war er in Gedanken weit weg und nahm ihren Zauber kaum wahr. Durch seinen Kopf geisterten Samuel Possle und Dilsizian, Elvira und Hilda, Armando und Adriana, Gildo und Marco.

Deswegen war er froh, als das Taxi die Hügel über den rosafarbigen Dächern und Kuppeln der Stadt erklomm. Die Villa Serena war nicht weit von dem ehemaligen Haus Bernard Berensons entfernt, der Villa I Tatti. Eine Zypressenallee führte zum Eingang eines gewaltigen Renaissancegemäuers. Andere Häuser, kleiner und neuerer, aber unauffälliger Bauart, duckten sich in den Garten hinter dem Hauptgebäude.

Urbino fragte sich, wie Armando in der Lage gewesen sein mochte, so viel Geld zusammenzukratzen, um Adriana auch nur eine Woche in dieser Klinik unterzubringen, von den vielen Monaten ganz zu schweigen, von denen Demetrio Emo gesprochen hatte.

Die Leiterin des Heims war eine fröhliche, tüchtige Frau Ende fünfzig, die vor Ort wohnte. Obwohl Sonntag war, hatte sie sich bereit erklärt, Urbino zu empfangen, als er am Nachmittag zuvor Adriana Abdons Namen erwähnt hatte. Sie musste nicht in die Akten schauen, um ihm die gewünschten Auskünfte zu erteilen.

»Eine schöne Frau mit einer hervorragenden Stimme. Zum ersten Mal war sie vor zwanzig Jahren bei uns. Fünf Monate lang. Zwei Jahre später verbrachte sie erneut einige Monate hier. Beim dritten Mal blieb sie sehr viel länger. Fast zehn Jahre. Wir haben sie in die Obhut ihres Bruders entlassen.«

»Zehn Jahre? Ganz bestimmt?«

»Ja.« Ein in Erinnerungen schwelgendes Lächeln lag auf ihrem Gesicht. »An ihrem Entlassungstag trug sie ein Kleid, das einem von mir bis aufs i-Tüpfelchen glich. Ich hatte es mir für meinen fünfzigsten Geburtstag gekauft. Sie sagte immer, sie fände es schön, und ließ sich oft mit mir zusammen fotografieren, wenn ich es trug. Ihr Bruder muss es für sie nachmachen lassen haben.«

22

Am nächsten Morgen, dem 1. April, rief Urbino um neun Uhr in der Questura von Venedig an. Nachdem er, wie ihm schien, stundenlang in der Warteschleife hing, wurde er zu Commissario Francesco Gemelli durchgestellt. Durch seine jahrelange Detektivarbeit hatte Urbino eine zerbrechliche Freundschaft mit dem Commissario entwickelt, da sie sich gegenseitig brauchten und Urbino ihm mehr als einmal gestattet hatte, die Lorbeeren für die Lösung einiger Verbrechen einzuheimsen.

Aber der Sizilianer war reizbar und immer schwer einzuschätzen. Er hörte sich an, was Urbino zu sagen hatte, ohne ihn zu unterbrechen. Selbst in Urbinos Ohren klang alles reichlich weit hergeholt, doch ließ er nicht locker. Als er fertig war, herrschte am anderen Ende der Leitung lange Zeit Schweigen.

»Und auf der Grundlage dieser verqueren Ideen verlangen Sie von mir, mich zum Narren zu machen?«, sagte Gemelli schließlich. »Sie können mir nicht die Spur eines Beweises bringen, dass hier überhaupt eine strafbare Handlung vorliegt. Die Diebstähle im Stadtteil sind natürlich etwas anderes.«

»Ich bitte Sie nur, ein paar Ihrer Leute dort abzustellen, falls ich auf sie zurückgreifen muss.«

»Die Questura von Venedig ist nicht Ihr persönlicher Begleitschutz, Macintyre! Besorgen Sie sich einen Leibwächter!«

Urbino schwieg. Er war ziemlich zuversichtlich, dass Gemelli noch einsehen würde, inwiefern es hier um seine, Gemellis, Interessen ging.

Und Urbino fühlte sich bestätigt, als der Commissario sagte: »Na gut, Macintyre. Das hört sich zwar alles nach einer Privatfehde zwischen Ihnen und diesem anderen Amerikaner an, aber Sie haben mich bisher noch nie zum Narren gehalten. Aber ich warne Sie! Meine Männer brauchen einen guten Grund, bevor sie eingreifen. Einen sehr guten Grund.«

»Ich hoffe, es wird keinen geben.«

»Womit Sie sich geirrt hätten.«

»Das würde mich wirklich freuen.«

23

Urbino wollte gerade nach unten gehen, um Gildo in seinem Apartment aufzusuchen, als das Telefon klingelte. Zu seiner Überraschung war es die Contessa.

»Ich wollte mich erst später bei Ihnen melden«, sagte er. »Damit Sie sich so lange wie möglich ausruhen können.«

»Ich fühle mich schon viel besser. Auf der Rückfahrt von Bologna habe ich ein bisschen nachgedacht. Ein paar Tage unterwegs zu sein hat mir geholfen, einen klareren Kopf zu bekommen. Sobald ich zu Hause war, habe ich noch einmal meine Garderobe durchsucht, diesmal ohne Silvia. Sie werden nicht erraten, was ich gefunden habe!«

»Sie meinen, was Sie nicht gefunden haben. Einen Ihrer Schlangenledergürtel.«

»Genau! Und zwar den, den ich vor Jahren in Bologna gekauft habe. Die Fahrt nach Bologna hat mir auf die Sprünge geholfen. Mein Gürtel auf der Treppe der Ca' Pozza. Was hat das zu bedeuten?«

»Das möchte ich lieber nicht am Telefon erklären.«

»Kommen Sie um zwei Uhr zu mir. Ich habe Ihnen auch einiges zu erzählen. Die Verabredung mit Possle ist um halb fünf, nicht wahr?«

»Begleiten Sie mich?«

»Das gehört zu den Dingen, die ich mit Ihnen besprechen möchte.«

24

»Sie sehen müde aus, Signor Urbino«, sagte Gildo eine halbe Stunde später. Er hatte gerade aufbrechen wollen. Er setzte die Kappe wieder ab und legte sie auf den Tisch in der Mitte seines überfüllten Wohnzimmers.

»Ich habe nicht gut geschlafen«, erklärte Urbino. Nach seinem Spaziergang in der vergangenen Nacht hatte er sich noch zwei Stunden in der Bibliothek aufgehalten und im Kopf verschiedene Möglichkeiten durchgespielt. Und als er schließlich zu Bett gegangen war, hatte ihn wieder der Traum von Possle, der verschleierten Dame und dem Feuer gequält, nur dass diesmal das Gesicht von Adriana unter dem Schleier verborgen gewesen war. »Ich brauche Ihre Hilfe, Gildo. Darf ich mich setzen?«

Gildo nahm einen Stapel nautischer Zeitschriften vom Stuhl. Urbino setzte sich. Gildo blieb in angespannter Haltung stehen.

Urbino begann zu erklären, was er am Nachmittag im Falle eines Falles von Gildo erwartete. Er nahm Gemellis Vorschlag wörtlich, sich einen Leibwächter zu besorgen. Urbino wollte so wenige Risiken wie möglich eingehen. Er wusste, dass sein Vorhaben gefährlich war, aber er konnte sich nicht davon abhalten, weiterzumachen. Er hatte etwas angefangen und musste es zu Ende führen.

Während Urbino sprach, wurden die Augen des jungen Mannes immer größer und sein Blick wanderte von Urbino zur *forcola*. Sie stand wie eine stumme Zeugin und Mahnerin neben ihnen.

»Ich habe Angst vor dem Haus, *signore*. Das habe ich Ihnen gesagt.«

»Soll das heißen, dass Sie mir nicht helfen wollen?«

»Doch, ich helfe Ihnen. Vielleicht finden wir dann heraus, was mit Marco passiert ist, wie Sie eben sagten. Und die Contessa ist eine gute Frau. Ich möchte nicht, dass ihr etwas zustößt, wenn sie bei Ihnen ist.«

»Wir zwei werden dafür sorgen, dass ihr nichts geschieht. Und die Polizei ist in der Nähe, falls wir sie brauchen. Hier, nehmen Sie das!«

Urbino reichte Gildo den Nachschlüssel zur Eingangstür der Ca' Pozza.

»Und Ihr Handy funktioniert ordentlich?«

Gildo holte es aus der Tasche.

»Ja, *signore.*«

»Meines auch. So, um sicherzugehen, dass wir beide uns verstanden haben, könnten Sie doch noch einmal wiederholen, was ich Ihnen erklärt habe.«

»Gut, *signore.* Ich fahre Sie in der Gondel zur Ca' Pozza. Dort lege ich mit dem Boot an. Sie steigen aus und klingeln an der Tür. Wenn Sie hineingehen, verlasse ich die Gondel und stelle mich neben die Tür. Ich mache nichts, nur wenn ich ein Signal von Ihrem Handy bekomme. Ich versuche auch nicht herauszufinden, wo sich die Polizei versteckt. Wenn ich das Signal von Ihnen bekomme, verliere ich keine Zeit. Ich rufe sofort die Polizei an. Die weiß, was das zu bedeuten hat. Dann nehme ich den Schlüssel und schließe auf. Ich muss die Tür auf jeden Fall offen lassen. Dann gehe ich … gehe ich hinein und die Steintreppe hoch. Auf der anderen Seite der *sala* ist ein Zimmer mit einer breiten Tür, breiter als die anderen. Diese Tür nehme ich.«

»Richtig. Und wenn Sie den ganz in Schwarz gekleideten Mann sehen oder jemand anders? Was machen Sie dann?«

»Oh, Signor Urbino, hoffentlich sehe ich ihn nicht! Aber … aber wenn ich ihn sehe, sage ich zu ihm, dass ich Sie finden muss, Sie und die Contessa, falls sie dabei ist.«

»Und wenn wir nicht in dem Zimmer mit der großen Tür sind?«

»Dann rufe ich noch mal die Polizei an.«

»Und dann?«

»Dann … dann gehe ich nach draußen und warte auf die Polizei, falls sie noch nicht da sein sollte. Aber, *signore*, ich kann Sie und die Contessa doch nicht im Haus allein lassen, wenn Sie Hilfe brauchen! Dann muss ich dableiben!«

»Falls es so weit kommt, können Sie uns am besten helfen,

wenn Sie nach draußen gehen. Vielleicht wird das alles aber gar nicht notwendig sein. Vielleicht werden Sie die Ca' Pozza nicht einmal betreten müssen.«

»Hoffentlich nicht, in unser aller Interesse!«

25

»Das ist unmöglich!«, rief die Contessa um halb vier am Nachmittag. Mit einem nervösen Blick auf die geschlossene Tür ihres *salotto blu* fügte sie leiser hinzu: »Und doch: Angesichts dessen, was ich vorgestern gesehen habe und jetzt zugeben kann, ist es doch durchaus möglich!«

Sie habe geleugnet, eine Gestalt im Dachgeschossfenster der Ca' Pozza gesehen zu haben, da sie befürchtet habe, sich alles nur einzubilden. Das hatte Urbino schon vermutet. Die Contessa war sehr unsicher wegen all der Sorgen, die sie sich in letzter Zeit um ihre verlorenen Kleidungsstücke gemacht hatte – und immer noch machte, wie sie betonte.

»Es ist jedenfalls wahrscheinlich«, pflichtete Urbino ihr bei. »Ich weiß noch nichts Genaues. Vieles kann ich nur vermuten und genau das habe ich gerade getan, wie schon im Gespräch mit Gemelli. Aber ich musste Ihnen alles erzählen, damit ...«

»Damit ich alle Türen verschließe«, unterbrach sie ihn, immer noch leise. »Damit ich mir die Bettdecke über den Kopf ziehe und noch mehr Angst habe als vorher! Ja, deswegen?«

»Damit Sie entscheiden können, ob Sie mich trotzdem begleiten möchten. Wenn ja, könnte es unangenehm werden. Obwohl ich nicht glaube, dass Sie tatsächlich in Gefahr geraten können, nicht bei den Vorkehrungen, die ich mit Gemelli und Gildo getroffen habe.«

»Vergessen Sie nicht, dass Sie häufig zu schnell Vertrauen fassen.«

»Meinen Sie Gildo? Glauben Sie mir, Barbara, was ihn angeht, irre ich mich nicht.«

»Hoffen wir, dass sich keiner von uns heute zum Narren macht. Hoffen wir das Beste.« Sie trank einen Schluck Tee. »Nun, erzählen Sie mir, *caro*, wie sind Sie darauf gekommen? Doch nicht nur, weil Sie den Verdacht hatten, dass ich jemanden im Fenster auf dem Dachboden gesehen habe.«

»Nein, aber das gehörte dazu. Der Zeitungsausschnitt von Ihnen im Fortuny-Kleid in Armandos Zimmer spielte eine große Rolle. Nicht für sich allein, sondern zusammen mit dem Gürtel. Je länger ich über den Gürtel nachdachte, desto stärker war ich davon überzeugt, dass er einer Frau gehört. Schon bevor Sie mir heute Morgen mitteilten, dass Ihnen ein Schlangenledergürtel fehlt, war mir klar, dass der Gürtel in der Ca' Pozza Ihnen gehören musste. Es passte alles so gut zusammen. Und dann natürlich die ganzen Geräusche. Von Possle konnten sie nicht stammen. Ich hörte sie mehrmals, als wir zusammen waren. Armando war zugegebenermaßen eine Möglichkeit, aber dann konnte ich ihn ausschließen.«

»Der Stumme soll wie eine Frau geschrien und gelacht haben?«

Urbino zuckte mit den Schultern.

»Emo hat mir erzählt, er sei ein guter Schauspieler. Auch Elvira war eine logische Erklärung, wenn man die seltsame Akustik der Stadt in Erwägung zog, aber das hat mich alles nie richtig zufrieden gestellt. Und dann fiel mir ein, was Elvira über eine auffällig gekleidete und geschminkte böse alte Frau gesagt hatte, die sich wie eine Spinne in ihrem Haus versteckt. Sie hätte Benedetta Razzi kaum treffender beschreiben können, dachte ich zuerst, sie hätte nur noch die Puppen erwähnen müssen. Und ich dachte darüber nach, was uns mit Elvira auf San Michele passiert ist. Und dann fuhr ich zur Villa Serena.«

Die Contessa schaute ihm eine Weile in die Augen.

»Man kann einen Fuchs nicht überlisten«, sagte sie. »Possle hat Sie schon zu lange ausgenutzt. Sie können nichts anderes mehr sehen als diese Byron-Gedichte. Alles andere wird davon überschattet. Ich glaube nicht, dass ich Ihren Schutz in der Ca' Pozza benötige. Wenn ich Sie begleite, dann nur, weil Sie meinen benötigen!«

Sie trank den Tee aus und erhob sich. Mit Blick auf ihre bestickte Weste, deren Pailletten im Licht funkelten, leerte Urbino seinen flammenroten Campari.

26

Das Erste, was bei diesem Besuch in der Ca' Pozza sonderbar auffiel, war, dass von Armando jede Spur fehlte.

Kurz nachdem Urbino geklingelt hatte, ertönte ein Summen und löste die Verriegelung der Tür. Urbino legte die Hand auf den Knauf und öffnete. Er überprüfte, ob es immer noch dasselbe Schloss war. Offenbar ja. Es war verrostet und zeigte keine Reparatur- oder Einbauspuren.

Urbino drehte sich zur Contessa um. Sie schaute am Haus hoch.

»Können Sie etwas sehen?«, fragte er sie.

Sie schüttelte den Kopf.

»Das ist das erste Mal, dass ich so hereingelassen werde.«

Urbino spähte in die dunklen Ecken der Eingangshalle.

»Wer hat auf den Öffner gedrückt? Armando oder Possle?«, wollte die Contessa wissen.

Sie traten ein.

»Es ist eisig hier«, bemerkte die Contessa und zog den Kragen ihres Mantels enger.

»Im Gondelzimmer ist es wärmer.«

Während Urbino die Tür hinter sich zuzog, kam Gildo von der Brücke herüber, wo er die Gondel festgemacht hatte. Sie tauschten einen kurzen Blick.

Urbino hängte den Mantel der Contessa zusammen mit seinem weiten Umhang an den Kleiderständer mit den geschnitzten Grimassen. Schweigend bewegten sich ihre Augen zur geschlossenen Tür von Armandos kleinem Zimmer. Urbino nickte. Gemeinsam stiegen sie die breite steinerne Treppe empor.

In der großen, leeren *sala* blieben sie kurz stehen. Spätes Nachmittagslicht fiel durch Risse in den zugezogenen Fensterläden.

Die Tür zum Gondelzimmer stand offen. Die kleinere Tür am anderen Ende des Saales, die zu Possles Gemächern und der hinteren Treppe führte, war angelehnt.

Bisher war sie immer fest verschlossen gewesen.

Noch eben hatte Armandos Abwesenheit Urbino beunruhigt, jetzt hoffte er allerdings, der Diener würde so lange fortbleiben, dass er genügend Zeit hatte, Possle das Nötige mitzuteilen. Es wäre einfacher, wenn der Stumme nicht herumschlich.

Urbino versuchte sich zu erinnern, ob Possle die genaue Uhrzeit ihrer Verabredung in Armandos Beisein erwähnt hatte. Er wusste es nicht mehr genau.

Gerade wollten sie auf das Gondelzimmer zusteuern, denn Urbino war von dem Wunsch beseelt, Possle zu sehen, bevor Armando auftauchte, da verließ ihn der Mut. Langsame, verstohlene Schritte erklangen hinter der angelehnten Tür.

Die Contessa drehte sich um. Auch sie hatte es gehört.

Unmittelbar hielten die Schritte inne.

Urbino spürte die Aufregung der Contessa. Als sie sich dem Gondelzimmer näherten, griff er nach ihrer Hand.

Über Boden und Wände jenseits der Tür hüpften die von den Kerzen und dem Feuer geworfenen Schatten.

Sie traten ein, die Contessa noch zaudernder als Urbino. Ein Schwall warmer, abgestandener Luft hüllte sie ein. Die gewaltige Gondel ließ Possle noch winziger als sonst erscheinen, als wäre er geschrumpft, seit Urbino ihn zum letzten Mal auf Armandos Armen gesehen hatte.

Wie immer trug Possle purpurrote Seide und roten Satin, aber keine Brille. Die letzten Tage nach seinem Anfall schienen ihren Tribut gefordert zu haben. Seine Augen waren tief eingefallen und die glattere Hälfte seines Gesichts war leicht abgesackt. Die Kopfbedeckung hatte sich gelöst und hing ihm tief in die Stirn.

Unmengen von Blättern, viele davon zerrissen, sich auflösend und vergilbt vom Alter, lagen auf den Kissen um ihn herum und auf seiner Brust. Es waren in erster Linie Zeitungsausschnitte, aber auch Briefe und offizielle Schreiben. Nichts ähnelte allerdings den Papieren, die Pater Nazar Urbino beschrieben hatte.

Die Karaffe mit den Bechern stand auf dem kleinen Intarsientisch. Ein Becher war zur Hälfte mit Wasser gefüllt.

Die kleineren Kerzen vor der Gondel und die beiden mächtigen daneben waren angezündet. Ihr flackerndes Licht spiegelte sich in Possles Augen und es brannte noch etwas anderes darin, schwach, aber hungrig.

»Sie haben die göttliche Contessa mitgebracht.« Schwach schob er sich in den Kissen hoch. »Ich habe Armando fortgeschickt, um Besorgungen zu machen. Damit wir allein sein können. Ich habe die Tür aufgedrückt.«

Possle wies auf einen Schalter an der Wand hinter der Gondel, der Urbino bisher nicht aufgefallen war.

Eine siedend heiße Angst befiel Urbino. Wenn Armando zurückkehrte, würde er Gildo an der Tür vorfinden. Diese Wendung der Ereignisse war nicht vorgesehen. Doch wenn er und die Contessa Glück hatten, würden sie ihren Plan in die Tat umsetzen können, bevor der Diener zurückkam.

Possle starrte Urbino an. Nicht zum ersten Mal hatte Urbino den Eindruck, der Alte wisse, was in seinem Kopf vor sich ging. Doch als Possle erneut zu sprechen anhob, richtete er sein Wort an die Contessa.

»Herzlich willkommen, liebe Contessa!«, sagte er. »Als wir uns vor so vielen Jahren zum letzten Mal sahen, waren Sie die Signorina Barbara Spencer. Ach, wie die Zeit vergeht! Aber Sie haben sich nur wenig verändert, wie Sie bestimmt wissen. Wenn man nur dasselbe von mir behaupten könnte.«

Possles Stimme klang rauer als sonst und war ein bisschen undeutlich.

»Vielen Dank für Ihre Einladung«, erwiderte die Contessa schlicht und höflich, einen möglichen Schock über Possles erschreckenden Anblick verbergend.

»Vielen Dank, dass Sie gekommen sind. Nehmen Sie doch Platz!«

Sie setzten sich in die beiden Sessel mit den hohen Rückenlehnen, die vor der Gondel standen. Nervös schaute die Contessa auf die Kerzen, die nur wenige Zentimeter entfernt auf dem Boden aufgestellt waren.

»Ich möchte eines von Beginn an klarstellen, Mr Possle«, sagte sie, an seine jämmerliche Gestalt gewandt. »Ich bin heute hierher gekommen, um Ihnen und Mr Macintyre einen Gefallen zu tun. Ich hielt es für das Beste, Ihnen persönlich zu sagen, dass ich nicht die Absicht habe, eine Gedichtsammlung von Byron zu erwerben, selbst wenn sie authentisch ist. Mr Macintyre hat mich unterrichtet, dass Sie so freundlich sind, sie mir vor allen anderen anzubieten.«

»Sie in Ihren Händen beziehungsweise in denen Ihres guten Freundes Mr Macintyre zu sehen wäre mit eine große Freude«, antwortete Possle. Er bemühte sich, das Zittern aus seiner Stimme zu halten und sie so bestimmt wie möglich klingen zu lassen. »Aber wie er Ihnen sicherlich mitgeteilt hat, bin ich durchaus bereit, andere – wie soll ich sie nennen? – andere *Interessenten* in Erwägung zu ziehen. Es wird mich einige Mühe kosten, aber ich weiß, wie es ausgehen wird. Ich bekomme mein Geld und jemand anders, nicht Sie und Ihr lieber Freund, bekommt die Gedichte.«

»Darauf sind wir vorbereitet«, entgegnete die Contessa. »Wir wünschen Ihnen viel Glück bei der Suche nach einem geeigneten Käufer.«

Urbino ließ die Contessa das Gespräch führen, wie sie es verabredet hatten. Dass Possle damit gerechnet zu haben schien, ärgerte Urbino. Erwartungsvoll und mit einem gönnerhaften Lächeln schaute der hagere Alte nun Urbino an.

»Aber vielleicht überdenken Sie noch einmal Ihren Entschluss, sie verkaufen zu wollen«, bemerkte Urbino.

»Wie meinen Sie das?«

»Vielleicht möchten Sie sie lieber einer Byron-Sammlung stiften. Ich könnte die Bibliothek auf San Lazzaro degli Armeni empfehlen.«

»Aber das käme Ihnen doch gar nicht gelegen, oder? San Lazzaro mag vielleicht nur eine kleine Bootsfahrt entfernt sein – ähm, Gondelfahrt«, korrigierte Possle sich, »aber dort müssten Sie sich mit anderen Wissenschaftlern und den guten Mönchen selbst auseinander setzen, die sie gewiss ebenfalls würden veröffentlichen wollen. Die Gedichte wären nicht in

Ihrem alleinigen Besitz. Diese Lösung wäre nur traurige zweite Wahl.«

Das konnte Urbino nicht leugnen. Es fiel ihm schwer, sich von der Vorstellung zu verabschieden, die Gedichte zu seiner eigenen privaten wie beruflichen Verfügung zu haben.

»Ich möchte Sie etwas fragen, Mr Macintyre. Wenn Sie glauben, dass diese Gedichte mit Blut besudelt sind, verlieren sie dann diesen Makel, wenn ich sie verschenke und kein Geld dafür verlange? Bleiben Ihre Hände sauber, wenn Sich sich ihrer unter solchen Umständen bedienen? Wenn Sie, was Sie sicher tun werden, überall verbreiten, dass Sie dazu beigetragen haben, sie ans Licht zu bringen? Welchen Unterschied macht Geld in dieser Hinsicht? Es ist eine reine Formsache. Sie beide sind übervorsichtig oder sollte ich besser sagen, heuchlerisch?«

Urbino und die Contessa mussten sich bemühen, jedes von Possles Worten zu verstehen, da seine Stimme schwankte, zitterte und schwächer wurde und seine Aussprache sehr undeutlich war.

Als er geendet hatte, herrschte eine Weile Schweigen, bis die Contessa nach einem Blick auf Urbino beherzt aussprach: »Entschuldigen Sie bitte, Mr Possle, aber ich finde das ziemlich unangemessen.«

»Unangemessen nennen Sie das? Derweil wunderschöne, faszinierende Gedichte darauf warten, das Licht der Welt zu erblicken?«

Ein selbstzufriedener Ausdruck legte sich auf sein eingefallenes Gesicht. Urbinos nächste Frage vertrieb es wieder.

»Wissen Sie, ob sich Adriana Abdon für Byron interessierte?«

Jetzt schaute Possle verwirrt drein. Dann wirkte er müde, sogar ängstlich.

»Adriana Abdon?«, wiederholte er leise.

Sein Blick schoss in Richtung der *sala*. Durch die Tür waren nur die von den Kerzen und dem Feuer geworfenen Schatten zu sehen. Aus dem großen Raum kam kein Geräusch.

»Warum sprechen Sie von ihr?«, wollte Possle wissen. »Habe ich Ihnen nicht gesagt, dass Armando es nicht gerne hört, wenn man von ihr redet?«

»Aber Armando ist doch nicht da, oder?«

Kaum hatte Urbino das ausgesprochen, vermeinte er, ein leises, verstohlenes Klopfen auf dem Boden der *sala* zu hören. Die Contessa schien nichts vernommen zu haben.

»Aber es ist besser, sich keine gefährlichen Dinge anzugewöhnen.«

»Wieso gefährlich?«, hakte Urbino nach.

Possle verzog den Mund zu einem Grinsen, das vollkommen humorlos war.

»Armando kann sehr böse werden, wenn er meint, dass jemand zu frei mit dem Namen oder dem Andenken seiner Schwester umgeht. Und in meiner Lage – nun ja, für mich ist es besser, wenn er nicht böse wird, verstehen Sie?«

Er sah Urbino in die Augen. Urbino las darin Verletzlichkeit, Einsamkeit und große Traurigkeit. Unangenehm berührt, beschämt und nun selbst plötzlich sehr traurig, wandte er den Blick ab.

Beinahe hätte er noch einmal überdacht, was er als Nächstes sagen wollte. Dann unterdrückte er das in ihm aufkeimende Mitleid und fragte weiter.

»Sie haben gesagt, Sie würden nie nach unten gehen, Mr Possle, aber gehen Sie manchmal nach oben?«

»Nach oben?«

Unbehaglich rutschte die Contessa im Sessel herum und schaute weder Urbino noch Possle an, sondern betrachtete die gefährlich auf dem Boden aufgereihten Kerzen.

»Ja, in die oberen Stockwerke? Insbesondere ins Dachgeschoss?«

Possle wirkte ehrlich verwirrt.

»Eine sonderbare Frage. Sie sehen doch meinen Zustand. Und was geht es Sie an, ob ich mich nach oben begebe?«

»Mich nicht so sehr als vielmehr die Contessa.«

Possle schaute die Contessa mit seinen winzigen Augen an.

»Was soll das heißen?«, fragte er sie.

Sie hob ihren Blick vom Boden.

»Mir ist es lieber, wenn Mr Macintyre das erklärt.«

»Mir ist es lieber, wenn Sie es tun.«

Die Contessa antwortete nicht.

»Ich spreche von Adriana Abdon«, sagte Urbino.

Er neigte den Kopf in Richtung der *sala*. Wieder glaubte er, verstohlene Schritte hinter der Tür zu hören.

»Ich weiß nicht, ob es Ihnen bekannt ist«, fuhr Urbino fort. »Ich glaube, Sie wissen es nicht, aber vielleicht haben Sie ja einen Verdacht. Möglicherweise haben einige Ihrer Papiere da mit dem Bootsunfall zu tun. Sie besagen klar und deutlich, dass Mechitar und Zakariya Dilsizian an jenem Tag starben. Ihre Leichen wurden gefunden. Adrianas jedoch nie.« Urbino hielt inne. »Adriana ist nicht an jenem Tag am Lido ertrunken. Seit fünf Jahren lebt sie hier neben Ihnen in diesem Haus. Oben.«

»Was erzählen Sie da? Sind Sie verrückt? Adriana soll hier leben? Sie lebt? Aber Armando … er kann doch nicht …«

Possle legte eine Hand auf die Brust. Ein heftiger Hustenanfall schüttelte seinen Körper. Erschrocken sprang die Contessa auf, griff zum Wasserglas und stürzte zur Gondel. Sie beugte sich über den zitternden, zappelnden Possle. Urbino eilte ihr zu Hilfe. Possle warf die Hände hoch und schlug der Contessa das Glas aus der Hand. Es fiel gegen den eisernen *ferro* und zersplitterte. Scherben sprangen in alle Richtungen. Possle packte die Contessa an den Schultern.

Urbino suchte nach seinem Handy und wählte Gildos Nummer.

Laute Schritte polterten über den nackten Boden der *sala* in das Gondelzimmer. Urbino und die Contessa, die Possles Hände von ihren Schultern zu schieben versuchte, sahen sich um.

Wie ein Geist tauchte eine Gestalt im Türrahmen auf. Die Contessa rang nach Luft.

Es war eine Frau. Sie war groß und hager, hatte langes, schwarzes Haar mit grauen Strähnen, das unter einem geblümten Schlapphut hervorkam. Ihr Gesicht war voller Falten und Furchen. Das verloren geglaubte Teekleid der Contessa hing zerrissen und verschmutzt an ihr herunter. Ein Ende des Fortuny-Schals lag wie eine Schlinge um ihren Hals. Das silberne Collier glitzerte auf ihrer eingefallenen Brust.

Die Frau rollte mit ihren roten Augen, bis ihr Blick an der Contessa hängen blieb, die sich von Possles Händen zu befreien versuchte. Urbino wollte sich zwischen die Frau und die Contessa drängen, aber die Frau machte einen geschickten Schritt an ihm vorbei und stürzte sich auf die Gondel.

Gewaltsam riss sie die Contessa aus Possles Händen. Die beiden Frauen fielen zu Boden. Possle, der zu husten aufgehört hatte, als habe er sich zu sehr erschrocken, lag wie tot in den Kissen und starrte auf die verrückte Frau, die ihre Hände um den Hals der Contessa legte. Lautlos formten seine Lippen das Wort »Adriana«.

Urbino packte Adriana bei den Schultern. Mühsam versuchte er, sie von der Contessa loszureißen. Sie war stark wie ein Mann. Endlich ließ sie los und fiel zu Boden.

Sie stellte sich auf alle viere. Das flatternde Ende des Schals streifte eine Kerzenflamme und fing Feuer. Schreiend sprang

Adriana auf und stieß gegen eine der dicken Kerzen, die daraufhin in die Gondel fiel. Innerhalb von Sekunden brannten die Blätter. Possle schlug mit den Händen nach den Flammen, verteilte das Feuer jedoch nur weiter auf seine Hemdsärmel.

Was dann passierte, nahm Urbino nur verschwommen wahr. Er kümmerte sich einzig um die Contessa. Er sah und hörte nicht, dass Gildo ins Gondelzimmer kam, dennoch war er plötzlich neben ihm. Urbino registrierte ein blasses, schwer getroffenes Gesicht, panisch durch den Raum schweifende Augen, dann zwei starke Arme, die ihm halfen, die halb bewusstlose Contessa emporzuheben.

Armando stürzte an ihnen vorbei auf die Gondel zu. Er bewegte sich schneller, als Urbino je gesehen hatte. Er entblößte seine Zähne zu einer Grimasse aus Angst und Zorn.

Urbino und Gildo trugen die Contessa nach draußen, dann durch die *sala* zur Treppe.

Urbino wagte einen Blick zurück. Die Tür umrahmte den brennenden Anblick.

Possle war von Flammen umgeben und schrie. Die Frau wand sich in den Vorhängen, ihr Haar brannte. Die Vorhänge flackerten orangerot.

Armando stand zwischen Possle und seiner Schwester. Er warf den Kopf zurück. Ein tierisches Geheul erhob sich über den Lärm der krachenden Flammen und Possles Schreie. Nur Adriana, die wie eine Fackel brannte, schwieg.

Das Gondelzimmer wurde zum prasselnden Inferno.

Qualm und der Geruch brennenden Fleisches stiegen Urbino in die Nase. Seine Kehle schnürte sich zu. Wasser trat ihm in die Augen. Die Hitze war unerträglich.

Mit ihrer wertvollen Last gelangten Urbino und Gildo die Treppe hinunter nach draußen in die gesegnete kühle, frische Luft.

Epilog

Der Schatz aus dem Florian

»So viele Jahre lang«, sagte die Contessa zu Urbino, während die beiden von ihren Plätzen im Chinesischen Salon die Piazza San Marco betrachteten.

Der große Platz war an diesem Aprilnachmittag eher eine Bühne als ein Ort der Geselligkeit. Fast alle schienen hergekommen zu sein, um sich in der Aufmerksamkeit der anderen zu sonnen oder ihre Vergnügtheit zur Schau zu stellen, sich unter den Arkaden zu drängeln oder sich unter dem strahlend blauen Himmel auf dem Pflaster zu tummeln. Selbst das Orchester leistete seinen Beitrag in Form erbarmungslosen Herunterdudelns von traditionellen und klassischen Melodien, die bevorzugte Kost von Kinos und Konzerthallen in so gut wie jeder Hauptstadt und Provinz.

Der Anblick unterschied sich drastisch von der heiteren Szene im Februar, als die beiden Freunde sich um die Probleme sorgten, die mittlerweile in den brennenden Wänden der Ca' Pozza auf ungeahnte Weise gelöst worden waren.

Die Contessa schaute Urbino an, der noch immer nach draußen starrte. Seit sie sich an ihrem bevorzugten Beobachtungsposten getroffen hatten, war er in Gedanken versunken.

»Haben Sie mich überhaupt gehört, *caro*?«, fragte die Contessa. »Ich habe gesagt, dass Adriana ganz schön lange dort oben unter dem Dach gelebt hat.«

Urbino trank einen Schluck Sherry und antwortete: »Ich nehme an, dass Armando sie nach der Villa Serena einem weniger teuren Pflegeheim überantworten wollte. Sieben Jahre da oben zu leben, ohne entdeckt zu werden, wäre eine Meisterleistung gewesen.«

»Jane Eyres Mr Rochester hat es, glaube ich, noch länger ausgehalten.«

Urbino lächelte.

»Das stimmt wohl. Aber ich glaube nicht, dass es in der Ca' Pozza so lief. Armando muss sie woanders untergebracht haben. Wahrscheinlich war sie nicht sehr lange dort.«

»Aber wie lange? Können Sie das herausfinden?«

»Wohl kaum.«

»Aber möchten Sie nicht alle Fragen beantwortet haben und alle Lücken schließen?«

Urbino schaute sich im überfüllten, gemütlichen Raum um, bevor er mit einem Schulterzucken antwortete.

»Das ist noch nie möglich gewesen. Nicht vollständig. Und diesmal werden wir mehr unbeantwortete Fragen haben als sonst. Ich möchte Sie aber nicht in die Irre führen«, ergänzte er. »Ich habe versucht, einiges zu klären. Manches ist wohl von geringer Bedeutung, aber nicht für mich.«

Das Schweigen der Contessa forderte ihn auf, weiterzusprechen.

»Ja«, sagte er. »Auf einem Gebiet habe ich nur Baukasten-Antworten. Sie wissen ja, dass mir vieles von dem bekannt vorkam, was Possle von sich gab. Die meisten Zitate habe ich inzwischen gefunden. Er war ein Dieb, aber nicht verschlagener als wir anderen auch, wenn es um Originalität geht.« Urbino hielt inne. »Seine Diebstähle waren auf gewisse Weise originell. Er eignete sie sich an.« Urbino lächelte wehmütig. »Das haben Sie uns in Hinblick auf Venedig vorgeworfen.«

Die Contessa, die bisher vergeblich versucht hatte, Urbinos Stimmung einzuschätzen, fragte besorgt: »Aber wie fühlen Sie sich nun, da Sie nicht alle Fragen beantworten konnten?«

Urbino zuckte mit den Schultern.

»Nicht so schlecht, wie ich befürchtet hatte. Jedenfalls ist es eine tröstliche Illusion.«

»Was?«

»Dass man solche Dinge zu einem Paket zusammenschnüren und mit einer hübschen Schleife versehen kann. So ist es nicht immer im Leben.«

»Umso trauriger.«

»Ach, hm, das denke ich nicht und ich weiß nicht genau, ob wir es überhaupt wollen.«

Kurz dachte die Contessa darüber nach.

»Vielleicht denken Sie an das, was ich über die verschleierte Frau gesagt habe«, vermutete sie schließlich. »Man kann nicht das Geheimnisvolle bewahren und gleichzeitig das Geheimnis kennen.«

Mehr als der Hunger ließ die Macht des Vergleichs die Contessa zu einem der Petits Fours greifen, die auf einem Teller vor ihr standen. Sie wählte ein zierliches, längliches Praliné. Der malvenfarbene Zuckerguss passte zu den Farben ihres bunten Fortuny-Kleides, das Urbino einen der wichtigsten Anhaltspunkte geliefert hatte.

»Aber was denken Sie wegen der Gedichte?«, hakte sie nach. »Nicht alle Antworten zu erhalten ist eine Sache. Die Gedichte nicht zu bekommen, eine andere. Falls es sie gegeben hat.«

»Es gab sie. Daran zweifele ich nicht. Possle besaß sie und jetzt sind sie fort. Zusammen mit Possle, Armando, Adriana und fast allem anderen in der Ca' Pozza.«

Der Brand hatte sich schnell ausgebreitet und fast das ganze alte Gemäuer zerstört. Es war das schlimmste Feuer in der Stadt seit dem Brand des Opernhauses La Fenice. Possle, Armando und seine Schwester konnten nicht mehr gerettet werden, als die Boote der Feuerwehr eintrafen. Urbino und die Contessa konnten von Glück sagen, mit Hilfe von Gildo überlebt zu haben.

»Wenn es doch nur anders gekommen wäre!«, seufzte die Contessa.

»Es sollte nicht sein.«

»Habibs Einfluss auf Sie wird immer stärker. Das Schicksal! Es gibt so einiges dagegen einzuwenden, wenn man das Unvermeidliche akzeptiert, anstatt es zu bekämpfen.« Nach kurzem Nachdenken fügte sie hinzu: »Denken Sie an Krankheit, Alter, Tod.«

Sie nestelte an ihrem Haar herum. In der vergangenen Woche hatte sie sich diese Geste angewöhnt. Nachdem sie sich das Haar im Feuer verbrannt hatte, war es geschnitten und neu frisiert worden. Es war jetzt kürzer und flotter, als sie es gewöhnlich trug. Es stand ihr gut.

»Eben noch feilschte Possle, wie er genug Geld für die Gedichte bekommen könnte, um sich und Armando eine Zeit lang über Wasser zu halten«, kommentierte Urbino die Bemerkung der Contessa, »und kurz darauf sind die beiden aller Sorgen dieser Welt ledig.«

»Hoffentlich auch denen der nächsten. Possle und Armando haben doch niemanden umgebracht, oder?«

»Nein. Aus den Berichten geht zweifelsfrei hervor, dass Mechitar und Zakariya versehentlich ertranken. Armando rettete Possle, Adriana rettete sich selbst. Sie konnte gut schwimmen, wie mir Demetrio Emo erzählte, viel besser als Armando. Aber es muss ihn unglaublich gepeinigt haben, bis er erfuhr, dass sie nicht ertrunken war. Offenbar entschied er sich zwischen ihr und Possle.«

Genau wie er sich in der vergangenen Woche in der Ca' Pozza hatte entscheiden müssen. Nie würde Urbino den wahnsinnigen Blick im Gesicht des Mannes und den kehligen

Schrei vergessen, als er von seiner Schwester zu Possle und zurück schaute.

»Aber warum hat er Possle nichts von Adriana erzählt?«, fragte die Contessa. »Ich meine, dass sie nicht ertrunken war und dass sie in die Villa Serena zurückgekehrt war?«

»Noch eine unbeantwortete Frage«, erwiderte Urbino. »Ich nehme an, er wollte ganz allein und ohne fremde Hilfe etwas für seine Schwester tun. Für sie sorgen. Vergessen Sie nicht, dass Possle Adrianas Avancen vor seiner Heirat mit Hilda und nach der Scheidung zurückwies. Es sieht so aus, als habe Armando für Adriana jahrelang Geld vom Haus abgeschöpft. Possle sagte einmal, das Geld sei so schnell ausgegangen. Wenn er nur den Grund gekannt hätte!«

Urbino trank einen Schluck und fügte dann hinzu: »Und dann die Eifersucht.«

»Eifersucht?«

»Possles Beziehung zu Armando war sehr eng. Cipri deutete an, dass Hilda da einiges erzählen könne. Ich habe es leider nicht erfahren, aber jetzt ...« Er verlor sich in Gedanken und zuckte mit den Schultern. »Possle hätte missfallen, wenn sich Armando so sehr um Adriana gekümmert hätte. Er brauchte seine Aufmerksamkeit fast ganz für sich, als sich seine Welt immer mehr verkleinerte. Doch, es gab viele Gründe, warum Armando meinte, es sei besser, alles für sich zu behalten.«

»Aber was dachte er sich dabei? Wollte er es für alle Zeiten verheimlichen?«

»Bisher war es ihm doch sehr gut gelungen, oder etwa nicht?«

»Bis Sie kamen. Bis *wir* kamen.«

»Stimmt. Wenn wir beide nicht in die Nähe der Ca' Pozza gekommen wären, wäre Adriana immer noch Armandos kostbares, gefährliches Geheimnis. Und würde noch leben.«

»So dürfen wir nicht denken. Possle selbst brachte den

Stein ins Rollen, als er Sie zu sich einlud«, legte die Contessa dar. »Jetzt wissen Sie, warum Armando Ihnen gegenüber von Anfang an feindselig war. Sie gefährdeten alles, als sie nach Marcos Tod anfingen herumzuschnüffeln. Er muss geglaubt haben, es ginge Ihnen hauptsächlich um sein Geheimnis. Gott sei Dank versuchte er nicht, Sie von Ihrem Besuch abzuhalten – indem er gewalttätig wurde, meine ich.«

»Wahrscheinlich sah er ein, dass es vernünftiger war, sich zurückzuhalten. Wenn ich den Eindruck gewonnen hätte, jemand wolle mir Angst einjagen oder mich gar umbringen, wäre ich nur noch misstrauischer geworden. Und es hätte noch mehr Aufmerksamkeit auf das Haus gelenkt, wenn man bedenkt, dass ich als Detektiv bekannt bin. Armando war erleichtert, dass sein Geheimnis durch Marcos Tod nicht enthüllt worden war, machte sich allerdings Sorgen wegen Elvira. Zuerst dachte ich, sie würde ihn mit ihrer hübschen Stimme an seine Schwester erinnern, dabei stellte sie in Wirklichkeit eine Gefahr und ständige Mahnung an das dar, was seine Schwester mit Marco gemacht hatte. Und wenn er gewusst hätte, dass ich den Zeitungsausschnitt von Ihnen – nennen wir es mal eine Illustration zu Adrianas Wunschliste Ihrer Garderobe – in seinem Zimmer gesehen und den Gürtel entdeckt hatte, wäre ihm vielleicht klar geworden, dass er wenig zu verlieren hatte, wenn er sich an mich hängte.«

»Welch ein Bruder, welch eine Schwester!«, stieß die Contessa aus. »Und trotzdem Zwillinge. Sagt man nicht, dass es immer einen guten und einen schlechten Zwilling gibt?«

»An so was glaube ich nicht. Und Sie wissen, was ich davon halte, Menschen als gut oder böse abzustempeln.«

»Obwohl Sie bei den Jesuiten so viel gelernt haben?«

»Trotzdem, ja. Armando und Adriana waren beide psychisch gestört, sie noch mehr als er.«

»Aber es kommt mir vor, als ob immer die Frauen verrückt würden, jedenfalls schlimmer als die Männer. Nicht nur Adriana, sondern auch die arme Elvira.«

»Der Kummer zerreißt sie innerlich. Sobald sie verarbeitet hat, dass Sie nichts mit Marcos Tod zu tun hatten, sondern dass es Adriana war, der eine grausame Art von Gerechtigkeit zuteil wurde, müsste sie bei richtiger Pflege langsam wieder gesund werden. Wir müssen alles uns Mögliche tun, um ihr zu helfen. Und da wir schon vom Schicksal der Frauen sprechen, vergessen wir nicht, dass es eine Frau gibt, die das alles überlebt hat: Hilda.«

»Sogar ihre eigene Schönheit«, bemerkte die Contessa.

»Aber die Frau ist noch immer kreativ«, gab er zurück. »Das macht eine Menge wett.«

»Sicherlich. Aber um noch einmal auf Adriana zurückzukommen, ob sie nun schlecht war oder nicht«, sagte die Contessa nach einer Weile, »sie war die Einzige, die Blut an den Händen hatte. Sie muss das Feuer gelegt haben, bei dem ihre Eltern starben. Armando wusste es, meinen Sie nicht?«

»Ja, und der Tod ihrer Tante ist auch verdächtig.«

Urbino schaute auf die Uhr und dann in die Ferne auf den Platz jenseits den unter den Arkaden aufgestellten Tischen.

»Jedenfalls steht jetzt fest, dass Adriana für Marcos Tod verantwortlich war«, sagte er zur Contessa. »Sie gab ihm einen Stoß, als er versuchte, in die Ca' Pozza zu gelangen. Eventuell hat Elvira es sogar gesehen. Ihr Hass auf die Ca' Pozza ging auf Adriana zurück, auch wenn sie nicht wusste, wer sie war.«

»Sie dachte, ich sei es gewesen«, sagte die Contessa. »Nie werde ich ihren Blick vergessen, als sie mich auf dem Friedhof entdeckte.«

»Heute verstehen Sie, warum sie sich so verhalten hat. Da standen Sie doch tatsächlich vor dem Grab ihres Sohnes. Bis dahin hatte sie nur flüchtige Blicke auf Adriana im Fenster erhascht. Armando muss irgendwie dafür gesorgt haben, dass Adriana keine Aufmerksamkeit auf sich lenkte. In den letzten paar Monaten könnte sie sich kühner als sonst gezeigt haben. Possle sagte, er sehe immer häufiger Gesichter von Toten, aber sie würden sehr alt aussehen. Möglicherweise spazierte sie gelegentlich durchs Haus.«

»Und wenn Elvira sie in den letzten Monaten sah, trug sie meine Sachen. Aber ich verstehe immer noch nicht, warum Adriana die Kleider haben wollte, warum sie sie trug.«

»Auch Sie tragen heute Ihr Fortuny-Kleid, das wohl als Nächstes auf Adrianas Liste stand, nicht wahr?«

»Ja, aber …«

Die Contessa schaute auf das Kleid, das einmal der Schauspielerin Eleonora Duse gehört hatte.

»Haben Sie nicht immer gesagt, es sei eine Art Talisman für Sie?«, fragte er. »Dass es Ihre Stimmung hebt? Die dunklen Wolken vertreibt? Und es ist dem Kleid auch immer auf gewisse Weise gelungen, nicht wahr?«

Die Contessa nickte zustimmend.

»Es ist eine Art Aberglaube«, fuhr Urbino fort. »Auch Adriana schien daran zu glauben. Die Leiterin der Villa Serena erzählte, Armando habe Adriana ein Kleid zur Entlassung mitgebracht, das nach dem Lieblingskleid der Leiterin geschneidert war. Ihre Kleider zu besitzen hat Adriana vielleicht das Gefühl gegeben, Macht über Sie zu haben oder Sie zu besiegen oder Ihre Macht und Ihren Einfluss zu besitzen. Adriana trug Ihre Kleider und saugte Ihre Energie auf.«

»Reden wir jetzt von Vampiren?«

»Vergessen Sie nicht, Barbara, dass sie es Ihnen übel genommen haben muss, dass Sie am Konservatorium studierten, während es ihr versagt blieb. Und Sie waren in der Nähe, als sie hoffte, Possle heiraten zu können. Die Jahre vergehen und plötzlich sieht sie, dass Sie zur Ca' Pozza kommen und auf die Klingel drücken. Und dann tauchen Sie sogar im Haus auf, sind bei Possle im Gondelzimmer. In ihrem Wahnsinn war das alles folgerichtig.«

»Aber warum überlegte sie sich plötzlich, meine Kleider zu wollen?«

»In den Lokalzeitungen waren all diese Fotos von Ihnen erschienen. Wir wissen, dass Armando Illustrierte und Zeitungen für die Ca' Pozza kaufte, wohl ebenso für Adriana wie für sich und Possle. Sie sah die Fotos und neidete Ihnen Ihre gesellschaftliche Stellung. Sie schnitt die Bilder aus und befahl Armando, die verschiedenen Kleidungs- und Schmuckstücke zu besorgen.«

Seit dem Feuer in der Ca' Pozza hatte die Contessa entdeckt, dass ihr eine Korallenkette, eine Bluse und ein Paar Schuhe fehlten, die sie Ende des letzten Sommers auf einer Gartenparty getragen hatte. Ein Gruppenfoto davon war in der Sonntagsbeilage einer Lokalzeitung erschienen. Auf dem Bild hatte die Contessa auch den Schlangenledergürtel getragen. Allerdings war es nicht der, der ihr abhanden gekommen war. Es sah aus, als hätte die Vielzahl der Gürtel Armando verwirrt, so dass er den falschen mitnahm.

»Aber warum hat sie Sie aus dem Bild vor dem Palazzo Labia herausgeschnitten?«, wollte die Contessa wissen.

»Wir wissen nicht, ob sie oder Armando es getan hat. Vielleicht war es nur ihre Art, darauf hinzuweisen, was er stehlen sollte – wer weiß? – oder seine Art, seinen Groll gegen mich auszuleben.«

»Tja, wenn er es gemacht hat, dann war es Gott sei Dank alles, was er tat.«

»Und noch etwas wegen der öffentlichen Aufmerksamkeit,

die Sie in den letzten neun Monaten genossen haben. Selbst Elvira fielen Ihre Bilder auf, wenn auch aus einem anderen Grund. Sie erkannte Ihr Teekleid auf dem Foto. Sie hatte es an Adriana gesehen, als sie sie am Dachfenster entdeckte.«

»Wenn ich daran denke, dass ich mich aufgeregt habe, weil Sie vermeintlich meine Probleme vernachlässigten, während Sie ihnen die ganze Zeit hinter den Mauern der Ca' Pozza nachgingen, ohne sich dessen bewusst zu sein! Ihre Besessenheit – ja, genau das war es! – stellt sich als meine eigene heraus. Wie sagten wir noch mal, als wir im Februar hier saßen? Alle für einen und einer für alle? Und dass wir unzertrennlich seien?«

»Nicht nur Sie und ich, sondern auch Possle und Armando und Armando und Adriana – bis zum bitteren Ende.«

»Und vergessen Sie nicht sich selbst und Possle! Sie können mich nicht hinters Licht führen, *caro*. Sie waren auch deshalb so fasziniert von ihm, weil er Ihnen ähnlich war. Oder sollte ich sagen, Sie waren nicht nur von ihm fasziniert, sondern hatten auch Angst vor ihm?«

Urbino wandte den Blick ab. Die Contessa drang nicht weiter in ihn. Stattdessen teilte sie ihm mit, sie habe sich entschlossen, ein komplettes Sicherheitssystem in der Ca' da Capo-Zendrini installieren zu lassen.

»Längst überfällig, ich weiß, als ob man die Scheune schließt, nachdem die Pferde ausgebrochen sind. Ich kann den Gedanken nicht abschütteln, dass sich Armando vielleicht mehr als einmal Zugang verschafft hat und durch meine Zimmer geschlichen ist, um für seine Schwester zu klauen. Ich hätte mich eher damit befassen sollen, aber es kam mir so unwirklich vor, ganz anders als in der vergangenen Woche.«

Sie seufzte.

»Ca' Pozza, Ca' Pozza«, wiederholte sie. »Es war doch das Haus der verrückten Frau.«

Wieder schaute Urbino auf die Uhr.

»Erwarten Sie jemanden?«, erkundigte sich die Contessa.

»Habib kommt vielleicht vorbei.«

Einen Tag zuvor war Habib aus Marokko zurückgekehrt. Die Contessa hatte ihn noch nicht gesehen.

Zusammen mit Urbino hielt sie auf dem Platz nach dem jungen Maler Ausschau. Das Orchester spielte inzwischen die Ouvertüre von Offenbachs *Orpheus in der Unterwelt*. Drei blonde Frauen tanzten, angespornt von Freunden und Zuschauern, Cancan zu den bekannten Klängen. Bis zum Herbst waren die ruhigen Tage in Venedig vorbei.

»Ich denke jetzt schon an Asolo«, sagte die Contessa und zeigte damit, wie sehr sich ihre Gedanken mit denen von Urbino deckten. »Oben in den Hügeln fernab von allem.«

»Schon bald«, bestätigte Urbino.

Die Contessa gönnte sich noch ein Petit Four.

»Also, sagen Sie mir, *caro*, schreiben Sie nun ein Buch über Samuel Possle? Vielleicht haben Sie nicht viel über die gute alte Zeit seines Immigrantenlebens erfahren, aber bedenken Sie, was Sie stattdessen herausgefunden haben! Und das Ende ist unglaublich! Sie könnten mal etwas anderes als sonst zusammenstricken.«

»Diesmal lasse ich es sein, Barbara.«

Doch sein Seufzer verriet, dass es ihm nicht leicht fallen würde.

»Dann haben Sie also so gut wie keine Beute gemacht. Keine Gedichte und auch kein vollständiges Bild dessen, was passiert ist. Und jetzt sagen Sie mir, Sie verwerfen sogar die Idee, darüber zu schreiben?«

»Aber ich habe doch eine Menge bekommen. Viel mehr, als man denken könnte.«

Die Contessa schaute ihn an.

»Zum Beispiel, dass manche Dinge es nicht wert sind, verfolgt zu werden? Zum Beispiel, das Gesicht im Spiegel gesehen zu haben? Dem Gespenst des Menschen begegnet zu sein, zu dem Sie hätten werden können?«, führte sie die unterschiedlichen Fäden ihres Gesprächs zusammen.

»Das alles und noch mehr.«

»Ich werde Sie nicht bitten, mir alles aufzuzählen. Ich kann mir gut vorstellen, was es ist. Aber um eines werde ich Sie bitten«, fügte sie mit belustigter Miene hinzu. »Wenn Sie wieder einmal von mir träumen, werden Sie es mir dann sagen? Ich brauche nur den ersten Satz hören, ob es nun ist ›Gestern nacht träumte ich, ich wäre wieder in Manderley‹ oder was auch immer«, fügte sie in Bezug auf den Roman von Daphne Du Maurier und den Film von Hitchcock hinzu, an den Urbino vor kurzem in Rebeccas Büro erinnert worden war. »Wenn ich das höre, flüchte ich sofort vor Ihnen, so weit ich kann. Wer weiß, was uns dadurch erspart bleibt!«

»Nichts«, erwiderte er trocken.

Kaum hatte er es ausgesprochen, da rief die Contessa: »Habib!«

Zuerst glaubte er, ihr Ausruf beziehe sich auf seine fatalistische Einstellung, die durch die Freundschaft mit Habib zugegebenermaßen verstärkt worden war. Nein, der junge Marokkaner war in den Chinesischen Salon getreten. Die nordafrikanische Sonne hatte sein Gesicht in den Wochen, die er fort gewesen war, stark gebräunt. Er schenkte den beiden sein strahlendes Lächeln.

In den Händen hielt er eine kleine, in ein Papier mit Arabeskenmuster gewickelte Schachtel, die mit einem grünen Band und einer Schleife verschnürt war.

Habib nahm neben Urbino Platz.

»Das ist für Sie!«, sagte er zur Contessa.

»Was für ein lieber Junge! Es sieht aus, als bekäme ich am Ende doch noch mein sauber geschnürtes Päckchen.« Sie warf Urbino einen belustigten Blick zu. »Darf ich es öffnen?«

»Aber sicher!«

»Nun, da das so sicher ist …«

Während sie vorsichtig Band und Papier löste, sagte Habib: »Ich habe es vor einer Stunde beim Zoll abgeholt. Sie haben hereingesehen, deshalb musste ich es noch mal verpacken. Darum bin ich so spät.«

»Alle guten Dinge sind das Warten wert«, sagte die Contessa. »Damit meine ich dich, Habib, und nicht … ach, wie schön! Schaut mal her!«

Sie hielt ein Collier aus silbernen Ovalen hoch. Am Nebentisch wurde anerkennend gemurmelt.

»Meine Kette! Ein Zwilling! Ein Doppelgänger! Bist du ein schlaues Bürschchen, Habib! Vielen, vielen Dank. Lass mich dir einen Kuss geben.«

Sie beugte sich vor und gab Habib einen Kuss auf jede Wange.

»Möge Gott Sie beschützen, wann immer Sie sie tragen«, sagte Habib.

Schon legte die Contessa den Schmuck an. Er passte gut zu ihrem Fortuny-Kleid.

»Nur wenn ich sie trage?«, neckte sie den Afrikaner.

Verwirrt schaute Habib zu Urbino hinüber, damit er ihn, wie so oft, aufkläre.

»Sie gefällt ihr sehr gut«, sagte Urbino.

Habib lächelte.

»Und ihr gefallt mir, ihr beiden!«, rief die Contessa. »Möge Gott uns alle beschützen!«

Sie schaute zu einem Kellner an der Tür hinüber und gab ihm ein Zeichen.

»*Cosa desidera*?«, fragte er, als er an den Tisch kam.

»Ich hätte gerne eine *Coppa Fornarina* für unseren jungen Freund hier.« Als der Kellner sich entfernen wollte, fügte sie hinzu: »Entschuldigen Sie, wenn ich es recht bedenke, bringen Sie uns drei!«

Während sie auf den Eisbecher mit Kastanien und Kirschen warteten, der nach Byrons Geliebter benannt war, bemerkte die Contessa: »So ist es viel ungefährlicher, seiner Leidenschaft für Lord Byron zu frönen.«

Wieder schaute Habib Urbino Hilfe suchend an.

»Sie macht nur einen Witz«, erklärte Urbino. »Aber wie immer sind ihre Scherze voller Wahrheit.«

Dann bekann er zu erzählen, wobei er immer wieder ein warmherziges, verschwörerisches Lächeln mit der Contessa tauschte.